Anna Kalman
Und dann nimmermehr

SERIE PIPER

Zu diesem Buch

Bei einem Kinobesuch mit ihrem Bruder verschwindet die junge Valerie spurlos und hinterläßt Ratlosigkeit und Verzweiflung. Achtzehn Jahre später taucht in der Münchner Detektei Argus ein junges Mädchen auf und erzählt Simon Graf, dem Bruder der verschwundenen Valerie, es stünde im Bann des Bösen. Wenige Tage später ist auch sie verschwunden. Kurz darauf erhält Simon gespenstische E-Mails: Sie zeigen Bilder der jungen Valerie – in Totenhemd und Brautschleier, und der Alptraum von damals holt ihn ein. Zusammen mit Malina Maltzan, der Inhaberin der Detektei, begibt er sich auf eine Reise in die eigene Vergangenheit. Doch dann verschwindet ein drittes Mädchen, und die Spuren, die Malina und Simon verfolgen, führen in einen Sumpf von religiösem Wahn und gefährlicher Obsession … Auch in ihrem dritten Roman um Detektivin Malina Maltzan gelingt es Anna Kalman, die Leser bis zur letzten Seite in atemloser Spannung zu halten.

Anna Kalman hat zwei Gesichter: *Christiane Mühlfeld*, geboren 1968 in Mellrichstadt, und *Jutta Siekmann*, geboren 1958 in Bad Oeynhausen. Beide leben in München und sind im Journalismus tätig. Nach »Dornröschenmord« und »Nichts als dein Schatten« ist »Und dann nimmermehr« ihr dritter Roman mit der charismatischen Detektivin Malina Maltzan.

Anna Kalman

Und dann nimmermehr

Ein Malina-Maltzan-Roman

Piper München Zürich

Das Motto des Romans, das aus dem Song »The Road to Mandalay« von Robbie Williams stammt, drucken wir mit freundlicher Genehmigung von EMI Music Publishing und BMG Music Publishing ab.

Von Anna Kalman liegen in der Serie Piper vor:
Dornröschenmord (3528, 6063)
Nichts als dein Schatten (3815)
Und dann nimmermehr (6115)

Dedicated to the man
of the island …

Originalausgabe
Januar 2005

Umschlag: ZERO, München
Foto Umschlagvorderseite: nonstock/Mauritius-images
Foto Umschlagrückseite: Dieter Schüssler
Satz: EDV-Fotosatz Huber/Verlagsservice G. Pfeifer, Germering
Druck und Bindung: Clausen & Bosse, Leck
Printed in Germany ISBN 3-492-26115-9

www.piper.de

Everything I touched was golden
Everything I loved got broken
On the Road to Mandalay
Every mistake I've ever made
has been rehashed and then replayed
As I got lost along the way.

Robbie Williams,
The Road to Mandalay

Morgenzeitung Freitag, 25. April 1986

Was geschah mit Valerie Graf?

15jährige Schülerin bleibt spurlos verschwunden

Von Rutger Klingszot

München. Zwei Wochen nach ihrem Verschwinden bleibt der Fall der 15jährigen Valerie Graf aus Ottobrunn weiterhin rätselhaft. Auch die inzwischen bundesweit ausgelöste Fahndung hat keine neuen Ergebnisse gebracht. Noch immer gibt es keine Spur von der Gymnasiastin, die zuletzt am Abend ihres Geburtstages am 9. April gesehen wurde. Wie die Kriminalpolizei mitteilte, hat sich auch die Aussage des 65jährigen Rentners Ewald H. als Sackgasse erwiesen. Der ehemalige Postbote hatte geglaubt, die Schülerin drei Tage nach ihrem Verschwinden in einem Auto auf dem Parkplatz eines Ottobrunner Supermarktes gesehen zu haben. Wie sich nun herausstellte, handelte es sich dabei um ein anderes Mädchen, das der Vermißten nur ähnlich sah.

Wie die Morgenzeitung bereits berichtete, verschwand Valerie Graf am 9. April gegen 20.30 Uhr aus dem Ottobrunner Kino am Rathausplatz. Sie und ihr 19jähriger Bruder Simon Graf wollten sich dort »Top Gun« ansehen. Während des Werbevorspanns hatte Valerie den Kinosaal verlassen, um, wie ihr Bruder später der Polizei mitteilte, die Toilette aufzusuchen.

»Als eine Viertelstunde später der Film begonnen hatte und Valerie noch immer nicht zurückgekommen war, wurde ich unruhig und ging ihr nach«, so der Abiturient später zur Polizei. Als er sie nirgends entdeckte, sah er schließlich auf der Damentoilette nach und rief ihren Namen. Aus einer der verschlossenen Kabinen habe sie ihm zugerufen, daß alles in Ordnung sei und sie gleich nachkommen würde. Das seien ihre letzten Worte gewesen. Später glaubte Simon Graf sich zu erinnern, daß ihre Stimme auf eine merkwürdige Art erstickt geklungen habe. Dennoch habe er sich nichts weiter dabei gedacht und sei in den Kinosaal zurückgegangen. Als sie dann nach weiteren zehn Minuten noch immer nicht erschienen war, machte sich der Schüler erneut auf die Suche nach seiner Schwester. Doch vergeblich. Niemand hatte gesehen, ob Valerie Graf das Kino verlassen hatte oder wohin sie gegangen war. Sie trug an diesem Abend einen weißen Spitzenrock, ein weißes T-Shirt, eine Jeansjacke der Marke Edwin und hellblaue Ballerinas. Außerdem trug sie ein Goldkettchen mit dem Sternzeichen Widder. Recherchen im Familien- und Bekanntenkreis des Mädchens blieben bislang ohne Erfolg.

»Jährlich verschwinden in Bayern rund 7000 Menschen«, so Hanna Wolf von der Münchner LKA-Vermißtenstelle. Auffällig dabei sei, daß die meisten von ihnen an einem Montag verschwinden. »Nach drei Tagen sind 75 Prozent der Verschwundenen wieder da«, berichtet Wolf, »nach einer Woche 80 Prozent und nach einem Jahr 99 Prozent.«

Was jedoch geschah mit Valerie Graf? Für die Familie ist ihr Verschwinden unerklärlich. Sie sei ein »normales« Mädchen mit einem großen Freundeskreis. Es habe weder familiäre noch schulische Probleme gegeben. Valerie Graf gilt als fröhlich, intelligent, aufgeschlossen und sozial engagiert. Einmal pro Woche betreut sie eine ältere Frau aus der Nachbarschaft, geht für sie einkaufen und liest ihr vor. Daß sie aus eigenem Entschluß verschwunden sei, so der Vater, sei für die Familie unvorstellbar. Wurde Valerie Graf das Opfer eines Verbrechens?

Die Kriminalpolizei München bittet weiterhin um die Mithilfe der Bevölkerung. Sachdienliche Hinweise an jede Polizeidienststelle.

Valerie

Wenn dein Mütterlein tritt zur Tür herein,
Und den Kopf ich drehe, ihr entgegen sehe,
Fällt auf ihr Gesicht erst der Blick mir nicht,
Sondern auf die Stelle, näher nach der Schwelle,
Dort, wo würde dein lieb Gesichten sein,
Wenn du freudenhelle trätest mit herein,
Wie sonst, mein Töchterlein.

Wenn dein Mütterlein tritt zur Tür herein,
Mit der Kerze Schimmer, ist es mir, als immer
Kämst du mit herein, huschtest hinterdrein,
Als wie sonst ins Zimmer!
O du, des Vaters Zelle,
Ach, zu schnell erloschner Freudenschein!

FRIEDRICH RÜCKERT, KINDERTOTENLIEDER

Es tut weh.

Es tut weh, wenn ich versuche, meine Augen zu öffnen. Meine Lider sind schwer, als hingen Gewichte daran, und mein Kopf dröhnt wie eine Armada von Betonmischmaschinen. Es riecht nach Moder und Verfaultem und erinnert mich an den feuchten Apfelkeller meiner Oma.

Ich will meine Augen nicht öffnen.

Mein Herz rast auch ohne die Gewißheit in meiner Brust.

Und mir ist so schrecklich kalt.

Wenn ich meine Augen öffne, wird die Angst mich auffressen. Das ist meine größte Angst. Solange ich sie schließe, halte ich die Wahrheit fern. So lange bin ich sicher. Alles ist nur ein furchtbarer Traum. In Wirklichkeit liege ich daheim in meinem Bett, gleich wird meine Mutter kommen und mir zurufen, es sei Zeit zum Aufstehen.

Nie zuvor habe ich solche Angst verspürt.

Ich bin ja erst fünfzehn Jahre alt.

Irgendwann öffne ich meine Augen trotzdem.

Zögernd und feige.

Sonne. Durch die Ritzen der vernagelten Fenster dringt ein dünner Strahl weißes Licht herein.

Ich bin nicht daheim.

Ich will mich nicht erinnern.

Ich höre Vogelgezwitscher, dazwischen ein Klopfen wie von einem Specht.

Langsam stemme ich mich hoch, doch ich fühle mich zu matt, um aufzustehen. Mir ist übel, und der Geschmack in meinem Mund ist widerlich. Wie nach einem Abend beim Griechen mit zu vielen Zwiebeln und Tsatsiki. Meine Mutter sagt immer: als hätte man eine tote Katze gegessen. Ich spüre förmlich, wie schlecht mein Atem riecht, und sehne mich nach einer Zahnbürste. Morgens stehe ich auf und putze als erstes meine Zähne. Ich kann gar nicht anders.

Komisch, wie sich Banales mit der Angst vermischt.

Allmählich gewöhnen sich meine Augen an das Dämmerlicht. Ich sehe die Staubkörnchen, die in dem dünnen Sonnenstrahl tanzen. Ich bin immer noch in diesem Raum, von dem ich nicht weiß, wo er ist. Nackte Wände umgeben mich, die Ritzen sind mit Lehm und Stroh zugestopft. Es sind Holzdielen, blanke Holzdielen, auf denen ich liege. Sie sind mindestens hundert Jahre alt und wurmstichig.

Wohin ich auch blicke, nichts unterscheidet eine Ecke von der anderen. Es gibt nichts hier. Der Raum ist vollkommen leer und auf den ersten Blick ohne Bedrohung. Und dennoch spüre ich, wie da etwas durch meine Poren dringt. Es ist da, ohne sichtbar zu sein – etwas Vergiftetes, Bösartiges.

Und es will mich.

Nur mich, schreit es in meinem Kopf, bis der Schrei schließlich erstirbt und in ein Gewirr von Vogelstimmen übergeht.

Die Stimmen kommen von draußen, nicht aus meinem Kopf, doch in jeder einzelnen meiner Gehirnzellen schwirrt es so unerträglich, daß meine Kopfschmerzen stärker werden und ich mich wieder auf den Boden lege. Dort rolle ich mich zusammen und versuche mich selbst zu wärmen.

Es ist so verdammt kalt hier.

Ich weiß nicht, wieviel Zeit vergeht. Es ist mir egal. Ich weiß nicht, wie ich hierher gekommen bin und warum.

Ich muß mich erinnern. Ich muß!

Welcher Tag ist heute überhaupt? Meine Uhr, eine grüne Swatch, zeigt Viertel vor sieben am zehnten April – und das ist der Moment, in dem die Erinnerung plötzlich zurückkehrt.

Mein Bruder hat mir die Uhr geschenkt.

Gestern. An meinem fünfzehnten Geburtstag.

Ich sehe es genau vor mir, wie ich das Päckchen ausgewickelt und mich halb totgefreut habe, als die Swatch zum Vorschein kam. Simon hatte nicht vergessen, daß ich sie mir so gewünscht hatte. Und während ich sie anprobierte, habe ich mit leisem Triumph gedacht, daß ich von all meinen Freundinnen die erste mit einer Swatch am Arm sein würde.

Wie egal das jetzt ist.

Allmählich fügen sich in meinem Kopf die Einzelheiten des vergangenen Tages wie ein Mosaik zusammen. Aber es ist beängstigend, und noch immer will ich alles nicht wahrhaben. Aber du kannst der Wahrheit nicht entgehen, Valerie, sage ich mir, und die Stimme in meinem Kopf klingt streng wie die Stimme von Frau Goodwin, meiner Religionslehrerin.

Gestern war mein Geburtstag. Ich bin aus der Schule nach Hause gekommen, und meine Mutter hatte mein Lieblingsessen gekocht: Cordon bleu mit grünem Salat und Kroketten. Meine Mutter nimmt nie die tiefgefrorenen, sie macht sie immer selbst aus frischem Kartoffelteig. Mit Simon hatte ich mich um die letzte gestritten. Fast kann ich sie noch schmecken, so knusprig, wie sie war.

Lächerlich, jetzt an so was wie Kroketten zu denken. Kroketten bedeuten Wärme, Geborgenheit, Daheim. Das genaue Gegenteil von dem, was ich jetzt erlebe.

Der Boden ist hart wie Beton. Ich weiß schon nicht mehr, wie ich liegen soll, und drehe mich auf die andere Seite. An einem rostigen Metallbolzen reiße ich mir ein Loch in den Rock. Hoffentlich sieht Mama das nicht, durchzuckt es mich automatisch. Und erst die braunen Flecken auf den weißen Volants. Ich fange an zu heulen und frage mich, warum ausgerechnet diese blöden Flekken mich so aus der Fassung bringen.

Die Angst ist wieder da.

Solange ich an meinen Bruder, an meine Mutter, an Zuhause dachte, war sie für einen Augenblick ver-

schwunden. Aber schon der geringste Gedanke, der mir die Gegenwart vor Augen führt, läßt sie emporschießen wie eine Stichflamme – diese furchtbare Angst, die mich seit gestern abend fest im Griff hat und mich fast vergessen läßt, daß ich noch bis vor kurzem ein Mädchen mit einem ganz normalen Leben war: ein Mädchen mit einer Fünf in Mathe und dem heimlichen Tick, in schwarzen zerrissenen Netzstrümpfen vor dem Spiegel Madonna zu imitieren, ein Mädchen, das gestern noch Geburtstag feierte und abends mit seinem Bruder im Kino war.

Wir wollten uns »Top Gun« ansehen und hinterher noch in die Eisdiele gehen. Alles ganz normal.

Aber wenn ich nicht noch mal aufs Klo gemußt hätte, kurz bevor der Film anfing, und wenn mir auf dem Weg dorthin nicht Bobby begegnet wäre – alles wäre nicht passiert. Kann es wirklich sein, daß mein Schicksal auf nicht mehr als auf einer Reihenfolge von Zufällen beruht? Und wenn es so ist, wann haben die Zufälle begonnen? Schon mit dreizehn, als ich mich in Bobby verknallt habe? In meinen Bobby, der eigentlich Robert heißt und den alle Bobby rufen, weil der Name seit »Dallas« so schick geworden ist.

Damals, mit dreizehn, hat er mich nicht angesehen, aus der Überlegenheit seiner ganzen fünfzehn Jahre. Aber ich bin ausdauernd und zäh, und vor zwei Monaten habe ich ihn endlich gekriegt. Bei einer Schulfete. Zuerst haben wir die ganze Zeit gequatscht und Zigaretten geraucht. Wir hockten auf einer Matratze weit hinten im Raum, schön dunkel war es da. Und als wir später zu »Keep on loving you« eng getanzt haben und mir das Herz bis zum Halse klopfte, hat Bobby mich geküßt. Mein erster richtiger Kuß. Vor lauter Aufregung sind unsere Zähne aneinandergeknallt.

Ich kam mir ziemlich blöd vor, kicherte albern, aber Bobby hat einfach weitergemacht, und er war so lieb und zärtlich, daß es nur noch schön war. Tagelang danach war ich so nervös, daß ich nichts mehr essen konnte.

Vielleicht habe ich Bobby gestern abend zum letzten Mal gesehen. Vielleicht werden wir immer nur das Pärchen bleiben, das Händchen gehalten und sich heimlich geküßt hat. Vielleicht werde ich sterben, ohne jemals zu erfahren, wie es ist, mit einem Mann zu schlafen. Vielleicht werde ich niemals eine Frau sein, und Bobby wird sich irgendwann – bald – in eine andere verlieben, und ich werde für ihn nicht mehr bedeuten als »Valerie, die einfach so verschwunden ist ...«.

Bobby war mir ins Kino nachgekommen, um mir zu sagen, daß er mit den anderen in der Eisdiele auf mich warten würde und eine Überraschung für mich hätte. Ich hatte mich so gefreut, aber als ich zurück zu Simon wollte, hat er mich einfach in die Toilettenkabine gezogen. Wir haben uns geküßt, und in dem Moment, als er seine Hände unter meinem T-Shirt hatte und ich nicht wußte, ob ich es zulassen sollte oder nicht, rief plötzlich mein Bruder nach mir. Mann, war mir das peinlich.

»Geh schon vor, ich komm gleich nach«, preßte ich hervor, während Bobby mich weiterküßte. Hätte ich Bobby doch die Fummelei verboten, hätte ich Simon nur nicht weggeschickt, hätte ich ... hätte ich ... dann wäre ich jetzt nicht hier.

Dann wäre alles so wie immer.

Wie sollen sie mich hier jemals finden?

Ich weiß ja selbst nicht einmal, wo ich bin.

Und ich habe keine Ahnung, warum dieser Kerl mich hierher gebracht hat.

Ich kenne ihn, weiß aber nicht, wie er heißt. Meine Freundinnen und ich haben ihm den Spitznamen »Knight Rider« gegeben – weil er ein bißchen wie David Hasselhoff aussieht, und wenn wir im Schwimmbad waren, haben wir ihn im Schutz unserer Spiegelbrillen heimlich beobachtet. Natürlich hätten wir uns nie getraut, ihn anzusprechen.

Gestern abend war er wie aus dem Nichts aufgetaucht, nachdem ich Bobby zum Ausgang des Kinos gebracht hatte. Ich blickte Bobby noch hinterher und wollte gerade zu Simon in den Kinosaal gehen, da stand der Typ einfach da, in seinem alten Golf.

Als er mich von der anderen Straßenseite zu sich rief, dachte ich noch, schade, daß sein Auto so gar keine Ähnlichkeit mit K.I.T.T, dem sprechenden Superschlitten aus der TV-Serie, hatte. Aber ich habe mich natürlich geschmeichelt gefühlt. Es war das erste Mal, daß er mich überhaupt angesprochen hatte.

»Du, ich muß dir was wegen Bobby sagen«, hat er gesagt, und da habe ich das Vergiftete zum erstenmal gespürt. Warum habe ich nicht auf mich selbst gehört? Warum habe ich nur gedacht, von Bobby könnte etwas Schlechtes kommen? Was hat mich an Knight Rider so fasziniert, daß ich ungefragt zu ihm ins Auto gestiegen bin?

Ich habe es ihm wirklich leicht gemacht.

Was dann passiert ist, weiß ich nicht mehr. Ich glaube, ich habe einen Schlag auf den Kopf gespürt. Wahrscheinlich kommen meine Schmerzen daher. Als ich wieder zu mir kam, war ich hier in der Hütte und Knight Rider verschwunden.

Lieber Gott, wie konnte ich nur so leichtgläubig sein? Was sollte dieser Typ denn von Bobby wissen? Bobby hat ihn nie erwähnt.

Ich habe rasende Angst.

Ich will endlich heim ...

Als ich heute morgen erwachte, hörte ich wieder die Vögel. Ihr Gezwitscher erschien mir wie Hohn. Ich stellte mir vor, wie sie von Ast zu Ast hüpfen, ihr Gefieder put-

zen, ihre Schnäbel öffnen, um zu fressen und zu singen. Sie sind frei, während mein *Leben in der Hand eines Wahnsinnigen liegt. Die Sehnsucht nach meiner Familie bringt mich fast um, und die Angst, sie nie mehr wiederzusehen.*

Simon. Mama. Papa.

Was sie jetzt wohl machen?

Ich mag Vögel. Als kleines Kind habe ich sie aufgezogen, wenn sie aus dem Nest gefallen waren. Einem kleinen Spatz habe ich sogar das Fliegen beigebracht, indem ich ihn auf dem Fußballplatz, wo der Rasen weich ist, sanft in die Höhe geworfen habe, bis er in immer größeren Abständen in der Luft bleiben konnte. Ein paar Tage später war er dann von unserem Garten aus in den Wald geflogen. Natürlich ist er nicht mehr zurückgekommen.

Ich war ziemlich traurig darüber, doch Simon zog mich ständig damit auf und nannte mich die deutsche Antwort auf Florence Nightingale ...

Gestern abend – es war schon sehr dunkel – ist Knight Rider zurückgekommen. Den ganzen Tag habe ich überlegt, was ich dann tun würde. Einerseits habe ich mich gefürchtet, ihn zu sehen. Andererseits habe ich ihn herbeigebetet, weil er der Schlüssel nach draußen ist.

Mein einziger.

Es gibt keinen anderen Fluchtweg. Die Hüttentür öffnet sich in den Raum hinein und ist fest verriegelt. Selbst wenn ich die Kraft hätte, ich könnte sie nicht aus den Angeln reißen. Die Fenster sind von innen vernagelt. Sehr clever von ihm.

Inzwischen bin ich mir sicher, daß Knight Rider mich irgendwo in einem Wald gefangenhält. Durch die Ritzen in den Fensterverschlägen habe ich die Umrisse von Bäumen gesehen und meine auch, ihren Duft wahrzunehmen. Ich höre nie das Geräusch von vorüberfahrenden Autos, geschweige denn die Stimmen von Menschen.

Nichts als Stille und Verlassenheit umgeben mich.

Dann erschien er plötzlich in der Tür, und ich wußte, ich durfte nichts falsch machen.

Sollte ich freundlich-ahnungslos sein? So als wäre das Ganze nicht mehr als ein blöder Geburtstagsscherz? Oder sollte ich patzig und aggressiv sein, um zu zeigen, daß ich mir nichts gefallen lassen würde? Während ich beschloß, die Zähne zusammenzubeißen und freundlich zu ihm zu sein, fiel mir ein Zitat aus Goethes »Die Mitschuldigen« ein. Mein Deutschlehrer hatte mir das Stück vor einiger Zeit zum Lesen gegeben, was mir schon geschmeichelt hatte. Aber daraus auch zitieren zu können kennzeichnete mich in meinen Augen als literarisch gebildet. Das Zitat ging so: »Nicht einen Augenblick bist du mit Necken still. Man sei erst liebenswert, wenn man geliebt sein will.«

Nicht, daß ich glaubte, Knight Rider in mich verliebt machen zu können, aber ich dachte ernsthaft, wenn ich nur nett zu ihm wäre, dann könnte er mir nichts tun.

Jetzt glaube ich das nicht mehr.

»Hallo«, habe ich gesagt und versucht, so normal wie möglich zu klingen, »schön, daß du da bist.«

Er antwortete nicht, sondern stellte einen kleinen Karton vor meinen Füßen ab. Zwei Dosen Cola waren darin, ein Dosenöffner, eine Konserve mit Ravioli, ein Blechlöffel und eine Rolle Klopapier.

Als ich es sah, wußte ich, daß er mich nicht nach Hause lassen würde, und mußte an meine Mutter denken, wie sie sich immer aufgeführt hatte, wenn ich nicht pünktlich zum Abendessen heimgekommen war. Jetzt würde ich alles dafür geben, eine ihrer Tiraden zu hören. Und noch mehr würde ich dafür geben, mich in ihre Arme schmiegen und ihren Duft nach Niveacreme riechen zu dürfen. Sie macht sich bestimmt Sorgen um mich. Meine Mutter gehört zu diesen Müttern, die alles für ihre Kinder tun. Sie ist wie eine Löwin, sie würde für ihre Kinder sterben. Ich stellte mir vor, wie sie überall nach mir suchte, wie sie jeden nach mir fragte, und das ließ mich ein bißchen ruhiger werden. Mein Vater hat sicher längst die Polizei alarmiert. Vielleicht finden sie mich ja bald ...

Das alles schoß mir durch den Kopf, während ich Knight Rider beobachtete und dabei versuchte, freundlich dreinzublicken.

»Dein Rock ist dreckig«, sagte er.

»Ich weiß ...«

»Ich mag es nicht, wenn Mädchen schmutzig sind.«

»Entschuldige«, sagte ich, »aber das liegt wohl eher an den Umständen als an mir. Ich könnte ja nach Hause gehen und mich umziehen.«

Er musterte mich lange. Wie kann jemand so gut aussehen und ein solcher Scheißkerl sein?

»Valerie, du wirst nicht mehr nach Hause gehen. Du gehörst jetzt mir. Ich werde für dich und deine Kleidung sorgen. Wenn die Zeit gekommen ist, wirst du ein sehr schönes Kleid tragen.«

Wenn ich nicht solche Angst gehabt hätte, wäre ich wahrscheinlich in Lachen ausgebrochen. Wie der redete.

»Hey, Knight Rider, ich gehöre nicht zu dir. Wie kommst du darauf?«

»Frag nicht soviel. Und nenn mich nie wieder so! Iß deine Sachen.« Er starrte mich an.

»Dann sag mir deinen richtigen Namen.«

»Iß«, sagte er nur und ignorierte meine Frage.

»Ich will nicht. Ich habe keinen Hunger!«

Wortlos nahm er die Dose mit den Ravioli, öffnete sie und lud einen Löffel voll.

»Mach den Mund auf.«

»Nein.«

»Mach den Mund auf.«

Ich biß die Zähne zusammen. Er griff mir in die Haare und riß meinen Kopf nach hinten. Als ich vor Schreck zu schreien begann, schob er mir den Löffel in den Mund.

»Iß.«

Mit zitternden Händen nahm ich ihm den Löffel ab und aß. Bis die Dose halbleer war. Er sah mir dabei zu. Ich hätte fast gekotzt.

»Ich kann nicht mehr.«

»Gut. Ich gehe jetzt. Morgen komme ich wieder. Sorge dafür, daß du sauber bist.«

Ohne ein weiteres Wort verließ er die Hütte, und ich begann laut zu weinen. »Mama, ich will zu meiner Mama«, wie ein kleines Kind, das davon überzeugt ist, die Mutter würde schon nach ihm sehen, wenn es nur lange genug schrie. Ich vergrub mein Gesicht in meine Hände und weinte heftig, ohne zu bemerken, daß er noch einmal zurückgekommen war.

»Hier«, sagte er und hielt mir eine Decke und einen Eimer Wasser hin.

Mehr nicht. Die Tür krachte zu, und er verschwand in der Dunkelheit.

Obwohl ich diesen Kerl inzwischen hasse, für die Decke bin ich ihm fast dankbar. Ich wickelte mich fest darin ein, und mir wurde ein bißchen wärmer. Irgendwann bemerkte ich, daß ich mich wie ein Fötus zusammengekauert hatte und hin und her wiegte.

Links, rechts, links, rechts.

Und wieder von vorn.

Ich habe einmal gelesen, Kinder im Waisenhaus würden das tun, weil es sie an das beruhigende Schaukeln im Mutterleib erinnerte und sie dann besser einschlafen konnten.

Links, rechts, links, rechts.

Ich wurde wirklich ruhiger, fast teilnahmslos. Aber der Schlaf wollte nicht kommen. In meinem Kopf zogen Gedanken wie nebelige Gebilde auf. Sie kamen mir durchsichtig vor und löchrig an den Rändern. Ich versuchte nicht, sie festzuhalten, und so flossen sie weiter durch meinen Kopf und verwandelten sich in neue transparente Schwaden.

Es waren ausschließlich Bilder von Knight Rider. Ich sah ihn als verschwommene Gestalt vor mir, aber ich hörte nicht, wie er etwas sagte. Ich sah ihn auch nicht in Verbindung mit anderen Menschen – so, als wäre er gar nicht existent. Es schien mir immer unmöglicher, eine Erklärung für alles zu finden.

Ich weiß nichts über diesen Kerl.

Ich weiß nicht einmal seinen richtigen Namen.

Was weiß er über mich?

Es muß etwas geben.

Und während ich in dieser schwarzen Stille lag, dachte ich nur: Lieber Gott, was hat er mit mir vor? Und warum ich?

Mein Leben ist vorbei. Er wird mich töten. Ich konnte nichts anderes mehr denken in der letzten Nacht. Ich fühlte mich so furchtbar hilflos, so verzweifelt wie ein junges Kätzchen, das im Sack steckt und ertränkt werden soll. In jede Faser meines Körpers war die Angst gekrochen, und ich stellte mir vor, wie sie mich schließlich sprengen würde. Ich hatte mich so verkrampft, daß meine Glieder inzwischen völlig steif geworden waren. Es tat weh, wenn ich mich bewegte. Ich konnte nicht mehr, und ich wollte auch nicht mehr. Egal, was ich tun würde – mein Mörder hatte alle Trümpfe in der Hand. Resigniert rollte ich mich erneut unter der Decke zusammen und schloß die Augen. Ich wünschte mir einzuschlafen und niemals wieder aufzuwachen.

Meine Mutter würde für ihre Kinder sterben. Meine Mutter gab niemals auf und hätte es auch bei uns nicht akzeptiert. Durch die Leere und Dunkelheit meines Gehirns kämpfte sich plötzlich eine Erinnerung. Als ich einmal nicht zur Schule gehen wollte, weil wir an diesem Tag vorsingen mußten und ich panische Angst davor hatte, nahm sie mich auf ihren Schoß und sagte: »Valerie, ich verstehe, daß du da nicht hin willst, und vielleicht singst du auch nicht wie die Callas, aber wenn du es erst gar nicht versuchst, dann wirst du auch nicht erfahren, ob du nicht sogar viel besser bist. Auf das Ergebnis kommt es im Grunde gar nicht an. Was wirklich zählt, ist, es einfach zu versuchen.«

Damals hatte ich keine Ahnung, wer die Callas war, aber ich verstand, was meine Mutter meinte.

Für »Horch, was kommt von draußen rein« bekam ich schließlich eine Vier. Aber ich war trotzdem stolz gewesen. Ich hatte Mut bewiesen. Hätte ich gar nicht gesungen, wäre es wegen Leistungsverweigerung eine Sechs geworden. Und das war viel schlechter als eine Vier.

Ich schlage die Augen auf und weiß, daß meine Mutter es mir nie verzeihen würde, wenn ich jetzt die Leistung verweigern würde.

Steh auf und beweg dich, sage ich mir. Laß dich nicht gehen! Mach einen Plan!

Zuerst muß ich etwas essen und trinken. Ich muß bei Kräften bleiben, das ist das Wichtigste. Von der Cola ist noch eine Dose da. Vielleicht bringt mich das Koffein ein bißchen auf die Beine. Es zischt, als ich die Dose öffne, und im selben Moment knallt es draußen. Einmal, zweimal.

Ich bin mir nicht sicher, aber es klingt wie ein Schuß. Ein Jäger! Ist denn überhaupt Jagdsaison? Ich weiß es nicht, aber ich bin mir sicher, einen Schuß gehört zu haben. Es müssen also noch andere Menschen im Wald sein. Ich bin nicht allein. Ich springe hoch – meine schmerzenden Glieder spüre ich überhaupt nicht mehr – und renne zur Tür. Mit aller Kraft trommele ich dagegen und brülle mir fast die Seele aus dem Leib. Es klingt wie das Schreien einer Wahnsinnigen.

Niemand kommt.

Nein, ich werde trotzdem nicht aufgeben. Mein ganzes Leben liegt noch vor mir. Ich will mit Simon in den Sommerferien an den Gardasee fahren und surfen lernen. Seit Weihnachten freue ich mich darauf. Da habe ich meinem Vater endlich die Erlaubnis abgerungen. Ich will nächste Woche mit Carina in die Stadt fahren und einkaufen gehen. Oma und Opa haben mir hundertfünfzig Mark zum Geburtstag geschenkt, und schon in dem Moment, als ich das Geld in das Sarah-Kay-Kästchen in meinem Zimmer steckte, juckte es mich in den Fingern, es auszugeben.

War das wirklich erst vorgestern gewesen?

Seit Monaten schon träume ich von diesem David-Hamilton-Poster: »La danse«. Ich finde die Ballettänzerin in den zarten, verschwommenen Farben so schön. Es würde toll aussehen über meinem Bett.

Und das alles soll jetzt nicht wahr werden, nur weil es dieser Scheißtyp beschlossen hat? Woher nimmt er das Recht, mein Leben kaputt zu machen? Ich muß hier raus, und zwar schnell!

Denk nach, Valerie, denk nach. Es muß eine Lösung geben.

Eine, auf die Knight Rider – inzwischen nenne ich ihn nur noch so – nicht kommen würde. Türen und Fenster fallen weg, das habe ich schon versucht.

Was dann?

Nur nicht aufgeben!

In Filmen sieht immer alles so einfach aus.

Dieses Arschloch hat mir ja nicht mal meine Tasche dagelassen. Dann hätte ich jetzt wenigstens eine Nagelfeile. Aber was sollte ich damit? Knight Rider erstechen? Die Bretter an den Fenstern durchsägen?

Etwas bleibt in meinem Kopf hängen. Bretter. Dann fällt mein Blick auf die Stelle mit den morschen Dielen, die ich an meinem ersten Morgen in der Hütte herausgerissen habe, weil es hier keine Toilette gibt und ich mich nicht überwinden konnte, wie ein Hund in die nächste Ecke zu pinkeln. Darunter war Erde, in die ich ein kleines Loch gegraben habe. So gut es ging, habe ich mich darüber gekauert. Es war widerlich gewesen. Inzwischen habe ich mich daran gewöhnt. Wenn ich dieses Loch nun tiefer und unter den Holzwänden hindurchgrabe, müßte ich mich irgendwann hindurchzwängen können und wäre frei. Der Graf von Monte Christo, schießt es mir durch den Kopf, und ich sehe den Stolz in den braunen Augen meiner Mutter förmlich aufblitzen.

Seit einer Woche grabe ich nun schon an der Rückwand der Hütte. Es ist nicht so einfach, wie ich anfangs dachte. Es gibt vieles, worauf ich achten muß. Am wichtigsten ist es, diesen Idioten nichts merken zu lassen. In erster Linie bedeutet das, er darf mir meine Buddelei nicht ansehen, Kleider und Körper müssen sauber sein, wenn er am Abend kommt. Gott sei Dank, seit dem ersten Tag bringt er mir regelmäßig frisches Wasser. Er verlangt von mir, »rein« zu sein, ich soll mich waschen. Oh ja, das kann er haben.

Jeden Abend gegen sieben Uhr kommt er. Dank meiner Uhr, die er nicht entdeckt hat, weil ich sie in einer der Mauerritzen verstecke, kann ich das kontrollieren. Die Uhr und eine leere Raviolidose sind nun meine größten Schätze. Mit der Raviolidose grabe ich, durch die Uhr kann ich meinen Tagesablauf regeln. Es ist ja sonst nichts da, woran ich mich orientieren könnte. Es ist seltsam, wie wichtig Profanes wird, wenn das Leben auf Sparflamme köchelt.

Meistens wache ich morgens zwischen sieben und acht Uhr auf. Um munter zu werden, spritze ich nur ein bißchen von dem Wasser ins Gesicht. Ich darf nichts vergeuden, um mich abends gründlich waschen zu können. An meine Zähne, die sich inzwischen rauh und pelzig wie schmutzige Kartoffelschalen anfühlen, darf ich gar nicht denken. Jedes Mal, wenn ich mit der Zunge darüberfahre, fällt mir mein Vater ein. Als ich noch sehr klein war und mich mit aller Macht gegen die Zahnbürste sträubte, überlistete er mich mit meiner Eitelkeit. Ich war ein Fan von Siw Inger, und mein Vater sagte, meine Zähne wären bald so weiß und schön wie ihre, wenn ich sie mir regelmäßig putzen würde. Ich schrubbte sie wie ein Weltmeister.

Was mein Vater wohl sagen würde, wenn er mich jetzt sehen könnte? Wahrscheinlich nichts, er würde diesen Dreckskerl mit bloßen Händen erwürgen.

Ich versuche regelmäßig etwas zu essen. Er hat mir bisher nichts anderes mitgebracht als diese ekligen Ravioli. Sie kommen mir fast zu den Ohren heraus. Ich esse sie trotzdem, um bei Kräften zu bleiben. Die eine Hälfte abends, die andere Hälfte morgens. Nachdem ich Gymnastik gemacht habe, ziehe ich mich aus, damit meine Kleider nicht schmutzig werden, und beginne mit der Raviolidose zu graben. Es ist ziemlich anstrengend, aber so wird mir wenigstens nicht kalt.

Ich habe mir die Rückwand der Hütte mit Bedacht ausgesucht. Durch eines der Fenster habe ich erspäht, daß dahinter der Wald liegt, kein Weg. Ich hoffe, daß Knight Rider niemals aus dieser Richtung kommen und somit den Erdhaufen, den ich zur linken und zur rechten Seite schaufele, nicht bemerken wird. Ich habe mir genau überlegt, wie groß dieser Tunnel sein muß, damit ich später hindurchkriechen kann.

Weitaus komplizierter ist es, den Bau des Tunnels im Inneren der Hütte zu beginnen, ohne daß Knight Rider etwas davon bemerken würde. Aber meine Schläue hat er wohl unterschätzt. Nachdem ich immer wieder darüber nachgedacht hatte, wie ich es schaffen könnte, kam ich auf die Lösung. Ich lockerte zwei der Bretter, die den Boden vor der Wand bedecken, vorsichtig mit dem Fuß und hob sie dann heraus. Die ausgegrabene Erde ver-

steckte ich in dem Lebensmittelkarton, den Knight Rider am ersten Abend mitgebracht und vergessen hatte, mitzunehmen.

Zuerst grub ich einen schmalen Gang unter der Wand hindurch nach draußen. Er war genau so groß, um meinen Arm bis zum Ellbogen hindurchzuschieben. Die Erde, die ich dabei aushob, legte ich in diesem Karton ab und beförderte sie dann nach draußen, als ich mit den Händen schließlich ins Freie gelangte. Dann entfernte ich drei weitere Dielen und begann, auf der Fläche von ungefähr einem halben Quadratmeter in die Tiefe zu graben. Als ich bis zu den Knien in der Grube stehen konnte, begann ich damit, den Tunnel jenseits der Wand zu erweitern.

Es war mühselig, mit dieser kleinen Raviolidose dieses große Loch zu graben. Die Erde war sehr fest und hart. Ich wurde verdammt schnell müde, und immer saß mir die Angst im Nacken, er könnte mich dabei erwischen. Ich wagte mir gar nicht vorzustellen, was er dann mit mir machen würde. Aber trotzdem zwang ich mich dazu, mindestens eine Stunde am Stück zu graben. In den Pausen trank ich in winzigen Schlucken von der Cola, die er mir immer brachte. Vier Stunden täglich hielt ich aus, und wenn ich vor Erschöpfung und Verzweiflung nicht mehr konnte und am liebsten nur noch laut geschrieen hätte, dachte ich: Nach Hause, Valerie, nach Hause! Schnell!

Das wirkliche Martyrium aber begann, wenn er am Abend zurückkam. Es fing damit an, daß er die Hütte betrat und mit seiner merkwürdig monotonen Stimme sagte: »Gepriesen sei die Jungfrau Maria.« Ich mußte mit »in Ewigkeit, Amen« antworten. Dann forderte er mich auf, vor ihm niederzuknien und den Kopf gesenkt zu halten. Ich durfte erst zu ihm aufsehen, wenn er es mir erlaubte.

In seinen Augen lag etwas Sanftes und zugleich etwas Besessenes. Es war von bezwingender Kraft und sog mich fast auf. Es war, als müßte ich darin untergehen, und obwohl ich mich dagegen sträubte, hatte ich das Gefühl, als wolle er seine Gedanken in mein Gehirn brennen. Ich hatte einen solchen Blick noch nie gesehen.

Etwas Böses glühte darin.

Ich fragte mich, wie lange ich ihm noch standhalten könnte. Bisher hatte ich mich innerlich gegen diesen Blick gewehrt, indem ich stumm Liedtexte aufsagte, während ich vor ihm kniete. Als mir keine Texte mehr einfielen, löste ich im stillen Rechenwürmer. Irgendwann ging ich dazu über, das Hauptstadt-Spiel zu spielen. Mein Vater und ich hatten es geliebt, als ich klein war. Auch heute noch komme ich jedes Mal bei Australien ins Schleudern. Ist es nun Melbourne oder Canberra?

Meine Methode versagte allerdings, wenn ich laut das Gebet nachsprechen mußte, das Knight Rider mir vorgab. Es war Abend für Abend dasselbe.

Herr, gib mir Demut, Gehorsam,
Keuschheit, Reinheit und Geduld.
Herr, lehre mich Zucht und Selbstbeherrschung.
Herr, gibt mir Kraft, allen Versuchungen,
die des Teufels sind, zu widerstehen.
Herr, schenke mir deine Liebe und deine Gnade,
dann bin ich reich zur Genüge.
Amen.

»Brav hast du das gemacht, Valerie«, sagte er gestern abend, nachdem ich das Gebet gesprochen hatte, »bald wirst auch du vom heiligen Geist erfüllt sein. Bald wirst du die Kämpferin der Reinheit sein.«

Ich nickte, scheinbar ergeben.

»Ich will es hören, Valerie.«

»Ja, bald werde ich die Kämpferin der Reinheit sein.« Ich hatte Mühe, ihm nicht das Gesicht zu zerkratzen.

»Du denkst doch nicht mehr an Bobby.«

»Nein, ich denke nicht mehr an Bobby.«

Bobby ...

Wie geschickt ich inzwischen im Lügen geworden war.

»Das ist gut, Valerie. Er denkt nämlich auch nicht mehr an dich. Ich habe ihn gestern gesehen. Mit einem anderen Mädchen. Er hat dich schon vergessen.«

Ich biß die Zähne zusammen, um nicht zu weinen.

»Bobby ist schlecht, Valerie. Er ist süchtig. Süchtig nach der Droge Sex. Die Mehrheit der Menschen ist der Wollust verfallen, und das entspricht niemals dem Willen Gottes. Du willst doch nicht, daß er dich der Wollust verfallen sieht?«

»Nein«, murmelte ich und dachte zugleich, daß Gott eine Menge sehen mußte und doch nichts dagegen tat.

Dann faßte Knight Rider mich am Arm und zog mich zu sich hoch. Er blickte in mein Gesicht, und ich sah wieder dieses Fieber in seinen Augen.

»Hab keine Angst, Valerie. Ich werde dich vor all dem bewahren. Ich bin gekommen, dich davor zu retten, nicht mehr zu sein als ein niederes geistloses Tier, nicht mehr zu sein als die Metze eines Mannes. Du vertraust mir doch?«

Nie in meinem Leben hatte ich größere Angst verspürt als in diesem Moment. Dieser Mensch war wahnsinnig. Mein Leben lag in der Hand eines Wahnsinnigen. Ich konnte ihn nicht länger ansehen und schlug die Augen nieder. Offenbar deutete Knight Rider diese Geste als Ergebenheit, denn seine Stimme klang noch salbungsvoller als vorher. Sie erinnerte mich an unseren Pfarrer, wenn er am Sonntag von der Kanzel predigte.

»Wir Menschen, Valerie«, sagte er, »wir Menschen sind Bilder Gottes. Er hat uns geschaffen wie ein Künst-

ler sein Werk. Vor ein paar Wochen habe ich dich gesehen, mit bemalten Lippen und bemalten Augen. Weißt du, was das bedeutet, Valerie?« Der Singsang verwandelte sich in Hysterie. »Das bedeutet, daß du es gewagt hast, in einem Bildnis Gottes herumzupfuschen. Und sieh dir deine Fingernägel an ...«

Er riß meine Hand hoch und hielt sie mir unter die Augen. Ich sah die abgesplitterten Reste von silbernem Nagellack. »Übertünchte Gräber. Erkenne die Wahrheit, Valerie! Du bist schlecht! Das alles dient nur der Versuchung! Verfault wird die Frucht deines Leibes sein!«

Er schrie fast, und Spucketröpfchen flogen durch die Luft. Ich hatte keine Ahnung, was er mir damit sagen wollte. Ich wollte auch nicht darüber nachdenken. Irgendwann würde er mich noch mit seinem kranken Mist infizieren. Ich mußte endlich weg von hier. Während ich Knight Rider schwer atmen hörte, begann ich in Gedanken wieder einen meiner Liedtexte aufzusagen: A spaceman came travelling with his ship from far, it was years of time since his mission did start, and over a village he holded his craft and he had the face of an angel ...

Ich driftete ab und sah plötzlich nur noch diesen Tunnel vor mir, wie ich hindurchkriechen würde, wie sich die Erde an meinen Händen und Füßen anfühlen würde, wie die Sonne auf mein Gesicht strahlen und wie der erste Strom klarer Luft meine Lunge füllen würde. Freiheit ...

Vor meinen Augen blitzte etwas auf. Ich sah es und nahm es doch nicht wahr. Ich konzentrierte mich zu sehr auf meine inneren Bilder. Ich fühlte Knight Riders Nähe, eine Bewegung in meinem Nacken, einen Lufthauch. Dann dieses seltsame Geräusch an meinem Ohr: säbelnd, knirschend, kratzend. Etwas fiel weich zu Boden. Ich sah hinunter und schrie auf. Mein Haar. Eine dicke Strähne langer blonder Locken. Hysterisch tastete ich nach der kahlen Stelle auf meinem Kopf – sie war so groß wie ein Fünfmarkstück. Diesmal konnte ich mich nicht zurückhalten, diesmal begann ich zu weinen. Ich weinte und schrie und verlor die Kontrolle. Mit allen zehn Fingern fuhr ich Knight Rider ins Gesicht. Er schlug hart zurück. Ich fiel hin und blieb liegen.

»Steh auf, Valerie, und sieh mich an.«

An meinen restlichen Haaren riß er mich nach oben. Dann hielt er mir einen kleinen Spiegel vors Gesicht. »Sieh dich an, Valerie.« Aber ich kniff die Augen fest zusammen. Ich hatte Angst davor, mich selbst zu sehen. Ich wollte es nicht. Nicht so.

»Mach die Augen auf«, herrschte er mich wieder an.

Ich erblickte ein Gesicht, das mit meinem, wie es einmal gewesen war, keine Ähnlichkeit mehr hatte. Ich war ein rundes Mädchen gewesen, das ewig mit den Pfunden kämpfte. Wie ein rosa Marzipanschweinchen, hatte ich immer gedacht und mich dafür gehaßt. Das Wesen, das mir jetzt entgegenstarrte, glich einer Drogentoten, die drei Tage unentdeckt auf einer Toilette herumgelegen hatte. Meine Augen waren stumpf und schwarz umschattet, von einem rosigen Teint konnte keine Rede mehr sein – fahl war er, rissig. Unter meinen Wangen zeichneten sich zum ersten Mal in meinem Leben die Knochen ab. Was mich aber am meisten erschreckte, waren meine Lippen: Sie waren schmal geworden und die Haut so rauh, daß sie in eklige kleine Fetzen aufgesprungen war. Mein Haar war fettig und verfilzt. Seit ich hier war, hatte ich mich kein einziges Mal gekämmt. Entsetzt wandte ich meinen Blick ab.

Knight Rider hingegen schien mich völlig anders zu sehen. »Sieh hin«, zischte er, »du bist die leibhaftig gewordene Sünde, Valerie. Die Versuchung. Lockendes, rosiges Fleisch, goldenes Haar, und weil du selbst die Versuchung bist, wirst du ihr auch erliegen. Denk an Maria Magdalena. Aber du wirst nicht so enden. Niemand wird dich steinigen, ich sorge dafür.« Er legte seine Arme um mich und preßte sich an mich. Als er weitersprach, war seine Stimme dicht an meinem Ohr:

»Das mit deinem Haar, das mußt du verstehen, Valerie, es ist notwendig. Es ist die Buße, die du tun mußt. Der erste Schritt zur Reinigung.« Sein Körper bewegte sich an meinem, und ich war mir nicht sicher, aber ich glaube, daß er sich an mir rieb. Er war wie in Trance.

Dann schien er wieder zu sich zu kommen und stieß mich heftig von sich. Es trennten uns jetzt einige Meter, und den Blick starr auf mich gerichtet, griff er keuchend in seinen Rucksack und zog eine kleine Flasche hervor, die mit einer klaren Flüssigkeit gefüllt war. Er goß sich ein wenig davon in die hohle Hand und trat wieder auf mich zu.

»Trink das, es ist geweihtes Wasser.« Er war wieder so herrisch wie zuvor, und ich trank aus seiner Hand. Ich trank in der Hoffnung, daß er dann endlich gehen würde. Es war das einzige Mal in diesen Tagen, daß Gott mich erhörte.

Inzwischen hat er alle meine Haare abgeschnitten. Jeden Tag wurde die Strähne, die seiner Schere zum Opfer fiel, dicker. Bis nichts mehr da war. Es ist so, als hätte er mir mit jeder Strähne einen Teil meiner Persönlichkeit geraubt. Irgendwann habe ich die Augen geschlossen und den Gedanken daran losgelassen. Es sind nicht meine langen Haare, die mich ausmachen, auch nicht mein üppiger Busen und mein dicker Hintern. Genauso wenig meine runden Wangen und meine babyblauen Augen mit den langen Wimpern. Es ist mein Inneres, was zählt, meine Kraft, meine Zähigkeit, mein Überlebenswille. Ich habe wie eine Besessene gegraben, und ab einem bestimmten Punkt habe ich angefangen mir einzureden, daß es ohne die langen Haare viel leichter ging. So konnte sich kein Dreck mehr darin verfangen, so hingen sie mir nicht mehr ins Gesicht. Alles Schlechte hat auch sein Gutes, sagt meine Mutter immer.

Morgen wird der Tunnel fertig sein. Ein bißchen tiefer muß er noch werden. Dann werde ich mich hindurchzwängen können. Vorhin habe ich es ausprobiert, und bei dem Gedanken, daß es nur noch ein paar Zentimeter sind, die mich von der Freiheit trennen, ist mir das Herz fast aus der Brust geschossen. Ich konnte es trommeln hören.

Am meisten überwältigt mich aber der Triumph über Knight Rider. Dieser kranke Scheißkerl, er hat mich nicht entdeckt. In seinem ganzen Sünderinnen-Gefasel ist ihm entgangen, daß ich nicht nur eine Sünderin bin, sondern obendrein auch schlau. O ja, ich habe mich gut verstellt. Ich habe artig den Kopf gesenkt, wenn er es wollte. Ich habe Abend für Abend das Weihwasser aus seinen Händen getrunken, seine Schwachsinnsgebete auf Knien nachgesprochen. Ich habe ihm nicht in sein schönes Gesicht gespuckt, ich habe nicht mehr geweint. Ich bin eine gute Büßerin gewesen. Ich sollte zur Bühne gehen. Ich würde das Gretchen mit Wonne spielen. Und gestern abend hat meine Schauspielkunst ihren Zenit erreicht. In Hollywood hätte man mir dafür den Oscar gegeben.

Ich weiß, ich klinge euphorisch. Jetzt. Gestern abend war die Angst noch einmal so groß, daß ich dachte, mein Herz müsse jeden Augenblick aus meinem Mund springen, so rasend hat es geklopft. Ich weiß nicht, wie ich es geschafft habe, es vor ihm zu verbergen.

Wie immer war Knight Rider gegen sieben in die Hütte getreten. Wie immer hat er gesagt »Gepriesen sei die Jungfrau Maria«, und wie immer habe ich mit »in Ewigkeit, Amen« geantwortet. Und dann – ich war fast am Ende des Gebetes – begann es unter den Brettern, die ich herausgehoben hatte und die ich am Abend wieder über die Grube legte, zu rumoren. Es mußte ein Tier gewesen sein, das sich darin verfangen und nicht mehr den Weg hinaus gefunden hatte. Ich wurde fast wahnsinnig bei dem Gedanken, daß alles umsonst gewesen sein könnte, denn das Rumoren war laut und hörte nicht auf. Ich habe keine Ahnung, warum Knight Rider es nicht gehört hat, aber seine Augen waren so starr auf mich geheftet, wie ich da kniete, daß es den Anschein hatte, als sei er unter Hypnose. Ich betete immer weiter, und als ich zu Ende war und das Geräusch nicht aufhörte, begann ich laut zu singen, das einzige Kirchenlied, das ich auswendig konnte: »Großer Gott, wir loben dich«. »Horch, was kommt von draußen rein« wäre in diesem Augenblick wohl nicht wirklich passend gewesen ...

Als ich fertig gesungen hatte, trug Knight Rider einen Ausdruck im Gesicht, den ich nur mit Glückseligkeit beschreiben kann. Wahrscheinlich dachte er, nun wirklich eine Geläuterte vor sich zu haben. Aber das interessierte mich nicht. Das einzige, was zählte, war, daß das Rumoren aufgehört hatte. Das Tier war weg. Wahrscheinlich hatte ich es mit meinem Gesang in die Flucht geschlagen. Ich mußte mich beherrschen, vor lauter Erleichterung und Hysterie nicht ebenso laut zu lachen, wie ich gesungen hatte.

Der Gedanke, bald fliehen zu können und Knight Rider überlistet zu haben, bewirkte, daß ich alles, was er anschließend mit mir tat, leichter ertragen konnte.

Fest stand, daß es höchste Zeit wurde zu fliehen.

Weit und schnell.

Ich wußte, daß er dabei war, sein Werk an mir zu vollenden. Über zehn Tage hatte er mich Buße tun lassen, mich seine Gebete sprechen lassen, mich gedemütigt und mir mit meinen Haaren das genommen, was für ihn ein Symbol der Verlockung und Verworfenheit war. Was sollte für ihn jetzt noch kommen, wenn nicht mein Tod? Es war unvorstellbar, daß er mich jetzt, nach dem, was er »Reinigungsprozeß« nannte, wieder gehen lassen würde. Nein, er wollte seinem Gott ein Opfer bringen.

Er wollte meinen Tod.

Meine Ahnung verstärkte sich noch, als er mir an diesem Abend die Haare, oder vielmehr das, was davon noch übrig war, wusch.

Er tat es sanft, fast zärtlich. Er hatte eine alte Zinkwanne mitgebracht – so eine, wie meine Oma sie noch hat, um Äpfel darin aufzubewahren –, und ich mußte mich auf den Boden setzen und meinen Kopf nach hinten strecken. Das Wasser war eisig kalt. Es war, als würden tausend Nadeln in meine Kopfhaut stechen. Ich schrie, riß meinen Kopf hoch, aber er drückte ihn wieder hinunter und goß das Wasser weiter über meine Haare. Es tat sehr weh. Währenddessen war er mir so nahe, daß ich die gelbliche Verfärbung des einen Schneidezahns sehen konnte. Und zum ersten Mal entdeckte ich, daß der obere Teil seiner Ohren viel länger und spitzer war als bei anderen Menschen. Simon hätte sie Trollohren genannt.

Als er mit meinen Haaren fertig war, sah er mich lange an, so als wollte er mein Bild tief in sich aufnehmen. Ich wußte inzwischen, daß ich vieles aushalten konnte – nur dieser Blick war mir unerträglich. Er gab mir das Gefühl, mich von mir selbst abzuspalten, so als würde ich mich Stück für Stück diesem Irren verschreiben.

»Ich kenne zwar deinen Namen nicht«, sagte ich und unterdrückte das Zittern in meiner Stimme, »aber ich danke dir für alles. Du hast mir gezeigt, was wirklich zählt im Leben, du hast mir Gott gezeigt. Ich wünschte, ich könnte dir zeigen, wie dankbar ich bin.« Himmel, was für ein Quatsch, ich haßte mich selbst für meine Worte, aber am Ausdruck seiner Augen bemerkte ich, daß ich für den Augenblick gerettet war.

»Du willst mir danken, Valerie? Das kannst du. Zieh dich aus.« Er sagte es freundlich. Und während ich erstarrte, stand er auf und leerte vor der Tür das Wasser aus der Wanne.

Mit einer kleinen Geste deutete er darauf und sagte: »Zieh dich aus, ich hole inzwischen frisches Wasser. Du wirst nun ein Bad nehmen. Dein großer Tag ist sehr nah.« Er klang so freudig, als würden wir gleich zu einem frühsommerlichen Picknick aufbrechen. Mir hingegen gefror das Blut in den Adern.

»Aber es ist Sünde, sich einem Mann nackt zu zeigen«, wandte ich ein.

»Irgendeinem Mann ja, da hast du recht. Aber nicht einem Diener Gottes, Valerie. Du brauchst dich nicht zu sorgen. Beeile dich.« Er wandte sich um und ging zur Tür. Für einen Moment überlegte ich, ob ich einfach an ihm vorbeirennen sollte, hinaus in den Wald, aber gleichzeitig war mir klar, daß es mir auf diese Art nicht gelingen würde zu fliehen. So lange er in der Nähe war, wäre er immer der Stärkere. Ich mußte mich fügen, ich durfte ihn nicht reizen. Darin lag meine Überlegenheit.

Zum hundertsten Mal biß ich die Zähne zusammen, unterdrückte die Tränen, und während er einen zweiten Kanister mit Wasser aus seinem Wagen holte, zog ich meine Kleider aus und bündelte sie neben mir zu einem kleinen Stapel. Mit geschlossenen Augen stand ich nackt da und wartete. Dann hörte ich das Plätschern des Wassers und wußte, er war zurück.

Lieber Gott, laß nicht zu, daß er mir etwas tut, bitte bitte nicht, betete ich innerlich, während Knight Rider mich bedächtig wusch. Wieder war das Wasser so, als käme es direkt aus der Antarktis. Ich zitterte am ganzen Leib. Ob vor Kälte oder vor Angst, weiß ich nicht. Beides fühlte sich furchtbar an.

Die ganze Zeit hielt ich meine Augen geschlossen, die Beine hatte ich instinktiv an meinen Bauch gezogen, als könnte ich mich auf diese Weise unsichtbar machen. Dann hörte ich ihn murmeln: »Gegrüßet seist Du Maria, voll der Gnade ...«

Dabei fühlte ich seine Hände auf meinen Schultern, dann auf meinen Armen. Er berührte meine Brüste, meinen Bauch, meine Beine, und schließlich glitt seine Hand zwischen meine Schenkel. Das Gemurmel hörte auf, sein Atmen stockte, und ich spürte, wie ich mich verkrampfte. Nein, nein, bitte nicht, bitte nicht ...

Ich gab keinen Ton von mir, auch nicht, als seine feuchten Lippen in meinem Gesicht herumirrten. Stattdessen drückte ich mein Kinn tief auf meine Brust und zog die Schultern hoch. Ich fühlte seine Hand, wie sie sich da unten bewegte – noch nie hatte mich jemand dort berührt, nicht einmal Bobby ...

Ich fühlte seine Hand und wartete, daß sein Atem wieder gleichmäßig werden würde, wartete darauf, ihn wieder beten zu hören – aber er atmete nicht, betete nicht. Seine Finger hatten sich dort verfangen und wollten mich öffnen ...

Er tat mir weh.

Gerade als ich den Mund aufriß, um zu schreien, schien er wieder zur Besinnung zu kommen. Er stieß mich weg und begann mit den Fäusten auf meine Brüste einzuschlagen.

»Du Metze, du Dirne, siehst du, was du mit den Männern anrichtest? Das alles ist deine Schuld. Herr, du bist mein Zeuge, das Weib ist voll der Sünde.« Er packte mich an den Haaren und drückte meinen Kopf unter Wasser. Dann riß er ihn hoch, um ihn gleich wieder zurückzustoßen. Immer wieder, das Wasser drang mir in die Ohren und in den Mund, bis ich glaubte, zu erstikken. Ich weiß nicht, woher ich die Kraft nahm, aber irgendwo in mir gab es noch einen Rest davon, und ich begann zu schreien:

»Vergib mir, vergib mir. Laß mich zu meinem Gott beten, damit auch er mir vergibt.«

Er hielt inne, und es wurde still.

Ich verbrachte die ganze Nacht damit, kniend zu

beten. Und er kniete neben mir und sprach mir Zeile um Zeile vor. Erst als der Morgen dämmerte, verschwand er, und ich wußte, ich hatte keine Zeit mehr zu verlieren.

Ich darf nicht schlafen.

Nein. Nein. Nein.

Es ist sieben Uhr morgens. Die Stimme der Vernunft in meinem Kopf klingt streng und herrisch. Ich weiß, sie hat recht.

Aber da ist auch diese andere, mitfühlende Stimme, die so viel Verständnis für meinen todmüden, geschundenen Körper hat. Sie sagt: »Du mußt dich ausruhen. Du brauchst jetzt Schlaf, Valerie. Du hast so viel Schlimmes durchgemacht. Komm, leg dich hin.«

Sie klingt so sanft und einschläfernd, und es kostet mich meine gesamte Kraft, ihr zu widerstehen. Wenn ich überleben will, dann muß ich stark bleiben. Nur noch dieses eine Mal. Und ich muß mich beeilen. Mein Peiniger ist weg, aber wer weiß, wann er zurückkommt? Dieser Tag ist meine letzte Chance. Das weiß ich genau, nach all dem, was letzte Nacht passiert ist.

ICH MUSS MICH BEEILEN!

Zwei Stunden grabe ich wieder wie besessen, dann ist das Loch groß genug. Ich kann mich hindurchzwängen.

Bei dem Gedanken, daß ich endlich fliehen kann, daß die Freiheit zum Greifen nah vor mir liegt, beginne ich zu zittern, als wäre es mit einem Schlag eisig kalt geworden. Ich zittere so stark, daß es mir kaum gelingt, die Uhr von Simon an meinem Handgelenk zu befestigen. Es scheint ewig zu dauern, bis ich den kleinen Plastikstift in eine Öse pfriemele, und obwohl es die letzte ist, sitzt das Armband viel zu locker. Gott, ich muß wie verrückt abgenommen haben. Vor ein paar Wochen noch wäre das ein Grund zur Euphorie gewesen, jetzt macht mir der Gedanke nur noch angst.

Ich will endlich raus hier.

Und dann krieche ich durch das Loch. Es geht ganz leicht. Nur ein paar Sekunden, und ich bin draußen. Das helle Tageslicht auf meinem Gesicht ist wie ein Schock. Ich kneife die Augen fest zusammen. Die frische Luft in meinen Lungen tut fast weh, doch wie eine Süchtige atme ich sie ein.

Zum ersten Mal sehe ich den Wald, der die Hütte umschließt. Es ist ein Tannenwald – hoch, dicht und dunkel. Knight Rider muß jedes Mal durchs Unterholz gekommen sein. Aber aus welcher Richtung?

Irgendwo muß es einen Weg geben.

Ich laufe los.

Blindlings.

Abgestorbene Zweige knacken unter meinen Füßen, Äste peitschen mir ins Gesicht. Oft falle ich fast hin. Aber ich kann mich immer wieder auffangen und stolpere weiter. Der Wald wird nicht heller. Noch immer kein Weg in Sicht, und meine Kraft läßt nach. Meine Lungen schmerzen vom schnellen Atmen, mein Mund ist trocken, und ich habe Seitenstechen. Um mich herum beginnt sich der Wald zu drehen, aber ich laufe weiter.

Immer weiter und immer mit dem Gefühl, er sei hinter mir her.

Ich weiß nicht, wie lange ich laufe.

Ich weiß nicht, wohin ich laufe.

Vielleicht laufe ich ja einfach nur im Kreis.

Plötzlich stehe ich mitten im Dickicht. Stachelige Zweige umschlingen meine Beine bis zur Hüfte wie gespenstische, dürre Arme. Mein Rock zerreißt, und meine Waden bluten. Panik läßt mich schwindlig werden und mein Herz rasen.

Aber ich muß weiter.

Irgendwo muß dieser verdammte Wald doch ein Ende haben. Langsam, Valerie, langsam. Zuerst mußt du aus diesem Dickicht heraus, denke ich. Meine Gedanken überschlagen sich. Ich will endlich nach Hause. Als ich mich umblicke, sehe ich, daß der Wald links von mir steil ansteigt. Dort muß ich hin. Dort hört das Dickicht auf.

Ich raffe meinen Rock so hoch wie möglich und stopfe die Zipfel in meinen Slip. Ich habe ihn fast vierzehn Tage lang getragen.

Es ist mühselig, mit weiten, hohen Schritten durch dieses Gestrüpp zu stapfen, und ich komme nur langsam voran. Nur das Knacken der Zweige unterbricht die Totenstille um mich herum, und wieder glaube ich, Knight Riders Atem in meinem Nacken zu spüren.

Dann passiert es: Fünf Meter vor mir schnellen mindestens zehn Rehe aus dem Unterholz. Wie Raketen schießen sie in hohen Sprüngen an mir vorbei. Mein eigener Schrei gellt mir so laut in den Ohren, daß ich mich wundere, vor Schreck nicht tot umgefallen zu sein. Als ich die Anhöhe erreicht habe, fühle ich, wie mir Tränen über das Gesicht laufen. Und dann sehe ich unterhalb des Hangs endlich den Weg. Er ist matschig und von zahllosen Reifenspuren irgendwelcher Forstfahrzeuge durchzogen.

Es müssen Menschen in der Nähe sein!

Lieber Gott, ich danke dir, ich danke dir, sage ich laut in den Wald hinein. Dann laufe ich so schnell wie noch nie in meinem Leben diesen Abhang hinab.

Als ich noch überlege, in welche Richtung ich weitergehen soll, fühle ich schon fast die Arme meiner Mutter um mich, höre die warme Stimme meines Vaters, sehe die Erleichterung und Freude in Simons Gesicht. Ich bin beinahe schon daheim.

Dann laufe ich in die Richtung, in der mir das Licht am hellsten scheint. Da, wo es heller ist, muß der Wald enden, überlege ich und habe recht: Eine Weile später erreiche ich eine schmale asphaltierte Straße. Ein Schild weist rechts nach Farchach. Noch fünf Kilometer. Ich habe noch nie von diesem Dorf gehört, aber es ist ein Ort, wo es Menschen gibt …

Ich bin gerettet. Ich bin gerettet.

Vor Dankbarkeit schluchze ich auf.

Ich kann fast nicht mehr, dennoch zwinge ich mich weiterzugehen. Fünf Kilometer, Valerie, nur fünf Kilometer. Für mich sind es die längsten fünf Kilometer meines Lebens. Ich meine, wenn man knapp vierzehn Tage lang fast nichts gegessen und getrunken hat, können schon fünf Schritte zur Qual werden. Ich habe bereits einen Marathon hinter mir. Fünf Kilometer erscheinen mir jetzt endlos.

Aber ich setze einen Fuß vor den anderen.

Schritt für Schritt.

Ich weiß nicht, wie lange ich mich auf dieser Straße weiterschleppe, bis ich plötzlich hinter mir dieses sanfte Motorengeräusch höre.

Ein Mensch, in diesem Niemandsland.

In meinem Magen zuckt es vor Erleichterung. Ich drehe mich um, will winken, will am liebsten in die Mitte der Straße springen, will laut schreien. Ich halte mich gerade noch zurück. Es ist ein rotes Auto. Ein alter Golf. Der Fahrer hält, beugt sich herüber und öffnet mir die Tür. Ich sehe seine Lippen mit dem gelblichen Schneidezahn dahinter, registriere die spitzen Ohren.

»Hallo, Valerie«, sagt er, »da bist du ja. Ich habe dich schon gesucht ...«

»Verdammt!«

Simon Graf saß an seinem Schreibtisch und fluchte laut. Sein inbrünstiges »verdammt« galt in erster Linie Malina Maltzan. Ihr gehörte Argus, die Detektei, für die er seit knapp drei Jahren nach seinem Ausstieg bei der Kripo München arbeitete. Er hatte Malina wirklich gern – es gab Momente, da würde er meilenweit durch die Sahara wandern, nur um sie hinter ihrem Schreibtisch zu sehen –, aber in diesem Moment hätte er sie und ihre Vorliebe für technische Spielereien auf den Mond schießen können. Wie oft hatte er sich schon darüber geärgert, daß sie die Schreibtische mit schnurlosen Telefonen ausgestattet hatte anstatt mit einer ganz normalen Anlage, bei der man den Hörer auf die Gabel knallen konnte, wenn man vor Wut fast platzte.

Simon erinnerte sich lebhaft an die Diskussion, die vorausgegangen war. Mit einem schnurlosen Apparat sei man wesentlich mobiler, hatte Malina behauptet. Man könne damit schließlich telefonieren *und* dabei umhergehen. Dabei hatte sie einen Ton angeschlagen, als handele es sich bei ihrem Büro um ganze Zimmerfluchten und nicht um einen einzigen Raum mit einem winzigen Vorzimmer.

Jetzt saß Simon allein in jenem Raum, während Malina ihren Urlaub mit Mann, Sohn und Handy auf einer griechischen Insel verbrachte. Er konnte nichts anderes tun, als mit seinem Daumen dreimal hintereinander auf ein mickriges Knöpfchen mit einem aufgedruckten Telefonhörer zu hämmern, um seinem gewaltigen Zorn Ausdruck zu verleihen.

Noch immer schallte Simon die aufgebrachte Stimme von Fatima Kayatemür im Ohr. Sie war Substitutin einer Niederlassung der Supermarktkette Spar-Mart in Giesing, die über Argus Kaufhausdetektive engagiert hatte. Mit einem von ihnen hatte es schon vor ein paar Wochen Ärger gegeben. Udo Göbel. Simon hatte bereits ein Zwikken im Magen verspürt, als sie ihn eingestellt hatten. Der Mann, ein ehemaliger Elektriker, war ihm vorgekommen, als könne er es gar nicht erwarten, mit einem Detektivausweis herumzuwedeln und den Menschen endlich Zucht und Ordnung beizubringen.

Sie hatten ihn nur deshalb eingestellt, weil der Auftrag von Spar-Mart über Nacht gekommen war und verloren gegangen wäre, wenn Argus nicht über das nötige Personal verfügt hätte. Simon haßte Entscheidungen dieser

Art. Seine Eingeweide wanden sich bei dem Gedanken, daß jeder, sofern er über keine Vorstrafen verfügte und polizeilich gemeldet war, als Detektiv arbeiten konnte. Nicht einmal juristische Vorkenntnisse waren vonnöten, und viel zu oft hatten sich bei ihm Leute beworben, die früher ihr täglich Brot bei der Stasi verdient hatten.

Udo Göbel war neunundzwanzig Jahre alt und wohnte in Gröbenzell, wo er auch aufgewachsen war. Trotzdem haftete ihm dieselbe Heimtücke und Machtgier der ehemaligen Spitzel aus dem Osten an.

Schon vor zwei Wochen, als Fatima Kayatemür zum ersten Mal angerufen hatte, sah Simon seine Vorahnungen bestätigt. Göbel hatte eine dreiundachtzigjährige Frau des Diebstahls verdächtigt, weil er in ihrem Korb eine Packung Strümpfe gefunden hatte, die nicht auf ihrem Kassenbon gestanden hatte. Weder hatten ihn die Tränen der alten Frau beeindruckt noch Fatima Kayatemürs Einwände gegen sein Vorgehen. Großspurig hatte er die Polizei gerufen, und die alte Frau war vor den Augen anderer Kunden ins Büro der Geschäftsleitung geführt worden. Wie sich herausstellte, hatte sie die ganze Zeit die Wahrheit gesagt. Sie hatte die Strümpfe zuvor in einer Drogerie gekauft. Anhand des Strichcodes der Strumpfpackung, die nicht mit der Warenregistrierung des Supermarktes übereingestimmt hatte, war das schon bald herausgekommen. Statt einer Entschuldigung hatte sich Göbel allerdings nur wie ein Gockel aufgeplustert: er sei eben seiner Pflicht nachgekommen. Lieber ein Unschuldiger zuviel als ein Schuldiger zuwenig.

An diesem Freitagvormittag hatte Göbel das Faß endgültig zum Überlaufen gebracht, und Fatima Kayatemür hatte sich diesmal nicht von Simon beschwichtigen lassen. Entgegen ihrer sonst eher trägen Art war ihr südländisches Temperament hervorgeblitzt, und sie hatte etwas von »Nazimethoden« und »Frauenfeindlichkeit« in den Hörer gefaucht. Diesmal war eine junge Mutter mit Kind

Göbels Opfer geworden. Nur weil sie ihre Einkäufe mit in den angrenzenden Getränkemarkt mitgenommen hatte, hatte er sie verdächtigt, vorher nicht bezahlt zu haben. Auf Simons Frage, warum die Frau ihm nicht den Kassenbon gezeigt habe, schnaubte Fatima Kayatemür nur: »Herr Graf, Sie wollen es wohl nicht begreifen: Ihrem Herrn Göbel geht es ausschließlich darum, andere zu traktieren. So eine Aktion ist für den pures Viagra. Der Kassenzettel, den die Frau natürlich bei sich hatte, interessierte ihn gar nicht. Es gefällt ihm, Macht über andere zu haben. Davon abgesehen: Dieser Flachwichser kann wahrscheinlich nicht einmal lesen.«

Die Geschichte hatte damit geendet, daß Göbel wieder einmal die Polizei gerufen hatte und die Frau samt dreijährigem Sohn eine Stunde in der glühenden Augusthitze warten mußte, während die Einkäufe im Wagen allmählich zu leben begannen. Zu guter Letzt hatte sich natürlich herausgestellt, daß seine Verdächtigungen nichts als blanke Willkür gewesen waren.

Argus brauchte die Aufträge von Spar-Mart weiterhin – das hatte ein Blick auf die Abrechnungen der letzten Monate deutlich gezeigt. Aber nicht nur deshalb, sondern auch, weil Simon das Verhalten von Göbel ebenso verurteilte wie Fatima Kayatemür, hatte er alles an warmem Verständnis in seine Stimme gelegt und sie schließlich einigermaßen besänftigt.

Nachdem Simon ein paar Mal tief durchgeatmet hatte, rief er Göbel an und bestellte ihn zu sich ins Büro. Er freute sich schon darauf, das überhebliche Grinsen aus Göbels bleichem Mausgesicht verschwinden zu sehen, wenn er ihm mitteilte, daß er gefeuert sei.

Eine Stunde später war Göbels Grinsen tatsächlich einem Ausdruck bösartiger Wut gewichen, dem etwas Hinterhältiges beigemischt war. Zuerst hatte der Mann noch versucht, sich vor Simon zu rechtfertigen, aber als er merkte, daß er damit an ihm abprallte wie an einer Stahlbetonwand, war er schließlich verstummt. Als er von seiner Kündigung erfuhr, zischte er Simon entgegen:

»Das wird Ihnen noch gehörig leid tun, Graf. Der Laden hier gehört Ihnen ja nicht mal. Frau Maltzan ist nicht nur meine, sondern auch Ihre Chefin, und bei dieser Sache hat sie wohl auch ein Wörtchen mitzureden. Niemand springt so mit einem Udo Göbel um, auch Sie nicht. Bulle!« Das letzte Wort spie er fast aus.

Es gab einiges, was Simon dem Mann am liebsten entgegengeschleudert hätte, aber er zählte bis fünf und hielt sich zurück. Perlen vor die Säue zu werfen war nicht seine Sache. So beschränkte er sich lediglich darauf, dem Mann seine Papiere zu reichen. Wortlos.

Als Göbel sich beim Hinausgehen noch einmal umdrehte und ihn haßerfüllt anblickte, konnte sich Simon ein paar Worte doch nicht verkneifen:

»Sehen Sie das Ganze als Chance, Herr Göbel, und nutzen Sie die Zeit, darüber nachzudenken, daß es nichts Widerwärtigeres gibt als Menschen, die glauben, die Macht zu haben, sich über andere zu erheben, und auch noch zu ihren Peinigern werden. Sie sollten mir Ihre Entlassung nicht verübeln: Sie haben Ihre Macht mißbraucht, und ich *ge*brauche nun eben meine. Glauben Sie mir, Frau Maltzan wäre mit meiner Handlungsweise vollkommen einverstanden.«

Simon Graf war jetzt Ende dreißig. Seit langem hatte er es sich abgewöhnt, beruflichen Ärger allzu nahe an sich herankommen zu lassen. Es war besser, Dinge, die man nicht ändern konnte, so zu akzeptieren, wie sie waren. Bei dem Gedanken grinste er, denn er wußte, daß er mit dieser Abgeklärtheit Malina oft zur Weißglut brachte. Wenn Malina sich ärgerte, dann *wollte* sie sich ärgern. Gründlich und selbstverständlich mit der solidarischen Anteilnahme aller anderen. Göbel hätte ihren ausgeprägten Gerechtigkeitssinn für Stunden strapaziert, und deshalb hatte Simon, als er sie gegen vier Uhr auf Samos angerufen hatte, den Vorfall weniger drastisch geschildert, als er tatsächlich gewesen war.

Sie war dann auch sehr gelassen geblieben – und auf Simons Mitteilung, er habe Göbel gekündigt, hatte sie nur geantwortet: »Du wirst schon alles richtig gemacht haben. Hauptsache, du hast Ersatz für ihn ... Another Café freddo, please.« Letzteres hatte wohl dem samiotischen Pool-Kellner gegolten, und Simon hatte das vage Gefühl gehabt, als habe Göbel sie nicht wirklich interessiert.

Nach dem Telefonat mit Malina vergaß auch Simon den Mann. Die Sonne brannte auf die Fensterscheiben des Büros. Es war unerträglich heiß, und Simon fühlte, wie ihm der Schweiß über den Rücken lief und Flecken auf seinem weißen Hemd hinterließ. Er ignorierte das Chaos auf seinem Schreibtisch, überlegte, ob er den Abschlußbericht für ein Versicherungsunternehmen schreiben sollte, und entschied – in Gedanken bei Malina und dem Café freddo –, es auf Montag zu verschieben. Er schaltete den Anrufbeantworter ein und verließ das Büro.

Im Kofferraum seines Autos lagen ein Handtuch und seine Badehose. Er hatte beides in diesem Sommer noch nicht häufig benutzt. Bevor er sich auf den Weg zum Feringasee machte, würde er sich in der Buchhandlung am Rosenkavalierplatz nicht nur den neuesten Mankell holen, sondern auch die CD von Anna Netrebko. Ihr herzbewegender Sopran und ihre Schönheit hatten viele Opernliebhaber über Nacht in ihren Bann gezogen, und auch er konnte ihr nicht widerstehen. Simon teilte zwar nicht Wallanders Neigung, sich allabendlich in einem Meer aus Schwermut und Pessimismus zu ertränken, wohl aber dessen Liebe zu schönen Frauen, Verdi und Mozart.

In den letzten Monaten hatte sich Simon Bücher meistens im Internet bestellt. Als sein Blick jetzt durch die Regalreihen der Buchhandlung schweifte, fühlte er sich von den vielen bonbonfarbenen Umschlägen abgestoßen und wandte sich statt dessen den Klassikern zu. Den Mankell und die CD hatte er sich schon unter den Arm geklemmt, und so vertiefte er sich in die erste Seite von Virginia Woolfs »Mrs Dalloway«:

Mrs Dalloway sagte, sie wolle die Blumen selber kaufen. Denn Lucy hatte genug zu bestellen. Die Türen würden aus den Angeln gehängt werden; Rumpelmayers Leute kämen. Und dann dachte Clarissa Dalloway, was für ein Morgen – frisch, wie geschaffen für Kinder am Strand.

Simon hatte den Anfang von Mrs Dalloway schon vor Jahren einmal gelesen. Mit dem Rest hatte er sich schwergetan, an vielen Stellen war ihm das Buch wie eine Aneinanderreihung willkürlicher Gedankensplitter erschienen. Die ersten Zeilen des Romans jedoch zogen ihn mit ihrer Leichtigkeit und Frische genauso an wie damals, und er fühlte sich auf eine beinahe altmodische Art und Weise beschwingt. Beschwingt fühlten sich sonst allenfalls die Damen eines Jane-Austen-Romans während einer Landpartie. Und dennoch kennzeichnete »beschwingt« aufs beste Simons augenblickliche Gemütslage. Er setzte an, um weiterzulesen. Vielleicht würde er es ja diesmal schaffen.

Es war dieses Gefühl, beobachtet zu werden, was ihn plötzlich stutzen ließ. Er hob den Blick und sah in die Augen eines hochgewachsenen Mannes, der auf der anderen Seite des Büchertisches stand und einen Kunstband in den Händen hielt. Den Titel konnte Simon nicht erkennen. Doch das Gesicht des Mannes war ihm vertraut, es gelang ihm nur nicht, es einzuordnen. Bilderfetzen schossen durch seinen Kopf, Vergangenes und Gegenwärtiges setzten sich willkürlich zusammen, drehten und formten sich, bis die Tiefen seines Gedächtnisses schließlich ein vollständiges Bild erzeugten. Es zeigte den Mann ihm gegenüber, dessen jetzige Gestalt jedoch eine verwaschenere, konturenlosere Kopie des Originals darstellte. Das Blau der Augen schien weniger leuchtend, die Lippen wirkten merklich schmaler, die Wangen waren voller geworden, aber genauso gebräunt wie früher. In dem braunen Haar zeigten sich die ersten grauen Strähnen, doch wuchs es ebenso dicht wie damals. Als der Mann zu lächeln begann, kräuselten sich die Fältchen um seine Augen wie kleine Sonnenstrahlen. Daran hatte sich nichts geändert.

»Jens? Jens Grothe?« Simon legte »Mrs Dalloway« zur Seite und machte einen Schritt um den Tisch herum.

»Simon, altes Haus.« Das Lächeln des Mannes wurde eine Nuance breiter. Er warf einen kurzen Blick auf Simons Lektüre: »Sieh an, Virginia Woolf. Nach so vielen Jahren doch Feminist geworden. Haben dich die Mädels kleingekriegt?«

»Sie tun ihr Bestes. Aber ich halte tapfer dagegen. Mensch, Jens, wie lange ist es her, daß wir uns zum letzten Mal gesehen haben?«

»Frag mich nicht. Ich weiß nur, daß es nach einem Stones-Konzert im Olympiastadion war. Zehn Jahre ist das mindestens her. Du warst ganz schön blau und hast irgendeiner Angie nachgetrauert.« Jetzt grinsten beide Männer und schlugen sich gegenseitig unbeholfen auf die Schulter.

»Angie. Stimmt. Sie ist inzwischen verheiratet und hat zwei Kinder. Mann, die Zeit ist wirklich schnell vergangen. Was hast du denn inzwischen getrieben? Verheiratet? Kinder?« fragte Simon, und gleichzeitig fuhr ihm durch den Kopf, daß er jede Beziehung abgebrochen hatte, sobald dieses Thema auch nur gestreift worden war.

Für Jens Grothe schien das Thema »Familie« weniger bedeutungsvoll zu sein. Sein Grinsen vertiefte sich noch:

»Mein Leben war nicht besonders ereignisreich. Mit ›mein Haus, mein Pferd, mein Boot‹ kann ich nicht dienen. Und mit Frau und Kindern schon gar nicht. Ich habe die letzten Jahre in Italien gelebt, in der Nähe von Florenz, und hatte eine eigene Werkstatt.«

»Eine Werkstatt?« fragte Simon erstaunt. »Was hast du repariert? Agnellis Rennstall?«

»Nicht ganz, höchstens alte Schaukelpferdchen. Ich habe Antiquitäten restauriert und verkauft.«

Simon blickte auf seine Uhr. Für den Feringasee war es inzwischen zu spät, und langsam hatte er Hunger: »Sieht so aus, als hätten wir uns eine Menge zu erzählen. Hast du Zeit? Wie wär's mit Spareribs und einem kalten Bier in der Emmeramsmühle?«

»Na, das ist doch ein Wort.« Jens Grothe griff nach seinem Kunstband und ging zur Kasse.

Obwohl Simon Graf und Jens Grothe beide aus Ottobrunn stammten, waren sie nie eng befreundet gewesen. Sie hatten sich auf eine unverbindliche Art gemocht und im selben Fußballverein gespielt, aber darüber hinaus hatten sich ihre Lebenskreise kaum berührt. Der Kontakt war noch weniger geworden, nachdem Jens Grothe ein Jahr früher als Simon sein Abitur bestanden hatte. Es war das Jahr gewesen, in dem Simons Schwester verschwunden war. Simon, der damals zu den Besten seiner Klasse gehörte, hatte sich nach Valeries Verschwinden mehr und mehr abgekapselt, und sein Interesse für alles, was sein früheres Leben bestimmt hatte, war völlig ausgelöscht. Damals wäre es ihm wie ein Verrat an Valerie erschienen, so weiterzuleben, als wäre nichts geschehen. Er gab einfach auf, weder die Worte seiner Mutter noch die seines Vaters drangen zu ihm durch. Nichts hatte ihm dieses Gefühl der Schuld nehmen können. Sein Leben war plötzlich aufgeteilt in ein Vorher und ein Nachher. Valeries Verschwinden bildete die Trennungslinie.

Daß er es geschafft hatte, zu überleben, schrieb er heute dem Phänomen zu, daß das Leben selbst immer stärker als alles andere war. Langsam war er wieder zurückgeglitten in die sogenannte Normalität, begleitet von der Erkenntnis, daß nichts, weder sein eigener Tod noch andauernde Selbstanklage, Valerie jemals zurückbringen würden. Simon hatte sein Abitur ein Jahr später nachgeholt und gleich nach dem Zivildienst sein Studium zum Kriminalkommissar auf der Polizeifachhochschule in Brühl begonnen. Für ihn hatte es keine Wahl gegeben.

Jens Grothe wieder getroffen zu haben bedeutete für Simon mehr als nur ein Weißt-du-noch-Gespräch vor einer Maß Bier. Gerade weil er den Mann aus jener Zeit kannte, zu der seine Schwester verschwunden war, erwachten die Erinnerungen um so plötzlicher. Zwei Jahrzehnte waren seither vergangen, doch in dem Moment, als er mit dem alten Schulkameraden auf vergangene Zeiten anstieß, war es für Simon, als sei alles nur einen Wimpernschlag von ihm entfernt.

Ich hebe mein Glas auf vergangene Zeiten, dachte er. Es gibt Augenblicke, da wirft das Leben mit Zynismus nur so um sich.

Für ein paar Sekunden vergaß er die Gegenwart, sah nicht die Menschen, die unter Kastanienbäumen saßen und den lauen Sommerabend genossen, sah nicht das rötliche Licht der untergehenden Sonne, das sich in den Wiesen brach. Die Stimmen und die Musik um ihn herum verschmolzen zu einem dumpfen Klangbrei, während sich Schweißperlen auf seiner Stirn sammelten.

»Alles in Ordnung mit dir?« Jens' Stimme drang zu ihm wie durch eine Nebelwand.

»Sicher. War ein stressiger Tag heute.« Simon rieb sich die Schläfen und wandte sich Jens zu.

Es wurde ein langer Abend. Sie blieben, bis ein Kellner in Lederhosen ihnen mitteilte, daß der Biergarten jetzt schließe. Als sie sich umsahen, bemerkten sie, daß sie die letzten Gäste waren, und es hatte erheblich abgekühlt. Die Zeit war wie im Flug vergangen. Simon hatte Jens voller Amüsement zugehört, als dieser ihm aus den Jahren nach der Schulzeit erzählt hatte. Auch wenn er älter geworden war, seine unkomplizierte und jungenhafte Art hatte er sich bewahrt, und sie redeten miteinander, als hätten sie sich erst gestern zum letzten Mal gesehen.

Es war nicht gerade Neid, der in Simon aufstieg, und wenn, dann nur ein Anflug davon. Vielleicht war es eher ein gewisses Maß an Bewunderung, das er für Jens und seine Lebensgeschichte empfand. Im Gegensatz zu ihm selbst hatte Jens immer frei gelebt, hatte sich zu nichts verpflichten lassen. Er machte den Eindruck, als sei er ausschließlich seinen Neigungen nachgegangen. Nach dem Magisterabschluß seines Kunstgeschichtestudiums hatte er in verschiedenen Ländern gelebt, zuletzt in Italien. Er hatte nie viel, aber immer ausreichend Geld verdient, um sein Leben so zu gestalten, wie er es wollte. Er wirkte wie jemand, der sich jeden Tag aufs neue die Hände rieb und sich fragte, wo der nächste Baum stand, den er ausreißen könnte. Er wirkte wie jemand, der jeden Tag eine neue Wahl hatte.

Als sie gemeinsam zu ihren Autos gingen, erzählte Jens, daß er sich entschlossen habe, erst einmal in München zu bleiben, und Simon bemerkte, daß er sich darüber freute. Der Abend hatte ihm gutgetan und ihm gleichzeitig ins Bewußtsein gerufen, daß er in den letzten Jahren immer mehr zum Einzelgänger geworden war. Jens' Frage, ob sie sich in den nächsten Tagen wieder treffen sollten, stimmte ihn froh. Sie tauschten ihre Telefonnummern aus, und nachdem sie sich verabschiedet hatten und Simon schon im Wagen saß, klopfte Jens noch einmal gegen die Scheibe.

»Ich will dir nicht zu nahe treten, alter Junge, aber eine Frage beschäftigt mich schon den ganzen Abend:

Habt ihr, du und deine Familie, noch einmal etwas von Valerie gehört?« Er sah Simon mitfühlend an.

»Nein. Haben wir nicht.«

Die knappe Antwort ließ Grothe daran zweifeln, ob es richtig gewesen war, diese Frage zu stellen. Nachdenklich blickte er den Rücklichtern des Citroëns hinterher, während er sich vorzustellen versuchte, wieviel Schmerz der Mann darin noch immer empfand.

☽

Auf Samos gingen die Uhren langsamer, war das Licht irisierender, das Meer leuchtete blauer als anderswo, und wer darin schwamm, fühlte sich von seiner Tragkraft weich umschlossen wie in einer sacht schaukelnden Hängematte.

Das Besondere der Insel waren aber die Täler, die sich zwischen den hohen Bergen öffneten und sich alle dem Meer zuneigten. Es waren nicht viele, und sie waren nicht groß, aber sie lagen da wie kleine Paradiese in üppiger Pracht. Wein rankte sich grün bis an die weißen Strände des Meeres, dazwischen Feigenbäume, Oliven und vollkommen schöne Zypressen, die das Blau des Himmels wie schwarze Schwerter durchschnitten.

Die Menschen schlenderten träge über sonnenwarme Straßen und verrichteten ihre Arbeit dennoch mit großer Sorgfalt. Es war, als führte die blumenbewachsene Insel in der Ägäis ein vollständiges Eigenleben, so als scherte sie sich wenig darum, was in anderen Teilen der Erde geschah. Ein Netz aus Frieden, Wärme und einer unerklärlichen Losgelöstheit schien die hingeduckten Häuser, Straßen, Felsen, Strände und die Einwohner zu umspannen.

Malina war seit einer Woche auf Samos, und als sie an diesem Morgen früh erwachte, hatte sie das Gefühl, als habe sie bereits eine lange Zeit auf dieser Insel verbracht.

Sie war ganz durchdrungen von dem Licht und der Harmonie ringsumher, ihr Gehirn war wie reingewaschen, und die Gedanken hüpften in einer munteren Unordnung darin umher. In ihrem Körper und in ihrer Seele war eine neue Leichtigkeit entstanden.

Sie hob den Kopf aus den Kissen und streckte den Arm aus, um die Gardine am Fenster zu lupfen. Wie duftender Schaum wogten die rosa Blüten der Oleanderbäume unter einem Himmel, der um diese Zeit die milchige Farbe von mit Wasser aufgegossenem Ouzo hatte. Noch ein Tag, an dem es warm wird, dachte sie gähnend, bevor sie sich wieder in ihr Bett zurückfallen ließ. Neben ihr schnarchte Edward leise, dann rollte er sich dicht an sie heran, umschlang ihre Hüfte mit seinem Bein und schob seinen Arm unter ihren Kopf.

Vor zwei Monaten hatten sie geheiratet, er war jetzt »ihr Mann« – ein eigenartiger Gedanke, der ihr noch immer fremd war. Ihr Mann. Mein Mann ...

Sie schloß die Augen und überließ sich seiner Umarmung. Dieses morgendliche Löffelchenspiel war schon seit Jahren ein Zeremoniell zwischen ihnen, es geschah bewußt und nicht mechanisch und hatte für sie nichts an Intensität verloren. Jeden Morgen, wenn sie so in seinem Arm lag, fühlte sie sich zu Hause und geborgen vor allem Schlechtem, beschützt wie ein kleines Mädchen, das die Mutter tröstend auf ihren Schoß nahm, nachdem es sich beim Spielen das Knie aufgeschlagen hatte. Und jeden Morgen dachte sie: Lieber Gott, nimm mir das niemals weg.

Malina hätte es Edward gegenüber nie zugegeben, noch hätte sie diesen Satz laut geäußert, laut wäre er ihr ausgesprochen kitschig erschienen – aber es war so.

Genau so.

Während ihr all diese Dinge verschwommen durch den Kopf glitten, räkelte sie sich unter der Bettdecke und drückte sich noch enger an ihn.

»Guten Morgen«, murmelte er in ihr Ohr und ließ sie seine Erektion spüren. Ihr gefiel die Berührung, und ihr Körper entzündete sich an seinem. Sie liebte dieses schläfrige Ineinandergleiten, den warmen Duft von Schlaf auf der Haut, die Unverstelltheit und die Vertrautheit in diesen Momenten. Und dann war da dieser Augenblick der Erwartung, ihn gleich in sich zu spüren, den er manchmal ein wenig verzögerte. Sie fand es noch immer aufregend, wie er sie dabei ansah, und daß er sich erst zu bewegen begann, wenn sie die Spannung fast nicht länger ertrug.

Sie schloß die Augen und sagte sich, daß es nichts Besseres für sie gab als ihre Liebe.

Warum hielt sie dann immer ein Stück von sich zurück? Sie gab sich nicht ganz. Niemand, nur sie wußte das, und sie wußte auch, daß sie dieses Stückchen klar kalkuliert zurückbehielt. Woran lag es, daß sie, obwohl sie Edward liebte, es nicht lassen konnte, sich andere Männer vorzustellen? Diese Männer entsprangen nicht nur ihrer Phantasie, sie waren real, und wenn sie auf sie traf, so verströmte sie auf subtile, aber spürbare Weise Interesse und Verfügbarkeit. Das war das Merkwürdige daran, sie war nicht wirklich verfügbar, sie hätte Edward nicht betrogen, aber allein die Möglichkeit, es tun zu können, weil andere Männer sie begehrten, verschaffte ihr die Gewißheit, niemandem zu gehören und weggehen zu können, wann immer sie wollte. Aber warum sollte sie das wollen?

Als würde er ihre Gedanken erahnen, begann Edward sich intensiver zu bewegen. Er zog ihre Hüften mit festem Griff zu sich und stieß langsam und tief in sie, als ginge es darum, sich nie wieder von ihr zu lösen. Dann fühlte sie seine Zunge in ihrem Mund und war ganz von ihm umschlossen. Ihr Kopf bewegte sich in den Kissen, und sie sah ihre Hände, die den schmiedeeisernen Bettpfosten umklammerten.

Sie dachte an den jungen Griechen, der im Hotel arbeitete und mit dem sie seit ihrer Ankunft tiefe Blicke tauschte. Er war athletisch und strahlte eine träge Sinnlichkeit aus. Als er sie zum ersten Mal angeblickt hatte, war ein kleines, weißes Licht in ihr explodiert. Einmal war sie ihm absichtlich in den engen Hotellift gefolgt, und sie hatten so dicht beieinander gestanden, daß ihre Brust fast seine berührt hatte. Sie hatte kein Wort gesprochen und ihren Blick gesenkt, aber die Atmosphäre war zum Zerreißen gespannt gewesen.

Abends hatte das Hotel ein kleines Fest für seine Gäste ausgerichtet, und sie hatte gewußt, daß auch er dabeisein würde. Sie hatte sich besonders schön gemacht, ihr langes rotes Haar aufgesteckt und nichts weiter getragen als ein enges schwarzes Kleid mit einem Höschen darunter. Die Blicke des Mannes verfolgten sie die ganze Zeit, doch sie bedachte ihn nicht einmal mit einem Wimpernzucken, sondern verströmte all ihren Glanz mit jedem Lachen und jeder Bewegung an Edward.

Als sie an den Moment dachte, als sie Edward an jenem Abend, erregt von dem vorangegangenen Spiel, ins Hotelzimmer gezogen hatte, hielt sie plötzlich inne und umfaßte seine Handgelenke. Sie entwand sich ihm, und er glitt aus ihr heraus. Er protestierte und wollte sie wieder an sich ziehen, aber statt dessen drehte sie ihn auf den Rücken und setzte sich auf ihn.

Es kam ihr so vor, als hätte sie immer nach dieser Sicherheit und dem Schutz, den Edward ihr gab, gesucht. Dabei war es nicht von Anfang an so gewesen. Sie hatten ihre Kämpfe gehabt. Es war schwierig gewesen, und sie hatte ihn fast aufgegeben. Doch dann war etwas geschehen, wodurch ihm bewußt geworden war, daß sie die Frau war, die er brauchte, und sie hatten noch einmal zueinandergefunden.

Sie dachte an ihr gemeinsames Haus in München, das sie mit beständigem Willen in ein Idyll verwandelt hatte.

Jedes Zimmer verströmte Harmonie und umfing seine Bewohner mit Schönheit. Malina brauchte die Deckung, die das Haus ihr bot. Deckung vor den Häßlichkeiten und der Kälte draußen. Es war ein Fluchtpunkt vor Menschen und Ereignissen, die sich in ihrer Rücksichtslosigkeit ungefragt und ungewollt in ihr Leben drängten.

Vielleicht brauchte sie das Haus aber auch so sehr, weil sie bis vor ein paar Jahren nicht gewußt hatte, wohin sie gehörte.

Sie war eine Heimatlose gewesen, damals.

Nach der Trennung ihrer Eltern, als sie fünfzehn Jahre alt war, war ihr »daheim« so unerreichbar wie ein Krater auf dem Mars erschienen.

Sie und ihr Bruder Andreas waren zu ihrer Mutter gezogen, in eine Dreizimmer-Wohnung in einer Neubausiedlung. Ein Zuhause war diese Wohnung nie geworden. Nur ein Dach über dem Kopf.

Ihr Vater lebte mit seiner neuen Frau im Haus seiner alten Familie. Ihr selbstverständliches Zuhause war Malina einfach so entrissen worden. Die fremde Frau in der Küche ihrer Mutter hantieren zu sehen, zu sehen, wie sie im Wohnzimmer vor dem Fernseher saß, als gehöre das alles ihr, und zu sehen, wie sie über die Treppe nach oben ins Schlafzimmer ging und die Klinke berührte, die ihre Mutter jahrelang berührt hatte, war ihr unerträglich gewesen.

»Früher« war endgültig verloren.

Früher war sie ein kleines Mädchen gewesen, das sich mit einem kleinen Jungen darum gebalgt hatte, wer Papa das Bier in den Krug schenken durfte. Früher hatte sie mit Stolz verkündet, Papas bester Kumpel zu sein, und sich an seine kratzige Wange geschmiegt.

Früher waren sie eine Familie gewesen.

Dann war sie eine erwachsene Frau geworden, die überall eine neue Heimat suchte. Doch das Leben verwehrte ihr lange Zeit das, was sie am heftigsten ersehnte. Manchmal hatte sie sich selbst in zwei Hälften gespalten gesehen – eine junge Frau, voller Gier auf alles Unbekannte, immer umgeben von irgendwelchen Bewunderern, und das Mädchen, das jedes Mal bevor es einschlief, nur einen Gedanken im Kopf hatte: Ich will endlich heim.

Was genau sie damit meinte, und wo »daheim« war, hatte sie selbst nicht gewußt. In diesen Jahren hatte sie jene Sicherheit verloren, die nötig war, um ohne Angst zu leben.

Sie atmete schneller, spreizte die Beine noch ein wenig mehr, spannte die Schenkel. Gedanken und Körper wurden wieder eins, ihr Oberkörper sank nach vorn. Gleich war es soweit. Sie hob den Kopf und sah Edward in die Augen. Dann streckte sie den Hals, und ihr Mund öffnete sich. Es wurde heiß, sie fühlte das erste Zucken und Edward tiefer in sich als zuvor. Ein paar Sekunden noch, und sie schrie.

Ein leiser, heiserer Schrei.

Dann fiel ihr Kopf gegen seine Schulter, und seine Hand war in ihrem Haar. Ihre Brust zog sich zusammen, und sie merkte, daß sie weinte.

Im Zimmer nebenan schlief Victor, ihr kleiner Sohn.

Gleich würden sie alle gemeinsam frühstücken.

Sie wischte die Tränen fort.

Sie war daheim.

Draußen schien die Sonne.

☽

Eigentlich war es fast schon Zeit zum Schlafengehen. Die Kellner im »Alten Simpl« begannen die Stühle hochzustellen, und eine eifrige Putzfrau fing bereits an, den Geruch von Bohnerwachs zu verbreiten, während zwei Blondinen durch den Einsatz körperlicher Reize den Barkeeper zu einem weiteren Drink zu überreden versuchten. Simon leerte sein Glas und schlenderte zur Bar, um die Rechnung zu bezahlen. Während er in seiner Hosentasche nach einem Schein kramte, warf er einen Blick auf die beiden Frauen, die er um die Vierzig schätzte. Die Molligere der beiden musterte ihn interessiert.

»Lächeln Sie doch noch mal. Sie lächeln so schön«, sagte sie und strich sich dabei wie zufällig übers Dekollete.

»Nicht annähernd so schön wie Sie.«

»Sieh an, welche Seltenheit. Ein Mann, der weiß, was Frauen hören wollen. Vielleicht wissen Sie ja auch, was Frauen gerne trinken.«

Bevor Simon darauf antworten konnte, war Jens Grothe hinter ihn getreten. Er hatte am Tisch auf Simon gewartet. Jetzt streifte sein Blick die beiden Frauen. Restaurationsbedürftig, dachte er, während sich ein Lächeln um seine Augen kräuselte.

»Sicher weiß er das, und beim nächsten Mal wird er es Ihnen auch beweisen. Heute bin ich dran – zwei Prosecco für die Damen. Stimmt so.« Der Zwanzig-Euro-Schein, den er über die Theke schob, ließ den Barmann die Sperrstunde geflissentlich vergessen. Mit einem Grinsen füllte er zwei Gläser und stellte sie vor den Frauen ab, die sich inzwischen in der Gewißheit sonnten, an diesem Abend nicht leer auszugehen. Ihr Lächeln ließ keine Fragen offen.

»Danke«, wandte sich eine der beiden nun an Jens. »Und Sie trinken nichts?«

»Heute abend nicht mehr. Ein anderes Mal gerne. Jetzt ruft mein Bett nach mir, mein Flieger geht morgen früh um neun. Nicht böse sein.« Jens deutete eine kleine Verbeugung an und wandte sich Simon zu.

»Los, gehen wir«, meinte er zu ihm und ging zur Tür.

»Was denn für ein Flieger?« Simon stand auf dem Bürgersteig und sah ihn irritiert an.

»Ja, was hätte ich denn sonst sagen sollen? Vielleicht: Tut mir leid, Sie sind nicht ganz mein Typ? Warum den beiden da drinnen wehtun? Sie haben jetzt ihr kleines Erfolgserlebnis gehabt, und wir sind aus dem Schneider.«

»Ganz schön gewieft. Von dir kann ich noch was lernen. Du weißt eben mit deinen Pfunden zu wuchern. Buchstäblich.« Simon grinste und tätschelte Jens' Bauchansatz, der sich unter seinem T-Shirt abzeichnete. »Sport ist nicht so deine Sache, oder?«

»Nö«, gab Jens gelassen zurück, »irgendwann erkennst du als Mann, daß du nicht alle Frauen dieser Welt vögeln kannst. Also ist es auch irgendwann egal, wie du aussiehst.«

Die beiden Männer lachten. Plötzlich blieb Jens stehen. »Verdammt, jetzt habe ich meine Jacke hängen lassen. Also, noch mal rein in die Höhle der Löwinnen. Ich bin gleich wieder da.«

Ein paar Minuten später war er zurück und trug eine Jeansjacke über der Schulter. »Glück gehabt. Die haben mich gar nicht mehr gesehen. Hatten uns schon vergessen und hingen jetzt an den Lippen des Kellners. Wenn er Glück hat, geht er heute mit reichlich Trinkgeld nach Hause.« Er machte eine eindeutige Handbewegung, lachte amüsiert und ging weiter.

Es wehte ein warmer Wind, und keiner der beiden Männer fühlte sich müde genug, um sich schon ins Bett zu legen.

»Wo könnten wir denn jetzt noch hingehen? Wie wär's mit dem Nachtcafé?« Grothe blickte auf seine Uhr und wippte unternehmungslustig mit dem Fuß.

»Nachtcafé? Muß nicht unbedingt sein. Mir ist es da viel zu laut. Morgen klinge ich dann wie Marlon Brando als der Pate. Du, ich wohne ja nicht weit von hier, und Bier ist auch im Kühlschrank. Was meinst du?«

»Klar, laß uns gehen.« Grothe setzte sich bereits in Bewegung.

Simons Behausung war für jeden, der ihn zum erstenmal besuchte, eine Überraschung. Jeder mußte glauben, seine Wohnung befände sich in dem ockerfarbenen Mietshaus, das von der Straße aus zu sehen war. Weit gefehlt, denn im Hinterhof verbarg sich ein weiteres Gebäude. Ein Fachwerkhäuschen, das aus dem 19. Jahrhundert stammen mußte und gerade groß genug war, um zwei Zimmer, Küche und Bad zu beherbergen. Simon hatte es von einem Schauspieler übernommen, der vor einigen Jahren ein Engagement am Kölner Schauspielhaus angenommen hatte und weggezogen war. Ein wuchtiger Kastanienbaum wuchs davor und schien das Haus in Schutz nehmen zu wollen.

Simon schloß die Tür auf, und die begeisterte Bemerkung, zu der Jens Grothe gerade ansetzen wollte, erstarb ihm auf den Lippen. Auch im Inneren des Hauses gab es alte Balken und rauh verputzte Fachwerkwände, aber es hatte nichts Malerisches an sich: In der Ecke stand ein schwarzes Ledersofa, als hätten die Möbelpacker es dort einfach fallen lassen, an den Wänden fehlten Bilder, und auf einem Beistelltisch türmten sich Zeitschriften und Prospekte eines Schwabinger Pizzadienstes neben einem Bang & Olufsen Fernseher, dessen Existenz in der Einfachheit des Zimmers überraschte.

Simons Haus war ein einziger Widerspruch. Einerseits wirkte es, als habe er nach etwas gesucht und es auch gefunden. Andererseits, als habe er dann nicht gewagt, damit zu leben.

Undine Busch, die zwei Jahre mit ihm zusammengewesen war, hatte es einmal so zusammengefaßt: »Deine Wohnung sieht aus, als hättest du mitten im Umzug aufgegeben. Ich habe ewig darauf gewartet, daß die Spedition endlich die restlichen Kisten abliefert.«

Während Simon hinausging, um zwei Flaschen Weißbier aus dem Kühlschrank zu holen, zog Jens seine Jacke aus. »Wo kann ich denn hier mal pinkeln?«

»Die Treppe rauf und dann links«, rief Simon aus der Küche. Es war lange her, daß er es sich zu Hause mit einem Bier gemütlich gemacht hatte. Es geschah überhaupt sehr selten, daß er es sich zu Hause gemütlich machte. Dementsprechend hilflos war er jetzt, als er den Flaschenöffner suchte. Er durchforstete gerade die zweite Schublade und fand überraschenderweise zwei japanische Messer, deren Existenz er inzwischen vergessen hatte, als das Telefon klingelte. Er sah auf die Uhr. Halb zwei. Das letzte Mal, als ihn jemand spät in der Nacht angerufen hatte, war es Edward von Habelsberg gewesen, der ihn in einem Anfall von Eifersucht wüst beschimpft hatte. Wenn Simon sich recht entsann, hatte er ihn sogar mit »Arschloch« tituliert.

Das Telefon klingelte hartnäckig weiter, und Simon hob ab. Jemand hatte sich wohl einen Scherz erlaubt. Alles, was aus dem Hörer klang, war die elektronische Version einer Melodie, die Simon vertraut schien, aber die er dennoch nicht erkannte. Dreimal hintereinander ertönte dieselbe Melodie, und niemand sagte ein Wort. Wahrscheinlich war es eine Mobilfunkgesellschaft, die Handyklingeltöne zum Herunterladen anbot. Dann fiel Simon ein, daß es nicht sein Handy gewesen war, das geklingelt hatte. Mit einem Achselzucken legte er wieder auf.

Als Jens im oberen Stockwerk das Badezimmer verließ, hatte Simon endlich den Flaschenöffner gefunden. Merkwürdigerweise im Brotkorb. Er füllte zwei Weißbiergläser und ging hinüber ins Wohnzimmer. Summend setzte er sich auf die Couch und wartete auf den alten Freund.

Jens war schon mit einem Fuß auf der Treppe gewesen, als er noch einmal umkehrte. Die Tür zu Simons Schlafzimmer stand halb offen, und Jens konnte es sich nicht verkneifen hineinzusehen. Ein Blick genügte, um ihn wissen zu lassen, daß es dieser Raum war, in dem Simon *wirklich* lebte: ein Kleiderschrank, der aussah wie ein altes Erbstück, und ein schmales Bett, das fast im Raum verschwand. Daneben, in einer Ecke, stand eine mit hellgrüner Seide bespannte Ottomane und eine Stereoanlage, die ein Arsenal an technischen Finessen bot. Ein Teakholzregal an der Wand gegenüber barg zahllose Bücher und CDs. Ganz hinten, unter dem Fenster, prunkte das schönste Stück des Raumes: ein Empiresekretär, dessen poliertes Holz sogar im dämmrigen Licht schimmerte. Als Grothe ein Stück näher trat, erkannte er, daß neben einer Vase mit voll erblühten Kornblumen ein Bilderrahmen stand. Das Bild zeigte Valerie.

Einen Augenblick lang betrachtete der Mann das Gesicht des Mädchens, das ihn früher immer an einen Engel von Raffael erinnert hatte, dann wandte er sich ab und ging hinunter zu Simon.

Als Simon am nächsten Morgen erwachte, galt sein erster Gedanke einem Aspirin. Er und Jens hatten ein Sixpack Weißbier geleert und dazu eine Schachtel ägyptischer Zigarillos geraucht, die er in einer Schublade gefunden hatte. Jetzt dröhnte sein Kopf, und Simon überwand den Impuls, sich die Decke über den Kopf zu ziehen, und schleppte sich statt dessen ins Badezimmer.

Nachdem er kalt geduscht hatte und frisch rasiert war, verwarf er den Gedanken an das Aspirin. Ein starker Kaffee würde genügen. Er machte sich einen Milchkaffee und trank ihn in kleinen, sehr heißen Schlucken. Seine belebende Wirkung ließ nicht lange auf sich warten, und die Kopfschmerzen verschwanden. Zehn Minuten später saß Simon im Auto und war auf dem Weg ins Büro.

Es war Sonntagmorgen, und die Straßen waren frei. Simon ertappte sich dabei, wie er die banale Melodie, die in der Nacht am Telefon erklungen war, vor sich hinsummte. Er schlug sich gegen den Kopf und ärgerte sich darüber, daß sich dieser Blödsinn in seinem Hirn festgesetzt hatte. Vor Jahren hatte er seine Kollegen einmal genervt, indem er wochenlang mit der Verstocktheit eines Kamels »Die schönsten Pausen sind lila« vor sich hingesungen hatte.

Er zwang sich, an etwas anderes zu denken, und der Ärger mit Udo Göbel fiel ihm wieder ein. Er mußte dringend einen Ersatzmann finden. Auf seinem Schreibtisch lag ein ganzer Stapel Bewerbungen, und Simon beschloß, sie heute auszuwerten.

Er hatte schon zwei Stunden an seinem Schreibtisch gesessen, als er bemerkte, daß der Anrufbeantworter blinkte. Die erste Nachricht kam von Michael Schulz, einem Abteilungsleiter des Versicherungsunternehmens, das Argus mit der Aufdeckung von Betrügereien in der Firma beauftragt hatte. Er wartete dringend auf jenen Abschlußbericht, dessen Erledigung Simon am Freitag auf Montag verschoben hatte. Er seufzte. Es würde ein langer Abend werden.

Dann knackte es auf dem Band, und plötzlich ertönte wieder diese merkwürdige elektronische Melodie. Wie in der Nacht zuvor erklang sie dreimal hintereinander. Es knackte erneut, und das Gerät schaltete sich ab.

Das kann kein Zufall sein, dachte Simon, aber wer immer hinter diesen Anrufen steckt, sein Musikgeschmack ist miserabel. Er versuchte die Anrufe aus seinem Kopf zu verbannen und widmete sich dem Abschlußbericht. Trotzdem konnte er es nicht vermeiden, daß seine Gedanken hin und wieder abschweiften und er sich fragte, wer hinter diesen Anrufen steckte und was sie bedeuten sollten.

☽

Er hatte schlecht geschlafen. Die Vergangenheit war auf einmal wieder lebendig und hatte ihn in seinen Träumen heimgesucht. Sie nagte und fraß an ihm, lag flüsternd auf der Lauer. Gegen drei Uhr nachmittags stieg er aus dem Bett und betrachtete sein Gesicht im Spiegel.

Als er jung war, hatten ihn ein paar Mädchen »Knight Rider« genannt. Er selbst hatte keinerlei Ähnlichkeit mit David Hasselhoff feststellen können, dennoch hatte er immer so getan, als schmeichele ihm der Vergleich. In Wirklichkeit hatte er rasende Wut darüber empfunden, als Verführer zu gelten, und sich damit getröstet, daß er in Wahrheit hinter all seiner »Ritterlichkeit« der Sünde gegenüber unbarmherzig war. Manchmal hatte er bei dem Gedanken voller Grimm in sich hineingekichert. Sein Auftrag war ein Auftrag Gottes gewesen. All die Jahre hatte er daran gearbeitet, seine Ausführung zu perfektionieren. Jetzt war endlich der Augenblick gekommen, und er würde keine Sekunde zögern, ihn zu vollenden.

Noch einmal sah er in den Spiegel, und es wurde ihm klar, daß er niemals das sah, was die anderen sahen. Er selbst sah immer nur das, was dahinter lag: das Gesicht hinter der Maske. Die im Dunkeln sieht man nicht, dachte er und begann sich zu rasieren.

Er hatte sich für diesen Tag noch einiges vorgenommen: Heute würde er Valerie besuchen. Sein Gewissen schlug: Er hatte sie vernachlässigt.

Der Wagen holperte, als er gegen sieben Uhr abends die Hauptstraße verließ und in einen der Forstwege einbog. Inzwischen fuhr er längst einen anderen Wagen als damals, als er Valerie zu sich genommen hatte. Die Federung war nicht besonders gut, und das Holpern des Wagens auf dem Schotter erinnerte ihn an diese Nacht im April 1986. Damals war es schon dunkel gewesen, und Valerie hatte leblos auf dem Rücksitz gelegen. Er wußte noch genau, wie sein Herz gehämmert hatte, aus Angst, entdeckt zu werden, aus Angst, sie könne zu früh aufwachen und zu schreien beginnen.

Er hatte das Bild noch deutlich vor Augen, als er sie später in die Hütte im Wald getragen hatte. Ihre Haut und ihre Lippen waren ganz rosig gewesen, und ihre geschlossenen Augen mit den feinen Brauen darüber hatten wie perfekte Halbmonde ausgesehen. Die blonden Haare waren wie ein Schleier über seine Arme gefallen. Ganz weich waren sie, und plötzlich spürte er wieder ihren Duft in seiner Nase. Es war ein Bildnis der Reinheit gewesen, und er war ihm zwei Jahrzehnte treu geblieben.

Er war nie entdeckt worden. Niemand hatte je an ihn gedacht, und jetzt war er ganz ruhig. Nur die Aufregung, sie wiederzusehen, ließ ihn ungeduldig werden und katapultierte das Blut durch seine Venen. Doch ganz egal, wie lange die Fahrt dauern würde – Valerie wartete auf ihn. Sie würde immer auf ihn warten.

Vieles war seit damals schlechter geworden. Deutschland, das einmal von Beethoven und Bach, Goethe und Mann, Einstein und Sauerbruch beeinflußt war, huldigte jetzt Gestalten wie Kahn und Effenberg, bejubelte ichsüchtige Verarmungspaniker wie Bohlen und Raab. Messalinen wie Ariane Sommer und Verona Feldbusch stilisierten sich mit falschen Brüsten und aufgeworfenen Lippen zum »Medienereignis« und machten einen Beruf daraus. Frauen und Männer liefen wie Tiere zusammen, setzten Kinder in die Welt, gingen wieder auseinander und suchten sich ebenso leichtfertig neue Partner. Politiker, die Lüge und Wahrheit vermischten wie Wasser mit Mehl, waren inzwischen gesellschaftsfähig geworden. Mehr noch, das Volk ergötzte sich daran. Sie alle hatten Gott vergessen, und sie widerten ihn an.

Er schüttelte betrübt den Kopf. Die Epoche, in der Werte etwas bedeuteten, schien endgültig der Vergangenheit anzugehören. Verworfenheit war keine Sünde mehr.

Nur hier, in diesem Wald, schien die Zeit stehengeblieben zu sein. Hier und da waren wohl Bäume gefällt und neue Pflanzungen errichtet worden, die Gesichter der

Spaziergänger hatten im Lauf der Jahre ebenso gewechselt wie die Futterstellen für das Wild. Aber der Wald war derselbe geblieben. Sein Wald. Hier bestimmte er, was geschehen würde.

Über ihm überzog sich der Himmel mit einem giftigen Gelb, und ein großer Regentropfen fiel gegen die Windschutzscheibe. So mußte der Himmel nach der Kreuzigung Christi ausgesehen haben, kurz bevor der Vorhang des Tempels zerriß, dachte er und warf noch einen Blick auf die Wolken, die sich jetzt schwarz zusammenzogen.

Bis zur richtigen Stelle waren es nur noch ein paar Meter. Der Weg, der zu der alten Kapelle führte, war inzwischen von Sträuchern, Wurzeln und Pflanzen, die dicht über dem Boden wuchsen, verdeckt, so daß nur die ihn fanden, die von seiner Existenz wußten. Mit der Zeit hatte er festgestellt, daß niemand außer ihm diesen Weg benutzte. Er vermutete, daß die Ursache dafür die Geschichte war, die sich um die alte entweihte Kapelle rankte. Sie lag auf einer Anhöhe am Ende des Weges, und als er noch ein kleiner Junge war, hatte seine Großmutter ihm von dem Schrecklichen erzählt, was dort geschehen war. Er erinnerte sich noch heute an die Gänsehaut, die er damals bis in die Haarspitzen gefühlt hatte. Später war er dankbar für diese Schauermär gewesen, denn es hatte die anderen von der Kapelle ferngehalten, und er hatte sie zu seinem Reich gemacht. Er hatte viel Arbeit investiert, hatte ihr Inneres von jahrealten Staubschichten befreit, bis durch die blind gewordenen Fenster schließlich wieder die Sonne gedrungen war, und er hatte das Schloß des schmalen Holzportals erneuert. Bevor er Valerie nach ihrer Flucht auf der Straße eingeholt hatte, war er schon dort gewesen und hatte alles mit Blumen geschmückt. Er wußte, daß sie Blumen mochte, und sie sollte es schön haben.

Endlich war er an der kleinen Abzweigung angekommen. Er fuhr sein Auto tief in eine der Waldschneisen und bedeckte es, nachdem er ausgestiegen war, mit einigen großen herumliegenden Zweigen.

Er war noch immer vorsichtig.

Dann ging er los.

Inzwischen regnete es heftiger, doch die Bäume bildeten ein grünes Dach über ihm und schützten ihn vor der Nässe. Er liebte den würzigen Geruch, den das feuchte Laub verströmte. Dankbar sog er seine Lungen damit voll. Vor ihm wurde es immer dunkler, aber er hatte keine Mühe, sich zu orientieren. Er war diesen Weg so oft gegangen. Das Laub raschelte unter seinen schweren Schritten, Äste knackten im Wind. Plötzlich lichtete sich der Pfad, und im Licht eines gleißenden Blitzes erhob sich schwarz der Umriß der Kapelle. Zugleich krachte der erste Donnerschlag. Es war ein großartiges Schauspiel und paßte zu seiner Stimmung. Seine Herzfrequenz stieg, und ein Gefühl der Erregung breitete sich in ihm aus. Er lief die abgewetzten Steinstufen, die zur Kapelle führten, behende hinauf. Bevor er das Gemäuer umrundete, schöpfte er ein paar Sekunden lang neuen Atem.

Durch ein Astloch griff er in den hohlen Stamm einer Eiche. Als vierzehnjähriger Junge hatte er den Baum entdeckt, als seine Freunde ihn um Mitternacht zu einer Mutprobe in den Wald geschickt hatten. Er erinnerte sich, wie unheimlich ihm zumute gewesen war, und er erinnerte sich auch daran, daß er im hellen Licht des Vollmondes beobachtet hatte, wie ein Schwarm Fledermäuse aus dem Stamm des Baumes hervorgeflattert war.

Danach hatte er ihn immer als eine Art Geheimfach benutzt. Zuerst hatte er Fotos darin verborgen. Mädchen, die davon geträumt hatten, er würde ihren Reizen erliegen, hatten sie ihm geschenkt. Er hatte sie mit seinem freundlichen Lächeln an sich genommen und später, wenn sie es nicht sahen, ihre Gesichter und ihr Geschlecht voller Verachtung mit dem Feuerzeug aus dem Papier herausgebrannt. Auch ihre schwärmerischen Briefe hatte er den

Flammen überlassen und die Asche in einer Urne aufbewahrt.

Später hatte er dann den Schlüssel zur Kapelle und eine Eisenstange in dem hohlen Stamm versteckt. Beides nahm er jetzt heraus. Der Regen war inzwischen stärker geworden, und er rannte mit großen Schritten zum Eingang der kleinen Kirche. Das Schloß quietschte, als er den Schlüssel herumdrehte, und für einen Moment befürchtete er, es würde sich nicht öffnen lassen. Doch dann sprang die Tür mit einem Knarren auf. Er trat ein, und der Hall des zufallenden Portals klang ihm in den Ohren. Im Schein seiner Taschenlampe sah er auf der rechten Seite eines der bunten Glasfenster aufblitzen, das die heilige Familie zeigte. Die Pfarrei von Farchach hatte damals, als die Kirche entweiht worden war, überlegt, auch die Fenster daraus zu entfernen, aber nachdem der Gemeinderat ein Jahr lang Beschlüsse gefällt und wieder zurückgenommen hatte, war das Interesse daran erloschen, und irgendwann waren die Fenster in Vergessenheit geraten. Außer dem Steinaltar, der die Grablegung Christi als Relief zeigte, waren sämtliche Statuen aus der Kapelle entfernt worden. In den Wandvertiefungen zu beiden Seiten des Altars hatten früher Holzfiguren der Pietà und des heiligen Josef gestanden. Nun erinnerten sie im Lichtkegel der Taschenlampe an leere Augenhöhlen.

Je weiter er in den verlassenen Kirchenraum drang, desto stärker wurde der Modergeruch. Bis heute brauchte er nur an die Kapelle zu denken, und schon war diese Mischung aus Nässe, feuchtem Kalk und altem Holz in seiner ganzen Stickigkeit wieder da. Er legte die Taschenlampe auf dem Altar ab und zündete einige dicke Kerzen an, die wie stumme Wächter auf ihn gewartet hatten. Schatten tanzten an den Wänden, während er mit der Eisenstange die Altarstufen hinabstieg, bis er vor einer zwei Quadratmeter großen Sandsteinplatte stand.

»Valerie«, flüsterte er, bevor er die Stange in die Fuge zwischen der Platte und dem Steinboden schob. Der Sandstein war schwer, und es kostete ihn mehrere Versuche, bis er sich aus seiner Verankerung stemmen ließ.

Der Schweiß lief ihm in den Hemdkragen, und er befeuchtete seine Hände mit Speichel, um das Eisen besser greifen zu können. Endlich bewegte sich die Platte, und er wendete all seine Kraft auf, um sie zur Seite zu schieben. Die Anstrengung war jedes Mal immens, aber sie war es ihm wert. Er war wie hypnotisiert von dieser rechteckigen Öffnung, die jetzt im Boden klaffte und ihn buchstäblich wie ein Magnet anzog. Sie war so dunkel, daß er sie nur als Fläche wahrnahm, und sie erschien ihm glatt und eben wie ein Spiegel. Er sah hinab, und im selben Augenblick verwandelte sich der Modergeruch in einen anderen. Es hatte lange gedauert, bis ihm bewußt geworden war, woran ihn dieser Geruch erinnerte. Es war der Duft von Dahlien, deren schwere Köpfe nach endlosen Regengüssen niedergedrückt am Boden lagen. Nun entfaltete er sich süßlich unter dem Kapellengewölbe. Mit einer der Altarkerzen leuchtete er in die Öffnung hinab, und eine schmale Treppe wurde sichtbar. Als er einen Fuß auf die oberste Stufe setzte, krachte ein Donnerschlag, der so gewaltig wie ein Kanonenschuß war, und das Prasseln des Regens schien den ganzen Altarraum zu füllen. Das Gewitter zog direkt über den Wald, aber er wußte, daß er keinen Grund hatte, sich zu fürchten.

Er hielt die Hand mit der Kerze weit von sich, damit sie ihn nicht blendete, dann stieg er die ausgetretenen Stufen hinab. Als seine Füße den Sandboden berührten, leuchtete er die Wände ab, bis er den Sims gefunden hatte. Er kippte etwas Wachs aus der Kerze darauf und befestigte sie. Im Schein ihres schwachen Lichtes fand er die übrigen Kerzen, die er überall im Raum verteilt hatte.

Sie flackerten auf, als er sie anzündete, und er brauchte einen kurzen Moment, bis sich seine Augen an das Licht gewöhnt hatten. In der Mitte der Gruft erhob sich ein anderthalb Meter hoher, mit Oranten geschmückter Katafalk wie ein lebendiges Wesen. Die betenden Gestalten wirkten in ihrer gen Himmel gereckten Haltung auf ihn, als würden sie auf ihre Erlösung warten.

Dann sah er sie.

Valerie.

Und sie war so schön wie immer in ihrem weißen Kleid und dem Halbmond aus glitzernden Steinen im Haar. Ihr Blick erschien ihm vorwurfsvoll, dennoch huschte ein Lächeln über sein Gesicht.

»Ich weiß, ich habe dich lange nicht besucht. Aber du bist mir nicht böse, nicht wahr? Wer wird denn hier trotzig werden, Valerie? Du weißt, das steht dir nicht. Komm, sei ein braves Mädchen.« Er trat einen Schritt näher an sie heran und zupfte an ihrem Kleid. »Was sehe ich denn da? Hast du dich wieder schmutzig gemacht? Und sieh dir deine Haare an. Sie sind ganz unordentlich.«

Aus seinem Rucksack, den er die ganze Zeit auf dem Rücken getragen hatte, zog er jetzt eine Haarbürste hervor und begann die blonden Locken zu kämmen.

»Jetzt mach nicht so ein Gesicht, ich bin ja vorsichtig. Was sagst du? Wir sollten sie mal wieder waschen? Beim nächsten Mal, ich verspreche es dir.« Er ließ ein letztes Mal eine der langen Strähnen durch seine Finger gleiten und machte sich wieder an seinem Rucksack zu schaffen. »Sieh mal, was ich dir mitgebracht habe.«

Er zog einen kleinen Strauß hellvioletter Veilchen hervor. In einer unbewußten Geste hob er sie an sein Gesicht und sog ihr süßes Aroma ein. »Wie die duften. Du magst Veilchen doch, Valerie. Und sieh, die alten sind ganz verblüht.« Er nahm ein Sträußchen vom Boden auf, das völlig vertrocknet war und durch die Berührung in grobes

Pulver zerfiel. »Du hättest ihnen mehr Wasser geben sollen, böses Mädchen«, sagte er und kicherte boshaft. Er legte die frischen Blumen zwischen Valeries Hände und trat einen Schritt zurück.

»Wie eine Braut«, frohlockte er. »Komm, schenk mir ein Lächeln. Ich habe noch eine Überraschung für dich. Bald wirst du Gesellschaft haben, Valerie. Du sagtest doch immer, du wolltest nicht mehr alleine sein. Und jetzt ist es bald soweit. Nicht so ungeduldig, Valerie, mehr wird nicht verraten. Geduld ist eine Tugend. Sprich es mir nach, du solltest es inzwischen gelernt haben. Ich höre nichts, du mußt lauter sprechen.« Er hatte seine Stimme erhoben, und sie hallte von den Wänden wider. »Du willst nicht? Wie du meinst.«

Er wandte dem Katafalk den Rücken zu und suchte mit seinen Augen das Gewölbe ab. Hin und wieder klopfte er die Wände ab, und schließlich hatte er eine Stelle gefunden, die ihm geeignet schien. Dort war das Mauerwerk stabil genug, um ein Metallgestänge daran zu befestigen.

In Gedanken überschlug er schnell, welche Materialien er brauchte und wann er die Zeit haben würde, wiederzukommen. Er wußte, er mußte sich beeilen. Er wollte Valerie nicht mehr so lange alleine lassen. Über seine Schulter warf er ihr einen Blick zu und hatte das Gefühl, als beobachte sie jede seiner Bewegungen. Ihr stummes Gesicht machte ihn in diesem Moment rasend. Am liebsten hätte er sie geschüttelt.

Rasch holte er statt dessen die restlichen Sachen aus dem Rucksack hervor und breitete sie sorgfältig auf einem kleinen Holztisch aus. Auch diesmal vergaß er nicht, geweihtes Wasser in einer Schale zu hinterlassen. Dann schob er eine in Plastik verpackte Ampulle mitsamt Nadel unter ein Stück Leinen und hoffte, Valerie würde es nicht bemerken. Er erinnerte sich genau an ihre verzweifelten Schreie, als er sie zum ersten Mal benutzt hatte. Plötzlich war es ihm, als hörte er sie wieder, und mit einer ohnmächtigen Bewegung hielt er sich die Ohren zu.

☽

Der erste Pfeil traf genau ins Schwarze der Dartscheibe. Die vier darauffolgenden landeten im roten Ring und umzingelten den ersten wie einen Gefangenen.

»Nicht schlecht, Alter. Hast es gut drauf.« Ein Typ, dessen Gesicht fast vollständig hinter einem wildwuchernden Vollbart verschwand, schlug Udo Göbel anerkennend auf die Schulter. »Hier, noch 'n Bier.«

»Immer schön langsam, Mann«, sagte Göbel und fixierte mit zusammengekniffenen Augen die Scheibe. Er zielte, und wie ein Komet schoß das aufblitzende Metall durch die Luft und bohrte sich direkt neben den ersten Pfeil. Breitbeinig nahm Udo Göbel dem anderen das Bier aus der Hand und trank es in großen Schlucken. Er rülpste laut, und mit einer Geste betonter Männlichkeit wischte er sich den Schaum von den Lippen. Es war bereits sein sechstes Bier innerhalb einer Stunde, und er schwankte leicht. »Soll noch mal einer sagen, Udo Göbel wüßte nicht, worauf es ankommt. Soll diese verdammte Moni sich doch einen anderen Stecher suchen. Sie wird schon sehen, wie weit sie kommt. Wenn sie überhaupt noch kommt.« Er lachte hämisch. »Noch 'n Bier«, raunzte er dem Wirt hinter der Theke zu. »Und an allem ist dieser verdammte Graf schuld.«

Udo Göbel gehörte zu jener Sorte Mensch, die die Schuld für ihr Versagen immer zuerst bei anderen suchte. Nachdem er den Job bei Argus verloren und auch nichts anderes in Aussicht hatte, war der Geduldsfaden seiner Lebensgefährtin endgültig gerissen, und sie hatte Göbel vor die Tür gesetzt.

Monika Landauer war jetzt Mitte Dreißig und hatte die Nase gestrichen voll davon, immer wieder von vorn anfangen zu müssen. Udos großtuerische Versprechungen hingen ihr zum Hals heraus. Monika Landauer wollte endlich ein großes Stück vom Kuchen haben. Ein normales Leben führen, eine Familie gründen und sich trotzdem etwas leisten können. Sie träumte von einem richtigen Urlaub, nicht eine Billigreise von Neckermann. Sie wollte nach Bali und Bäder in blütenduftenden Wannen nehmen und von freundlichen braunen Mädchen massiert werden. Ihr Rücken schmerzte jeden Tag mehr. Außerdem wollte sie endlich einen Geschirrspüler für ihre Küche und eine Waschmaschine mit integriertem Trockner. Herrgott, das war doch nicht zuviel verlangt.

Sie schuftete hart als Entwicklerin in einem Fotolabor, schob Nachtdienste und wollte es verdammt noch mal nicht mehr als Gipfel des Genusses betrachten müssen, Samstagabend beim Griechen Gyros zu essen. Das alles hatte sie Udo entgegengeschleudert, bevor sie ihn rausgeworfen hatte und er wieder in das ausgebaute Dachgeschoß seiner Mutter gezogen war.

Seitdem fühlte er sich durch und durch als Versager.

Seitdem schlief er schlecht.

Seitdem drehten sich all seine Gedanken darum, wie er es Simon Graf heimzahlen könnte. Er hatte sich gründlich über den ehemaligen Kommissar informiert und kannte seine Schwachstelle. Die Zeitungen hatten kein Geheimnis daraus gemacht. In den heimtückischen Niederungen seines Gehirns hatte ein Plan bereits Gestalt angenommen. Es war nur noch eine Frage der Zeit, bis er ihn umsetzen konnte. Und dann würde dieser Graf schon sehen, was er davon hatte, sich mit ihm angelegt zu haben.

Udo Göbel leckte sich zuerst die Kuppe des rechten Mittelfingers, dann über die des linken und pflückte anschließend die Pfeile aus der Dartscheibe. Ein neues Spiel begann.

☽

Draußen war es dunkel geworden. Wütend peitschte der Regen gegen die Fenster, Blitze zuckten am Himmel. Simon blickte teilnahmslos hinaus und gähnte. Dann sah er auf seine Uhr. Halb neun. Er rechnete mit einer weiteren Stunde im Büro, und seufzend wandte er sich wieder seinem Computer zu. Der Nacken tat ihm weh. Er haßte diese Tabellen mit den winzigen Feldern, in die er Zahlen einfügen mußte und sich dabei so häufig vertippte wie beim Lotto.

»Ich habe keine Lust mehr auf diesen Scheiß«, grummelte er mit zusammengekniffenen Augen vor sich hin. »Wir brauchen dringend eine Sekretärin – und ich eine Brille.«

Nachdem Anke Zwinkmann ihr Studium abgeschlossen hatte, war sie für Argus als wöchentliche Aushilfe verloren gewesen – statt dessen hatte sie eine Stelle in einer Gemeinschaftspraxis für Psychologen gefunden, und die Zahlenpfriemelei war wieder an Simon hängengeblieben. Malina hatte von Anfang an verkündet, Zahlen seien für sie nur auf ihrer Digitalwaage von Bedeutung. Und mehr als zwei Stellen nahmen die dort ohnehin nicht ein.

Gegen zehn hatte Simon den Bericht endlich abgeschlossen. Er ordnete ein paar Papiere auf dem Schreibtisch und verteilte sie in verschiedene Ordner. Während er den Computer ausschaltete, bemerkte er, wie sein Magen knurrte. Seit der Tasse Kaffee am Morgen hatte er nichts Warmes zu sich genommen, und unwillkürlich verspürte er Appetit auf eine Pizza Hawaii. Die Kombination von Schinken und Ananas hatte er schon als Junge geliebt, und noch immer, mit fast vierzig Jahren, war Pizza Hawaii ein Stimmungsaufheller für ihn. Zwei- bis dreimal die Woche. Er beugte sich hinab und kramte in der unteren Schreibtischschublade nach dem Prospekt des Bestellservices. Es dauerte einen Moment, bis er ihn in dem Papierwust gefunden hatte. Als er nach dem Telefonhörer greifen wollte, sah er sie.

Ein Mädchen. Ganz still.

Wie eine Schattengestalt in der Tür.

Wasser troff aus ihren langen Haaren auf den Boden und bildete eine kleine Lache um sie herum. Sie trug ein Kleid, das eng an ihrem Körper klebte, darüber eine Jacke aus festem Stoff, und preßte eine Tasche an sich. Obwohl ihr Gesicht im Halbdunkel nicht zu sehen war, ließ die Haltung ihres Körpers vermuten, daß sie noch jung war. Ihre Schultern waren etwas vornübergebeugt, und ihre Füße zeigten linkisch nach innen. Sie wirkte bedrohlich und verloren zugleich.

»Herr Graf?« Ihre Stimme klang dünn. Sie trat einen Schritt aus dem Halbschatten heraus, ohne zu ahnen, welche Wirkung sie auf ihr Gegenüber hatte. Wie hätte sie auch wissen können, daß sie in Simon Graf Erinnerungen heraufbeschwor, die er nur selten zuließ? In diesem Moment war sie die Verkörperung der Vergangenheit und seiner verlorenen Jugend. »Herr Graf?« fragte sie noch einmal, und ihre Stimme klang gefestigter.

Den Blick auf das Mädchen geheftet, legte Simon den Hörer zurück auf die Gabel. Die Pizza Hawaii war vergessen. Er öffnete den Mund, um etwas zu sagen, aber seine Stimme versagte, und er schluckte.

»Wie sind Sie hereingekommen?« fragte er und wunderte sich im selben Moment darüber.

»Durch den Eingang zum Café unten im Haus. Und die Tür zu Ihrem Büro war nur angelehnt.« Sie blieb an derselben Stelle stehen, und ihr Gesicht war noch immer nicht zu erkennen.

»Kann ich Ihnen irgendwie helfen?« Die Routine der Frage brachte Simon die gewohnte Sicherheit zurück. »Wer sind Sie überhaupt?«

Das Mädchen blickte zum Lichtschalter. »Darf ich?« Ohne seine Antwort abzuwarten, knipste sie das Licht an. Jetzt nahm er ihr Gesicht wahr, und die Szene erschien ihm wie eine Inszenierung. Es war Valeries Gesicht. Und doch war es anders.

Er betrachtete die großen blauen Augen mit den langen Wimpern, die vollen Wangen und den Mund mit den kräftigen Lippen. Er ließ seinen Blick über ihren runden Körper schweifen, sah das Unreife in ihren Bewegungen und dachte: Valerie.

Gleichzeitig waren Züge an ihr, die mit Valerie nicht das Geringste gemeinsam hatten. Er wußte nicht, ob es an dem gehetzten Blick ihrer Augen lag, an der Fahrigkeit ihrer Gesten oder an dem trotzigen, fast verstockten Zug um ihren Mund.

Sie war hübsch und verströmte dennoch nichts Freundliches. Eher wirkte sie spröde und hart. Valerie hingegen hatte vor warmem Leben nur so gesprüht.

Ihre Blicke begegneten sich für einen Moment, und Simon sagte: »Wollen Sie nicht Platz nehmen und mir endlich Ihren Namen verraten?« Er stand auf und rückte einen Stuhl zurecht. Der Ausdruck ihrer Augen, als sie sich setzte, war mißtrauisch, und noch immer hielt sie ihre Tasche an sich gedrückt.

»Also?« fragte Simon noch einmal. »Wer sind Sie, und womit kann ich Ihnen helfen?«

»Ich heiße Tatjana Kurbjuhn. Meine Freunde nennen mich Tati. Ich bin siebzehn. Wollen Sie auch eine?« Die Sätze flossen aus ihrem Mund, ohne ein einziges Mal zu stocken, als hätte sie hundertmal probiert, sie aufzusagen. Sie zog eine angebrochene Schachtel Gauloises hervor und hielt sie Simon hin.

»Danke«, sagte er und nahm sich eine, in der Hoffnung, durch die Geste so etwas wie Solidarität auszudrücken. Als sie sich die Zigarette anzündete, bemerkte er ihre abgekauten Fingernägel und ihre zitternden Hände. Sie sah ihn wieder an, und es schien, als überlege sie noch, wie sie das, was sie zu sagen hatte, hervorbringen sollte.

Merkwürdig, dachte Simon, warum ist sie nur so mißtrauisch? Sie ist doch freiwillig zu mir gekommen. Er nahm einen tiefen Zug.

»Starkes Kraut«, sagte er, um die Situation zu entspannen.

»Valerie«, sagte das Mädchen plötzlich, »Sie sind der Bruder von Valerie.«

»Das stimmt«, antwortete er und versuchte, ruhig zu klingen. »Was haben Sie mit Valerie zu tun?«

Sie ignorierte seine Frage. »Sie waren an dem Abend, als sie verschwunden ist, bei ihr, nicht wahr? Sie haben nicht gut genug auf sie aufgepaßt.« Ihre Augen blickten lauernd.

»Wissen Sie«, antwortete Simon, »ich denke, das alles geht Sie nichts an.«

Wieder ignorierte sie ihn. »Sie sind Polizist geworden, um anderen Mädchen zu helfen. Aber dann haben Sie es nicht mehr ausgehalten, weil Sie ihnen nicht helfen konnten. Sie sind alle tot. Letztes Jahr haben Sie den Mörder dieses Bankiers überführt. Alle haben über Sie gesprochen.«

»Wer hat Ihnen das gesagt?«

»ER hat es mir gesagt.«

»Wer ist ER?«

»Ich weiß es nicht. Ich kenne ihn nicht. Er ist eine Stimme. Er flüstert.«

Simon griff zum Telefonhörer.

»Was machen Sie da?«

»Ich rufe die Polizei. Ich finde, die sollten sich einmal mit Ihrer Drogenvergangenheit beschäftigen. Da haben Sie doch sicherlich eine Menge zu erzählen.«

»Legen Sie den Hörer wieder hin. Bitte! Ich nehme keine Drogen.« Ihre Stimme klang plötzlich gläsern, so als würde sie jeden Moment zerspringen, und zu seiner Überraschung kam er ihrer Aufforderung nach.

»Sie müssen mir helfen, ich bin in Gefahr. Das sind Sie

Valerie schuldig. Sie können nicht wieder tatenlos zusehen. Wieviel Schuld wollen Sie noch auf sich laden?«

Simon beschloß, sich von dieser Einlage nicht beeindrucken zu lassen. »Dann werden Sie etwas konkreter. Wenn ich Ihnen helfen soll, genügt es nicht, mir von flüsternden Stimmen zu erzählen. Ganz ehrlich, das klingt mir etwas zu theatralisch, um glaubwürdig zu sein.« Er drückte die Zigarette im Aschenbecher aus und beugte sich über den Schreibtisch.

»Mehr kann ich Ihnen aber nicht sagen. Sie müssen mir einfach glauben«, flüsterte sie, nachdem sie minutenlang geschwiegen hatte.

»Gut, ich glaube Ihnen. Und was soll ich Ihrer Meinung nach jetzt tun?«

»Sie müssen diese Stimme finden ... Damit sie aufhört zu flüstern.«

»Wo hören Sie diese Stimme denn?«

»Sie ruft mich an. Jeden Tag. Und dann sagt sie mir diese Dinge.«

»Welche Dinge?«

»Daß ich zu ihm kommen soll, daß er mich von allen Sünden erlösen wird, daß er mich wieder rein machen wird.«

Simon unterdrückte ein Lachen. Das alles klang zu verrückt, wie aus einem schlechten Psychothriller. Aber was, wenn hinter ihrer Geschichte ein winziges Körnchen Wahrheit steckte?

»Wo wohnen Sie, Tatjana? Wollen Sie mir nicht Ihre Telefonnummer geben?«

Sie durchschaute ihn sofort. »Sie wollen sich an meine Eltern wenden. Vergessen Sie es. Die interessieren sich einen Dreck dafür, was ich tue und wie es mir geht. Deshalb bin ich ja zu Ihnen gekommen.«

»Tatjana«, sagte er ernst, »wenn Sie wollen, daß ich Ihnen helfe, dann müssen Sie mir auch ein Stück entgegenkommen. Hier und jetzt kann ich für Sie nichts tun.

Geben Sie mir Ihre Adresse und Ihre Telefonnummer. Ich melde mich nächste Woche bei Ihnen, und wir reden noch mal in aller Ruhe über alles.«

»Ist das Ihr Ernst?« Sie klang plötzlich zutraulicher. »Ich bin Ihnen nicht scheißegal? Sie interessieren sich nicht nur für Ihren eigenen Mist?«

Simon lächelte kurz. »Nein, das tue ich nicht. Und jetzt beruhige dich ein bißchen.« Unwillkürlich duzte er sie und schob ihr Papier und Bleistift zu. »Die Telefonnummer.« Sie schrieb sie auf und erhob sich. »Ich kann wirklich fest mit Ihnen rechnen?«

»Das können Sie, aber erwarten Sie nicht allzu viel von mir.«

Sie ging zur Tür, und als sie sich noch einmal zu ihm umdrehte, hatte sich der Ausdruck ihres Gesichtes gewandelt. Plötzlich wirkte sie sehr verletzlich.

»Er sagt, ich sei das Böse. Aber das stimmt nicht. Das Böse ist er. Und er wird es langsam in mich hineinträufeln, bis ich ganz vergiftet bin. Das ist die Wahrheit.« Dann ging sie, und die Tür fiel hinter ihr ins Schloß.

Alles, was von ihr zurückblieb, war die Regenlache auf dem Boden.

Als Simon sich wieder dem Rechner zuwandte, war der Fleck, der an die bizarren Formen einer Rorschachtest-Figur denken ließ, beinahe ganz verschwunden.

Verblichen. Hinausgeweht, wie das Mädchen.

Irgend etwas, das in der Luft hing und nicht mehr zu greifen war. Simon stützte seinen Kopf in die Hände und starrte auf die Schreibtischunterlage. Der Prospekt des Pizzaservices lag noch an derselben Stelle, doch der Hunger war ihm gründlich vergangen. Die Szenerie kam ihm surreal vor.

Surreal. Das war das Wort, das ihm dazu einfiel.

Eine Traumsequenz.

Ein Gespenst seiner Vergangenheit.

Irgendein verquerer Mist.

Er ist eine Stimme. Er flüstert. Ich kenne ihn nicht.

Wieder vernahm er im Geist diese merkwürdige gläserne Stimme. Sah wieder diesen gehetzten Blick, der wie das nervöse Flattern eines Vogels in seiner Erinnerung geblieben war, sah wieder das Kleid, das eng an dem jugendlich-runden Körper klebte.

Wer war dieses Mädchen?

Was hatte sie von ihm gewollt?

Woher wußte sie so viel über ihn?

Sein Instinkt sagte ihm, daß etwas an dieser Geschichte faul war. In seinen Ohren waren diese flehenden Sätze nichts als pompöses Beiwerk gewesen, das irgendeinem übergeordneten Zweck dienen sollte. Aber irgend etwas, irgendwer mußte hinter dieser Geschichte stecken. Es war nicht Tatjana Kurbjuhn selbst. Sie war nur eine Art verlängerter Arm, davon war er überzeugt.

Noch auf dem Nachhauseweg dachte Simon darüber nach. Er passierte gerade die Kennedy-Brücke, sah die Isar ruhig und dunkel dahinfließen, als ein paar Zeilen eines Songs im Autoradio sein Gedankengebäude durchbrachen und ihn in die Gegenwart zurückriefen.

Everything I touched was golden
Everything I loved got broken
On the Road to Mandalay
Every mistake I've ever made
has been rehashed and then replayed
As I got lost along this way.

Es war Robbie Williams' Räuberballade »The Road to Mandalay«, und für Simon beschrieben diese Zeilen exakt das, was er empfand. Er durchlebte alles, was vor zwei Jahrzehnten geschehen war, noch einmal. Und nicht erst seit dem heutigen Tag, sondern schon seit einiger Zeit.

Wann hatte es eigentlich angefangen?

War das der Beweis, daß Nietzsches Mythos von der ewigen Wiederkehr doch nicht so widersinnig war, wie gemeinhin angenommen? Was besagte dieser Mythos eigentlich? Daß sich alles irgendwann so wiederholen würde, wie man es schon einmal erlebt hatte? Und daß auch diese Wiederholung sich unendlich wiederholen würde?

Daß die Vergangenheit immer weiterlebte, niemals vergangen war?

Unwillkürlich schüttelte Simon den Kopf und mußte plötzlich lachen. Was tat er hier eigentlich?

Es war absurd.

Aber der Gedanke ließ ihn jetzt nicht mehr los.

Alles kehrte allmählich wieder.

Als liefe ein Film in Slow-Motion vor ihm ab.

Irgend jemand hatte die Filmrolle eingelegt.

Jemand, der das Ganze steuerte und ihn zurückschleudern wollte in den April des Jahres 1986. Wie in einen tiefen schwarzen Brunnen, der mit all dem gefüllt war, wogegen er jahrelang gekämpft hatte.

Jemand dachte an seine Zerstörung.

»Du tickst ja nicht richtig«, sagte Simon laut und gab Gas.

☽

Das erste, was sie trotz ihrer geschlossenen Augen wahrnahm, war der Geruch. Jeden Morgen roch es nach frisch lackiertem Holz und neuer Wandfarbe.

Alles roch neu.

Doch in ihrem Inneren schwärte nach wie vor dieser faule Gestank, der nicht weichen wollte, seitdem Ben verschwunden war.

Svenja Pascal grub ihren Kopf noch tiefer in ihr Kissen und stöhnte. Wieder saß dieser unerträgliche Druck hinter ihren Lidern. Seit über einem Jahr war ihr Schlaf von Alpträumen und quälender Angst durchzogen. Und jeden Morgen nachdem sie erwacht war und die Augen geöffnet hatte, fühlte sie diesen eisigen Ruck, der durch ihre Lungenflügel schoß.

Auch die neue Wohnung, in die sie vor ein paar Wochen eingezogen war, half nicht. Äußere Dinge ließen sich leicht verändern, das hatte sie erkannt, aber Qualen und Ängste krallten sich fest, wie ein furchtsames Kind, das man huckepack trug.

Schließlich öffnete sie die Augen und sah auf die Uhr.

Es war 8 Uhr 32 am Montag, den sechsten September.

Ihr Dienst in der physiotherapeutischen Abteilung des Krankenhauses begann erst um zwei.

Sie würde jetzt aufstehen, einen Kaffee trinken, sich duschen und anziehen und danach das tun, was sie einmal pro Woche tat, seit Ben weg war. Sie tat es, weil sie weiter nichts tun konnte und weil niemand sonst es tat: Sie würde zur Polizei gehen und fragen, ob es von ihrem vermißten sechzehnjährigen Neffen eine neue Spur gab.

Ben war seit einem Jahr, drei Monaten und vier Tagen verschwunden.

Das machte 11 040 Stunden.

11 040 Stunden, in denen sie vor Angst und Sorge fast vergangen war.

Ben war der Sohn ihrer Schwester, und seit dem Tag, an dem er auf die Welt gekommen war, hatte sie sich um ihn gekümmert. Sein Vater war der Besitzer eines Möbelunternehmens, das seine exklusiven Produkte an die Reichen der Welt verkaufte. Bens Mutter kümmerte sich fast ausschließlich um ihre Repräsentationspflichten und begleitete ihren Mann auf seinen zahlreichen Geschäftsreisen. Für Ben war nicht viel Zeit geblieben. Er war ein Kind, das man zu seinen Geburtstagen und zu Weihnachten protzig, aber wenig herzlich beschenkte und von dem ansonsten erwartet wurde, daß es einem alle Ehre und bloß keinen Ärger machte.

Den Ärger mit ihm hatte meistens sie, Svenja, abbekommen. Aber weil sie ihren Neffen liebte, hatte sie dies immer vor seinen Eltern verborgen.

Es gab eine Hausangestellte, die sich um das meiste kümmerte, aber Svenja war jeden Tag bei ihm gewesen, hatte seine Hausaufgaben überprüft, war mit ihm zum Fußball gegangen, hatte mit ihm Hamburger bei McDonalds gegessen und Pizza für ihn gebacken. Sie hatte seinen ersten Drachen mit ihm steigen lassen und ihm das Fahrradfahren beigebracht. Als er sich mit elf beim Skateboardfahren den Arm gebrochen hatte, war sie mit ihm wie ein Berserker ins Krankenhaus gefahren. Und während sie ihm später auf den ersten Gips seines Lebens das erste Herzchen malte, schlossen seine Eltern auf den Philippinen gerade einen Vertrag über die Lieferung von Bambushölzern ab. Sie hatten es nicht für nötig gehalten, ihren Abflugtermin vorzuverlegen. Svenja war ja da.

Trotzdem war die Welt damals noch einigermaßen in Ordnung gewesen.

Ben war zwölf, als die Schwierigkeiten begannen. Er fing an zu rauchen, schwänzte die Schule. Mehrere Male kam er betrunken nach Hause, und irgendwann begann er zu klauen. Kleine Dinge, nichts, was er gebraucht hätte. Er tat es ganz einfach, weil es ihm Spaß machte, nicht, weil er in Not war. Mit fünfzehn griff die Polizei ihn auf und fand Marihuana in seinen Taschen. Mit sechzehn, kurz bevor er verschwand, erwischte man ihn beim Fahren ohne Führerschein.

Er wurde immer schwieriger, ließ sich von niemandem etwas sagen, gab rotzige Antworten und tat, was er wollte.

Trotzdem liebte sie ihn und hoffte, daß dies alles nur eine Phase sei, daß er sich bald fangen und wieder normal werden würde. Und manchmal schrie sie ihn lauthals an, weil sie ihn nicht mehr ertragen konnte.

Und dann war er verschwunden. Von einem Tag auf den anderen. Er war einfach nicht mehr nach Hause gekommen, und es gab keine Spur von ihm.

Zuerst waren seine Eltern erschrocken gewesen, hatten an eine Entführung gedacht. Aber als niemand ein Lösegeld forderte, ließen sie diesen Verdacht wieder fallen und redeten sich ein, Ben sei von zu Hause abgehauen und würde irgendwann schon wieder auftauchen.

Inzwischen war über ein Jahr vergangen, und er war nicht wieder aufgetaucht. Seine Eltern gingen wie immer ihren Geschäften nach und schienen ihn vergessen zu haben. In ihrer Wut und Angst hatte Svenja ihre Schwester einmal angeschrieen: »Wäre euch eine Ladung von diesen verfluchten Hölzern durch die Lappen gegangen, würdet ihr wahrscheinlich vor Schmerzen jaulen. Ben ist euer Sohn, kapiert ihr das nicht?«

An all das dachte sie, während sie durch die Altstadt von Füssen ging, vorbei an den vielen Geschäften und Straßencafes bis zur Polizeistation in der Herkomer Straße. Die Luft schmeckte noch immer nach Sommer.

Der junge Kommissar mit den blonden Haaren war freundlich und zuvorkommend wie immer. Wenn sie ihm mit ihrer beständigen Fragerei auf die Nerven ging, so ließ er es sich zumindest nicht anmerken. Er wühlte auf seinem Schreibtisch zwischen Papierstapeln, einem Becher Kaffee und einer angebissenen Wurstsemmel herum, bis er die Akte Benjamin Kayser gefunden hatte. Svenja wußte, er tat das nur, um ihr das Gefühl zu geben, daß er etwas unternahm. Wahrscheinlich räumte er die Akte schon gar nicht mehr weg. Die Frau würde ja ohnehin wiederkommen.

Er sagte ihr auch an diesem Tag nichts Neues.

Es gab keine Spur von Ben.

Auch die Untersuchungen, die im Ausland angestellt worden waren, hatten nichts ergeben.

Als Svenja nach ein paar Minuten ging, ahnte sie, daß er ihr auch in der nächsten Woche nichts anderes sagen würde.

Aber sie wollte die Hoffnung nicht aufgeben.

In dem Moment, in dem sie die Hoffnung aufgab, wäre Ben tot.

☽

Während irgendwer dabei war, Simons alte Wunde Schicht für Schicht aufzureißen, erfuhr Malina auf Samos das Resultat aus Verbundenheit und innerer Freiheit: Obwohl sie und Edward immer viel miteinander sprachen, hing jeder auch seinen eigenen Gedanken nach. Und nachmittags, wenn Victor schlief, lasen sie Bücher, die das ganze Jahr über liegengeblieben waren, oder lagen nebeneinander am Strand, träge und stumm, ohne daß ihr Schweigen bedrückend gewesen wäre. Eingeschlossen in die Sonnentage der Insel, hatten sie das Gefühl, eins zu sein.

Malina war glücklich.

Sie war glücklich, wenn sie morgens aufstand und den ersten Blick hinaus in die Bucht warf. Zu dieser Zeit glitzerte das Meer silbern zwischen den schroffen Felsen und nahm erst im Laufe des Vormittags seine tiefblaue Farbe an. Und sie war glücklich, wenn sie abends den Mond – einen gigantischen Mond, der in der Farbe eines Feueropals leuchtete – über den Bergen der gegenüberliegenden Türkei aufgehen sah.

Sie hatte sich selten in ihrem Leben so frei gefühlt, und ihr war, als habe sie in der Verbundenheit mit ihrer Familie und der landschaftlichen Schönheit von Samos ihr wahres und besseres Selbst gefunden.

Doch was war das – ihr besseres, wahres Selbst, fragte sich Malina seit einigen Tagen. Genaugenommen seit dem Tag, an dem Simon sie angerufen und ihr von dem

Vorfall mit Udo Göbel berichtet hatte. Entgegen Simons Annahme hatte sie sehr wohl registriert, was während ihrer Abwesenheit geschehen war, und die Geschichte lastete auf ihrer Seele.

Sie hatte es lange Zeit nicht zugeben wollen – nicht vor sich selbst und schon gar nicht vor jemand anderem –, aber immer wieder tauchte das Gefühl in ihr auf, sie stünde mit ihrer Detektei auf der falschen Seite.

Vieles, was zum Alltag einer Detektei gehörte, erschien ihr klein und belanglos, und Kaufhausdetektive, die auf Kosten von hilflosen alten Menschen ihre Profilneurosen auslebten, waren ihr geradezu widerwärtig. Aber sie brauchten solche Jobs, um die Agentur am Leben zu erhalten. Das war das Fatale an der Sache.

Als sie vor ein paar Jahren das Büro eröffnet hatte, war es ihr Wunsch gewesen, Menschen zu helfen: Vermißte aufzuspüren, Wirtschaftskriminelle aufzudecken oder zur Bekämpfung von Verbrechen beizutragen. Unter fremden Betten zu liegen, um andere des Treuebruchs zu überführen, erschien ihr mindestens so widerwärtig wie die Geschichte mit dem Ladendetektiv. Weder hatte sie bislang einen solchen Auftrag angenommen, noch hatte sie es vor.

Mittlerweile glaubte sie manchmal, in einer Sackgasse zu stecken und sich in etwas verheddert zu haben, das nicht ihre Sache war.

Aber was war »ihre Sache«, überlegte sie und war damit wieder bei der Frage nach ihrem wahren Selbst.

Gab es dieses wahre Selbst überhaupt?

Hatte man so etwas wie einen Kern?

Einen Kern, der sich enthüllte, wenn man die überflüssigen Schichten abtrug? So wie ganz zuletzt ein winziger Kern zutage kam, wenn man eine Zwiebel Haut für Haut abschälte?

Oder war ein Mensch nicht vielmehr die Summe seiner verschiedenen Schichten: des Ortes, an dem er geboren wurde, der Eltern, die ihn erzogen hatten, der Spiele, die er in seiner Kindheit gespielt hatte, der Märchen, die er kannte, der Speisen, die er aß, der Bücher, die er gelesen hatte – ja, die Summe dessen, woran er glaubte?

Hier auf dieser sonnenverwöhnten Insel, wo sie sich jeglichen Alltagsdrucks wie entbehrlicher Kleider entledigt hatte, war bei Malina zeitweise der Eindruck entstanden, zu ihrem Kern vorgedrungen zu sein. Aber wenn sie es recht überlegte, so war auch diese Losgelöstheit nur ein Teil von ihr, und es wäre wohl kindlich gewesen, zu glauben, diesen Zustand festhalten zu können.

Es war allerdings nicht nur die Arbeit in der Detektei, die ihr zu schaffen machte. Am Abend zuvor, als sie mit Edward auf der Terrasse gesessen hatte, war etwas ganz anderes zwischen ihnen zur Sprache gekommen: Edward wünschte sich ein zweites Kind.

»Was hältst du davon, wenn ich dir noch ein Baby mache? Eine kleine Schwester für Victor?« hatte er gefragt.

Malina war sprachlos gewesen. Aber hinter seinem schelmischen Grinsen hatte sie die Ernsthaftigkeit in Edwards Blick durchaus bemerkt.

Sie seufzte. Ein zweites Kind also ...

Mit der Geburt von Victor vor zweieinhalb Jahren war ihr Kinderwunsch erst einmal erfüllt gewesen, und sie hatte seitdem nicht darüber nachgedacht, ein weiteres Baby zu bekommen. Aber warum eigentlich nicht, ging es ihr jetzt durch den Kopf, während sie sich an den watteweichen Neugeborenenflaum auf Victors Köpfchen erinnerte und an seinen süßen Duft, als sie ihn zum ersten Mal im Arm gehalten hatte.

All das, das Gewicht eines kleinen Körpers auf ihrer Brust, die zarten Laute, winzige Finger in ihrer Hand, dieses Gefühl, ganz eins mit einem anderen Wesen zu sein, konnte sie noch einmal erleben, wenn sie es nur wollte ...

Der Gedanke grub sich immer tiefer hinter ihre Stirn, breitete sich dort aus und schlug Wurzeln.

Später, als sie die Schwere von Edwards Körper auf ihrem fühlte, seinen Atem dicht an ihrem Hals, und ihre Hände sich fest ineinander verschlangen – jener Moment, in dem sie nichts als seine Frau war –, dachte sie, vielleicht geschieht es schon heute nacht.

Am anderen Morgen empfand sie noch im Halbschlaf plötzlich eine innere Unruhe, und instinktiv wußte sie, daß sich irgend etwas in ihrem Leben ändern würde, ja, daß sie – so abgedroschen es auch klang – auf dem Sprung war. Sie wußte nur noch nicht, wohin sie springen würde.

☽

Nach dem heftigen Gewitter am Wochenende verabschiedete sich der Sommer vorerst ganz. Es hatte zwar aufgehört zu regnen, aber die Stadt war von deprimierendem Grau überschattet und die Temperaturen unter zwanzig Grad gesunken. Simon fröstelte, als seine Füße morgens den Holzfußboden berührten, und ein Blick aus dem Fenster ließ seine Laune noch um ein paar Grad sinken. Sein Kopf schmerzte, wie so häufig in letzter Zeit, und er sah die Welt wie durch einen Briefkastenschlitz.

Auf der Bettkante sitzend, gähnte er, daß ihm der Kiefer knackte. Am liebsten wäre er wieder zurück in sein Bett gekrochen, aber dann fiel ihm ein, daß er um halb zehn einen Termin bei seinem Zahnarzt hatte. Noch ein Grund mehr, sich die Decke wieder über den Kopf zu ziehen, aber er hatte den Termin schon dreimal verschoben, und in der Nacht hatte ihm der Zahn wieder wehgetan. Er gähnte noch einmal und trottete schließlich hinüber ins Bad.

Als er eine Stunde später auf die Straße trat, traf er auf Elena Ortiz. Sie führte einen kleinen Gemüseladen gleich neben seinem Haus, und trotz des trübseligen Wetters strahlte sie selbst wie die Costa del Sol.

»Hola, Don Simon! Seh ich noch Schlaf in deinen Augen. Bist du wie immer zu spät aufgestanden, hast du keine Zeit, ordentlich zu rasieren, eh?« Sie deutete auf eine kleine Schnittwunde an seinem Kinn, die er mit einem Fitzelchen Toilettenpapier abgedeckt hatte. »Du brauchst Frau, die sorgt für Mann. Ein bißchen putzt, ein bißchen kocht. Hab ganz frische, zarte Artischocken heute morgen bekommen. Sehr gesund, viel Vitamine. Machst du sieben Söhne heute nacht.« Sie lachte laut, wobei ihre zwei Doppelkinne herzhaft wackelten.

»Was soll ich denn mit sieben Söhnen, Elena? Die fressen mir ja die Haare vom Kopf.«

»Ah, hast du noch genügend, und ein Mann braucht Söhne. Ein Mann braucht Familie. Niemand kann ohne Familie leben. Hier hast du einen schönen Apfel, schenke ich dir. Vielleicht du triffst unterwegs deine Eva.«

»Gracias, Donna Elena«, lachte Simon und vergaß für einen Moment seinen dröhnenden Schädel. Er steckte die rotbackige Frucht in seine Jackentasche und ging zu seinem Auto. Als er den Schlüssel im Zündschloß herumdrehte, ertönte ein ungutes Krächzen. Auch drei weitere Versuche blieben erfolglos. »Verdammt«, entfuhr es ihm. Es hätte nicht viel gefehlt, und er hätte dem Wagen einen Tritt gegeben. Er war ohnehin schon zu spät, und jetzt mußte er auch noch die U-Bahn nehmen. Er warf einen verzweifelten Blick auf die Uhr und spurtete zur nächsten Station an der Münchener Freiheit. Bei jedem Aufprall seiner Füße auf dem Asphalt traktierten unzählige feine Stiche seinen Kopf.

Gegen Mittag verließ Simon mit einer gefühllosen Backe und einem Rezept für Schmerztabletten die Zahnarztpraxis am Gärtnerplatz. Auf dem Weg zur U-Bahnstation in der Fraunhofer Straße nahm er – wie immer, ohne zu bezahlen – eine Abendzeitung aus einem der Verkaufskästen. Schon seit längerem hatte er sich vorgenommen, den Zeitungsverlag irgendwann einmal mit einem Zwanziger zu entschädigen. Aber nicht heute, dachte er mit einem Blick in sein Portemonnaie und fuhr mit der Rolltreppe zum Bahnsteig hinunter.

In der U-Bahn blätterte er in der Zeitung. Gleich auf der zweiten Seite prangte das zweispaltige Foto eines jungen Mädchens: hellbraunes Haar, große blaue Augen, Lippen wie helle Rosen. Tatjana Kurbjuhn. Hastig überflog er den danebenstehenden Artikel: Das Mädchen war verschwunden.

Es traf ihn wie ein Schlag in die Magengrube. Wie betäubt verließ er die U-Bahn am Arabellapark und legte die wenigen Schritte zum Büro zurück, ohne wahrzunehmen, was um ihn herum geschah. An seinem Schreibtisch las er die Meldung noch einmal. Diesmal aufmerksam und in aller Ruhe, aber die Nachricht blieb dieselbe.

Immer wieder fuhr er sich mit der Hand übers Gesicht, als könne er mit der Bewegung das Gelesene vertreiben. Die Übelkeit, die sich in seiner Magengegend ausbreitete, versuchte er zu ignorieren. Unwillkürlich blickte er zur Tür und sah das Mädchen wieder dort stehen. Hörte, wie sie ihn um Hilfe bat. Verdammt, er hätte schneller reagieren müssen.

Über dem Waschbecken in der Toilette ließ er eiskaltes Wasser über sein Gesicht laufen. Dann trank er einige Schlucke gleich aus dem Hahn und versuchte sich zu beruhigen. Es gelang ihm nicht. Er wollte etwas tun und wußte nicht, was. Und die ganze Zeit kam er nicht gegen das Gefühl an, daß Tatis Verschwinden seine Schuld war. Genau wie damals. Bei Valerie.

In der Zwischenzeit hatte das Telefon einige Male geklingelt, aber er fühlte sich nicht in der Lage, den Hörer abzuheben. Sein Backenzahn begann wieder zu pochen, die Schmerztabletten hatte er völlig vergessen. Er legte seinen Kopf auf die Platte und schloß die Augen. Er war müde, ausgelaugt. Und sein Schädel dröhnte wieder.

Er wünschte sich weit weg.

Er wünschte sich, alle seine Erinnerungen würden einfach gelöscht werden.

Er wünschte sich, ein anderer Mensch zu sein.

Irgendwann gegen drei Uhr nachmittags wählte er die Nummer vom Polizeipräsidium in der Ettstraße und ließ sich mit seinem alten Kollegen Robert Hammerl verbinden. Nach einigen allgemeinen Floskeln, die Leute, die sich lange nicht gesehen hatten, üblicherweise austauschen, tastete sich Simon vorsichtig zum eigentlichen Grund seines Anrufes vor.

»Wie geht es dir und Renate?« fragte er.

»Wir haben uns getrennt«, antwortete Hammerl und klang dabei so nüchtern, als hätte er einen alten Kühlschrank durch einen neuen ersetzt.

»Oh, das tut mir leid. Ihr wart ja doch einige Jahre zusammen«, sagte Simon. »Wollen wir uns nicht mal wieder treffen? Vielleicht willst du ja darüber reden. Es wäre für uns beide sicher gut, öfter mal rauszukommen. Aus mir ist schon ein richtiger Eremit geworden. Na, und wenn du über Renate nicht sprechen willst, dann sollten wir auf jeden Fall auf deinen Erfolg in dieser Kinderporno-Sache anstoßen. War ja ein ganzes Wespennest, das ihr da ausgenommen habt, ich habe davon gelesen.« Er bemühte sich nach Kräften, einen beiläufigen Tonfall zu treffen.

»War im Grunde alles umsonst«, brummte Hammerl zurück. »Wir machen die Drecksarbeit, und die Gerichte lassen diese Scheißkerle am Ende wieder laufen, damit sie weitere Kinder quälen und töten können. Weißt ja, wie es ist.«

»Ja, ich kann mich gut erinnern. Und lieber schlage ich mich hier mit sogenannten Kaufhausdetektiven herum, als mir das noch einmal anzutun.«

»Ist ehrlich schade um dich. Wir könnten dich hier oft brauchen. Es gibt viel zu viele Karrieristen und nur wenige, denen es um die Sache geht. Gerade ist wieder so ein Fall hereingekommen. Verschwundenes Mädchen, siebzehn Jahre alt.«

Ohne daß Robert Hammerl es ahnen konnte, rollte er Simon den roten Teppich aus, während dieser versuchte, rein kriminalistisches Interesse in seine Stimme zu legen.

»Ja, ich hab vorhin in der Zeitung davon gelesen. Klang alles noch reichlich mager. Habt ihr schon mit den Eltern gesprochen?«

»Mit dem Vater. Er hat seine Tochter auch vermißt gemeldet. Die Mutter ist gar nicht in der Stadt, ist irgendwohin verreist. Die beiden leben getrennt, na ja, wie das heutzutage so üblich ist.«

»Wann ist das Mädchen denn verschwunden?« Simon bemerkte, wie sein Herz wieder schneller zu schlagen begann.

»Der Vater hat gesagt, er habe sie Montag morgen, bevor er zur Arbeit ging, das letzte Mal gesehen. In der Schule ist sie allerdings noch gewesen. Wir haben mit ihrem Klassenlehrer gesprochen. Montag abend ist sie schon nicht mehr nach Hause gekommen, aber da dachte der Vater noch, sie wäre bei einer Freundin. Als sie aber am Dienstag auch nicht auftauchte, hat er sich an uns gewandt.«

Als Simon schwieg, verstummte auch Robert Hammerl für einen Moment. Er und Simon waren lange Jahre Kollegen gewesen, und er konnte sich vorstellen, welche Erinnerungen diese Geschichte in Simon wachrief. Er räusperte sich. »Hey, knie dich da nicht zu sehr rein. Die Kleine ist wahrscheinlich bei einem Typen und taucht nach dem Wochenende wieder auf.«

Simon wünschte, daß Hammerl Recht behalten würde, aber er glaubte nicht daran. Laut sagte er: »Damit liegst du wahrscheinlich gar nicht falsch.« Doch offensichtlich gelang es ihm nicht, frei von Skepsis zu klingen, denn Hammerl antwortete darauf:

»Ich seh schon, die Geschichte läßt dich ja doch nicht kalt. Na ja, wenn du dann besser schlafen kannst, dann schick ich dir nachher mal das Protokoll per E-Mail. Du wirst sehen, es steckt nicht viel dahinter. Aber daß wir uns richtig verstehen, das Ganze bleibt natürlich unter uns.«

»Ehrensache«, gab Simon zurück. »Und, wann gehen wir mal auf ein Bier?« lenkte er vom Thema ab. »Wir sollten nicht wieder drei Jahre warten.«

»Auf keinen Fall«, lachte Hammerl. »Wie wär's mit Dienstag nächster Woche im Weichandhof in Obermenzing? Die machen dort die beste Ente der Welt.«

»Gute Idee. Außerdem haben die einen wunderschönen Garten.«

»Und Bedienungen im Dirndl. Mit ordentlich Holz vor der Hütt'n. Ich treff dich dort um sieben.« Robert Hammerl lachte noch einmal herzlich und legte auf.

Der Nachmittag verging, ohne daß etwas Wichtiges passierte. Nach dem Telefonat mit Robert Hammerl fühlte Simon sich erschöpfter als vorher. Er hätte gern mit jemandem über alles gesprochen, wußte aber nicht, wie, und vor allem fürchtete er, viel zu tief in die Sache hineinzugeraten, wenn er Robert von seiner Begegnung mit Tatjana Kurbjuhn erzählte.

Es mochte feige sein, aber er hatte Angst davor, wieder als der »neurotische Graf« zu gelten. Er wußte, daß einige seiner Kollegen damals während seiner Zeit bei der Kripo so über ihn gedacht hatten. Vor allem jene Karrieristen hatten wenig Verständnis dafür gehabt, mit welcher Besessenheit er die Fälle von verschwundenen, mißbrauchten und ermordeten Kindern verfolgt hatte. Um die wirklich Schuldigen war es ihm gegangen, nicht um eine schnelle, medienwirksame Lösung, und er hatte sie mit einer Verbissenheit verfolgt, die schon fast an Selbstzerstörung grenzte.

Er war nicht ohne Grund aus dem Polizeidienst ausgeschieden. Bevor er ihn im Februar 2002 quittiert hatte, war er mit dem Fall der elfjährigen Julia Steinhover beschäftigt gewesen. Das Mädchen war nach der Schule nicht mehr nach Haus gekommen, und Wochen später hatten Spaziergänger ihre verstümmelte Leiche in einem Waldstück bei Freising gefunden. Vor seinem Tod war das Mädchen vergewaltigt worden. Den Mörder hatten sie nie gefaßt. Irgendwo lebte er weiter, hatte sein nächstes Opfer vielleicht schon im Visier. Simon hätte kotzen können bei dem Gedanken.

War die Vergangenheit denn nie vorbei, dachte er, und wieder fiel ihm Nietzsches Mythos von der ewigen Wiederkehr ein. Er wischte sich ein paar Schweißperlen von der Stirn und begann damit, Sicherungskopien der letzten Abschlußberichte auf CD-ROM zu brennen. Als es ihm nicht einmal gelang, sich auf diese banale Tätigkeit zu konzentrieren, ließ er es bleiben und wählte sich ins Internet. Er klickte sich durch eine Single-Website, sah auf Frauen, die den Mann mit Herz und ohne Altlasten suchten. Zum Pferdestehlen sollte er sein. Einmal hatte er eine gefragt, was er denn dann mit all diesen Pferden sollte – und keine Antwort mehr erhalten. Heute drang überhaupt nichts zu ihm durch. Linda Evangelista hätte sich nackt auf seinem Schreibtisch räkeln können, und er hätte sie nicht gesehen. Er war müde und sein Gehirn leer.

Kurz vor sechs beschloß er, nach Hause zu fahren und sich endlich die Schmerztabletten aus der Apotheke zu holen. Er war schon an der Tür, als ihm einfiel, daß Robert Hammerl die Vermißtenanzeige von Tatjana Kurbjuhn per E-Mail hatte schicken wollen. Ein paar Sekunden zögerte er, den Rechner noch einmal hochzufahren, aber dann gewann die Unrast in ihm wieder die Oberhand.

Als er in der Betreff-Zeile »9. April 1986« las, zuckte er zusammen und dachte gleichzeitig, daß es sonst nicht

Roberts Art war, so unsensibel zu sein. Das Datum von Valeries Verschwinden über die Geschichte von Tatjana Kurbjuhn zu stellen, war geschmacklos. Er überging den Absender und klickte auf die Nachricht. Als sie sich öffnete, stand auch im Textefeld nicht mehr als jenes Datum: 9. April 1986

In diesem Moment ging Simon auf, daß Robert Hammerl nicht der Adressat sein konnte. Wie auf Knopfdruck beschleunigte sich sein Puls. Seine Pupillen rasten hinauf zur Absenderzeile. »Unknown Sender« hieß es nur. Wieder rasten seine Pupillen über den Bildschirm, und dann entdeckte er, daß der E-Mail ein Anhang namens »Lazarus« beigefügt war. Als Simon die Maus bewegte, zitterte seine Hand.

Die Datei war außergewöhnlich umfangreich, doch endlich öffnete sie sich.

Vor Simons Augen entstanden auf dem Bildschirm weiße Spiralen auf schwarzem Grund. Ein Klangbild.

Im selben Moment gaben die Lautsprecher ein Knistern wie von einer alten Schallplatte wieder, und eine Mädchenstimme sang monoton und hell:

Brüderlein, komm, tanz mit mir,
Beide Hände reich ich dir,
Einmal hin, einmal her,
Rundherum, das ist nicht schwer.

Der letzte Ton war noch nicht verklungen, als Simon plötzlich wußte, woher er die Melodie kannte, die jemand neulich nachts am Telefon und auf dem Anrufbeantworter abgespielt hatte.

Es war genau jene Melodie gewesen. Sie war ihm seit seiner Kinderzeit vertraut.

Dann verschwand die Spirale, und der Bildschirm wurde schwarz. Aber schon ein paar Zehntelsekunden später baute sich ein neues Bild auf.

Es war ein Foto. Sepiafarben, wie man es von alten Aufnahmen her kannte. Allmählich wurde das Motiv sichtbar, und er ahnte bereits, was es zeigen würde: Er erkannte blonde Locken, dann die großen Augen unter der gewölbten Stirn, die kleine, etwas zu breit geratene Nase und darunter den Mund mit den nach oben gebogenen Winkeln.

Valerie, die ein wenig verhalten lächelte, weil sie auch damals, als dieses Bild entstanden war, befürchtet hatte, ein strahlendes Lachen könne ihr Gesicht »mopsig« aussehen lassen. Simon erinnerte sich, wie er sie immer damit aufgezogen hatte.

Es mußte eine Vergrößerung aus einem früheren Klassenfoto sein. Links und rechts neben dem Gesicht seiner Schwester entdeckte er die Anschnitte zweier Mädchen. Noch ehe sich Simon darüber klar werden konnte, vervielfältigte sich das Bild, das in der Mitte des Monitors plaziert war, bis es schien, als würden zahllose lächelnde Valeries den Bildschirm sprengen.

Plötzlich fiel das Bild in einer Art Flimmerregen zusammen und kristallisierte sich dann wieder zu einer Spirale, die allmählich verschwand, bis nur noch ein glitzerndes sichelförmiges Zeichen stehenblieb. Am Ende des Schauspiels dann wieder dieses Knistern und die Mädchenstimme:

Nun komm ich noch zweimal
und dann nimmermehr ...

Zwanzig Jahre lang – nichts. Verschwunden, spurlos, von einer Sekunde auf die nächste.

Nicht ein bißchen, das die Hoffnung nährte.

Keine Nachricht, keine Locke, kein Fingerzeig – nichts. Und dann das. Krachte auf ihn ein – mit der Wucht der Columbia bei ihrem Absturz über Cape Canaveral. Um ihn herum wurde es so dunkel wie auf dem Bildschirm.

In den nächsten beiden Tagen leerte er fast drei Flaschen. Er soff mit pochendem Schädel, rasendem Puls, trockener Mundhöhle und wunder Kehle. In dem nebulösen Etwas, das ihn umgab, tauchte immer wieder Valeries Foto auf, und er erinnerte sich, wie ein Verrückter »Wer bist Du? Wer bist Du?« in die Tastatur gehämmert zu haben.

Wie ein Wahnsinniger.

Hatte er geglaubt, jemand würde ihm antworten?

Dann war er losgerannt, wie Jean Reno in »Die purpurnen Flüsse.«

Nach Hause in seine Wohnung, mit ziehendem Zahn und hämmerndem Schädel. Sein Körper schien aus den Fugen zu geraten. Er zog sich kurze Hosen über, Turnschuhe, hielt sein Gesicht unter eiskaltes Wasser und rief dazwischen immer wieder bei Robert Hammerl an. Er meldete sich nicht, nur sein gottverfluchter Anrufbeantworter. Dann rannte er wieder los, mit dem Handy in der Tasche, hinein in den Englischen Garten. Gewundene Wege entlang, niemanden sehend.

Er mußte etwas tun ... Herrgott, wo steckte Hammerl? Tatjana. Valerie.

Er rannte, bis seine Lungen zu bersten drohten, kickte Steine meterweit. Er wollte schreien, aber über seine trockenen Lippen drang kein Ton. Was geschah mit ihm? Er blieb stehen, keuchend, rief wieder bei Hammerl an. Nichts. Er wünschte sich, weinen zu können, aber auch seine Augen blieben trocken.

Er mußte etwas tun, wollte es ja...

Tatjana! Valerie!

Und war doch so machtlos. Wo anfangen?

Verdammte Scheiße, Robert! Geh endlich ran!

Besetzt. Er rannte auf der Stelle, wartete. Wählte wieder schnaufend und erreichte nichts als die blecherne Stimme von zuvor. Er dachte, verrückt zu werden.

Und rannte weiter, weiter, weiter...

Ab da schwanden ihm die Sinne. Er rannte blindlings, bis er sich selbst vergaß, seinen Körper nicht mehr spürte. Und irgendwann fand er sich zu Hause wieder.

Ein Wrack vor dem Spiegel.

Das Telefon.

Robert immer noch nicht da.

Zuerst kippte er den schottischen Malt – die Flasche zu neunzig Euro war ein Weihnachtsgeschenk seines Vaters gewesen – dann schleppte er sich eine Straße weiter zu einer Tankstelle, besorgte sich irgendeinen Fusel, der eine Rakete zum Mond hätte schießen können.

Er soff aus Verzweiflung, weil er nichts tun konnte. Seine Alpträume katapultierten ihn quer durch die Wohnung, schleuderten ihn in die Vergangenheit, rissen ihn zurück in die Gegenwart, und immer wieder dröhnte in seinem Kopf die Frage: Wer bist Du?

Sobald die Wirkung des Alkohols auch nur ein wenig nachließ, griff er zum nächsten Glas.

Sein Gehirn schien in einem Meer von Flammen aufzugehen. Durch seine Zahnwurzeln zuckten Stromstöße. Seine Augäpfel pulsierten hinter einer Wand aus Stahlwolle.

Bei jedem Gang holte er nur eine Flasche und sagte sich, daß dies die letzte sei, denn er müsse Valerie finden und dahinterkommen, welches Dreckschwein ihm und ihr das angetan hatte.

Als er gerade über den Hof torkelte, um die nächste Flasche zu holen, drang plötzlich wie durch eine Mauer aus Watte eine Stimme zu ihm: »Simon.«

Er suchte Halt an der Wand und sah sich um. Verschwommen erblickte er eine zierliche Frau mit dunklem Haar. Dorothee Kupitz, Malinas beste Freundin. Er erinnerte sich dunkel, daß er sich mit ihr fürs Kino verabredet hatte, und versuchte ein Lächeln. Aber es wurde nur eine Grimasse daraus. »Hallo Dorothee. Hab die Karten schon gekauft.« Er lallte. Für einen Moment schloß er die Augen. Als er sie wieder öffnete, war das Bild noch immer verschwommen.

»Was ist mir dir?« hörte er sie fragen.

»Nichts. Wollte gerade raus, was zum Essen holen.«

»Zum Essen. Aha.« Die Skepsis in ihrem Blick spürte er beinahe körperlich. »Simon, du bist total blau. Komm, wir gehen erst einmal zurück in deine Wohnung, und ich hole dir später was zu essen.«

»Nicht nötig. Laß mich einfach. Brauche keinen. Und schon gar kein blödes Krankenschwesterngetue.« Er hob den Arm und machte eine abwehrende Geste.

»Hör mal, ich bin immerhin Ärztin.« Sie bemühte sich, heiter zu klingen.

Er brummte irgend etwas Unwirsches, aber es gelang ihr, ihn am Arm zu fassen und in Richtung Wohnung zu bugsieren. Im Hof stolperte er über einen hervorstehenden Pflasterstein, schlug mit dem Gesicht auf und blieb der Länge nach liegen.

»Komm, Simon, jetzt veranstalte hier keinen Heckmeck. Steh auf.« Sie zog ihn am Arm, und er drehte sich um. Aus seiner Nase schoß dunkelrotes Blut.

»He, warum legst du dich nicht her zu mir? Ist gemütlich hier unten.« Seine Hand bewegte sich fahrig in ihre Richtung und griff schließlich nach ihren Brüsten. »Schöne feste Tittchen. Hab ich mir schon immer gedacht.«

Unbeeindruckt schob Dorothee seine Hand weg. »Deine Nase blutet. Wir müssen was dagegen unternehmen. Steh jetzt auf und komm mit rein.« Vielleicht war es der Ärztinnenklang in ihrer Stimme, der ihn dazu bewegte, sich hochzurappeln und ihr ins Haus zu folgen.

Drinnen ließ er sich widerstandslos von ihr die Nase säubern, und auch gegen den kalten Waschlappen, den sie ihm ins Genick legte, hatte er nichts einzuwenden. Er grunzte, als er sich auf die Couch legte und sie seinen

Puls fühlte. Der Puls raste, und Dorothee ging in die Küche, um im Abfalleimer nach leeren Flaschen zu fahnden. Sie fand zwei, und draußen auf dem Tisch stand eine weitere, auch die fast leer.

Sie überschlug ein paar Zahlen und kam zum Ergebnis, daß Simon mehr als drei Promille haben mußte. Eine Alarmglocke schrillte in ihrem Kopf: Alkoholvergiftung. Irgendwie mußte es ihr gelingen, ihn ins Krankenhaus zu schaffen. Aber er würde nicht mitkommen wollen. Sie mußte ihn irgendwie überlisten. In ihrer Tasche fand sie ein paar Vitamin-C-Kapseln, die den Abbau des Alkohols beschleunigen würden. Sie füllte ein Glas mit Wasser, und gerade, als sie das Pulver hineingab, hörte sie aus dem Wohnzimmer einen Knall.

Simon tobte wie ein Besessener durchs Zimmer, zog Schubladen heraus, zog Schranktüren auf, wühlte herum. Zwischendurch fluchte er, wankte zum Zeitschriftenstapel neben dem Fernseher und warf ihn durcheinander. Er schien etwas zu suchen und fand es nicht. Dann riß er alle Polster von der Couch hoch, schleuderte jedes Kissen durch die Luft. Als er auch da nicht fündig wurde, fluchte er noch lauter und griff nach der Flasche auf dem Tisch.

»Simon, es reicht jetzt«, sagte Dorothee. »Hör sofort auf, dieses Zeug in dich hineinzuschütten. Willst du dich zu Tode saufen?«

»Ja, glaubst du denn, bei dem Horror trinke ich Apfelsaft?« brüllte er mit blutunterlaufenen Augen.

»Vielleicht sagst du mir jetzt endlich mal, was los ist«, brüllte sie zurück, um überhaupt zu ihm durchzudringen. »Und spiel hier nicht länger den Märtyrer.«

»Ich kann diese verdammten Kinokarten nicht finden.« Er sah sie an und lachte plötzlich aus vollem Hals. Wie ein Irrer, dachte Dorothee. Ebenso schnell wie das Lachen aus ihm hervorgebrochen war, endete es. Stumm glotzte er sie an, und mit einem Mal, als hätte jemand die Luft aus ihm herausgelassen, sackte er zu Boden.

Er gab einen furchtbaren Laut von sich. Ein Heulen. Es klang nach Wolf oder Hund. Und dann drang es noch einmal aus seiner Kehle: »Ich kann diese verdammten Kinokarten nicht finden.«

Dorothee setzte sich neben ihn und legte vorsichtig den Arm um seine Schultern. Es war ihr fast peinlich, diesen Mann, der ihr immer so unverwüstlich erschienen war, wie ein Kind weinen zu sehen. Diesen Mann, der vor einem Jahr mit all seiner Einfühlsamkeit und Kraft für sie dagewesen war, der sie verstanden hatte wie sonst niemand. Unwillkürlich zog sie ihn an sich und streichelte seine Wange. Und als würde die Berührung ihn weicher machen, verstärkte sich sein Weinen. Und Dorothee murmelte wieder und wieder: »Ist ja gut, wein du nur.«

So verging fast eine halbe Stunde, in der sie unaufhörlich dachte: Er muß ins Krankenhaus.

Irgendwann wurde er stiller, seine Schultern beruhigten sich, und er hob den Kopf. Seine Augen waren geschwollen und sein Blick so leer wie zuvor. Sein Atem roch nach Alkohol. Unbeholfen wischte er sich den Rotz von der Nase. Doch obwohl seine Bewegungen noch immer unkoordiniert waren, schien er sich jetzt einigermaßen im Griff zu haben. Er schwieg, und Dorothee rückte ein wenig von ihm ab. Ob sie es tat, um wieder Distanz zwischen ihn und sich zu bringen oder um ihm besser ins Gesicht blicken zu können, war ihr nicht klar. Wahrscheinlich war es beides.

»Was ist los?« fragte sie. »Und komm mir jetzt nicht mit den Kinokarten.« Sie versuchte ein Lächeln, das Simon nicht erwiderte. Er stierte weiterhin auf einen unsichtbaren Punkt an der Wand.

»Brauch was zu trinken«, stieß er schließlich hervor.

»Ich hol dir etwas.« Als Dorothee ihm das Glas mit dem Vitamin C in die Hand drückte, sagte sie noch einmal: »Du mußt mir endlich sagen, was los ist. Ich kann dir sonst nicht helfen.«

Schlürfend trank er den ersten Schluck. Er murmelte etwas, und es klang wie »Familie«.

»Was sagst du?«

»Die Familie ...« Seine Lider klappten zu. »Die Familie ist das Wichtigste, verstehst du?«

Sie nickte.

»Gar nichts verstehst du.«

Sie widersprach ihm nicht.

»Der neunte April 1986«, fing Simon wieder an. »Der neunte April 1986, da war's vorbei mit der Familie. Da hat sie sich einfach aus dem Staub gemacht. Aber jetzt ist sie wieder da. Einfach so. Wieder da.«

»Wer ist wieder da?« fragte Dorothee, obwohl sie langsam ahnte, was er mit seinem Gestammel zu sagen versuchte.

»Valerie. Wer denn sonst? Schreibt mir E-Mails. Brüderlein, komm tanz mit mir, einmal hin, einmal her, ringsherum, das ist nicht schwer.« Er sang mit schwerer Zunge und schwenkte ihren Arm, als wollte er Ringelreihen mit ihr tanzen.

»Simon, welche E-Mails?«

»Hab doch gleich gesagt, du verstehst nix.« Er rülpste.

»Warum erklärst du es mir denn nicht?«

Er schwieg minutenlang, als ob er tatsächlich versuchte, zusammenhängende Sätze aus seinem benebelten Gehirn zu pressen. »Will was Richtiges trinken. Nicht dieses Zeugs hier.« Er schob das Glas von sich.

»Die Flasche ist leer, Simon. Wir müssen erst eine neue besorgen. Erzähl mir vorher noch, was los ist.«

»Ich hab sie doch geliebt. Meine kleine Schwester. Hab immer auf sie aufgepaßt. Aber dann war ich nicht da. Und dann kam sie nicht wieder. Zwanzig Jahre. Zwanzig Jahre.« Er stockte und zog ein zerknautschtes Zigarettenpäckchen aus seiner Hosentasche. Und noch während er sich eine anzündete, murmelte er weiter: »Dann war Tatjana da. Stand einfach in meinem Büro rum. Aber ich hab nicht gehört. Wie damals.« Die Zigarette fiel ihm aus dem Mund auf die Holzdielen und hinterließ einen schwarzen Abdruck. »Hammerl wollte eine E-Mail schicken. Ins Büro. Dann ist diese E-Mail mit ›Lazarus‹ gekommen. Hab ich erst nicht kapiert. Dann schon.« Er kicherte plötzlich. »Lazarus war Valerie. Ganz viele Valeries. Muß endlich Robert anrufen. Und gib mir was zu trinken.«

»Ja, Simon. Ich hole dir jetzt etwas«, antwortete Dorothee, die sich noch keinen wirklichen Reim auf die Geschichte machen konnte. »Komm, gib mir deinen Schlüssel, ich gehe gleich los.«

Von ihrem Auto aus rief sie mit dem Handy die Notaufnahme des Schwabinger Krankenhauses an und rannte zurück zu Simons Wohnung, wo sie ihn dösend auf der Couch fand. Sein Gesicht war noch immer angespannt, sein Atem ging schwer, und als sie ihre Hand auf seine Brust legte, fühlte sie sein Herz laut und schnell schlagen. Es wurde höchste Zeit. »Simon«, sagte sie, »du mußt mitkommen. Ich kann die Tankstelle nicht alleine finden.«

Er brummte etwas Unverständliches und rappelte sich schwerfällig hoch. Erleichtert atmete Dorothee auf. Es ging einfacher, als sie gedacht hatte. Sie stützte ihn auf dem Weg nach draußen und fuhr mit weit überhöhtem Tempo auf dem schnellsten Weg ins Krankenhaus.

Nachdem sie Simon versorgt wußte, ging Dorothee mit wackeligen Beinen zurück zu ihrem Wagen. Das Ganze hatte ihr mehr zugesetzt, als sie gedacht hatte. Erschöpft legte sie einige Sekunden lang den Kopf auf das Lenkrad und atmete mit geschlossenen Augen tief aus und ein. Anschließend wendete sie das Auto, um in die entgegengesetzte Richtung nach Bogenhausen zu fahren.

In der Detektei dauerte es eine Weile, bis sie sich zurechtfand. Schließlich entdeckte sie auf Simons Rechner die E-Mail, die er gemeint haben mußte. Als sie den Anhang »Lazarus« anklickte, wiederholte sich vor ihren

Augen das Schauspiel. Mit Gänsehaut am ganzen Körper lauschte sie der monotonen Mädchenstimme und starrte ungläubig auf die sich selbst kopierenden Fotos der lächelnden Valerie.

Wenn sie schon so empfand, was mußte erst in Simon vorgegangen sein, als er diese Botschaft erhalten hatte? Wie eine Botschaft aus dem Reich der Toten ...

Natürlich war dieser Gedanke viel zu theatralisch, natürlich war ihr klar, daß ein Fremder dahinterstecken mußte, aber dieses inszenierte Grauen rief all das, was sie selbst vor einem Jahr erlebt und seitdem verdrängt hatte, wieder in ihr wach. Das Merkwürdige daran war, daß sie jetzt nur Schrecken empfand. Keine Trauer, keine Tränen.

Vor einem Jahr war Alexander de Vries, der Mann, den sie heiraten wollte, gestorben. Sie selbst hatte ihn tot aufgefunden. Einige Monate hatte es so ausgesehen, als ob sie in ihrem Schmerz erstarren würde wie ein prähistorisches Insekt in Bernstein. Es war vielleicht ein Zappeln ihrer Seele gewesen, ein verzweifelter Versuch, das Ruder in letzter Sekunde herumzureißen, vielleicht war es nichts weiter gewesen als eine Flucht, die ihr analytisch gesteuerter Verstand angeordnet hatte. Irgendwie war es ihr gelungen, Alexander, sein Lachen, seine Hände, die kleinen Falten um seine Augen und das, was er an ihrem letzten Abend am Telefon gesagt hatte – »Ich bin ein schlechter Mensch. Aber ich liebe dich.« – in die hinterste Ecke ihres Gedächtnisses zu verbannen. Vielleicht war es jene »schlechte« Seite gewesen, von der sie erst nach seinem Tod erfahren hatte, die jetzt bewirkte, daß die Erinnerungen an seinen Tod sie zwar grausten, sie aber dennoch kühl blieb.

Dorothee dachte an das blonde Mädchen mit dem verschmitzten Lachen, das in Simon den großen Bruder gesehen hatte, mit dem sie sich gerangelt und wieder vertragen hatte. Sie stellte sich vor, wie er ihr das Fahrradfahren beigebracht, wie er ihre Tränen weggewischt und ihr die Nase geputzt hatte, wenn sie gestürzt war. Sie sah zwei Geschwister vor sich, die am Weihnachtstag aufgeregt durchs Haus rannten, mit roten Backen Plätzchen aßen und auf das Christkind warteten. Sie sah eine Familie, die in den Sommerferien am Strand Burgen baute und nachher mit Sand in den Haaren Eis essen ging.

In Simons Erinnerungen war Valerie ein warmherziges Mädchen, und seine Liebe zu ihr war bedingungslos gewesen, weil sie Bruder und Schwester waren. Sein Leben lang, so hatte er Dorothee einmal erzählt, hatte er sich die Schuld für ihr Verschwinden gegeben. Es hatte Zeiten gegeben, in denen er versucht hatte, dieses Gefühl mit Alkohol und Tabletten zu betäuben. Als er den Polizeidienst quittiert hatte und nicht mehr mit solchen Fällen konfrontiert worden war, waren diese Schübe seltener geworden.

Und jetzt das.

Innerlich mußte er eine Ruine sein.

Was sollte sie tun? Sie mußte mit Malina sprechen, dachte sie. Doch noch bevor sie die Nummer ihres Hotels auf Samos wählen konnte, fiel ihr Blick auf die aufgeschlagene Zeitung auf dem Schreibtisch. Da war dieses Mädchen, von dem Simon gesprochen hatte. Tatjana Kurbjuhn. Auch sie war verschwunden. Es war alles mit voller Wucht auf ihn eingestürzt.

Ungeduldig verlangte Dorothee bei der Rezeptionistin nach ihrer Freundin. Sie merkte, wie sie zitterte. Ein paar Minuten später legte sie, etwas ruhiger geworden, wieder auf. Malinas Flug ging am nächsten Morgen.

☽

»Simon.«

Eine Hand lag auf seiner Stirn, und als er die Augen öffnete, sah er ein lockenumrahmtes Lächeln. Er wußte, wer da stand, wußte, wem diese warme Stimme mit dem Kieks hinten in der Kehle gehörte, und er schämte sich.

Er wollte nicht, daß sie ihn so sah.

Welches Bild bot er ihr: Er war ein Schwächling, ein Wrack. Kanülen in den Armen, die Pinkelflasche neben dem Bett. Er wollte nicht, daß sie so in sein Inneres sah. Es ging sie nichts an. Er wollte seine Souveränität behalten, weiter sein ironisches Lächeln zeigen und in seiner Rüstung stecken. Nun klaffte sie in der Mitte auseinander und zeigte seine zerrissenen Eingeweide.

Die Hand blieb lange auf seiner Stirn liegen, sie war kühl und irgendwie lindernd. Sie tat ihm gut, und er wollte sagen: »Geh nicht weg.« Aber er schwieg und schämte sich weiter.

Er wollte niemanden brauchen. Die Stimme sagte nichts mehr, er vernahm nur ein gleichmäßiges Atmen, als die Frau sich neben ihn aufs Bett setzte. Er stellte sich vor, wie sich ihre Brust hob und senkte. Dann strich die Hand kühl und lindernd über seine Stirn. Einmal, zweimal, und wieder dachte er: Geh nicht weg. Bleib da.

Sie blieb, und plötzlich mußte er an die Nacht denken, in der er sie geküßt hatte. Nur geküßt und nur in dieser einen Nacht. Sie hatten danach nicht einmal mehr darüber gesprochen. Vorbei war vorbei. Und lange her. Das waren doch seine eigenen Worte. Manchmal blieb Vergangenes vergangen. Das Schöne.

Nur das Schlechte schlug immer wieder auf ihn ein.

Er hatte seine Augen längst geschlossen. Wahrscheinlich dachte sie, er schliefe, und er wollte, daß sie das dachte. Er mußte nicht Rede und Antwort stehen.

»Ruh dich aus. Schlaf. Ich komme morgen wieder«, hörte er sie sagen. Und als er Stunden später erwachte, war die Hand weg, die Kuhle in dem Laken, wo sie gesessen hatte, geglättet. Er war allein.

☽

Für einen Moment hakte der Schlüssel. Ein kleiner Ruck nach links, und er glitt geschmeidig ins Schloß. Die Tür knarrte. Alles wie gehabt.

Malina betrat ihr Büro. Die Sonne schien durch die Fenster. Staub auf den Möbeln, die blaugrundige Lithographie an der Wand, der Sprung im Glas des Bilderrahmens, Papierstöße und eine vergessene Kaffeetasse auf dem Schreibtisch, daneben Fotos von Victor und Edward. Alles wie gehabt.

Ihre Absätze klapperten auf dem Laminatfußboden, und fast unmerklich kam der Hall ihrer Schritte von den Wänden zurück. Sie drehte sich einmal im Kreis, blickte sich um und fühlte sich fremd. Sie fühlte sich fremd in einem Raum, den sie noch vor kurzem als »ihr Reich« bezeichnet hatte. Ihr kam es vor, als wären die letzten Wochen auf Samos die Realität und dies nur ein kurzes Zwischenspiel.

Sie blickte auf ihre Uhr. Viertel nach zehn. Vorgestern um diese Zeit war sie mit ihrer Familie zum letzten Spaziergang aufgebrochen. Am Strand in der Bucht waren sie Michalis, einem Angestellten des Hotels, begegnet, der gerade mit einem Tretboot von seinem Fischkutter zurückgekommen war. Vielleicht hatte es an Victors aufgeregtem Gezappel gelegen, an Malinas Seufzen oder an Edwards Gesicht, jedenfalls hatte Michalis sie ins Boot gewunken. Dann waren sie noch einmal mit ihm hinausgefahren zu seinen Fischernetzen. Die Augen des Mannes leuchteten, als hätten sie alles Licht der Ägäis absorbiert, um es in diesem Moment wieder zurückzugeben. Und Malina dachte, daß dieser Mensch, der sein ganzes Leben auf der Insel verbracht hatte, im Grunde seines Herzens hundertmal glücklicher war als die meisten Menschen, die sie kannte.

Samos kam ihr mit einem Mal sehr weit weg vor, und sie verspürte eine jähe Angst, niemals mehr dorthin zurückkehren zu dürfen. Und obwohl sie wußte, daß sie hier dringend gebraucht wurde, wollte sie nichts lieber als das.

Die Erinnerung an die griechische Insel wich dem Bild von Simon, wie er bleich und verquollen in seinem Krankenhausbett gelegen hatte. Sie wußte inzwischen, daß er dem Tod in letzter Sekunde von der Schippe gesprungen war. Nur mit Mühe hatte sie bei den Worten des Arztes die Tränen zurückgehalten. Simons Zusammenbruch ängstigte sie, und gleichzeitig empfand sie es so, als wären sein Schmerz und seine Verzweiflung auf ihren Körper übergesprungen. Dem wenigen, was Dorothee ihr erzählt hatte, entnahm sie, daß alles mit dem Verschwinden seiner Schwester zusammenhängen mußte. Irgendwelche E-Mails waren aufgetaucht, aber Dorothee war am Telefon so aufgeregt gewesen, daß sie sich keinen rechten Reim darauf hatte machen können.

Sie zog ihre Jacke aus, hängte sie über die Stuhllehne und fuhr den Rechner hoch.

Die E-Mail, die Dorothee gemeint haben mußte, hatte sie schnell gefunden und geöffnet. Ensetzt fragte sie sich, wer dahintersteckte und was das Ziel dieser Person war. Es erschien ihr mehr als plump, dieses Machwerk unter dem Dateinamen »Lazarus« abzuschicken. Lazarus, der gestorben und von den Toten auferstanden war ... Und jetzt wollte diese Person Simon glauben machen, Valerie sei von den Toten auferstanden.

Doch dann begann sie zu überlegen. Was, wenn es stimmte? Wenn Valerie noch lebte?

Aber warum dann diese Nachricht erst nach zwanzig Jahren?

Ihr Verstand rannte auf Hochtouren weiter. Es mußte eine Möglichkeit geben, herauszufinden, wer diese E-Mail geschickt hatte. Und ihr fiel nur einer ein, der ihr dabei helfen konnte: David Lytton.

Er war Engländer, und sie kannte ihn schon seit ihrer Studienzeit. Bevor er für viele Jahre nach Brüssel gegangen war, um dort für ein großes Mobilfunkunternehmen zu arbeiten, hatten sie viel gemeinsam unternommen. Schon damals war David ein Spezialist in Computerfragen gewesen, und ohne seine Hilfe wäre ihre Diplomarbeit seinerseits im Nirwana von Bits und Bytes auf Nimmerwiedersehen verschwunden. Noch in der Nacht vor dem Abgabetermin hatte David die alte Mühle fluchend und mit ein paar Handgriffen wieder flott gemacht und ihr die Zukunft gerettet.

Vor ein paar Monaten war er zusammen mit seinem Freund nach München gezogen. Die Gelegenheiten, einander zu sehen, waren seitdem rar gewesen, aber jetzt hatte sie nichts Eiligeres zu tun, als seine Nummer hervorzukramen.

Er meldete sich nicht. Weder an seinem Handy noch unter seiner Büronummer, und zu Hause lief nur das Band. Sie hinterließ eine Nachricht und ging gleich darauf ins Internet, um ihm eine E-Mail zu schicken. So wie sie David kannte, war sein Handy mit einem E-Mail-Benachrichtigungssystem per SMS ausgestattet.

Doch sie kam gar nicht dazu, ihm zu schreiben.

Unter einer Vielzahl neuer Post stachen ihr zwei Nachrichten ins Auge, beide von einem »Unknown Sender«. Als sie fahrig auf die erste E-Mail klickte, empfand sie leichte Übelkeit, und ihr Herz flatterte in der Brust.

Anfänglich unterschied sich die E-Mail nicht von der ersten. Dasselbe Klangbild, weiße Spiralen auf schwarzem Grund, dieselbe monotone Mädchenstimme, die das Kinderlied sang. Doch diesmal kam ein Farbfoto. Genau wie vorher prangte es in der Mitte des Bildschirms, und genau wie vorher zeigte es eindeutig Valerie und kopierte sich dann selbst unzählige Male. Es war vollkommen verrückt. Malina starrte wie versteinert darauf, und die hellblond gewordenen Härchen auf ihren Armen richteten sich auf, als am Ende ein weiteres Mal diese Mädchenstimme erklang:

Nun komm ich nur noch einmal
und dann nimmermehr ...

Eine Weile saß Malina vor dem Bildschirm und rührte sich nicht, bis sich ihre Hand wie von selbst in Richtung Maus bewegte und das Ganze noch einmal abspielte.

Wie groß war der Unterschied zu dem Foto der ersten E-Mail. War Valerie darauf ein fröhliches Mädchen mit einem verschmitzten Lachen gewesen, so wirkte sie auf diesem verschlossen und abweisend, wie jemand, der nichts und niemanden an sich herankommen lassen wollte. Wie jemand, der die Linse der Kamera als Übertreten des eigenen Hoheitsbereiches empfand und sich davor zu schützen versuchte.

Sie stand irgendwo vor einer Holzwand. Ihre blonden Haare hingen herab, und ihr Gesicht war fahl. Unter ihren Augen zeigten sich erste Spuren dunkler Schatten, der kräftige Mund war blaß, aber vermittelte nicht das geringste Anzeichen von Resignation. Im Gegenteil. Die Unterlippe war vorgeschoben, und bei genauem Betrachten zeigte das ganze Gesicht einen entschlossenen Ausdruck. Plötzlich durchzuckte Malina ein Gedanke. Dieses Foto mußte vor zwanzig Jahren entstanden sein, und es zeigte, daß das Mädchen nicht vorgehabt hatte aufzugeben. Sie ist eine Kämpferin gewesen, dachte sie. Und doch ist sie nie zurückgekommen.

Was war passiert damals? Was hatte sie erleben müssen? Wie war sie gestorben? War sie überhaupt gestorben? Und wenn nicht, wo war sie dann?

Konnte es tatsächlich sein, daß jemand einen anderen Menschen über einen so langen Zeitraum gefangen hielt? Oder war Valerie am Ende freiwillig geblieben? Und die allerschwierigste Frage: Was würde geschehen, wenn Simon dieses Foto sah?

Was machte sie so sicher, daß dieses Foto nach Valeries Entführung entstanden war? Für sie gab es keinerlei

Hinweise darauf, es war nur ein Gefühl. Angestrengt dachte Malina nach. Ihr Kopf begann zu schmerzen, und sie rieb sich die Augen. Dann fiel ihr etwas ein, und sie begann ihre Schreibtischschubladen zu durchwühlen. Zwischen einer Spesenabrechnung und einem alten Abschlußbericht fand sie einen Artikel, den sie im vergangenen Jahr im Archiv einer Münchner Tageszeitung entdeckt hatte. Er handelte von Valeries Verschwinden und beschrieb das Aussehen des Mädchens detailliert. Malinas Blick raste zurück auf den Bildschirm. Die Angaben stimmten mit der Fotografie überein.

Sie hatte also recht gehabt.

Valerie war zuletzt von ihrem Entführer fotografiert worden.

Gerade als sie die letzte E-Mail öffnete, klingelte das Telefon. Sie fuhr zusammen, als hätte sie etwas Verbotenes getan. Es war David. Sie hörte seine vertraute Stimme mit dem britischen Akzent aus dem Hörer, konnte aber ihren Blick nicht von dem abwenden, was sich vor ihren Augen abspielte.

»David, gut, daß du anrufst ...«

Die Spirale auf schwarzem Grund war ihr bereits vertraut. Auch die Mädchenstimme und das Kinderlied hatten ihren Schrecken für sie verloren. Doch was dann auf dem Bildschirm entstand, übertraf alles Vorangegangene an Grauen.

»Malina, bist du noch da?« hörte sie David rufen.

Ihr Herz klopfte bis zum Hals, und sie hatte ihre Stimme nicht im Griff.

»Moment.« Es klang wie das brüchige Organ einer alten Frau.

Diesmal erschien die Fotografie nicht als Ganzes, sondern setzte sich erst aus vielen Teilchen zusammen, die in irrer Geschwindigkeit über den Bildschirm flogen. Wie zuvor kristallisierte sich alles in der Mitte. Die Teilchen fügten sich aneinander wie Scherben und hinterließen, auch als das Bild komplett war, die Wirkung eines zersprungenen Spiegels.

»David, wann könntest du hier sein?« stieß sie hervor, ohne ihren Blick vom Rechner zu wenden.

»Why? What's going on, Malina?«

»Ich kann's dir nicht erklären, du mußt herkommen und es dir selbst ansehen. So schnell wie möglich.«

David versprach, in einer Stunde dazusein.

Das dritte Foto war mit Abstand das widerwärtigste. Valeries Gesichtsausdruck hatte sich gänzlich verändert. Sie war abgemagert, und ihre Augen lagen tief in den Höhlen. Der Mund war eingefallen und ganz dünn, ihre Haut wirkte wie gelbliches Pergament. Ihr Peiniger hatte ihr die Haare abgeschnitten, und die wenigen Büschel standen wie Grasstoppeln in einer kargen Landschaft um ihren Kopf.

Es war ein grauenvoller Anblick, und Malina schloß für einen Moment die Augen. Ihr Herz schlug bis an den Hals. Dann zwang sie sich, wieder hinzusehen. In diesem Moment begann sich das Foto im Kreis zu drehen. Rasend schnell. Als es wieder still stand, war Valeries Gesicht ein anderes geworden, als hätte es jemand künstlich geglättet, um sie wieder schön sein zu lassen.

Ihre Augen waren jetzt geschlossen, und darüber lagen zwei schneeweiße Anemonenblüten. Sie wirkte damit unschuldig und gleichzeitig so, als sei alles Leben aus ihr gewichen. Und erst nach einer Weile, als wolle das Bild seinem Betrachter genügend Zeit lassen, begann es sich noch einmal zu drehen. Als es diesmal zur Ruhe kam, trug das Mädchen einen Brautschleier, der über dem Kopf mit einer glitzernden Sichel zusammengehalten wurde. Unter dem Schleier trug sie nichts als ein schlichtes weißes Hemdchen. Die Hände hielten einen Veilchenstrauß. Wie auch die anderen Bilder löste auch dieses sich in einem Flimmerregen auf, bis es in einer Spirale verschwand, von der am Ende nur noch die Sichel übrigblieb, besetzt mit unzähligen glitzernden Steinchen.

Einen Moment lang war alles still, dann das Schallplattenknistern und die Mädchenstimme:

Nun komm ich nur noch dieses Mal
und dann nimmermehr

Dann wurde der Bildschirm schwarz.

Die Arme auf den Schreibtisch gestützt und das Gesicht in die Hände vergraben, nahm Malina plötzlich eine Bewegung hinter sich wahr. Zuerst dachte sie an einen Lufthauch, doch dann hatte sie das deutliche Gefühl, daß jemand in ihren Nacken starrte. Ihr Körper verkrampfte sich, bevor sie sich umdrehte.

Er stand nur zwei Meter von ihr entfernt, und sein Gesicht war eine Maske. Die Augen darin glühten wie Kohlestückchen. Sie hatte nicht mit ihm gerechnet.

»Simon. Was machst du hier? Wieso bist du nicht im Krankenhaus?« Sie versuchte die Datei zu schließen.

»Du brauchst dir gar keine Mühe zu geben. Laß es ruhig stehen, ich habe alles gesehen.«

Sie schwieg, wußte nicht, was sie darauf sagen sollte. Er sah schlecht aus.

»Schön, daß du wieder zurück bist«, sagte er, um überhaupt etwas zu sagen. »Und wie ich sehe, weißt du ja schon über alles Bescheid.«

»Simon ...« Noch immer wußte sie nicht, was sie sagen sollte, wie sie ihn hinter seinem verschlossenen Gesicht erreichen konnte. Sie hatte Angst, ein falsches Wort zu sagen und daß er sich noch mehr in sich zurückziehen würde. Einige Sekunden lang sahen sie sich nur in die Augen, bis sie schließlich aufstand und die Arme um ihn legte. Sie spürte, wie er sich zuerst widerstrebend an sie lehnte. Doch dann entspannte er sich und atmete leise in die Beuge ihres Halses.

»Wieso bist du nicht mehr im Krankenhaus?« murmelte sie und streichelte seinen Kopf. »Die Ärzte sagten, sie wollten dich zur Beobachtung noch ein oder zwei Tage dabehalten. Was hast du dir nur dabei gedacht? Wieso hast du mich nicht angerufen? Ich hab mir solche Sorgen gemacht.«

Der Klang ihrer Stimme tat ihm gut, aber noch immer zeigte sein Gesicht keinerlei Regung.

»Ich hab's dort nicht ausgehalten. Ich muß endlich herausfinden, was damals passiert ist und wer jetzt diese kleine Tati entführt hat. Du kannst ja nicht wissen, daß sie bei mir im Büro gewesen ist, bevor sie verschwand.« In knappen Sätzen schilderte er Malina seine Begegnung mit dem Mädchen.

»Dort in der Tür hat sie gestanden. Auf den ersten Blick sah sie aus wie Valerie.«

»Glaubst du, daß diese beiden Geschichten zusammenhängen? Glaubst du, es ist ein und dieselbe Person, die dahintersteckt? Nach mehr als zwanzig Jahren?«

»Ich weiß es nicht. Doch, ja, wenn ich ehrlich bin, dann glaube ich, daß es so ist. Ein und derselbe Täter. Es ist nur ... Irgend etwas an diesem Mädchen hat mich mißtrauisch gemacht. Ich kann dir nicht sagen, was, aber irgend etwas an ihrer Geschichte war faul. Oder eben an ihr selbst.«

»An einem siebzehnjährigen Mädchen ...? Ich weiß nicht ... Und überleg doch mal: Als Valerie verschwand, war Tati noch nicht einmal auf der Welt. Wie soll denn da ...«

Malina wurde mitten im Satz vom Türklingeln unterbrochen. David. Das Gesicht voll leuchtender Sommersprossen, Schweißperlen auf der Stirn. Draußen waren es dreißig Grad. Der Sommer war zurückgekehrt.

Simons Gesicht verschloß sich wieder, als Malina ihm erklärte, warum David hier war. Er wollte keinen Fremden um sich haben. Er wollte nicht, daß ein Fremder auch nur ansatzweise vermuten könnte, wie es in ihm aussah.

Was ging Valerie diesen David an?

Was ging er diesen David an?

»Simon«, sagte Malina, die seine Gedanken zu lesen schien. »David ist unsere einzige Chance, herauszufinden, woher die E-Mails kommen. Irgendwo müssen wir ja anfangen. Du kannst ihm vertrauen. Er ist ein alter Freund von mir.« Sie versuchte ein Lächeln. Simon knurrte etwas Unverständliches, zog aber einen Stuhl heran und setzte sich. Malina wertete die Geste als Einverständnis und wandte sich David zu. Mit wenigen Sätzen erklärte sie ihm, was vorgefallen war.

Während der Engländer konzentriert alle drei E-Mails noch einmal abspielte, sah Malina mehrere Male verstohlen zu Simon hinüber. Die ganze Zeit war sein Blick ausschließlich auf den Bildschirm geheftet. Sein Gesicht blieb vollkommen reglos. »That's really sick.« David wischte sich mit der Hand über die Stirn, als wollte er ein widerliches Insekt verjagen.

Mit einem Seitenblick auf Simon sagte Malina: »Ist es möglich, herauszukriegen, wer dahintersteckt? Irgendwer muß sich doch hinter ›Unknown Sender‹ verbergen.«

»Well, ich kann es probieren, aber es ist nicht gesagt, daß es klappt. Für Leute, die sich auskennen, ist es nicht schwer, sich einen so kryptischen Namen zuzulegen. Man installiert entweder einen eigenen Mailserver auf dem PC, oder man bringt einen fremden Server über das Internet unter seine Kontrolle. Wenn du das schaffst, kannst du jede beliebige Absenderadresse eingeben, die dir einfällt. Und schon kannst du E-Mails verschicken, ohne daß irgend jemand weiß, woher sie kommen.«

Malina runzelte angestrengt die Stirn: »Das bedeutet aber, daß ich über ein gewisses technisches Know-how verfügen muß, oder?«

»Stimmt genau.« David wandte sich wieder dem Rechner zu. »Dann laß uns mal sehen, ob die Mühle hier etwas ausspuckt. Es interessiert mich selbst, wer dieser kranke Kopf ist.«

In der nächsten Stunde saß David Lytton vor dem Computer und hackte angestrengt auf der Tastatur herum. Dabei murmelte er leise vor sich hin, fluchte manchmal und fuhr sich immer wieder durch die streichholzkurzen Haare. Nebenbei machte er sich Notizen und malte geheimnisvolle Diagramme auf ein Stück Papier.

Malina, die ihn nicht stören wollte, schlich an ihn heran und stellte ein Glas Wasser neben ihn, von dem er hin und wieder nippte.

Simon starrte noch immer auf den Bildschirm. In seiner Haltung lag etwas Gespanntes, wie bei einer Raubkatze, die zum Sprung ansetzt.

Endlich drehte sich David um. Seine Mundwinkel zeigten bedauernd nach unten. »Tut mir leid, Malina, ich fürchte, ich kann da nichts machen. Das muß ein ziemlich gewiefter Kopf sein, der da am Werk ist. Der Typ hat sich wahrscheinlich über einen fremden Server eingeklinkt. Wäre es nämlich sein eigener, so könnte ich ihn anhand seiner IP-Adresse zurückverfolgen. Diese Adresse ist so etwas wie ein elektronischer Absenderstempel und wird bei jeder Mail mitübertragen. Aber es ist ja ganz klar, wer so etwas verschickt, der will auch nicht erkannt werden.«

Malina zündete sich eine Zigarette an und trank hastig einen Schluck Wasser. Sie wollte sich ihre Enttäuschung nicht anmerken lassen. »Es wäre wohl auch zu einfach gewesen. Zumindest wissen wir schon mal, daß dieser Jemand ein Computerfreak sein muß oder zumindest genau weiß, was er zu tun hat. Außerdem muß ›Unknown Sender‹ nicht bloß ein kranker, sondern auch ein kreativer Kopf sein. Ich frage mich nur, wie er an dieses alte Klassenfoto von Valerie herangekommen ist. Ich meine, hatte er es schon immer, oder hat er es jetzt erst besorgt?« Malina kniff die Augen zusammen und hielt ratlos inne. Ihr Blick suchte den von David, aber der war genauso hilflos wie sie und zuckte nur mit den Achseln. Er hätte gern geholfen, das stand ihm im Gesicht.

Plötzlich unterbrach ein rauher Ton das Schweigen. Stuhlbeine ratschten über den Laminatfußboden, als Simon sich abrupt erhob und ohne ein Wort hinausging. Erschrocken blickte Malina ihm hinterher, aber noch ehe sie etwas sagen konnte, fiel die Bürotür mit einem harten Klacken ins Schloß.

Wieder verspürte Malina diese existenzielle Angst. Und Samos verlosch immer mehr.

Tati

Nun will die Sonn' so hell aufgehn,
Als sei kein Unglück die Nacht geschehn!
Das Unglück geschah nur mir allein!
Die Sonne, sie scheinet allgemein!
Du mußt nicht die Nacht in dir verschränken,
Mußt sie ins ew'ge Licht versenken!
Ein Lämplein verlosch in meinem Zelt!
Heil sei dem Freudenlicht der Welt!

FRIEDRICH RÜCKERT, KINDERTOTENLIEDER

Wenn ich die Augen schließe, sehe ich grüne Kreise in einem orangefarbenen Rahmen. Und wenn ich die Augen öffne, sind sie weg. Dann mache ich sie wieder zu – und klack, tanzen sie vor meinen Augen.

Was das wohl bedeutet? Ich suche hinter allem eine Bedeutung, glaube an schicksalhafte Zeichen. »Credere in il destino« – diesen Satz habe ich mal in einem Film gehört und nicht mehr vergessen. Glaube an das Schicksal.

Aber die grünen Kreise bedeuten wahrscheinlich nichts – es sind eben nur grüne Dreiecke, die durch irgendwelche Lichteinflüsse entstehen, und haben nicht das Geringste mit meinem Leben oder Schicksal zu tun. Wäre auch kaum auszuhalten, wenn alles eine tiefere Bedeutung hätte. Man käme aus dem Deuten gar nicht mehr heraus und wüßte nachher keinen Deut mehr ...

Wie soll ich Sie eigentlich ansprechen?

Lieber Herr Graf, Lieber Simon Graf, Sehr geehrter Herr Graf – nein, das eher nicht, aber im Grunde ist es mir ziemlich schnuppe, ich überlasse die Wahl großzügig Ihnen. Sie werden ja wohl wissen, was Ihnen am besten paßt, oder?

Vielleicht wundern Sie sich auch, daß ich Ihnen schreibe, und fragen sich, woher ich Ihre E-Mail-Adresse habe. Keine Angst, zum gegebenen Zeitpunkt werde ich Sie das schon wissen lassen. Wichtig ist doch nur, daß ich Ihnen schreibe. Ich dachte, das macht alles ein bißchen easier, bevor wir uns nächste Woche treffen. Das haben Sie mir ja versprochen.

Und ich glaube, daß Sie ein Versprechen immer halten. Das sieht man an Ihrem Gesicht. Gesichter kann ich gut einschätzen, obwohl ich erst siebzehn bin. Vielleicht gibt es ja so etwas wie Naturbegabungen.

Wenn ich ehrlich bin, kann ich es kaum erwarten, Sie wieder zu treffen. Das klingt jetzt ziemlich uncool, na ja, so teeniehaft, und ich bin ja auch nicht in Sie verknallt. Aber ich glaube, ich kann mit Ihnen reden. Und das ist mir wichtig. Es war lange Zeit niemand da, mit dem ich richtig reden konnte. Mit dem es »warm« war im Gespräch, verstehen Sie? Deshalb schreibe ich Ihnen jetzt auch. Wenn wir uns dann treffen, kennen Sie mich schon ein wenig besser, und es wird dann noch ein bißchen wärmer sein. Außerdem glaube ich, ersticken zu müssen, wenn ich nicht bald loslegen kann. In meinem Gehirn fahren die Gedanken Fahrrad – kreuz und quer, total chaotisch. Vielleicht kommen daher auch die grünen Kreise – tausend kleine Ampeln, die auf »Fahren« geschaltet sind.

Meine Freundin Feli war bislang der einzige Mensch in meinem Leben, mit dem ich reden konnte. Sie heißt eigentlich Felicitas, und wir haben uns im Internat kennengelernt. Nach Heinrichsthal (das liegt in der Nähe von Füssen) haben mich meine Eltern geschickt, als sie sich getrennt hatten. Nein, eigentlich haben sie sich gar nicht getrennt. Meine Mutter hat es bei meinem Stinkstiefel von Vater nicht mehr ausgehalten, und dann ist sie gegangen. Mich hat sie dort gelassen, weil sie nicht wußte, wohin mit mir, wenn sie wieder arbeiten geht, und die Kohle war halt auch ganz schön knapp. Da war ich vierzehn. Mein Bruder und meine Schwester sind viel älter als ich und waren schon lange ausgezogen. Ich bin ja auch schon Tante. Tante Tati …

Meine Mutter lebt immer noch in München, aber eben nicht mehr in unserem Haus, und um sie zu sehen, mußte ich erst einmal eine halbe Stunde mit der U-Bahn durch die Stadt fahren. Am Anfang habe ich das noch oft gemacht, weil sie mir fehlte und weil es bei ihr viel gemütlicher war als bei meinem Vater. Dann habe ich langsam damit aufgehört. Die langen Fahrten gingen mir auf den Geist. Und außerdem war es ja auch so schwierig, sie zu erreichen. Sie arbeitete mittlerweile wieder als

Krankenschwester und hatte oft Schichtdienst. Das heißt, wenn ich Schule hatte, war sie zu Hause, und wenn ich sie hätte besuchen können, mußte sie schon wieder los.

Ehrlich gesagt, ich fand das alles zum Kotzen. Mein Vater ist ja nicht einer dieser tollen alleinerziehenden Väter in coolen Klamotten, wie man sie aus gewissen Fernsehserien kennt. Mit dem Mann kann man nicht quatschen. Ich glaube, der macht den Mund nur auf, um Luft zu holen. Ansonsten gibt er nur irgendwelche Grunzgeräusche von sich. Irgendwie konnte ich meine Mutter ja auch verstehen, daß sie den alten Sack verlassen hat. Hätte sie es nicht getan, wäre sie irgendwann vor die Hunde gegangen.

Als ich noch ganz klein war, hat sie einmal versucht, sich mit Tabletten umzubringen. Mein Bruder hat sie gerade noch rechtzeitig gefunden. Danach hat sie tagelang geweint. Ich weiß bis heute nicht, ob sie geweint hat, weil es ihr nicht geglückt ist, oder ob sie geweint hat, weil sie uns gegenüber ein schlechtes Gewissen hatte. Ich bin mir jedenfalls sicher, daß es keine Freudentränen über ihre Rettung waren.

Außenstehende, die meinen Vater kennen, können sich wahrscheinlich gar nicht vorstellen, wieviel Grausamkeit in ihm steckt. Nach außen ist er korrekt im Anzug, Prokurist in einer Bank. Da ist er freundlich, schleimt bei den Kollegen und den Kunden rum. Daheim ist es mit ihm nicht auszuhalten. Ich erinnere mich an eine Szene vor vielen Jahren. Obwohl ich noch ganz klein war, hat sie sich mir fest ins Gedächtnis gebrannt. Meine Schwester hatte damals ihre ersten Verehrer. Als sie sich eines Abends zum Ausgehen fertig gemacht hatte und ins Wohnzimmer kam, um sich von meinen Eltern zu verabschieden, sah mein Vater sie von oben bis unten an und sagte: »Wie siehst du denn aus? Wie eine Sau kurz vorm Schlachten.«

Und an einem anderen Abend, als meine Schwester von Freunden abgeholt wurde, schrie er an der Haustür: »Weg mit euch! Das ist kein Hurenhaus hier.«

Klingt voll kraß, oder?

Das Schlimmste aber waren seine Augen. Sie blickten nicht wütend oder böse, sie waren nur vollkommen leer.

Wenn er einen dieser Anfälle hatte, blieben wir meistens ganz ruhig. Aus Angst, es könnte noch schlimmer werden. Er schlug uns ja auch nicht. Zumindest nicht körperlich. Aber diese Anfälle auszuhalten, diese Verletzungen hinzunehmen war schlimmer als Ohrfeigen. Viel schlimmer. Mein großer Bruder war der einzige, der regelmäßig ausgerastet ist. Einmal ist er so auf meinen Vater losgegangen, daß ich dachte, er macht ihn alle. Kurz danach ist er auch schon ausgezogen. Er war damals gerade mal sechzehn. Mit meinem Vater hat er bis heute kein Wort mehr gesprochen. Er haßt ihn.

Ich weiß nicht, ob ich ihn hassen soll.

Ich wußte es nicht mal, als diese Geschichte mit der Keksdose passiert ist. Meine Mutter war da schon ausgezogen. In unserem Keller lagerten aber noch immer diese Blechdosen, in denen sie zur Weihnachtszeit ihre selbstgebackenen Plätzchen aufbewahrte. Als sie dann irgendwann in einem Winter in unser Haus zurückkam, um die Dosen abzuholen – nach wie vor buk sie immer noch ihre Plätzchen für uns zu Weihnachten –, wunderte sie sich schon über einen merkwürdigen Geruch, als sie in den Keller kam. Als sie dann eine der Dosen öffnete, war schnell klar, woher der Gestank rührte: Mein Vater hatte einen Scheißhaufen hineingesetzt …

Vielleicht sollte ich das alles nicht schreiben. Bisher habe ich das überhaupt noch nie jemanden erzählt. Mir ist auch nicht so recht klar, warum ich Ihnen das sage. Vielleicht deshalb, damit Sie mich besser verstehen. Damit Sie mich und meine Geschichte ernstnehmen. Und vielleicht auch, weil ich das Gefühl habe, daß Sie verschwiegen sind, und vor allen Dingen, weil ich glaube, daß Sie nichts und niemanden bewerten. Und es tut gut, einmal einiges loszuwerden, ohne dabei befürchten zu müssen, in irgendeiner Schublade zu landen, in die man gar nicht paßt.

Ja, wie gesagt, ich weiß nicht, ob ich meinen Vater hassen soll. Eigentlich finde ich, daß er ein armes Schwein ist. Meistens empfinde ich so eine Art distanziertes Mitleid für ihn. Oder ich beobachte ihn, wie man ein seltenes und ekliges Insekt unter einem Mikroskop beobachtet. Dann versuche ich mir vorzustellen, was ihn dazu treibt, so zu sein. Es gibt eigentlich keine offensichtlichen Hinweise, außer vielleicht, daß er schon immer ein Eigenbrötler war, sich oft stundenlang allein im Wald herumtrieb, merkwürdige Bücher las und niemals mit seinen Kindern spielte.

Ich glaube, er ist einfach ein Psycho. Und bei dem hat meine Mutter mich zurückgelassen. Ich hätte meiner Tochter das niemals angetan.

Wie soll man sich denn da fühlen, wenn einen die eigene Mutter bei einem Verrückten läßt und dieser Verrückte einen wiederum vollkommen ignoriert, bis auf ein paar ätzende Worte, die ab und zu aus seinem Fischmaul kommen.

Es war sehr kalt geworden in unserem Haus, und ich meine damit nicht die Zimmertemperatur. Die Zimmer sahen trostlos aus, alles grau. Irgendwie auch siffig. Ich hatte keine Lust, darin sauberzumachen. Ich hatte zu gar nichts mehr Lust. Ich saß nur herum, tat nichts, manchmal kiffte ich mit ein paar Freunden, ich ging nur noch zur Schule, wenn es mir mal gelang mich aufzuraffen. Es gelang mir ziemlich selten. Statt dessen ließ ich mir Rasta-Zöpfe machen und so ziemlich alles piercen, was zu piercen war. Ich muß echt grauenvoll ausgesehen haben, aber das war mir scheißegal!

Alles war mir scheißegal.

In der Schule blieb ich natürlich sitzen.

Diese Katastrophe brachte meine holden Eltern für einen Abend wieder zusammen. An diesem Abend beschlossen sie, daß es so nicht mehr weitergehen könne. Ich sollte in ein Internat. Ich glaube, sie haben keine Ahnung, wie dankbar ich ihnen war. Endlich raus aus dem Psycho-Haus. Sollte der Alte machen, was er wollte, es war mir wurscht. Hauptsache, ich konnte endlich weg.

Die ersten Wochen in Heinrichsthal unterschieden sich nicht wirklich von meinem alten Leben. Als ich den alten Kasten das erste Mal von außen gesehen hatte, hinterließ er nicht gerade den Eindruck einer Hanni-und-Nanni-Idylle. Es sah streng aus. Streng und düster. Es fiel mir nicht leicht, meinen Fuß über die Schwelle zu setzen. Aber dann dachte ich, daß alles, sogar das, besser sein mußte als die Hölle daheim.

Die Gänge waren dunkel, ständig roch es nach irgendwelchen Desinfektionsmitteln, und das Linoleum auf den Böden mußte schon Hunderte von Generationen überlebt haben. Trotzdem wurde es vom Hausmeister gepflegt, als wäre es ein schweineteurer Orientteppich. Die Klassenzimmer waren muffig, und meine neuen Klassenkameradinnen strotzten vor Arroganz. Sie ließen es mich spüren, daß ich ja nur die Neue war und sie die weitaus älteren Rechte hatten. Das war mir relativ egal. Hauptsache, sie ließen mich in Ruhe. Ich war gar nicht scharf darauf, mich mit diesen Tussen abzugeben.

Dann kam Feli.

Mitten im Schuljahr brachte unser Klassenlehrer sie morgens in den Unterricht. Sie stand da, guckte verloren wie ein Hase bei Gewitter und drehte einen Finger in den Haaren. Der Platz neben mir war noch frei, und ehrlich gesagt war ich nicht gerade begeistert, als sie sich genau dorthin setzte. Ich erinnere mich noch genau, wie ich ein Stückchen von ihr abrückte und sie unauffällig musterte. Am liebsten hätte ich »hau ab« gezischt. Warum, das kann ich auch nicht sagen.

Ich war damals einfach mies drauf.

Sie roch gut, das war das erste, was mir auffiel. Irgendwie noch nach Baby. So sauber. Ihre Klamotten allerdings waren ziemlich hip und sahen teuer aus. Ihre Kookai-Bluse hätte ich ihr am liebsten runtergerissen. Ich schätzte sie auf 150 Euro. So was konnte ich mir natürlich nicht leisten.

Im Gegensatz zu mir war Feli lieb. Einfach lieb. Ich glaube, sie kam gar nicht auf die Idee, auch einmal ein ungezogenes Mädchen zu sein. Keine Ahnung, was sie ihr eingetrichtert hatten, als sie klein war, aber sie war immer bemüht, es allen recht zu machen.

Feli gehört zu den Leuten, die es nicht ertragen, von irgend jemandem nicht gemocht zu werden. Ganz schön anstrengend, finden Sie nicht? Sie wollte sogar von Leuten gemocht werden, die sie selbst nicht mochte. Und mir erging es mit ihr wie dem gestrengen Großvater mit Little Lord Fauntleroy.

Können Sie auf Dauer jemandem widerstehen, der immer nur süß und lieb zu Ihnen ist? Der Ihnen niedliche, kleine Sachen schenkt, der Sie morgens mit dem sonnigsten Lächeln der Welt unter einem frisch gewaschenen hellblonden Pony anstrahlt?

Und das war keine Masche von Feli. Sie ist so.

Sie hätten sie mal sehen sollen, wenn tatsächlich mal jemand böse auf sie war, ein Lehrer oder eine Schülerin. Ganz großäugig wurde sie dann, bestürzt darüber, daß sie jemanden auf die Palme gebracht hatte. Sie wäre nie auf die Idee gekommen, selbst sauer zu reagieren, weil jemand sie anschnauzte. Nein, wenn es mal Ärger gab, suchte Feli die Schuld immer zuerst bei sich. Sie hat wahrhaftig das Zeug zu einer Märtyrerin. Klar, daß sie jemanden brauchte, der sie beschützte. Jemanden wie mich.

Und ich brauchte sie.

Überflüssig zu sagen, daß wir Freundinnen wurden.

Und ich glaube, ich kann sagen, daß diese beiden Jahre mit Feli die besten meines Lebens waren.

Im Internat nannten sie uns nur noch »Heidi und Klara«. Ich war Heidi und Feli wegen ihrer Zartheit Klara. Dabei war es nicht so, daß wir die anderen nicht gemocht hätten. Es waren sogar ganz witzige Mädchen darunter. Aber aus uns war einfach ein eingeschworenes Team geworden. Wir hatten so etwas wie eine Geheimsprache entwickelt, hatten unsere eigenen Witze. Oft genügte ein Blick, und wir wußten, was die andere dachte. Wir brauchten die anderen nicht.

Meine Noten wurden sogar wieder besser. Was wohl daran lag, daß mich die Freundschaft zu Feli wieder ausgeglichener werden ließ. Und ich ließ alle meine Piercings entfernen. Feli wurde zu einer Art Ersatzfamilie. In einem Buch, ich glaube, es hieß »Das Herz ist eine miese Gegend« oder so, gibt es zwei Arten von Familien: Die eine ist die Körperfamilie, die andere die Herzfamilie. Feli war eindeutig meine Herzfamilie.

So ging es mir übrigens auch mit ihren Eltern. Zwei Sommer lang durfte ich mit ihnen in die Ferien fahren. Ihr Vater ist so ein Managertyp, der einen Haufen Kohle verdient. Er arbeitet für einen großen Pharmakonzern. Das war auch der Grund, warum Feli mitten im Jahr zu uns ins Internat gekommen war. Ihr Vater war in eine Filiale nach Frankreich versetzt worden, und Felis Mutter begleitete ihn dorthin.

Im Sommer fuhren sie immer in ihr Haus am Gardasee, und in den letzten beiden Jahren nahmen sie mich mit. Sie behandelten mich wie ihre Tochter. Von meiner eigenen Familie entfernte ich mich innerlich immer mehr. Ich wünschte mir oft, Felis Eltern wären auch meine Eltern. Sie waren großzügig mit ihrem Geld und in ihrem Denken. Solche Szenen wie bei uns zu Hause wären undenkbar gewesen. Sie waren eine Familie wie aus einem Roman. Kein Wunder, daß Feli so sonnig war. Ein echtes Glückskind, wie ihr Name schon sagt – Felicitas, die Glückliche. Kein Wunder, daß sie manchmal wie auf Wolken daherschwebte und daß ein lautes Wort sie so schnell aus der Fassung brachte. Sie kannte so etwas einfach nicht.

Ist es nicht schön, so aufzuwachsen?

Schön und auch ein bißchen gefährlich?

Ich meine, kann sich jemand wie Feli dann später im realen Leben tatsächlich zurechtfinden? Oder wird dieses innere Feenland sie immer wie ein dickes Polster aus Watte umgeben und sie schützen?

Wir werden sehen.

Ich heiße Tatjana. Mein Name bedeutet – nichts. Ich habe das ganze Internet gewälzt, und das einzige, was ich herausgefunden habe, ist, daß er auf den römischen Herrscher Tatius zurückgeht ...

Ist doch auch irgendwie typisch, daß mir meine Eltern einen Namen gegeben haben, der nichts bedeutet. Sie haben mich ja auch wie ein Nichts behandelt.

Und wie hätte es auch anders sein können, als daß aus dem Nichts noch weniger wurde?

In der Bank meines Vaters gab es Rationalisierungsmaßnahmen, und er bekam einen anderen Posten, bei dem er sehr viel weniger verdiente. Zum erstenmal in seinem Leben war er klamm. Der Unterhalt für meine Mutter verschlang schon einen ordentlichen Batzen von seinem Geld, das Haus kostete einiges – und das Internat für mich war nicht mehr drin. Nach Abschluß des Schuljahres holte mich mein Vater wieder zu sich nach Hause und steckte mich in eine Münchner Schule. Ich wurde nach Belieben hin und her geworfen wie ein Gummiball. Ja, ich wurde nicht einmal gefragt, wie ich mich dabei fühlte. Aber so etwas fragte man ein Nichts ja auch nicht.

Monatelang hielt ich mich damit über Wasser, daß ich mir schon frühmorgens sagte: Ihr könnt mich alle am

Arsch lecken. Und abends vorm Einschlafen sagte ich es mir wieder. Meine Stimme klang dabei gehässig.

In München fand ich keine neue Freundin. Ich hielt Feli die Treue. Am Anfang schrieben wir uns fast täglich. Dann nur noch wöchentlich und irgendwann nur noch ein- bis zweimal im Monat. Unsere Lebenskreise berührten sich nicht mehr, es gab keine gemeinsamen Erlebnisse, es fehlte das Miteinander-verschweißt-Sein. Wir wollten es so gern aufrechterhalten, aber ein paar Briefe reichten dafür nicht aus. In den Ferien fuhr Feli diesmal nach Südafrika. Es war zu teuer, mich dorthin einzuladen, und mein Vater hätte die Kohle dafür nie lockergemacht. Nicht einmal, wenn er sie gehabt hätte, hätte er sie lockergemacht. Er war genau das gleiche Arschloch, das er schon immer war. Also blieb ich daheim und las, ging häufig ins Schwimmbad und malte mir aus, wie es sein würde, wenn ich endlich achtzehn und mein eigener Herr wäre.

Ich wollte frei sein und mein Leben nicht mehr von anderen bestimmen lassen.

Der einzige aus unserer Familie, an dem ich noch hing, war mein großer Bruder. Meine Schwester mochte ich eigentlich auch ganz gern, aber sie hatte inzwischen ihre eigene Familie, lebte irgendwo im Hinterland des Starnberger Sees. Das Interesse an mir hielt sich da eher in Grenzen. Manchmal besuchte ich sie und paßte auf ihre Kinder auf. Die Kinder mochte ich total gern.

Mein Bruder wechselte seine Freundinnen jährlich. Manchmal waren auch komische Tanten darunter. Ich fand seinen Geschmack in puncto Frauen eher merkwürdig. Irgendwie hatte er einen Hang zu grauen, spießigen Mäusen. Eine oder zwei davon waren ja ganz nett, und wir gingen auch mal zusammen ins Kino. Das heißt, wenn mein Bruder mal da war. Er hatte Touristik studiert und gondelte jetzt durch die halbe Welt, arbeitete irgendwelche Reiserouten aus, jobbte in Travelagenturen vor Ort, und ab und zu brachte er auch mal als Animateur Damen mittleren Alters dazu, laut im Swimmingpool zu juchzen.

Vor einem Jahr ist er in die Staaten gegangen. Seine Wohnung hier hat er komplett aufgelöst und mir seinen Computer vererbt. Da hatte ich wirklich Glück. Das Ding war gerade mal ein halbes Jahr alt und mit sämtlichen Programmen bestückt, die man sich nur vorstellen kann. Ich beschäftigte mich Tag und Nacht damit, hing nur noch vor dem Kasten. Irgendwann begann ich ziemlich käsig auszusehen, bekam rote Augen. Aber offen gestanden juckte mich das wenig. Wen interessierte es schon, wie ich aussah? Man könnte sagen, ich wurde süchtig.

Im Internet taten sich komplett neue Welten vor mir auf, sozusagen unendliche Weiten. Ich surfte kreuz und quer und erfuhr Dinge, von denen ich vorher niemals gehört hatte. Wenn ich irgend etwas wissen wollte, weil ich irgendwo etwas gelesen hatte, was ich nicht verstanden hatte, sei es ein Wort, ein Ereignis, ein Name – Google war für mich da und schickte mich auf tausend Pfade.

Unsere Telefonrechnung wuchs ganz schön an, aber ich hörte gar nicht hin, wenn mein Vater deswegen herumschrie. Das Internat hatte viel mehr gekostet.

Irgendwann traute ich mich auch mal auf eine sogenannte Single-Website. Eigentlich fand ich das doof. Da schrieben Leute total beschissene Texte über sich, schwafelten etwas von ihren Hobbys und waren sich nicht zu blöd, allen zu erzählen, wie toll sie waren. Haha. Und deswegen gingen sie im Internet auf Brautschau. Aber ich geb's zu: Ich war neugierig und probierte es dann halt mal aus.

Ehrlich gesagt, das meiste war für den Arsch. Die Typen, die mir da schrieben, keine Ahnung ... aber irgendwie waren die ziemlich grenzdebil. Vor allem die Rechtschreibung der meisten war grottenschlecht. Na, und da fällt bei mir sofort der Vorhang. Außerdem: Ich war schon sehr erstaunt darüber, wie viele Mittdreißiger und Vierziger Interesse an einer Neunzehnjährigen hatten. Dabei hatte ich mich ja noch zwei Jahre älter gemacht. Vielleicht wären es noch viel, viel mehr gewesen, wenn ich mein wahres Alter angegeben hätte. Oder es hätte mir höchstens die Gymnasialliga geschrieben. Noch schlimmer. Diese Himbeerbubis turnen mich völlig ab.

Natürlich wollte ich mich von der Masse abheben. Wie die anderen sein kam nicht in Frage. Und ein niedliches Foto mit einem Plüschteddy im Arm schon gar nicht. Ich wollte etwas Provokantes. In einer kleinen Postergalerie entdeckte ich ein postkartengroßes Bild, das ich echt geil fand. Es sah aus wie ein blaustichiges Röntgenbild und zeigte ein Pärchen beim Blow-Job. Die Frau kniete vor dem Mann. Eigentlich war es total krank, was wohl hauptsächlich daran lag, daß durch die Röntgenoptik die Körper der beiden quasi als Skelette zu sehen waren.

Ein Totenschädel mit langen Haaren, der an ein paar Knorpeln leckt.

Dazu schrieb ich einen verqueren Text. Daß ich von Männern eigentlich die Schnauze voll hätte, daß sie mich ohnehin nur enttäuscht hätten und daß sie sowieso immer nur das eine wollten. Es klang ganz schön abgefahren, besonders, wenn man bedenkt, daß ich derartige Erfahrungen überhaupt noch nie gemacht habe. So wie ich mich da zeigte, klang es, als wäre ich völlig abgelutscht und ausgelaugt. Mindestens so erfahren wie die kleine Hure aus »American Beauty«, die sich am Ende ja auch bloß als Placebo entpuppte.

Es war erstaunlich, wie viel nette Kerle mich bekehren und vom Gegenteil überzeugen wollten. Aber ich blieb erst mal völlig cool. Manche sprangen dann gleich ab, andere zeigten geradezu missionarischen Eifer. Aber im

Grunde war alles langweiliges Zeug. Ich hatte eigentlich schon gar keine Lust mehr auf diese Willis, Henrys und Heinzens.

Doch dann meldete ER sich.

Er sagte, er sei zwanzig. Das habe ich von Anfang an nicht geglaubt. Ich weiß auch nicht, warum. War so ein Gefühl. Für meine Ohren klang das, was er da schrieb, viel zu kalkuliert, zu versiert. Einfach viel zu cool, um zwanzig zu sein. In seiner ersten E-Mail schrieb er:

»Weißt Du, Dein Porträt stimmt mich traurig. Wenn ich an eine Neunzehnjährige denke, dann träume ich eigentlich von einem Mädchen, das blumenbekränzt und barfuß über eine Wiese schreitet. Wie schade, daß Du Dich hier so zeigst – ich würde Dich gerne in einem langen weißen Kleid sehen. Unschuldig. So sitze ich hier und stelle mir das vor und frage mich, was Dir wohl passiert sein mag. Ich will Dich schön, so wie Dein Schöpfer Dich geschaffen hat.«

Und in diesem Stil ging das weiter. Ich dachte nur, was für ein Spinner, und fühlte mich natürlich provoziert. Ich antwortete, daß ich niemals barfuß über Wiesen schreite, schließlich habe mir meine Mutter das verboten, als ich noch ein kleines Mädchen war, ganz einfach wegen der Wespen, die überall im Gras herumfliegen. Und überhaupt, so ein Quatsch, ein weißes Kleid wäre bei mir nach fünf Minuten schmutzig.

Auf meine Spötteleien ging er gar nicht ein. Fragte mich nur, ob ich von George Sand »Die kleine Fadette« gelesen hätte, ob ich den Film »8 ½« von Fellini gesehen hätte und ob ich das Gemälde »Diana im Bade« von Adriaen Backer kennen würde.

Und das aus dem Mund eines angeblich Zwanzigjährigen?

Ich meine, es war ja nicht gerade populäres Zeugs, von dem er da faselte.

Das Merkwürdige daran war, ich ging darauf ein. Ich las »Die kleine Fadette« – um reine Liebe voller Selbstaufopferung ging es darin.

Ich lieh mir »8 ½« in der Videothek aus. Es war ein bedrückender Film, zeigte das Leben des Regisseurs und wie er unter seiner von Religiosität geprägten Kindheit gelitten hatte.

Und das Bild von diesem Backer entdeckte ich im Internet. Eigentlich fand ich es nur schwülstig. War nicht mein Geschmack.

Dann schlug sein Ton plötzlich um. Es war so, als hätte er all diese Dinge überhaupt nicht gesagt, oder als hätte er nur einen Versuchsballon losgelassen, um zu sehen, wie ich darauf reagiere. Und als ich auf diesen ganzen Quatsch nicht weiter einging, wurde er plötzlich total witzig und cool. Seine E-Mails brachten mich zum Lachen, und ich wurde schon unruhig, wenn an einem Tag mal keine kam. Er war ein unsichtbarer Freund geworden, und plötzlich merkte ich, daß ich ihm total vertraute, daß er mich verstand und daß er mir fehlte, wenn er einmal nicht schrieb. Ich war sehr neugierig auf ihn, er war die ganze Zeit in meinen Gedanken. Oft, wenn ich etwas erlebte oder las oder im Fernsehen sah, dachte ich, das muß ich ihm erzählen. Aber immer, wenn ich etwas von einem Treffen sagte, wich er mir nur aus. Er schickte mir nicht einmal ein Foto.

Ich fand das ziemlich widersprüchlich.

Da investierte dieser Typ unglaublich viel Zeit in irgendwelche E-Mails an mich, wollte mich aber nicht sehen. Nicht einmal, nachdem ich ihm ein Foto von mir geschickt hatte. Ich meine, fand der mich häßlich, oder was? Was soll so etwas? Es hat mich schon immer irritiert, wenn jemand das eine sagt, aber etwas völlig Entgegengesetztes tut.

Als ich nicht nachgab, schrieb er mir eines Tages nur: »Gib mir Deine Telefonnummer.« Das war ein paar Tage nachdem er das Foto von mir gesehen hatte.

Ich schickte ihm meine Nummer und schrieb gleich dazu, daß er mich nur nachmittags anrufen könnte, so lange mein Vater nicht zu Hause ist. Ich hörte eine Woche gar nichts von ihm. Und dann rief er plötzlich an. An seiner Stimme hörte ich gleich, daß er kein Zwanzigjähriger war. Das war für mich der endgültige Beweis. Aber als ich es ihm sagte, lachte er nur, anstatt darauf zu antworten.

Unsere Telefonate waren zuerst genau wie die letzten E-Mails. Er hatte total viel Humor, und ich kicherte die ganze Zeit. Aber am meisten gefiel mir, daß er für mich da war. Daß er Zeit für mich hatte. Seit Feli war er die erste Person, der ich nicht gleichgültig war. Ich erzählte ihm alles, die Geschichte von meinen Eltern, wie sie mich ins Internat gesteckt und mich dann wieder herausgerissen hatten, als ich endlich eine Freundin gefunden hatte. Davon, wie satt ich sie alle hatte und wie sehr sie mir auf die Nerven gingen. Er schien das alles zu verstehen, war total einfühlsam und sagte mir, daß dies eben mein Weg sei, der mich letztlich zum Ziel führen würde.

»Credere in il destino«, da war er wieder, dieser Satz.

Und dann hörten seine Anrufe schlagartig auf.

Völlig grundlos und ohne Abschied.

Es kamen auch keine E-Mails mehr.

Statt dessen hatte ich häufig das Gefühl, als würde mich jemand beobachten. Manchmal, wenn ich auf der Straße ging, war dieses Gefühl so stark, daß ich mich ein paar Mal blitzartig umdrehte, um zu sehen, ob jemand hinter mir ging. Aber es war nie jemand da. Zumindest konnte ich nie jemanden sehen.

Aber ich weiß, er war *da.*

Wochenlang passierte nichts. Rein gar nichts.

Dann, eines Nachmittags, klingelte das Telefon wieder.

Es war diese flüsternde Stimme.

Zuerst wisperte sie mehrmals meinen Namen, als ob sie mich locken wollte. Und als ich nichts sagte, flüsterte sie weiter und sagte mir, daß ich verdorben und schlecht sei. Daß ich Gott nicht gefiele. Daß ich beten sollte.

Ich war mir sicher, daß ER es war. Es war der gleiche Tonfall in seiner Stimme, als wenn er laut gesprochen hätte. Aber er ignorierte meine Fragen und flüsterte weiter. Und da fiel mir zum erstenmal auf, daß er mir nie seinen Namen genannt hatte. Der einzige Name, den ich von ihm kannte, war sein Nickname im Internet.

Das Flüstern ging weiter. Und obwohl es mich total ängstigte, hob ich das Telefon doch immer wieder ab, wenn es am Nachmittag klingelte. Ich weiß nicht, warum, aber ich konnte nicht anders. Er sagte immer dasselbe, daß ich schlecht und verdorben sei, daß nur er mich retten könne, und daß die Zeit bald gekommen sei, wo ich bei ihm wäre. Und dann würde alles gut werden.

Ich weiß nicht genau, wie lange, aber ich glaube, es ging über Wochen, und dann kam eines Tages mit der Post die Kopie eines zwanzig Jahre alten Zeitungsartikels. Es ging darin um das Verschwinden Ihrer Schwester, um Valerie. Im Umschlag war nur dieser Zeitungsartikel, sonst nichts.

Und dann rief er mich wieder an und flüsterte mir zu, daß er Valerie gerettet habe und daß er mich genauso retten würde.

Da fing ich an zu recherchieren und fand heraus, daß Sie Valeries Bruder sind. Und daß Sie bei der Polizei waren und jetzt in dieser Detektei arbeiten.

Deswegen bin ich zu Ihnen gekommen.

Sie müssen mir helfen! Bitte!

Ich habe Angst, daß mir das gleiche passiert wie Ihrer Schwester. Und ich fühle – bitte halten Sie mich nicht für verrückt – daß ER Tag für Tag näher kommt.

Manchmal denke ich, er ist schon da und lauert nur noch auf den richtigen Augenblick.

Wir müssen uns bald treffen. Bitte melden Sie sich bei mir. Sie müssen mir glauben.

Ihre Tati

Es war wieder sehr warm geworden. Als hätte die Kälte der vorangegangenen Tage überhaupt nicht existiert. Nicht ein Lüftchen wehte. Durch das geöffnete Fenster drang ein Schwall stickiger Luft. Im Raum war es dunkel, der rechteckige, flimmernde Bildschirm war die einzige Lichtquelle. Davor zeichnete sich scharf die Silhouette eines Mannes ab. Schweiß stand auf seiner Stirn, und seine Augen starrten auf den blinkenden Cursor, der schon seit Minuten an derselben Stelle verharrte:

Ihre Tati.

Ihre Tati, dachte Simon Graf und wischte sich mit dem Handrücken über die Stirn. Sie hat »Ihre Tati« geschrieben. Sie wollte irgendwo hin-, dazugehören und hat sich mich ausgesucht.

Wie empfand er diese Geste?

Naiv? Gutgläubig? Blauäugig?

Sie tat ihm weh.

Sie hat mir vertraut, dachte er weiter, hat alles aufgeschrieben – freimütig, sozusagen mit vereinnehmender Offenheit, so als existierte »Scham« nirgendwo in ihrem Wortschatz. Sie wollte, daß ich alles wußte, wollte verstanden und vor allem ernstgenommen werden.

Und sie hatte Angst.

Wieder zu spät gekommen, zu spät ... zu spät ..., dröhnte es durch seinen Schädel wie aus den Lautsprechern einer Zweitausend-Watt-Anlage, und er spürte, wie sich seine Speiseröhre erneut zusammenzog, während er die E-Mail noch einmal von vorn zu lesen begann. Sie war um 7.38 Uhr am sechsten September abgeschickt worden. Dem Kalender nach vom vergangenen Montag.

Simon kniff die Augen zusammen und rief sich das Gespräch mit Robert Hammerl ins Gedächtnis. Wenn er sich recht erinnerte, so hatte der Vater des Mädchens ausgesagt, daß sie schon an jenem Montag nach der Schule nicht mehr nach Hause gekommen war. Am Dienstag darauf war sie bereits vermißt gemeldet worden.

Wenn er sich *endlich* angewöhnen würde, seine private Mailbox regelmäßig zu checken, dann hätte ihn ihre E-Mail vielleicht noch rechtzeitig erreicht und er hätte helfen können. Aber er sah so gut wie nie nach. Es kam nicht besonders häufig vor, daß jemand auf diesem Weg Kontakt zu ihm suchte, und wenn, dann kamen die E-Mails direkt an seine Büroadresse.

Wieder rieb er sich die Schläfen. Er war so müde, sein Körper war noch immer ausgelaugt, wie leergepumpt. In irgendeiner Ecke seines Gehirns lauerte eine Frage, die er nicht zu fassen bekam. Sein Kopf schmerzte, und er biß die Zähne zusammen. Herrgott nochmal, warum kam er nicht darauf? durchfuhr es ihn wütend. Mit einer heftigen Bewegung stand er auf und lief durch das Zimmer. Dann hatte er es.

Woher kannte Tati seine private E-Mail-Adresse?

Er hatte sie ihr nicht gegeben. Er wußte es genau. Und wieder beschlich ihn das Gefühl, daß irgend etwas an dieser Geschichte nicht stimmte.

Er hielt inne, ging zurück an den Computer – den Körper gespannt wie eine Stahlfeder – und las den Brief ein zweites Mal, Satz für Satz, verbissen, auf der Suche nach irgendwelchen Anhaltspunkten.

Fest stand, daß Tati ihren Entführer im Internet kennengelernt haben mußte. Doch ihren eigenen Worten nach hatte sie ihn weder jemals getroffen, noch kannte sie seinen Namen. Und was noch viel merkwürdiger war: In ihrer Mail an Simon hatte sie nicht einmal den Nickname des Mannes erwähnt.

Purer Zufall oder Absicht?

Simon hatte keine Ahnung. Kein Fünkchen Instinkt, das ihn irgendwo hinführte.

Aber es gab diese Feli im Internat in Heinrichtsthal. Es gab Tatis Eltern, ihre Geschwister. Und es gab ihren Computer.

Es gab Lehrer und Mitschüler, und irgendwo, verdammt noch mal, würde er ein loses Ende finden. Irgend etwas mußte es geben, um diesem kranken Typen, der Valerie und Tati auf dem Gewissen hatte, auf die Spur zu kommen.

Es gab sehr viel zu tun, und morgen würde er damit beginnen.

Er sah sich im Zimmer um, und sein Blick fiel auf die Spuren der Verwüstung, die er vor ein paar Tagen angerichtet hatte. Schon wieder spürte er diese Hilflosigkeit, die manchmal in Einsamkeit umschlug. Er unterdrückte den Impuls, die Tür aufzureißen und wegzulaufen. Stattdessen knipste er die Stehlampe an, öffnete noch ein paar Fenster und inhalierte die kühler gewordene Luft.

Morgen, dachte er, morgen ...

Was genau morgen sein würde, konnte er nicht sagen, aber er würde sich jedenfalls nicht mehr von einem kranken, E-Mail-schreibenden Wichser ins Bockshorn jagen lassen und sich die Seele aus dem Leib saufen.

Er löschte das Licht wieder, um keine Insekten anzulocken. Dann druckte er Tatis Brief aus und fuhr den Rechner herunter. Ein letzter Blick aus dem Fenster, und er zog sich leise in die Dunkelheit des Raumes zurück.

Er war schon in Deckung gegangen.

☽

Sorgfältig sperrte er das Portal hinter sich ab. Das Schloß quietschte ein wenig und ließ sich schwer drehen – er wollte es bald ölen. Dann steckte er den Schlüssel wie immer in den hohlen Baum.

Der Tag war warm gewesen, viel zu warm für ihn, und die Wärme war ihm auf die Stimmung geschlagen. Mit schlechter Laune war er zu der alten Kapelle gefahren, um in der Gruft die letzten Vorkehrungen zu treffen. Er war müde gewesen und hätte den Tag am liebsten verschlafen. Aber jetzt hatte es abgekühlt, und ein leichter Wind strich durch die Bäume. Der Mann schickte einen Blick hinauf zu der silbern schimmernden Mondsichel, und es war ihm, als leuchte sie in dieser Nacht nur für ihn. Der Himmel war sternenklar und spannte sich wie eine schwarze Kuppel über ihm. Das gefiel ihm. Ein Himmel und ein Mond wie dieser waren für ihn wie ein Versprechen.

Obwohl es so dunkel war, daß er die eigene Hand nicht vor Augen sehen konnte, fand er den Weg durch den Wald zurück zu seinem Auto mühelos. Kein einziges Mal war er gestolpert, nur ein Ast war ihm ins Gesicht geschlagen, aber das war der Rede nicht wert gewesen. Nicht einmal einen Kratzer hatte er davon getragen.

Seine Laune besserte sich ein wenig, aber er war immer noch verdrossen. Mit Valerie hatte er kein einziges Wort gewechselt, und sie selbst war wie immer stumm geblieben. Manchmal strengte ihn das an, und er empfand ihr Schweigen dann wie einen Vorwurf.

Bald würde sie Gesellschaft bekommen. Er hatte bestens für alles gesorgt. Das Metallgestänge in der Gruft war inzwischen fertig.

Er sah auf seine schmerzenden Hände. An manchen Stellen waren sie von Hornhaut überzogen, kleine Schnitte besetzten seine Fingerkuppen. Es war viel Arbeit gewesen, das Werkzeug durch den Wald zu schleppen, die Eimer mit dem Hartkleber hatten ihm am meisten Mühe bereitet.

In den letzten Wochen hatte es in seinem Kopf für nichts anderes mehr Platz gegeben als für sein Werk. Es würde *die* Hommage an die Keuschheit sein. Und wie jeden Künstler drängte es auch ihn danach, der Welt sein Werk zu zeigen. In seinen Augen war es die Krönung seines Schaffens. Fast ärgerte es ihn, daß ihm der staunende Blick der Öffentlichkeit verwehrt bleiben würde.

Dann schämte er sich seiner eitlen Gedanken. Gott würde sein Bewunderer sein. Das war ihm Lohn genug.

In seinen Ohren klang ruhig und gleichmäßig das Brummen des Wagens. Er hatte einen langen Weg vor sich, und es blieb ihm viel Zeit zum Nachdenken, bis er das Mädchen wiedersehen würde. Sie war an einem sicheren Ort, niemand würde sie dort suchen. Sie hielt sich für sehr schlau, und er wollte sie in diesem Glauben lassen. Er war ja kein Monster, außerdem gefiel es ihm zu sehen, wie ein Mensch aus allen Wolken fiel. O ja, Tatjana würde aus allen Wolken fallen, wenn sie ihrer wahren Bestimmung entgegenblickte, und er freute sich auf die Verwunderung in ihrem Gesicht. Fast kicherte er bei dem Gedanken. Dann blickte er aus dem Fenster und wurde schnell wieder ernst. Seine Züge verschlossen sich, während sein Wagen durch die engen Straßen von Farchach rollte, der Heimat seiner Großmutter. Trotz einer Neubausiedlung am Rande des Orts war es das Dorf seiner Kindheit geblieben. Sämtliche Ferien hatte er dort verbracht. Noch heute wehrte es sich gegen alles Moderne, das unweigerlich Verderbtheit mit sich bringen würde. Es war wie eine alte, schwarzgekleidete Frau, die ihre Gottesfürchtigkeit und ihre Strenge wie einen Panzer um sich trug und jeglicher Freizügigkeit den Zutritt verwehrte. Für ihn war dieses Dorf zu einem Kleinod geworden, zu einem Bewahrer von Moral, Tradition und Anstand: den Pfeilern seines Weltbilds.

Er war nicht so auf die Welt gekommen. Er war ebenso anfällig für die Sünde gewesen wie alle anderen. Aber er war ein Auserwählter gewesen, und Gott hatte ihm einen Lehrmeister geschickt, der ihn im letzten Augenblick auf den rechten Weg gerissen hatte. Er hatte es nicht sofort begriffen, nur die Scham hatte sich tief in seine Seele gebrannt und ihn niemals mehr verlassen.

Ihr Name war Marie gewesen. Ein Name wie ein heller Glockenton. Sie war ein süßes Mädchen gewesen mit einem Lächeln, das ihn immer an das Aufblühen einer Butterblume hatte denken lassen. Überhaupt war sie wie eine kleine, zarte Butterblume gewesen. Anmutig, mit einem Köpfchen voll goldener Haare und runder Wangen. Sie war fünf gewesen, und er sieben. Er hatte sie immer beschützen wollen, war hinter ihr hergelaufen wie ein treuer Hund, wenn sie mit ihrem keckernden Lachen über Straßen und Wiesen rannte. Er sah noch ihr wehendes hellgrünes Kleidchen vor sich.

An einem Weiher hatte er ein Versteck für sie beide gefunden. Es war ein riesiger Baum an einem der Hänge gewesen. Seine Krone, die sich weit gabelte, war in ihrer Mitte morsch geworden, so daß eine große Höhle entstanden war. Der Baum wuchs ganz unten – man konnte vom Hang aus hineinklettern. Sie hatten Decken und Kissen dorthin gebracht und sich eine kleine Vorratskammer angelegt. Er und Marie hatten es geliebt, dort zu spielen.

Jener Tag war ein sehr heißer Sommertag gewesen. Sie hatten im Weiher gebadet und nur ihre Höschen getragen. In ihrem Baumhäuschen hatten sie sich später ausgeruht, und plötzlich hatte Marie begonnen, an ihren kleinen Brustwarzen herumzudrücken und ihm kichernd gezeigt, wie die stecknadelgroßen Knöpfchen hervorgetreten waren. »Guck mal, ich kann zaubern«, hatte sie gesagt, und sie hatten sich halb totgelacht dabei. Dann wollte er es auch probieren, und als er sie berührte, funktionierte es bei ihm ebenso wie bei ihr. Es hatte ihm großen Spaß gemacht, und er wollte es immer wieder tun.

Dann war ihm das Lachen im Hals steckengeblieben. Er blickte in das Gesicht eines Mannes, das von Strenge und Abscheu wie versteinert war. Aus heiterem Himmel war dieses Gesicht zwischen den Zweigen aufgetaucht, und der eiskalte Blick aus grauen Augen war wie ein Schlag in sein Herz gewesen.

Schon in diesem Augenblick war ihm klargeworden, daß er etwas Schändliches getan haben mußte, denn er kannte diese Augen auch anders. Sie konnten milde blikken, wenn der Mann von Gott sprach. Und er hatte ihn oft von Gott sprechen hören, wenn er abends im Wohnzimmer seiner Eltern saß. Der Vater und der Mann waren gute Freunde, beide waren sie in Farchach aufgewachsen, und der Vater gab viel auf das, was der Mann am Sonntag in der Kirche predigte. Er hatte ihn getauft, und in einem Jahr würde er die Heilige Kommunion durch ihn empfangen. Und nun hatte er gesehen, wie er »so etwas« tat.

Er fühlte sich abgrundtief schlecht.

Die wirkliche Strafe kam nach den Ferien, als er wieder zu Hause bei seinen Eltern war und sonntags zur Kirche ging, um seinen Dienst als Ministrant anzutreten. Er war viel früher dagewesen als die anderen. Der Mann hatte nicht viel gesagt, ihn nur aufgefordert, ihm hinüber ins Pfarrhaus zu folgen.

Dort im Flur hatte ihn der Mann mit demselben Blick wie Wochen zuvor bei dem Baumhäuschen angesehen und ihn schließlich wortlos am Arm gepackt und ins Badezimmer geschleift. Er mußte sich ausziehen, und dann hatte er den Schmerz für seine Sünden erfahren. Minuten, die ihm endlos erschienen waren, hatte der Mann ihn unter die Dusche gehalten, und eiskaltes Wasser hatte in einem harten Strahl auf ihn eingedroschen. Zuerst war es wie die unzähligen Stiche eines Messers gewesen, ihm war die Luft weggeblieben, so stark war der Schmerz, und dann war seine Haut ganz taub geworden, bis er schließlich meinte, das Bewußtsein zu verlieren. Aber er hatte nicht geschrieen und war anschließend zitternd aus der Wanne gestiegen, wo er niederknien und die Worte, die der Pfarrer ihm vorgab, nachsprechen mußte:

Herr, gib mir Demut, Gehorsam,
Keuschheit, Reinheit und Geduld.
Herr, lehre mich Zucht und Selbstbeherrschung.
Herr, gibt mir Kraft, allen Versuchungen,
die des Teufels sind, zu widerstehen.
Herr, schenke mir deine Liebe und deine Gnade,
dann bin ich reich zur Genüge.
Amen.

Von da an mußte er jedes Mal, bevor er seinen Ministrantendienst antrat, vor dem Pfarrer niederknien und dieses Gebet nachsprechen, bis es wie eingeätzt war in sein Gehirn. Einmal im Monat erhielt er die kalte Dusche.

Damit er rein blieb, so hatte der Pfarrer gesagt.

Er fuhr sich mit der Hand über die Augen.

Sie waren feucht.

Manchmal war die Vergangenheit ebenso nah wie die Gegenwart.

Er sah auf das Tachometer: Ohne es zu merken, war er schon viele Kilometer gefahren, als hätte ein anderer das Steuer übernommen.

Aber das durfte er nicht zulassen.

Er hielt die Fäden in der Hand. Nach wie vor.

Er würde sie niemand anderem überlassen.

Den Überblick bewahren, sagte er sich und fuhr weiter durch die dunkle Nacht.

Sein Mund war trocken, und er nahm einen Kaugummi. Vor ihm tauchte eines der großen blauen Autobahnschilder auf, und er wußte, daß er Tatjana entgegenfuhr. Auch sie würde eines Tages dieses Gebet sprechen müssen.

Er lachte. Nur für einen Moment.

Es würde eine Gnade für sie sein, sie wußte es nur noch nicht.

☽

Sie verrieb das Shampoo in ihren Händen und massierte es dann in ihre Haare. Es roch ein bißchen nach Olive und kräftig nach Zitrone. Es war ganz mild und machte das Haar seidig und glänzend. Einen Moment lang ließ Malina es einwirken.

Auf dem Vorleger vor der Badewanne lag Mephisto, ihr grauer Pudel, und beobachtete mit schläfrigen Augen, wie sie alles noch einmal aufschäumte, sich anschließend mit geschlossenen Augen unter den lauwarmen Wasserstrahl stellte und den Schaum abwusch. Das Wasser tat gut, es lockerte ihre Muskeln, verhüllte sie vor der Welt und machte ihren Kopf frei.

Ich ziehe das noch durch, dachte sie, ich ziehe das noch durch, ich *muß* es, Simon zuliebe, und danach spreche ich mit Edward.

Was genau sie zu Edward sagen wollte, wußte sie noch nicht. In ihrem Kopf klang es in etwa so: Edward, mir geht diese Insel nicht mehr aus dem Kopf. Ich denke Tag und Nacht daran, habe Sehnsucht wie eine Verrückte. Vielleicht klingt es komisch, aber ich habe mich nirgendwo auf der Welt so wohl und so im reinen mit mir selbst gefühlt wie da. Ich möchte *mehr* Zeit dort verbringen als zwei, drei Wochen im Jahr. Mein Vater hat vor einigen Wochen angerufen, er will meinem Bruder und mir unser Erbe schon jetzt überschreiben. Es ist gar nicht so wenig, und ich überlege, ob ich das Geld in ein Häuschen auf Samos investieren soll. Und im Grunde habe ich mich schon entschieden.

Auch die Sache mit dem zweiten Kind ging ihr nicht mehr aus dem Kopf. Seit jenem Abend, als Edward es ausgesprochen hatte, ließ der Gedanke sie nicht mehr los. Er lockte sie mit ausgebreiteten Armen. Sie sah sich schon mit einem Baby im Arm im Schatten eines Olivenbaums sitzen und auf die Ägäis hinausblicken, und wieder war der Wille, glücklich zu sein, einfach nur sie selbst zu sein, so stark, daß sie glaubte, er könne jeden Moment ihr Inneres sprengen.

Unser Leben läuft völlig verkehrt, überlegte sie, und eigentlich ist es lächerlich, wie wir uns hier aufführen. Lächerlich und nichtig.

Sie hatte München immer geliebt, aber das hatte sich in den letzten Jahren gründlich geändert. Jeder gierte nach mehr Macht, nach mehr Geld. Die Mieten waren nicht mehr bezahlbar. Hektik und Streß hinterließen Strichmünder in verkniffenen Gesichtern, keifende Stimmen, unerträgliches Gehupe auf den Straßen. Menschen in den Dreißigern erlitten Schlaganfälle.

Für was?

Für eine Eigentumswohnung, ein paar Aktienfonds und ein noch größeres Auto?

Das wollte sie nicht.

Sie wollte mehr.

Als sie angezogen und geföhnt die Küche betrat, saß Edward bereits beim Frühstück, und Hiltrud, Malinas Cousine, die seit einem Jahr den Haushalt führte, rührte Victor Cornflakes in die Milch. Das Radio spielte leise, es roch nach Kaffee, und Mephisto schlabberte Wasser aus seinem Napf. Für Malina war dieser Moment einer der schönsten: Der Tag war noch jungfräulich. Alles war noch in Ordnung.

Sie setzte sich, goß sich Kaffee ein und nahm sich die andere Hälfte von Edwards Zeitung. Sie war voll von Tatis Geschichte.

»Das Mädchen war bei uns im Büro, bevor es verschwunden ist«, wandte sie sich an ihn und deutete auf einen der Artikel.

»Sie war bei euch im Büro? Was wollte sie denn da?« Edward legte die Zeitung beiseite und blickte sie erstaunt an. Er hatte die Geschichte bereits gelesen, allerdings keinerlei Ahnung davon gehabt, daß Malina involviert war.

»Sie war da, als wir noch auf Samos waren. Deshalb wußte ich bis gestern selbst nichts davon. Sie hat Simon erzählt, daß sie bedroht werde, und zwar von derselben Person, die vor zwanzig Jahren seine Schwester entführt hat.«

»Klingt für meine Ohren ziemlich kraus.«

»Das fand Simon zuerst auch. Tatsache ist, daß das Mädchen jetzt verschwunden ist. Schon seit einer Woche. Du hast es ja selbst gelesen. Und dann war da noch etwas anderes: Simon hat E-Mails bekommen, die seine Schwester nach der Entführung zeigen. Sie waren grauenvoll. Das alles war der Grund für seinen Absturz. Er selbst sieht übrigens auch grauenvoll aus ...«

Für eine Weile sah Edward sie gedankenvoll an. Das Verhältnis seiner Frau zu Simon Graf hatte er schon immer mit gemischten Gefühlen betrachtet. Er wußte nicht genau, warum, es hatte niemals einen konkreten Grund zur Eifersucht gegeben, aber es gab da etwas zwischen diesen beiden Menschen, das ihn ausschloß. Er hatte dieses Gefühl nie genau beschreiben können, es war nur eine leise Ahnung.

»Tja, was soll ich sagen? Ein verschwundenes Mädchen, plötzliche E-Mails von der vermißten Schwester ... Ich nehme an, es gibt einen besonderen Grund, daß du mir das alles erzählst.« Er sah sie nicht an, sondern wischte Victor mit dem Lätzchen den Mund ab.

»Oh, da gibt es mehrere.« Malina war die Ironie in seinem Ton nicht entgangen, und sie reagierte gereizt. Warum immer dieser Bohai, sobald es um Simon Graf ging? »Zum einen den, daß ich denke, mein Leben interessiert dich, und zum anderen – und darauf willst du doch hinaus, oder? – ja, ich werde Simon helfen, herauszufinden, was hinter allem steckt.« Ihre friedliche Stimmung vom frühen Morgen verflog endgültig. Jedesmal dieser Rechtfertigungszwang! Himmel, sie war ein freier Mensch.

Im selben Augenblick klingelte das Telefon. Malina biß noch einmal in ihren Honigtoast, stand auf und rumpelte in der Diele mit Hiltrud, die verdächtig nah bei der Tür gestanden hatte, zusammen.

Es war Simon.

»Kommst du mit zu meinen Eltern? Ich muß es ihnen sagen. Außerdem habe ich eine E-Mail von Tati bekommen. Sie stammt vom Tag ihres Verschwindens. Es wird Zeit, etwas zu tun.«

»Wir sehen uns in einer Stunde im Büro. Und dann fangen wir an, ja?«

Der ruhige Klang ihrer Stimme tat Simon gut und verwunderte sie selbst. Sie besprachen noch ein paar Details, dann legte sie auf.

»Ja, es war Simon«, raunzte Malina, als sie wieder in der Küche war, noch bevor Edward überhaupt fragen konnte. Als sie seinen konsternierten Gesichtsausdruck bemerkte, tat es ihr leid, so grob gewesen zu sein. Sie wußte, daß er mit seinen Ahnungen nicht schieflag, und fast schämte sie sich dafür, so durchschaubar zu sein. Sie setzte sich auf seinen Schoß und legte ihren Kopf gegen seine Wange:

»Kaum sind wir wieder zu Haus, fängt der ganze alte Trott schon wieder an. Los, laß Samos noch ein bißchen leuchten. Nicht schon wieder diese Nörgeleien.« Sie küßte ihn leicht auf die Wange. »Denk an das Baby ... Wollen wir heute nacht nicht weiter *daran* arbeiten, anstatt uns wegen *so* einem Kinderkram in die Wolle zu geraten?« Ihre Stimme klang in seinen Ohren wie das Schnurren einer ziemlich rolligen Katze.

Er sah sie an und war entwaffnet. Mit der Zungenspitze leckte er einen Rest Honig aus ihrem Mundwinkel. »Du hast recht, arbeiten wir lieber daran. Komm, mein Kleiner, auf, in den Kindergarten.« Victor huckepack nehmend ging er hinaus.

Während Malina Mephisto über den Kopf streichelte, sah sie ihrem Sohn und ihrem Mann hinterher.

Sie wollte niemand anderen.

Sie wollte ihn, und sie wollte diese Familie.

Es war sehr spät, als Malina an diesem Abend nach Hause kam. Die große Standuhr in der Diele zeigte bereits auf Viertel vor zehn. Nirgendwo brannte mehr Licht, und als sie auf Zehenspitzen in Victors Zimmer schlich, lag ihr Sohn auf dem Bauch, das kleine Hinterteil weit in die Höhe gereckt, und schnarchte leise. Wie immer hatte er sich freigestrampelt, und sie deckte ihn zu. Eine ganze Weile blieb sie vor dem Bett stehen und betrachtete das schlafende Kind. Vorsichtig drehte sie ihn um und gab ihm einen Kuß auf sein erhitztes Bäckchen. Wenig später schlich sie hinaus.

Edward war noch wach. Er lag auf der Seite und las.

Malina trat zu ihm und drückte ihr Gesicht an seines. »Hi«, murmelte sie, worauf er nur kurz brummte und in sein Buch vertieft blieb. Sie seufzte und verzog sich ins Bad. Ein paar Minuten später legte sie sich nur im Höschen neben ihn, nahm ihm das Buch aus der Hand und löschte das Licht. »Komm her«, flüsterte sie und zog ihn an sich.

Der Tag steckte ihr in den Knochen. Alles, was sie in den vergangenen Stunden hatte sehen und hören müssen, hätte sie am liebsten vergessen. Es war so traurig gewesen. Und als sie mit Simons Eltern am Tisch gesessen hatte, wäre sie mehrmals gerne aufgesprungen und nach Hause gerannt, um sich zu vergewissern, daß mit ihrer eigenen Familie alles in Ordnung war.

»Also, wie steht's mit Victors Schwesterchen?« wisperte sie in Edwards Halsbeuge, wobei es ihr momentan eigentlich nur darum ging, an ihr Versprechen vom Morgen anzuknüpfen. Irgendwie hatte sie das Gefühl, ihm zeigen zu müssen, daß zwischen ihnen – trotz Simon – alles beim alten blieb. Doch in Wirklichkeit war sie viel zu erschöpft, und die Bilder in ihrem Kopf ließen sie nicht los.

»Hey, was ist los mit dir? Ich suche die Frau, die mir auf Samos nachts die Hölle heiß gemacht hat«, meinte Edward Minuten später, nachdem seine Bemühungen auf wenig Resonanz gestoßen waren.

»Tut mir leid, ich kann nicht.« Malina richtete sich auf und knipste das Licht wieder an. Sie blinzelte kurz, dann nahm sie Edwards Arm, legte ihn sich um die Schultern und rollte sich darin zusammen. »Wenn ich jetzt nicht mit jemandem rede, werde ich verrückt. Wir holen das andere nach, ja? Sei mir nicht böse.« Und als Edward nickte, begann sie zu erzählen.

Gegen elf Uhr morgens war sie zusammen mit Simon zu seinen Eltern nach Ottobrunn gefahren. Ihr Haus stammte aus den siebziger Jahren und stand inmitten eines Gartens, wo der Rasen in englischem Grün leuchtete und auf Gardemaß gestutzt war. Ringsherum wuchsen Rhododendren, Jasminbüsche und Heckenrosen. Astern in bunten Farben reckten ihre Köpfe in einem hufeisenförmigen Beet um die Terrasse. Es war ein Anwesen wie so viele, und es verströmte die adrette Ordnung und Zuverlässigkeit, die man auch seinen Bewohnern zuschrieb. Niemand hätte jemals hinter den cremefarben verputzten Mauern eine Tragödie vermutet.

Als Malina und Simon durch das schmiedeeiserne Tor in den Garten traten, war seine Mutter gerade dabei, Unkraut zu jäten, während sein Vater in der Garage ein Fahrrad reparierte.

»Simon«, rief Alicia Graf und warf die Harke beiseite. »Wo kommst du denn her, so mitten in der Woche? Warum hast du denn nicht angerufen, dann hätte ich doch etwas zum Mittagessen vorbereitet. Für den Papa hab ich jetzt nur ein paar Wiener, und ich esse mittags ohnehin nie.«

Simon beugte sich zu seiner Mutter hinunter und drückte sie kurz an sich. »Jetzt laß mal, Mama. Ich hab eh keinen Hunger, du weißt ja, daß ich immer spät frühstücke. Das ist übrigens Malina Maltzan, sie ist die Inhaberin von Argus.«

Alicia Graf wischte sich die Hand an der Jeans ab und reichte sie dann Malina: »Schön, Sie kennenzulernen. Simon hat Ihren Namen schon öfters erwähnt. Laurenz, kommst du mal«, rief sie ihrem Mann zu, »Simon ist da! Jetzt laß doch das olle Fahrrad.«

Während der Mann sein Werkzeug ordentlich weglegte und über einen der Kieswege auf sie zukam, dachte Malina: Mein Gott, sie haben keinen Schimmer. Sie sind völlig unvorbereitet. Sie sah auf Alicia Grafs herzliches Lächeln und stellte sich vor, wie es in einigen Minuten aus ihrem kleinen Gesicht verschwunden sein würde.

Laurenz Graf mußte um die sechzig sein und war noch immer ein stattlicher Mann. Sein graues Haar war voll und die Ähnlichkeit mit Simon unverkennbar, wenngleich dieser die großen braunen Augen seiner Mutter geerbt hatte. Er schlug seinem Sohn auf die Schulter und schüttelte anschließend Malina die Hand mit solcher Kraft, daß ihr nagelneuer Ehering tief in die Haut schnitt. Sie verkniff sich einen Schmerzensschrei und drückte so fest es ging zurück.

»Geht schon mal vor, ihr beiden, ich lauf mal eben zum Bäcker.« Alicia Graf schlüpfte schnell in andere Schuhe und war schon zum Gartentor hinaus, noch ehe Simon Malina ins Haus winken konnte.

»Das wird schwer, ich weiß gar nicht, wie ich anfangen soll.« Simon warf Malina einen Blick zu, und sie sah die Angst darin.

»Keine Ahnung, was ich dir antworten soll. Ich weiß es selbst nicht. Man tut, was man tun muß, und es folgt, was dann folgt. So ist es doch immer. Es gibt keine Ausnahme, auch jetzt nicht.«

Eine halbe Stunde später saßen alle im Eßzimmer an einer ovalen Tafel aus glänzend poliertem Kirschbaumholz. Simons Mutter hatte Porzellan aufgetragen, das farblich mit dem rötlichen Untergrund des Tisches harmonierte. Überall im Haus war zu spüren, daß es ihr Freude bereitete, zu dekorieren, daß sie schöne Dinge liebte und sie pflegte. Jeder Raum erweckte den Eindruck, daß hier Menschen lebten, die sich über Jahre hinweg liebevoll darum bemüht hatten, etwas zu schaffen, und stolz darauf waren.

»Ich muß euch etwas sagen«, begann Simon, nachdem er die Hälfte einer Rosinenschnecke aufgegessen und die andere Hälfte zwischen seinen Fingern zerbröselt hatte. Seine Mutter sah sofort gespannt in Malinas Richtung, doch als sie einen weiteren Blick in das Gesicht ihres Sohnes warf, nahm ihr eigenes einen dunklen Ausdruck an. Sie kannte Simon genau. Sie hatte ihm nicht nur die braunen Augen vererbt, sondern auch seinen Instinkt.

Plötzlich spürte sie die vertrauten Dissonanzen in ihrem Herzschlag. Es war das alte Stolpern der Angst.

Nachdem Simon seinen Eltern gesagt hatte, was vorgefallen war, geschah zunächst nichts. Sie saßen weiter an dem ovalen Tisch, und keiner sprach einen Ton.

Es war beinahe unerträglich.

Dann fragte seine Mutter, ob sie noch frischen Kaffee kochen solle, und begann, als niemand darauf antwortete, die vertrockneten Blüten einer Azalee abzuzupfen. Weder Simon noch Malina brachten es fertig, irgend jemanden anzusehen. Nicht einmal einander. Es war

Simons Vater, der zuerst reagierte. Er stand wortlos auf und ging hinaus. Am Zuschlagen der Tür konnte man hören, daß er nicht zurückkommen würde.

»Er hat es bis heute nicht verwunden«, durchbrach Alicia Graf die Stille so plötzlich, daß Malina zusammenzuckte. »Ich meine, wer könnte so etwas auch verwinden? Valeries Name darf nicht einmal ausgesprochen werden. Er ist ein großer Mann, wie ein Bär, hab' ich früher immer gedacht, aber er ist innen ganz weich. Er besitzt eine ungeheure Fähigkeit zum Leiden. Manchmal, in den Jahren nachdem es passiert war, hab ich gedacht, ich würde schier verrückt werden, wenn ich ihn sah. Er war wie tot, ganz leer. Äußerlich erkennt man es nicht, da ist er merkwürdigerweise wie immer geblieben. Aber hier«, sie deutete auf ihr Herz, »hier ist er zerbrochen. Valerie war sein kleines Mädchen. Sein Engel. Ich weiß noch, wie er sie herumgetragen hat, nachdem sie auf die Welt gekommen war. Gefüttert hat er sie und gewickelt, und ständig hatte er Angst, ich könnte etwas falsch machen mit ihr. Und ich sagte immer: Laurenz, sie ist doch nicht aus Zucker, sie ist ein ganz normales Baby ...« Sie brach ab.

»Mama, nicht ...« Simon streckte die Hand nach ihr aus, und in seinem Gesicht erkannte Malina den Jungen, der er vor zwanzig Jahren gewesen war. Er sah so schrecklich hilflos aus. Und einsam.

»Nein, laß, Simon. Ist schon gut. Irgendeiner muß es doch mal sagen. Wir haben alle nur vor uns hingeschwiegen. Warum eigentlich? Aus Angst, die anderen könnten sehen, wie groß der Schmerz ist? Na und? Hätten wir uns dafür schämen müssen? Wir waren doch immer eine gute Familie. Wir hatten uns gern und haben miteinander gesprochen. Wir waren nicht eine dieser Stockfischfamilien, die es so häufig gibt. Irgend jemand hat uns Valerie genommen, aber dann haben wir uns selbst verloren. Wir haben uns voneinander abgekapselt, und jeder machte nur noch seinen eigenen Stiefel. Plötzlich waren wir alle nicht mehr wir selbst. Wir waren nur noch unsere Hüllen. Das war verkehrt und hat so wehgetan.«

Die Worte strömten aus dem Mund der dunkelhaarigen Frau, als wären sie jahrelang eingesperrt gewesen und durften jetzt endlich ans Licht.

»Kommen Sie, ich zeige Ihnen Valeries Zimmer«, wandte sie sich plötzlich an Malina. Als sie durch die Diele zur Treppe gingen, fiel Malinas Blick auf eine geschlossene Tür. Sie vermutete Simons Vater dahinter und fragte sich, welche Qualen er wohl gerade durchlitt.

Valeries Zimmer war noch immer das Zimmer einer Fünfzehnjährigen. Als Alicia die Tür öffnete, glaubte Malina den Duft von »My Melody« darin wahrzunehmen. Es war beruhigend normal und dennoch gespenstisch.

»Mein Mann hätte es nie erlaubt, daß etwas darin geändert werden würde«, sprach Simons Mutter plötzlich weiter. »Und ich selbst wollte es auch nicht. Ich habe ein paar Mal darüber nachgedacht, aber ich hätte es nie gekonnt. Es wäre so gewesen, als wäre Valerie zum zweiten Mal gestorben.« Damit hatte sie es ausgesprochen.

In ihren Augen war Valerie tot.

Sie hatte den Glauben an ihre Rückkehr schon lange aufgegeben.

Als sie selbst erkannte, was sie eben gesagt hatte, setzte sie sich auf das Bett ihrer Tochter, über dem eine gerüschte Tagesdecke mit einem Sarah-Kay-Motiv lag, und blickte erst ihren Sohn und dann Malina an. »Diese E-Mails sind Ausgeburten eines kranken Hirns. Jemand will dich damit quälen, Simon, aber sie sind niemals ein Beweis dafür, daß Valerie noch lebt. Wo soll sie denn gewesen sein in den letzten zwanzig Jahren?« Ihre Stimme war mit einem Mal laut geworden, und in ihren Augen funkelten Tränen der Wut.

»Mama ...« Simon versuchte, sie zu beruhigen und griff nach ihrer Hand. Aber sie entzog sie ihm.

»Nein, ich will das nicht hören. Jetzt nicht mehr. Ich will mir mein Leben nicht noch einmal zerstören lassen. Ich bin jetzt fast sechzig, und es hat mich Jahre gekostet, bis ich wieder so weit wie heute war.«

»Frau Graf«, warf Malina ein, die gesehen hatte, wie Simons Züge erstarrten. »Frau Graf, es geht Simon um etwas ganz anderes. Verstehen Sie das nicht? Ihr Sohn hat auch gelitten in den vergangenen zwanzig Jahren. Er hat sich immer wieder selbst die Schuld für alles gegeben. Jetzt ist die Geschichte mit diesem anderen Mädchen passiert, Sie wissen davon. Simon hat es Ihnen vor einer halben Stunde erzählt. Es geht darum herauszufinden, wer Ihnen und Ihrer Familie das angetan hat und was aus Valerie wurde. Ich weiß, das muß alles schwer für Sie sein. Aber glauben Sie nicht, es könnte letztlich die Erlösung für Sie alle sein? Sie hätten dann endlich Gewißheit.«

Sie unterbrach sich für einen Moment und sah Alicia Graf fest in die Augen. »Aber wir brauchen auch Ihre Hilfe. Sie haben eben selbst gesagt, wie sehr Sie darunter gelitten haben, daß alle sich voneinander abgewandt haben. Soll das nicht wieder anders werden?«

»Haben Sie Kinder, Malina?«

»Einen Sohn.« Malinas Bemühungen, den Gedanken an Victor während dieses Gesprächs auszuschalten, scheiterten in diesem Moment. Im Grunde bewunderte sie Alicia Graf aufrichtig für deren Haltung. Sie selbst würde niemals einem solchen Schmerz gewachsen sein. Jedesmal, wenn sie in einer Zeitung las, daß ein Kind ermordet worden war, fühlte sie Haß. Unerbittlich und abgrundtief. Sie wollte diese kindermordenden Bestien bluten sehen. Und nicht nach ein paar lächerlichen Jahren wieder auf freiem Fuß, damit sie noch mehr Kinder umbringen konnten.

»Sie haben also einen Sohn. Dann brauche ich nichts mehr zu sagen, nicht wahr?« unterbrach Alicia Graf ihre Gedanken, als könnte sie sie lesen.

Malina schüttelte den Kopf. »Helfen Sie mit, bitte«, bat sie noch einmal und verstummte wieder.

»Wie denn?«

»Sprechen Sie mit Simon. Sagen Sie ihm, was Sie wissen. Jede Kleinigkeit könnte wichtig sein. Und erlauben Sie es, daß wir uns in Valeries Zimmer umsehen. Ich weiß, das hat die Polizei wahrscheinlich schon damals getan. Aber irgendwo müssen wir beginnen, und vielleicht finden wir einen Anfang ...«

Auch Simons Miene war noch immer wie versteinert. Valerie wieder so nah zu kommen, indem er ihre Sachen berührte und in ihnen herumwühlen sollte, ging über seine Grenzen, schnürte ihm schon jetzt die Luft ab. »Gut, sehen Sie sich um«, sagte seine Mutter schließlich. »Aber sorgen Sie dafür, daß nachher alles wieder so ist, wie es war. Bitte.« Dann ging sie mit steifen Bewegungen hinaus.

Nachdem die Tür ins Schloß gefallen war, setzte sich Malina aufs Bett, genau dorthin, wo vorher Alicia Graf gesessen hatte. Die Stelle war noch warm. Ihre Augen schweiften durch den Raum und landeten schließlich bei Simon, der noch immer reglos neben der Tür stand.

»Komm her, setz dich zu mir.« Malina klopfte leicht mit der Hand auf die Decke. Als er sich immer noch nicht rührte, sagte sie: »Wie lange ist es her, daß du hier drinnen warst?«

»Weiß nicht. Ziemlich lange.« Er machte einen kleinen Schritt auf sie zu, und sie streckte die Hand nach ihm aus. Widerstrebend ergriff er sie und ließ sich von ihr auf den Platz neben sich ziehen.

»Simon, du wolltest doch, daß ich mitkomme. Ich fühle mich inzwischen schon wie ein Eindringling. Aber einer von uns muß doch mal den Anfang machen. Es bringt doch nichts, wenn ich dich jetzt hätschele. Außerdem hast du selbst gesagt, du willst die Sache endlich hinter dich bringen.«

»Die Sache«, knurrte er nur zwischen zusammengebissenen Zähnen, verstummte aber, als er ihren Blick bemerkte. »In Ordnung.« Er stand wieder auf. »Du hast recht. Sehen wir uns also um.« Malina konnte sein tiefes Durchatmen förmlich spüren.

Valeries Zimmer erinnerte sie an ihr eigenes Jungmädchenzimmer. Eine der Wände war voll von David Hamiltons Weichzeichner-Ballerinen. An der anderen hingen Poster von Madonna, Abba und Tom Cruise. Der Kleiderschrank, der wie ein Raumteiler mitten ins Zimmer ragte, entlockte ihr ein Lächeln. Sie hatte es damals genauso gemacht, und sie war sich sicher, daß sich auch hinter diesem Schrank zwei aufeinandergeschichtete Matratzenteile befanden, die mit einer Decke überzogen waren, wie vor zwanzig Jahren in ihrem Zimmer.

»Oh, eine kleine Knutschecke«, sagte sie.

»Meine Schwester hatte keine Knutschecke. Glaubst du, mein Vater hätte es erlaubt, daß sie einen Kerl mit aufs Zimmer nimmt, um mit ihm herumzumachen?«

»Dein Vater oder du? Natürlich war diese Ecke nicht wirklich zum Knutschen da, aber es war schick, sie so zu nennen. Man saß mit seinen Freundinnen herum, brannte Räucherstäbchen ab, trank Tee dazu und hörte ›Nights in White Satin‹ oder ›Lady in Black‹. Über die Kerle wurde allenfalls gekichert.«

»Du mußt es ja wissen.« Simons Antwort war mehr ein Grollen, aber durch Malinas kleine Einlage entspannte sich die Situation ein wenig. Valerie verlor allmählich ihre Unantastbarkeit und wurde wieder zu einem normalen Mädchen.

Erleichtert atmete Malina auf und trat an das Bücherregal. Es war kein Körnchen Staub darauf, und ihr war klar, daß jemand hier regelmäßig saubermachte. Sie überflog die Titel, und mit einem leisen Anflug von Sentimentalität zog sie einen der Bände heraus. Es war Berte Bratts »Ein Mädchen von siebzehn Jahren«. Sie hatte es gelesen, als sie selbst in Valeries Alter war, und während sie darin blätterte, fragte sie beiläufig: »Hatte deine Schwester eigentlich einen Freund?«

»Wie kommst du denn darauf?«

»Wie ich darauf komme? Mein Gott, sie war fünfzehn, da ist man schon mal verliebt.«

»Valerie nicht. Zumindest hat sie mir nichts davon erzählt.«

Malina verkniff es sich, ihn darauf aufmerksam zu machen, daß ein fünfzehnjähriges Mädchen so etwas nicht unbedingt seinem großen Bruder auf die Nase band.

»Wie steht's denn mit einem Poesie- oder Fotoalbum? Alle Mädchen in ihrem Alter besitzen so etwas.«

»Ja, das gab es. Warte mal – wo hatte sie es nur?« Simon schien zu überlegen und blickte sich um. »Jetzt weiß ich's.« Er bückte sich und zog einen der Kästen unter dem Bett hervor. »Hier. Hier ist es.« Er reichte ihr ein Album, dessen Umschlag ebenfalls mit einem Sarah-Kay-Motiv verziert war. Die Fotos darin zeigten Valerie in den verschiedenen Stationen ihres Lebens. Es begann mit Bildern von ihr als Baby, dann als Kleinkind. Bilder, wie sie jeder von sich kannte. Weihnachten, die ersten Skier, Ostern, Geburtstage, und auf allen lächelte Valerie pausbäckig und strahlend in die Kamera. Jeder konnte sehen, daß sie ein hübsches Mädchen gewesen war. Ein richtiger Unschuldsengel.

Dann kamen Fotos, auf denen sie schon viel erwachsener wirkte. Mit Freundinnen beim Schwimmen, auf Klassenfahrt und irgendwelchen Partys. Und immer waren in Valeries Nähe dieselben beiden Mädchen zu sehen. Die eine war sehr groß und dünn und hatte mit ihrer Brille etwas von einer Theologiestudentin an sich. Die andere war klein und zierlich. Sie trug ihre dunklen Haare in einem kurzen Fransenschnitt, und ihre Augen funkelten fast schwarz und herausfordernd.

»Wer sind die beiden?« fragte Malina.

Simon, der die Fotos die ganze Zeit über nur schweigend betrachtet hatte, schrak zusammen.

»Sie waren Valeries Freundinnen«, antwortete er in abwesendem Ton. »Wie hießen sie nur? Mann, es ist schon so lange her. Ich glaube, die kleine Dunkle heißt Carina.«

»Ich werde nachher deine Mutter fragen. Mütter wissen so was immer.«

»Weshalb?«

»Wenn sie Valeries Freundinnen waren, dann wissen sie vielleicht etwas, was ihr nicht wußtet.«

»Glaubst du, die Polizei hat sie damals nicht vernommen? Wir alle wurden verhört, Tag und Nacht.«

»Aber sie waren damals junge Mädchen.« Malina bemühte sich, ihre Ungeduld zu verbergen. »Und vielleicht haben sie damals nicht alles gesagt. Nicht, weil sie etwas mit Valeries Verschwinden zu tun hatten, sondern weil sie Angst hatten, in etwas hineinzugeraten, was sie nicht überblicken konnten. Vielleicht hatten ihnen auch die Eltern gesagt, sie sollten sich besser heraushalten. Du als ehemaliger Polizist kennst das doch. Wir sollten auf jeden Fall noch einmal mit ihnen sprechen. Inzwischen sind zwanzig Jahre vergangen, und sie sind erwachsene Frauen.«

Simon schwieg erneut. Malina hatte ja recht. Aber es war noch schwerer, als er es sich vorgestellt hatte, über diese Dinge zu sprechen. Der Tag, an dem alles passiert war, kam ihm gefährlich nahe, und sein Brustkorb war plötzlich eisenschwer. Dennoch nahm er Malina das Album aus der Hand. »Gib her, ich frage meine Mutter.«

Inzwischen war auch Malinas Anspannung wieder groß geworden. Eigentlich wollte sie nichts wie raus hier. Es war beklemmend, im Zimmer dieses Mädchens zu sitzen, ihre Anwesenheit noch immer zu spüren und trotzdem zu wissen, daß sie nicht wiederkommen würde. Ein geradezu physisches Unbehagen kroch ihr in die Glieder. Sie fröstelte. Dann blickte sie sich noch einmal um. Ganz zuletzt – sie hielt schon die Türklinke in der Hand, um das Zimmer zu verlassen – fiel ihr Blick auf eine große, gerahmte Fotografie. Sie stand in einem der Bücherregale und zeigte Valerie und ihre Freundinnen im Fasching. Während die kleine Dunkelhaarige keß als Sally Bowles posierte, waren Simons Schwester und die Theologiestudentin als Pierrots verkleidet. Um dem großen Mädchen etwas von seiner Strenge zu nehmen, hatten sie ihr rote Herzchen auf die Brille geklebt.

Simon deutete auf das Foto und sagte: »Ehrlich gesagt, die Lange sieht aus, als wäre sie an diesem Abend lieber zu Haus geblieben, um Siddartha zu lesen.« In seinen Augen lag ein winziges Funkeln, über das Malina sich insgeheim freute. Sie betrachtete noch einmal das Foto.

Plötzlich runzelte sie die Stirn.

Irgend etwas irritierte sie.

Etwas auf dem Bild stimmte nicht.

Er war fast nicht zu sehen. Er stand im Hintergrund.

Er trug ein Clownskostüm und eine rote Perücke. Sein Gesicht war stark in Schwarz und Weiß geschminkt. Der Mund lachte breit und entblößte ein ebenmäßiges Gebiß mit gelblich verfärbten Zähnen. Auffällig waren seine Augen, die auf Valerie geheftet waren. Ihr Ausdruck stand im totalen Gegensatz zu seinem lachenden Mund. Es war ein Ausdruck, der in Malina mehr als Unbehagen heraufbeschwor und für den sie im Moment keine Worte fand.

Ohne auf Simons »Was machst du denn da?« zu achten, löste sie das Bild aus seinem Rahmen und hielt verwundert inne. Ein dicker Falz durchzog das Bild auf der rechten Seite und verbarg seine eigentliche Größe. Auf dem Teil, der sorgfältig nach hinten weggeklappt worden war, kam das Gesicht eines dunkelhaarigen Jungen zum Vorschein. Er mußte um die sechzehn oder siebzehn Jahre sein, und er war hübsch. Auch sein Blick hing an Valerie, und in seinem Lächeln lagen Stolz und Zuneigung. Es war das Gesicht eines verliebten jungen Mannes.

Valeries Augen hingegen blickten strahlend und direkt in die Linse der Kamera.

»Wer ist das denn?« fragte Simon und deutete auf den dunkelhaarigen Jungen.

»Ich nehme mal an, er war Valeries Schwarm. Jedenfalls guckt er sie genauso an. Viel mehr interessiert mich aber dieser Typ da hinten.« Sie zeigte auf den grinsenden Clown.

»Warum hat sie den Knaben denn weggeklappt?« Simon ging gar nicht auf sie ein.

»Tja, das frage ich mich auch. Wenn sie wirklich in ihn verliebt war, hätte sie das Foto gerne herzeigen müssen. Zumindest unterschwellig hätte sie gewollt, daß die anderen davon wissen. Ich bin mir eigentlich relativ sicher, daß Valerie so etwas wie einen Freund zum Händchenhalten hatte. Und ich könnte mir vorstellen, daß es dieser Junge auf dem Foto war. Aber vielleicht war Valerie eine kleine Geheimniskrämerin, und es hat ihr Spaß gemacht, die Dinge im verborgenen zu lassen. Auf jeden Fall war sie in einem Alter, in dem man Liebeleien nicht mit der Familie teilt.« Sie deutete ein weiteres Mal auf den Clown. »Kennst du ihn?«

Simon betrachtete das Bild eingehend und zog die Mundwinkel anschließend tief herunter. »Schwer zu erkennen. Keine Ahnung, wer das sein könnte. Mit den Augen stimmt irgendwas nicht. Das Lachen fehlt in ihnen. Sie sehen tot aus.«

»Wir sollten das Foto mitnehmen. Wenn wir die Freundinnen deiner Schwester ausgegraben haben, sollten wir sie mal nach dem Typen hier fragen. Ich bin mir relativ sicher, daß uns die Antwort ein Stückchen weiterbringen wird.« Sie nahm das Foto an sich und ging hinaus. Ohne zu protestieren, folgte ihr Simon, das Fotoalbum in der Hand, auf die Treppe.

Unten im Eßzimmer saß Alicia Graf wieder am Eßtisch. Ihr Blick ging zum Fenster hinaus, und vor ihr lag ein dicker Ordner.

»Da seid ihr ja wieder. Habt ihr etwas gefunden?« Nur mit Mühe holte sie ihren Blick von einem unsichtbaren Punkt zurück.

»Nicht viel«, sagte Simon und legte das Fotoalbum vor sie hin. Er schlug die Seiten mit den Fotos von Valerie und ihren Freundinnen auf. »Weißt du noch, wie die beiden Mädchen hießen? Sie hingen doch immer mit Valerie zusammen.«

»Natürlich weiß ich das. Die kleine Dunkle ist Carina Steding. Na, und die Große ist Astrid Fenn. Valerie und Carina haben sie immer ein bißchen mitgeschleift.«

Malina notierte sich die beiden Namen. »Wissen Sie, wo die beiden heute leben und was überhaupt aus ihnen geworden ist?«

»Ich habe erst kürzlich Astrids Mutter getroffen. Da erzählte sie mir, ihre Tochter habe vor ein paar Monaten geheiratet. Soweit ich weiß, lebt sie jetzt in Garmisch und ist Lehrerin. Deutsch und Religion, glaube ich.«

»Wissen Sie denn auch, wie sie jetzt nach ihrer Hochzeit heißt?«

»Astrid Fenn. Sie hat ihren Namen nicht geändert. Das weiß ich deshalb so genau, weil ihre Mutter etwas in der Richtung geäußert hat, daß es in ihren Augen eine neumodische Unart sei, nicht den Namen des Mannes anzunehmen.«

»Kann ich nicht finden«, warf Malina ein, »*ich* habe auch meinen Namen behalten. Aus dem einfachen Grund, weil ich fünfunddreißig Jahre lang Maltzan geheißen und keinen Grund gesehen habe, ihn jetzt noch zu ändern.«

»Und das, obwohl sie ihren Namen gegen den schönen Namen von Habelsberg hätte eintauschen können. Ist sie nicht ein Mädchen mit Rückgrat?« Es war das zweite Mal an diesem Tag, daß Simons alte Ironie hervorblitzte. Seine Mutter lächelte kurz, aber es war ein müdes Lächeln.

»Und was ist aus Carina Steding geworden?«

»Sie fährt Taxi.« Auf Malinas überraschten Blick hin fuhr Alicia Graf fort: »Ja, das ist merkwürdig, ich weiß. Vor allem, weil sie ein aufgewecktes und intelligentes Mädchen war. Früher habe ich sie noch öfter gesehen. Aber vor ungefähr einem Jahr ist ihr Vater gestorben, und seitdem macht sie einen großen Bogen um Ottobrunn. Das Verhältnis zu ihrer Mutter ist nicht das beste. Wenn mich nicht alles täuscht, wohnt sie noch immer in München. Unverheiratet. Sie war immer eine kleine Verrückte, aber irgendwie liebenswert. Man wußte nie, was ihr im nächsten Moment einfallen würde. Valerie und sie hingen sehr aneinander. Warum fragen Sie eigentlich? Haben Sie vor, mit den beiden zu sprechen?«

»Ja.« Malina sah Simons Mutter vorsichtig an. »Sie kannten Valerie sehr gut und wissen vielleicht manches, was damals unbeachtet geblieben ist, weil es vielleicht nicht wichtig schien.« Sie zog das Faschingsfoto hervor. »Wie zum Beispiel dieses Foto hier. Mich beschäftigt, wer dieser Junge und vor allem, wer dieser Clown im Hintergrund ist.«

Alicia sah sich das Foto lange an. »Merkwürdig, daß Valerie den Jungen weggeklappt hat«, sagte sie schließlich. »Ich kenne ihn natürlich. Sein Name ist Robert. Robert Heimann. Sein Vater hat eine Arztpraxis hier.«

»Natürlich«, Simon schlug sich gegen die Stirn. »Bobby Heimann, der flitzte immer mit seinem Mofa durch die Gegend. Aber Valerie hat nie von ihm erzählt.«

In das Gesicht seiner Mutter schlich sich ein kleines Lächeln. »Wenn Valerie verliebt in ihn war, dann wundert mich das nicht. Das sind keine Dinge, die eine Fünfzehnjährige zu Hause herumposaunt.«

Malina warf Simon einen raschen Seitenblick zu und wandte sich dann wieder an seine Mutter: »Das denke ich auch. Wer mich auf diesem Foto viel mehr interessiert, ist dieser Clown im Hintergrund. Sehen Sie?«

»Ich kann ihn nur schlecht erkennen. Meine Augen sind auch nicht mehr das, was sie mal waren. Simon, gib mir mal die Lupe aus der hinteren Schublade.« Wenig später war auch sie in das schwarzweiße Gesicht vertieft. »Nein«, sagte sie schließlich. »Selbst wenn ich ihn kennen würde, aber diese Maskerade verdeckt ja alles ... Es ist schon in Ordnung, nehmen Sie das Foto ruhig mit.«

»Ist Papa eigentlich noch immer in seinem Zimmer?« wechselte Simon plötzlich das Thema. Seine Stimme zitterte fast unmerklich.

»Ja, und es hätte mich auch gewundert, wenn er so schnell wieder herausgekommen wäre. Du weißt ja, wie er ist.«

Simon gab einen erstickten Laut von sich.

»Nach Valeries Verschwinden«, wandte Alicia Graf sich wieder an Malina, »beharrte mein Mann jahrelang darauf, daß sie wiederkommen würde. Er war nicht davon abzubringen, daß es eines Tages an der Tür klingeln würde, und sein Mädchen wäre wieder bei ihm. Wo sie in der Zwischenzeit gewesen sein sollte, diese Frage stellte er sich überhaupt nicht. Egal, was sie getrieben hätte, er hätte ihr alles verziehen und sie einfach in die Arme genommen. Sie können sich nicht vorstellen, was er unternommen hat, um Valerie zu finden. Monatelang hat er Flugblätter mit ihrem Bild verteilt und die Leute um Hinweise gebeten. Er hat mit allen Leuten hier gesprochen, aber nichts geschah. Weder er noch die Polizei fanden eine Spur. Dann hat er angefangen, jeden zu verdächtigen. Es war furchtbar. Leute, mit denen wir jahrelang befreundet gewesen waren, Verwandte, Nachbarn – jeder war in seinen Augen plötzlich suspekt. Ich fing an, mich zu schämen, und gleichzeitig tat er mir so leid, aber er ließ sich nicht helfen. Er machte einfach weiter. Ganz schlimm war es an Valeries Geburtstagen. Da streifte er wie ein Wahnsinniger durchs Haus, verbissen in seinen Schmerz. Ich mußte einen Geburtstagstisch für sie decken mit ihrem Lieblingskuchen, Blumen und Kerzen. Jedes Jahr eine mehr. Manchmal dachte ich, ich müßte aus dem Fenster springen. Laß sie endlich ruhen, hätte ich ihn am liebsten angeschrieen, aber das hätte ihn vermutlich umgebracht. Also hab ich geschwiegen, aus Angst, ihn auch noch zu verlieren.«

Für einen Moment hielt die Frau erschöpft inne. Sie vermied es, irgendwen anzusehen, blickte auf die leere Wand gegenüber. Dann sprach sie weiter: »Nach fünf Jahren ungefähr kamen die Anzeigen. Jedes Jahr am neunten April. Das war ihr Geburtstag und zugleich der Tag, an dem sie 1986 verschwunden ist.« Alicia schlug den dicken Ordner vor sich auf und schob ihn Malina zu. »Sehen Sie hier. Er hat alles aufgehoben.«

Der Ordner war voll von Zeitungsartikeln, die über Valerie erschienen waren. Es kam Malina vor, als seien es Hunderte. Obenauf lagen die Anzeigen der Süddeutschen Zeitung.

Im Gedenken

an

Valerie Graf

die mich viel zu früh verlassen hat.

Ich danke Dir für die Zeit,
die ich mit Dir hatte.
Sie war schön, doch viel zu kurz.
Ich werde Dein Strahlen und
Dein liebes Wesen nie vergessen.
Du bist bei mir jeden Tag.

Immer,
Dein Papa

Malina las es, und es schnürte ihr die Kehle zu. Sie hatte schon die ganze Zeit mit den Tränen gekämpft, doch jetzt war es mit ihrer Beherrschung vorbei. Sie weinte.

Als sie es endlich wagte, jemanden anzublicken, sah sie Simon, der die Hände vors Gesicht geschlagen hatte, und seine Mutter, die ihn umarmte. Er hatte sich nicht mehr unter Kontrolle und weinte wie ein kleines Kind. Dann hörte sie Alicia Graf. Ihre Stimme klang spröde und kraftlos, so als spräche sie zum ersten Mal nach langem Schweigen:

»Wir haben nichts mehr. Wir haben nicht einmal ein Grab.«

Plötzlich stand Laurenz Graf in der Tür. Irgendwo schlug eine Uhr fünf. Das Gesicht des Mannes war gerötet, seine Lider geschwollen.

»Finde das Schwein, Junge. Finde es endlich«, sagte er und legte seiner Frau den Arm um die Schultern.

☽

Fünf Stunden Schlaf sind einfach nicht genug, dachte Malina am nächsten Morgen mit einem Blick in den Rückspiegel ihres Wagens. Was sie sah, gefiel ihr überhaupt nicht. Ihr Gesicht war verquollen und die Augen auf die Größe von Schlitzen geschrumpft. Müde erinnerte sie sich an Zeiten, in denen es keine Besonderheit gewesen war, ganze Nächte durchzumachen und am anderen Tag frisch und mit einem vor Unternehmungslust wippenden Pferdeschwanz zur Arbeit zu gehen. Ich werde älter, dachte sie und drehte den Spiegel weg.

Ein Hupen schreckte sie aus ihren Grübeleien. Die Ampel vor ihr war längst grün. Mit einer kurzen Geste entschuldigte sie sich bei dem Fahrer hinter ihr und gab Gas.

Der Verkehr auf dem Mittleren Ring ging wie immer um diese Zeit nur stockend voran. Sie bremste und gab

Gas – mit ihren Gedanken war sie wieder bei der vorangegangenen Nacht. Bis um halb drei morgens hatte sie Edward von ihrem Besuch bei Simons Eltern erzählt. Dann hatte sie von Valerie geträumt. In wirren Bildern hatte es ihr den Schlaf zerfetzt, bis sie glaubte, die ganze Nacht wach gewesen zu sein. Sie fühlte sich vollkommen zerschlagen.

Während sie sich in die Rechtsabbiegerspur einfädelte, dachte sie an ihre eigene Familie, und ihre Augen wurden feucht. Im Morgengrauen war Victor zu ihr ins Bett gekrabbelt und hatte sich fest in ihren Arm geschmiegt. Es war trostreich gewesen, seinen warmen Körper und seine klebrigen Küsse zu spüren. Dann hatte er ihr Haar zur Seite gestreift und in ihr Ohr geflüstert: »Süß bist du, und weich und köstlich«, und sie war so ergriffen gewesen, daß sie alle Mühe gehabt hatte, die Tränen zurückzuhalten. Ein kleiner Junge, der seiner Mutter so etwas sagte – mit den Worten eines Dichters ...

»Simon ruft an«, zeigte das Display ihres Handys an, als sie gerade ihren Wagen rückwärts in eine Parklücke vor dem italienischen Großmarkt Spina setzte. Sie hatte ihn gleich nach dem Aufstehen angerufen, um zu sehen, ob alles in Ordnung mit ihm war, aber nur seinen Anrufbeantworter erreicht. Es erleichterte sie, daß er jetzt zurückrief.

Sie schaltete den Wagen ab und meldete sich. Seine Stimme klang belegt, und er sprach in kurzen Sätzen. Als sie ihm jedoch sagte, daß sie für den kommenden Samstag ein kleines Abendessen plane und ihn und Dorothee dazu einlud, änderte sich sein Ton. Gegen elf würden sie sich in der Detektei treffen, bis dahin hätte sie genügend Zeit zum Einkaufen.

Malina liebte es, bei Spina durch die Regalreihen zu spazieren. Es war kein Zufall, daß sie an diesem Morgen hier war. Sie brauchte es nach dem gestrigen Tag. Sie mußte einfach sehen, daß es immer noch Schönes gab,

Dinge, die sie erfreuten. Essen war wichtig für sie, stellte nicht nur Nahrungsaufnahme dar, sondern Genuß im höchsten Maße.

Sie mußte sich heftig am Riemen reißen, nicht alles, was ihr unter die Finger kam, blindlings in den Wagen zu werfen. Es hatte Zeiten gegeben, da hatte sie nicht widerstehen können, und das Ende vom Lied waren drei Kilo mehr auf der Waage gewesen. Tapfer pfiff sie ihren inneren Schweinehund zurück und beschränkte sich auf ihren Einkaufszettel. Sie lud Tagliatelle in ihren Korb, dazu Trüffelpaste, Eiertomaten und ein großes Stück Gorgonzola, dessen Reifegrad gerade à point war. Sie hatte vor, am Abend selbst zu kochen und Edward damit zu überraschen.

Hiltrud würde froh sein, früher nach Hause zu kommen. Sie hatte ohnehin schon geklagt, daß sie viel zu wenig Zeit für Wolf-Hinrich hatte, mit dem sie seit ein paar Monaten zusammenlebte. Einen Augenblick lang überlegte Malina, ob sie ihre Cousine und den evangelischen Pfarrer ebenfalls einladen sollte, entschied sich dann aber dagegen. Es sollte ein Essen im kleinen Kreis werden, ohne daß sie dafür den ganzen Tag am Herd stehen mußte.

Sie wünschte sich einen entspannten Abend und dachte, daß sie den alle gut brauchen könnten, wenn diese Woche überstanden war.

Als sie wieder hinaus auf den Parkplatz kam, stand die Sonne bereits hoch am Himmel. Es war sehr heiß geworden. Malina wischte sich ein paar Schweißperlen von der Oberlippe und fragte sich, ob sie die Einkäufe noch schnell nach Hause bringen sollte, bevor sie ins Büro fuhr. Mit einem Blick auf die Uhr verwarf sie den Gedanken wieder. Außerdem war der Kühlschrank im Büro groß genug. Ganze Schweinhälften würden darin Platz finden, hatte Simon einmal angesichts ihrer Verfressenheit gespottet. Jetzt grinste sie doch, verstaute alles im Kofferraum des Wagens und fuhr los.

Die Vorfreude auf Samstag verflog mit einem Schlag. Zuerst erkannte sie den Mann, der im Halbdunkel vor ihrer Bürotür stand, nicht einmal. Aus der geduckten Haltung seines Körpers sprach etwas Bedrohliches, Aggressives. Unwillkürlich mußte Malina bei seinem Anblick an eine Ratte denken, die zum Sprung ansetzte, und in ihrem Kopf begann eine Alarmglocke zu schrillen.

Ein paar Meter entfernt stellte sie die Einkaufstüten ab und blieb abwartend stehen.

»Suchen Sie mich?« Ihre Stimme hallte von den grau getünchten Wänden des Flurs wider.

Der Mann richtete sich zu seiner vollen Größe auf und wandte sich um.

»Frau Maltzan?«

»Ja.« Sie trat ein paar Schritte näher und sah, daß er hektisch auf einem Kaugummi kaute.

»Sie erkennen mich wohl nicht mehr? Hätte ich mir fast denken können. War Ihnen wohl nicht wichtig genug.«

»Darüber kann ich Sie erst aufklären, wenn Sie mir verraten, wer Sie sind.« Mit einem unguten Gefühl trat Malina näher.

»Göbel. Udo Göbel.«

Simons Anruf auf Samos. Der Typ, der alte Frauen und junge Mütter drangsalierte. Sie erinnerte sich genau.

»Hallo, Herr Göbel, natürlich weiß ich noch, wer Sie sind. Womit kann ich Ihnen denn helfen?«

»Genau das ist mein Stichwort: helfen.« Er richtete seinen Zeigefinger auf sie. »Sie werden inzwischen ja schon von Herrn Graf gehört haben, was hier los war, während Sie weg waren. Ich bin hier, um das Ganze richtigzustellen, verstehen Sie?«

Malina holte tief Luft. Der Mann war ihr noch unsympathischer, als sie ihn in Erinnerung hatte. Dennoch entschloß sie sich, anzuhören, was er zu sagen hatte. Das war wahrscheinlich die beste Möglichkeit, ihn schnell wieder loszuwerden. Aus Erfahrung wußte sie, daß Leute wie dieser Göbel am ehesten zu besänftigen waren, wenn man ihnen ein Gefühl von Wichtigkeit gab.

»Im allgemeinen, Herr Göbel, zweifele ich die Entscheidungen von Herrn Graf natürlich nicht an. Er ist ja nicht umsonst mein Partner in der Agentur. Aber Sie haben natürlich ein Recht darauf, Ihre Seite der Geschichte darzulegen. Also schießen Sie mal los.«

Das Kaugummikauen ließ ein wenig nach. Dafür leckte er sich plötzlich über die Spitzen seiner Mittelfinger. Während sie irritiert durch diese Geste einen Schritt zurücktrat, setzte Göbel wieder an: »Wollen Sie mich nicht erst mal hineinbitten? Ich komme mir schon langsam vor wie ein Hausierer, der Ihnen einen Staubsauger aufdrängen will.« Er lachte, aber es war ein unangenehmes Lachen.

»Ich hatte nicht vor, das Ganze so auszudehnen, Herr Göbel. Was Sie zu sagen haben, wird ja sicher keine Stunden dauern.« Malina wußte selbst, daß es unhöflich war, ihren ehemaligen Angestellten nicht hereinzubitten, aber irgend etwas hielt sie davon ab. Sie hob ihre Einkaufstaschen wieder hoch und blickte den Mann auffordernd an.

»Ich mach's mal ganz kurz, Lady. Ich will meinen Job wiederhaben. Sie kennen die Lage da draußen, und es ist kein Spaß, wie ein Penner auf dem Arbeitsamt herumzuhocken. Ich bin ja schließlich nicht irgendwer. Und meinen Job, den habe ich doch tausendprozentig gemacht, oder?«

»Nach allem, was mir zu Ohren gekommen ist, Herr Göbel, haben Sie es damit ein bißchen übertrieben. Ich will es mal fein ausdrücken: Sie haben dafür gesorgt, daß eine vollkommen unschuldige alte Frau mit einem Kreislaufkollaps ins Krankenhaus eingeliefert wurde, und Sie haben eine weitere Frau dazu genötigt, stundenlang auf einem glühend heißen Parkplatz herumzustehen, ohne daß es irgendeine Grundlage dafür gab. Dann haben Sie diese Frau noch der Polizei ausgeliefert und sie damit öffentlich gedemütigt. Das Schlimmste aber ist, Sie haben durch Ihr Verhalten dem Ansehen von Argus geschadet und uns fast um einen unserer wichtigsten Kunden gebracht. Und nun fordern Sie von mir Ihren Job zurück, ohne auch nur die geringste Einsicht zu zeigen. Im Ernst, Herr Göbel, Sie sind doch ein intelligenter Mensch – würden Sie so jemanden wieder einstellen?«

»Jetzt passen Sie mal auf, ja?« Sein Atem kam bedrohlich nahe. »Wäre es Ihnen lieber gewesen, ich wäre weniger korrekt gewesen? Gut, die zwei waren unschuldig, das gebe ich zu. Aber wie sage ich immer? Lieber ein Unschuldiger zuviel als ein Schuldiger zuwenig. Die klauen doch alle wie die Raben. Und das wird noch schlimmer werden, jetzt wo eh bald keiner mehr einen Job hat. Ich bin ein guter Mann, das sollten Sie mal einsehen.«

»Ich sehe es, Herr Göbel, nur ... Sie passen eben nicht so recht zu uns. Aber ich bin sicher, eifrig wie Sie sind, werden Sie bald einen neuen Arbeitgeber gefunden haben. Ich fürchte, ich kann Ihnen da nicht helfen. Sie entschuldigen mich jetzt, ich habe zu tun.«

Die Faust kam unvermittelt und traf sie unterhalb der rechten Brust. Melina prallte mit voller Wucht gegen die Wand, die Taschen rutschten ihr aus den Händen und fielen auf ihre nackten Füße in den hohen Sandaletten. Für einen Moment raubte ihr der Schmerz den Atem. Um sie herum war alles still. Während es vor ihren Augen flakkerte, versuchte sie die Situation einzuschätzen. Ihr Körper reagierte instinktiv, und sie beugte sich vor, um sich vor weiteren Schlägen zu schützen. Ihr schoß durch den Kopf, wie höflich, ja fast kriecherisch Göbel gewesen war, als er sich vor einigen Monaten bei ihnen vorgestellt hatte.

Jetzt war sein Gesicht zu einer brutalen Grimasse verzogen, und er stemmte ihr seinen Arm zwischen Kinn und Brustbein. Der Druck war gewaltig, und sie bekam fast keine Luft. Sie wollte schreien, aber die Angst schnürte ihr die Luft ab, und es kam nur ein Krächzen aus ihrer Kehle. Der Angriff war so überraschend gewesen – sie hatte keine Ahnung, was sie tun sollte. Knie in die Eier, raste es durch ihr Hirn, aber es blieb bei einem unbeholfenen Versuch. Abgesehen von seinem Oberkörper war der Abstand zwischen Göbel und ihr zu groß, um ihn aus ihrer Position heraus zu treffen.

Ruhig bleiben, dachte sie, provozier ihn nicht weiter. Lieber Himmel, warum kam Simon denn nicht? Er müßte doch längst dasein. Göbels Arm drückte noch immer gegen ihre Kehle, und sie roch den Mief aus kaltem Zigarettenrauch, ungewaschenen Kleidern und Schweiß. Das Schmatzen der Kaugummibewegungen hatte wieder zugenommen, und der Mann versprühte dabei kleine Spucketröpfchen, die ihr Gesicht trafen. Am liebsten hätte sie ihm mitten in seine Rattenvisage gekotzt.

»So, jetzt sagst du nichts mehr. Jetzt ist die Madame ganz klein, gar nicht mehr hochnäsig. Jetzt ist Udo Göbel mal am Zug und sagt, wo's langgeht.« Der Druck seines Arms verstärkte sich, während er seine linke Hand ausstreckte, ihre Brust umschloß und zudrückte. »Das fühlt sich doch gut an, oder? Willst du noch mehr davon, Lady? Du würdest dein blaues Wunder erleben.«

Sein Griff wurde noch fester, und es war, als spürte sie seine Hand auf ihrer nackten Haut. »Aber zuerst reden wir mal über meinen Job. Entweder, ich kriege ihn zurück, oder du zahlst mir ein hübsches Sümmchen aus deiner Portokasse. Für den Anfang wären fünftausend erst mal gut. Andernfalls werde ich mich an die Presse wenden. Das dürfte die interessieren, daß du hier einen vollkommen durchgeknallten Ex-Bullen durchfütterst und auf die Menschheit losläßt. Ich bin nicht blöd, Lady. Ich weiß genau, warum dein Graf bei der Polizei unten durch ist. Hat sich ein bißchen zuviel um kleine Mädchen gekümmert. Und dann hat er es so hingedreht, als wollte er ihnen helfen. Hinter der ganzen Geschichte mit seiner Schwester steckt er doch wahrscheinlich selber. Hab alles nachgelesen. Zeitungsarchive sind für jeden zugänglich. Und es gibt Bullen, die quatschen. Die quatschen ganz schön viel, wenn sie ein paar Bier getrunken haben. Das laß dir mal gesagt sein.«

»Was quatschen die denn so, Göbel?« Simon stand da, als hätte die Erde ihn plötzlich ausgespieen.

Er riß den Mann jäh zurück, dann traf er ihn mit der Faust mitten ins Gesicht. Göbel taumelte und knallte auf den Boden. Simon war kreidebleich und drückte seinen Fuß auf Göbels Brust. »Steckst du hinter der ganzen Scheiße, die hier abläuft? Los, komm, spuck es aus.«

Seine Stimme überschlug sich fast. Er packte den Mann am Kragen und riß ihn wieder zu sich hoch. Völlig überwältigt von der plötzlichen Kehrtwendung der Situation glotzte Göbel blöd in Simons wutverzerrtes Gesicht. Er sagte keinen Ton, was sein Gegenüber noch aggressiver machte.

»So gefällst du mir, du kleiner, feiger Pinscher. Ich kenne Typen wie dich. Ihr reißt alle die Schnauze auf, so lange jemand schwächer ist als ihr. Und was ist jetzt, he? Los, komm, sag, was es über mich zu berichten gibt. Trau dich ruhig. Ich bin sehr gespannt.« Simon schüttelte den Mann, daß sein Kopf hin und her flog. Dann schien Göbel sich wieder zu fangen und versuchte, Simon mit einem Boxhieb am Kinn zu treffen. Der Schlag ging daneben. Statt dessen holte Simon noch einmal aus und traf den Mann an der Schläfe, daß sie aufplatzte, und hellrotes Blut hervorspritzte.

»Simon, hör auf. Laß ihn. Bitte.« Malina saß zusammengekauert mit dem Rücken gegen die Wand. Ihre Stimme war kraftlos, zitterte wie die eines kleinen Mädchens.

Das brachte ihn wieder zu sich. Er warf ihr einen Blick zu und sah, daß sie am ganzen Körper bebte. Er hätte

Göbel umbringen können. Mit einem schnellen Griff verdrehte er ihm die Arme auf dem Rücken und rammte ihm sein Knie gegen das Steißbein. Göbel gab ein dumpfes Ächzen von sich und versuchte seinerseits nach hinten zu treten, doch er hatte keine Chance. Simon manövrierte ihn über den Flur, bis er am Ende die große Glastür erreicht hatte. Gleich davor war die Treppe, die sieben Stockwerke nach unten führte. Er ließ den Mann los und schubste ihn, daß er ein paar Stufen hinunterfiel.

»Laß dich hier nie wieder blicken. Wenn ich dich noch ein einziges Mal sehen muß und du es wagen solltest, Malina auch nur ein Haar zu krümmen, dann bist du erledigt. Auch wenn es Bullen gibt, die quatschen, Göbel, es gibt immer noch unzählige, die auf meiner Seite sind. Für die wäre es ein Fest, eine Kanalratte wie dich zu schnappen. Natürlich nicht, ohne dir vorher ordentlich wehzutun. Hast du das verstanden?«

Göbel gab keinen Mucks mehr von sich, aber der haßerfüllte Ausdruck in seinen Augen sprach Bände. Er war noch lange nicht mit Simon fertig. Und so harmlos wie bisher würde es nicht bleiben. Das schwor er sich, als er seine blutende Wunde am Kopf betastete und sich langsam die Treppe hinunterquälte. Auf einer der untersten Stufen blieb er sitzen. Jeder einzelne Knochen schmerzte. Er wollte Rache.

Noch während er den Gang zurückrannte, bereute Simon seine Worte. Warum hatte er sich nicht besser beherrscht? So hatte er sich auf eine Stufe mit diesem Göbel gestellt. Und dennoch war ihm jedes Wort ernst gewesen.

Wie ernst, das wurde ihm klar, als er sich zu Malina hinunterbeugte, die noch immer zusammengekauert am Boden saß. Er nahm ihr Gesicht zwischen die Hände und sah sie an.

»Alles in Ordnung mit dir? Laß mal sehen.« Er drehte ihren Kopf vorsichtig hin und her und musterte sie mitfühlend. »Alles noch an seinem Platz und genauso hübsch wie vorher.«

Malina versuchte ein Lächeln, doch es mißlang. Statt dessen begann ihr Mund zu zittern, und sie brach in Schluchzen aus. Ihr Kopf fiel auf seine Schulter, und er zog sie behutsam an sich. »Scht«, murmelte er, »ist ja alles gut. Ist nichts passiert. Ich bin ja da.«

Beruhigend streichelte er über ihren Rücken, und ihr Haar berührte sein Gesicht. Sein Herz begann schneller zu schlagen. Nein, nein, das wollte er nicht. Das ging ihm zu weit. Er schob sie ein wenig von sich fort, genug, um wieder ein wenig Distanz zwischen ihre Körper zu bringen. Dann zögerte er kurz, ehe er sie langsam hochzog. Sie weinte noch immer und sah ihn nicht an. Ohne sie loszulassen, schloß er die Bürotür auf und schob sie sacht hinein.

Drinnen setzte er sie auf das alte Ledersofa, das für Besucher gedacht war, und ging noch einmal hinaus, um die Einkaufstaschen zu holen. Sie waren umgestürzt, und ihr Inhalt lag verstreut auf dem Boden.

Nachdem er alles im Kühlschrank verstaut hatte, schenkte er ein Glas mit Cognac voll und brachte es Malina. Inzwischen hatte sie sich auf die Couch gelegt und ihr Gesicht unter ihrem Arm verborgen. »Hier, trink das«, sagte er und richtete ihren Kopf ein wenig auf. Sie nahm ein paar kleine Schlucke, dann sah sie ihn an.

»Wir sind selbst an allem schuld. Wir hätten diesen Mann überhaupt nicht einstellen dürfen, wir hatten doch von Anfang an ein schlechtes Gefühl. Und wir haben nicht darauf gehört. Und warum? Wegen Geld.«

Simon hörte, was sie sagte, und wurde zornig. »Was ist denn das überhaupt für ein Gedanke? Du willst dir doch nicht allen Ernstes die Schuld an der Schlechtigkeit dieses verkommenen Subjekts geben? Leute wie dieser Göbel sind, wie sie sind. Die brauchen nur eine Kleinigkeit, um auszurasten. Da ist es völlig egal, ob es eine

Malina Maltzan ist, die ihnen gegenübersteht, oder ein anderer. Die finden immer jemanden, den sie für ihre Misere verantwortlich machen können. Der Göbel merkt doch gar nicht, daß letztendlich alles nur aus seinem eigenen Verhalten resultiert. Das würde ja ein wenig Grips erfordern. Den hat er aber nicht. Und deswegen sind jetzt diese Maltzan und dieser Graf an allem schuld. Ist auch viel einfacher so.«

Bei seinen Worten war Malina ein wenig ruhiger geworden. Ihre Hände zitterten nicht mehr, und sie hatte aufgehört zu weinen. »Wahrscheinlich hast du recht«, murmelte sie, »ich versuche eben immer eine Begründung für die Dinge zu finden.«

»Und wie jede gute Frau suchst du erst einmal die Schuld bei dir selbst, nicht wahr?«

Überrascht blickte sie ihn an. »So viel Klarsicht hätte ich dir gar nicht zugetraut«, sagte sie. »Es stimmt natürlich, was du sagst. Ich bin nicht schuld an dem, was da draußen passiert ist. Ich dachte nur, wenn ich eine Begründung dafür finde, dann könnte ich in Zukunft solche Situationen vermeiden.« Sie stockte, und ihre Augen füllten sich wieder mit Tränen. »Es gab nicht viele Momente in meinem Leben, in denen ich solche Angst ausgestanden habe. Ich konnte ja nicht einmal schreien, es war einfach furchtbar. Ich dachte die ganze Zeit, so schnell kann es vorbei sein. Vielleicht klingt es pathetisch, aber ich meine, so etwas zeigt einem doch, wie zerbrechlich das eigene Leben ist.«

Simon lächelte verhalten. »Ich kenne dich gut. Dieser Göbel hätte dich nicht so schnell kleingekriegt. Du bist eine Kämpferin, auch wenn du das selbst nicht wahrhaben willst. Und wie oft habe ich dir schon angeboten, dir ein paar Selbstverteidigungsgriffe beizubringen.«

»Ich bin eben Pazifistin aus Überzeugung.«

»Na ja, du bist vor allen Dingen faul, Pralinchen.«

Malina grinste und knuffte ihn in die Seite.

»Das war gar nicht so schlecht, aber wir sollten noch ein wenig üben.« Simon zwinkerte ihr kurz zu und nahm ihr das Glas aus der Hand. »Geht's wieder?«

Bevor sie antworten konnte, klingelte das Telefon. Es war Edwards Sekretärin. Malina hatte ihn am Morgen gebeten, die Adressen von Astrid Fenn, Carina Steding und Robert Heimann ausfindig zu machen. Für ihn als Rechtsanwalt war es kein Problem, eine Einwohnermeldeamtsanfrage zu stellen.

Während Malina sich die Adressen auf einem Zettel notierte, ging Simon ein Gedanke nicht aus dem Kopf. Der Verdacht, den er gegen Göbel hegte, ließ sich nicht so schnell beseitigen. Der Mann hatte offensichtlich alles über ihn, seine Vergangenheit und seine Schwester gewußt. Simon begann sich ernstlich zu fragen, ob Göbel diese E-Mails geschickt hatte.

War Göbel womöglich der »Unknown Sender«? Aber war der Mann für eine solche Sache clever genug? Traute er, Simon, diesem Kerl so viel Phantasie und Kreativität zu? Göbel war doch eher ein Mann fürs Grobe. Aber was, wenn er jemanden hatte, der ihm dabei half?

Langsam ballte sich in Simons Magen wieder diese Faust zusammen. Ihr Druck schien in sämtliche andere Körperteile überzugehen. Er glaubte nicht daran, daß Göbel so leicht aufgeben würde. Er und Malina waren jetzt seine auserkorenen Haßobjekte, und damit waren sie noch immer in Gefahr.

Malina mußte endlich lernen, sich selbst zu schützen. Es würde Augenblicke geben, da er nicht in der Nähe war. Er sah zu ihr hinüber, hörte ihre Stimme, wie sie in den Telefonhörer sprach, sah ihre Hand, wie sie sich mit einer für sie typischen Geste die Haare hinters Ohr strich – und ihm wurde schlecht bei dem Gedanken.

In diesem Moment legte sie auf.

»Ich habe die Adressen von den Freunden deiner Schwester. Mit wem wollen wir anfangen?« Auch wenn sie es gern verborgen hätte, er hörte deutlich die Anstrengung in ihrer Stimme, mit der sie versuchte, ihre gewohnte Munterkeit vorzutäuschen.

»Bist du sicher, daß du wieder auf dem Posten bist? Vielleicht willst du ja lieber nach Hause gehen. Nimm jetzt bloß keine falsche Rücksicht auf mich. Wir können das auch morgen machen.«

»Ich kann jetzt nicht daheim faul auf dem Sofa herumliegen, ich würde nur ununterbrochen nachdenken, und spätestens heute abend hätte ich eine waschechte Depression. Also denk dir nichts dabei.« Sie blickte auf ihre Uhr. Es war kurz vor eins. »Sag mal, eine der Frauen auf dem Foto, die in Garmisch, die war doch Lehrerin. Wenn wir jetzt losfahren würden, dann wären wir in ungefähr anderthalb Stunden da. Müßte sie dann nicht eigentlich vom Unterricht zurück sein?«

»Sollen wir uns denn nicht vorher anmelden?« fragte Simon, noch immer verdutzt über ihre plötzliche Energie. Frauen sind schon merkwürdige Wesen, dachte er. In der einen Minute sind sie nicht mehr als ein verheultes Häufchen Elend, in der nächsten heben sie schon wieder die Welt aus den Angeln. Das soll einer verstehen.

»Nein, ich denke, wir sollten uns nicht anmelden«, riß Malina ihn aus seinen Überlegungen, »das bringt nicht viel. Meistens suchen die Leute dann nach Ausflüchten, haben keine Zeit oder sonst irgendwas. Ein Überraschungsangriff ist immer noch die beste Methode. Hier ist die Adresse. Such schon mal im Internet den Stadtplan für Garmisch und druck ihn aus. Ich geh eben noch mal zur Toilette.«

Als sie im Waschraum in den Spiegel blickte, erschrak sie. Ihr Gesicht war fahl, bis auf die roten Flecken, die der Cognac hinterlassen hatte. Am meisten aber entsetzte sie ihr Mund. Normalerweise war er voll, aber jetzt war er in sich zusammengefallen, geschrumpft wie bei einer alten Frau. So sieht also ein Opfer aus, dachte sie. Ihre Knie gaben wieder nach, und ihr Blick verschwamm. Eine Weile stand sie da und versuchte, tief durchzuatmen. Am liebsten hätte sie sich einfach auf den Boden gelegt und ihren Kopf gegen die kühlen Fliesen gepreßt. Sie biß die Zähne zusammen und widerstand der Versuchung. Dann schloß sie die Augen, und als sie sie nach ein paar Sekunden wieder aufschlug, waren sie ebenso geweitet und blicklos wie vorher. Sie ließ kaltes Wasser über ihre Handgelenke laufen, anschließend auch über ihr Gesicht.

Es half nicht viel.

Entschlossen drehte sie den Hahn wieder zu. Sie holte einen Kamm aus ihrer Tasche und fuhr sich damit einige Male durch die langen Haare. Ein bißchen Lipgloss – doch trotzdem war die Frau im Spiegel nur eine schwache Kopie ihrer selbst.

»Alles in Ordnung?« rief Simon von draußen.

»Alles in Ordnung. Ich bin gleich bei dir.«

Zehn Minuten später saß sie neben ihm im Wagen und schlief kurz darauf ein.

Die Welt war grün geworden, als sie wieder zu sich kam. Sie hatten die Autobahn schon verlassen und fuhren auf einer sich dahinschlängelnden Straße über Land. Zu beiden Seiten überschwemmten saftige Wiesen die Gegend, und sonnengelbe Trollblumen wuchsen in rauhen Mengen. Dahinter überzogen Bergmassive den Himmel. Ein paar Cumuluswolken kündeten von weiterhin schönem Wetter.

Noch war der Herbst nicht ins Land gekommen.

Malina und Simon hatten Garmisch bald erreicht. Zur rechten Seite gleich am Ortseingang lag das Hotel Sonnenbichl. Es verströmte inmitten all der Lüftl-Malereien und reichgeschnitzen Balkone mediterrane Leichtigkeit.

Simon hielt einen Augenblick direkt unterhalb des Jugendstilbaus an und zog den Stadtplan aus seiner Hosentasche. »Wir müssen uns in Richtung Zugspitze halten«, sagte er einen Moment später, und dann geht es irgendwann rechts in den Jakob-Klar-Weg. Dürfte eigentlich nicht schwer zu finden sein.« Er legte den Plan auf dem Armaturenbrett ab und gab wieder Gas.

Das Haus, in dem Astrid Fenn wohnte, war ein typischer Neubau im bayerischen Stil. Es war weiß verputzt, hatte Fensterläden aus hellem Holz und ein tief heruntergezogenes Dach, unter dem das ausladende Geländer eines geraniengeschmückten Balkons hervorsprang. Im Garten blühten rot und gelb leuchtende Dahlien. Ein Dreirad stand vor der Tür, und auf einem geschnitzten Holzschild konnte man die Namen Astrid Fenn und Michael Burkhart lesen. Eine deutsche Idylle.

Malina klingelte. Kurz darauf öffnete eine Frau in den Dreißigern die Tür. Obwohl sie Birkenstocksandalen trug, war sie noch einen Kopf größer als Malina. Ihr Haar war sehr kurz geschnitten. Auf den ersten Blick hätte Malina sie nicht als eines der Mädchen auf dem Foto erkannt. All das Weiche, das damals noch in ihrem Gesicht gelegen hatte, war jetzt markanten, fast harten Konturen gewichen. Einzig die Brille war geblieben, auch wenn jetzt keine roten Herzchen darauf klebten.

»Ja, bitte?« Sie schien kurzangebunden und sah ihre Besucher fragend an.

»Sind Sie Astrid Fenn?« fragte Simon schließlich.

»Ja, bin ich.«

»Entschuldigen Sie, daß wir Sie so überfallen. Das ist Malina Maltzan, und ich bin Simon Graf. Sie ... Du ... kennst mich vielleicht noch ...« Auch Simon hielt inne. Er wußte nicht weiter.

Die Frau blickte nun irritiert, als wüßte sie nicht, was sie von dem Ganzen halten sollte.

»Ich bin der Bruder von Valerie«, brach es schließlich aus Simon heraus.

»Der Bruder von Valerie? Wer soll das ... Du liebe Güte ...« Astrid Fenn sah ihn erschrocken an. »Natürlich.

Simon Graf. Valeries Bruder. Tut mir leid, daß ich dich nicht gleich erkannt habe, aber es ist ja schon so lange her. Ja, bitte, kommt doch herein.«

Ein paar Minuten später saßen Simon und Malina auf einer braunen Wildledercouch in einem großen Wohnzimmer. Ein riesiges Panoramafenster gab den Blick auf die Berge frei.

»Schön haben Sie es hier«, sagte Malina, um der Situation die Spannung zu nehmen.

»Ja, das finden wir auch. Wir sind erst vor einem halben Jahr hier eingezogen. Es war gar nicht so leicht, etwas Passendes zu finden.« Astrid Fenn stand auf und holte ein paar Gläser und eine Flasche Mineralwasser aus der Küche. Nachdem sie wieder zurück war, versuchte Simon ihr zu erklären, warum sie hier waren. Er sprach von neuen Hinweisen, die im Fall seiner Schwester aufgetaucht seien, daß die Polizei ihn möglicherweise neu aufrollen würde, daß er selbst lange Jahre bei der Kripo gewesen war und jetzt zusammen mit Malina eine Detektei betrieb. Nur die E-Mails erwähnte er nicht. Während er sprach, hörte Astrid Fenn ihm ruhig zu, trank ein paarmal von ihrem Wasser und stellte keine einzige Frage. Sie lauschte ihm wie einem Schüler, der ein Referat hielt.

»Womit kann ich dir denn jetzt helfen?« fragte sie und wirkte ebenso sachlich wie zuvor.

»Simons Mutter hat uns erzählt, daß Sie und Valerie sehr eng befreundet waren«, mischte sich nun Malina ins Gespräch. »Wir dachten, Sie könnten uns vielleicht etwas erzählen, was uns weiterhelfen könnte. Eine kleine Erinnerung, irgend etwas.«

»Ich wüßte nicht, was. Wir sind damals alle von der Polizei verhört worden ...« Sie schien einen Augenblick zu stocken, während sie Simon mit einem Seitenblick streifte.

»Das ist mir natürlich bekannt, und wahrscheinlich haben Sie damals auch alles gesagt, was Ihnen relevant erschien, aber manchmal sind es Kleinigkeiten ohne offenkundige Bedeutung, die plötzlich die Dinge in einem neuen Licht erscheinen lassen.«

»Sie können mir glauben, daß ich damals alles sehr gründlich bedacht habe. Ich denke nicht, daß ich Ihnen jetzt etwas Neues sagen könnte.«

»Sie waren doch Valeries Freundin«, unterbrach Malina sie und wunderte sich über die mangelnde Anteilnahme der Frau. »Sie kannten sie, haben jeden Tag mit ihr gesprochen. Wie war sie in Ihren Augen? Hat sie mit Ihnen über Jungs gesprochen? Na, eben über all die Dinge, die Mädchen nur mit ihren Freundinnen bereden. Hatte sie kleine Geheimnisse?«

Astrid Fenn schien zu überlegen. Wieder streifte ihr Blick Simon, als würde sie genau darüber nachdenken, was sie in seiner Gegenwart über seine Schwester sagen konnte und was nicht.

»Tu dir keinen Zwang an«, sagte Simon, der ihre Gedanken zu erraten schien. »Es ist wichtig, was du zu sagen hast. Falsche Rücksichtnahme wäre jetzt unangebracht.«

»Okay.« Sie räusperte sich. »Wie Sie ... du ... vielleicht weißt, bin ich Lehrerin an einer Gesamtschule. Neunte Klasse. Aus dieser und aus heutiger Sicht würde ich sagen, Valerie war ein stinknormaler Teenager. Und damals gingen ihr Jungs auf jeden Fall mehr durch den Kopf als die Schule. Sie und Carina, das war die Dritte im Bunde, kicherten den ganzen Tag herum, machten sich alle möglichen Gedanken um ihre Frisuren und Klamotten und wie und wo sie irgendwelche Typen treffen konnten. Ich würde mal sagen, ihnen war die Körbchengröße ihres BHs wichtiger als mathematische Größen.«

»Und Ihnen? Ging es Ihnen genauso?« Gespannt beugte sich Malina ein wenig vor.

Bevor Astrid Fenn antworten konnte, wurde sie von einem kleinen Jungen unterbrochen. Malina schätzte ihn zwischen zwei und drei. Er hielt eine Lok aus Holz in der Hand und trippelte auf bloßen Füßen zu seiner Mutter. »Hunger«, sagte er mit quengelnder Stimme.

»O Spätzchen, dich habe ich ja ganz vergessen. Das ist Linus«, sagte sie an ihre Gäste gewandt. »Möchtest du vielleicht einen Keks?« Sie kramte in einer Packung auf dem Tisch und hielt dem Kind ein dunkelbraunes Plätzchen hin, das so aussah, als wäre es nach allen ökologischen Reinheitsgeboten gebacken worden.

»Nein, will zu dir«, quengelte der Kleine weiter und kletterte auf den Schoß seiner Mutter. Er schob ihr grünes T-Shirt nach oben und begann ganz selbstverständlich an ihrer Brust zu saugen, die unter dem Shirt nackt war.

»Sie müssen entschuldigen«, sagte sie keineswegs peinlich berührt. »Ich stille ihn noch ab und zu. Er ist nicht davon abzubringen. Und wenn es ihm guttut, warum nicht? Kinder in diesem Alter haben noch keine Schamgrenze, deswegen stört es ihn auch nicht, wenn Fremde dabei sind. Wo waren wir stehengeblieben?«

Während Simon wie paralysiert auf das Mutter-Kind-Bild starrte, versuchte Malina ihre Verblüffung zu überspielen. »Ähm, ich habe Sie gefragt, ob Sie damals auch so großes Interesse an Teenagersachen hatten.« Die Frage schien ihr jetzt lächerlich.

»Offen gestanden nein. Wie Sie sehen können, waren und sind Körbchengrößen nicht wirklich von Belang für mich. Genauso wenig wie Jungs.« Sie sagte es und blieb vollkommen ernst. Malina suchte vergeblich nach einem Aufblitzen in ihren Augen.

»Was hat Valerie und Sie denn verbunden? Freundschaften haben ja meistens einen Grund.«

»Valerie hatte auch andere Seiten. Sie war sehr hilfsbereit und gerechtigkeitsliebend. Sie hat oft davon gesprochen, später einmal einen Beruf zu ergreifen, mit dem sie die Welt verändern könnte. Ich mochte das an ihr, viel mehr, als wenn sie albern herumblödelte. Sie hatte was im Kopf. Wir sprachen auch viel über Bücher. Wir haben damals beide gleichzeitig ›Der Verdacht‹ von Dürrenmatt gelesen, und diese Sache mit dem Naziarzt hat sie furchtbar aufgeregt. Gleichzeitig schwärmte sie für ›Dallas‹. Sie war immer voller Gegensätze. Ohne sie hätte ich nur zu Hause in meinem Zimmer gesessen und noch mehr Bücher gelesen. Sie war ein Temperamentsbündel und hat mich immer mitgezogen.«

Malina zog das Faschingsfoto hervor und legte es auf den Tisch. »Erinnern Sie sich noch an diesen Abend? Es muß eine Faschingsveranstaltung gewesen sein, ein paar Monate, bevor Valerie verschwand.«

»Du liebe Güte, diese Herzchen auf meiner Brille. Ja, ich erinnere mich. Vor allem erinnere ich mich daran, wie Valerie und Carina mich bekniet haben, diese roten Dinger aufzukleben. Sie haben gar nicht zu mir gepaßt.« Es war das einzige Mal im Verlauf des Gesprächs, daß Astrid Fenn lächelte.

»Was mich interessiert«, warf Malina ein, »ist dieser Typ im Hintergrund, dieser Clown. Wissen Sie, wer das ist?«

»Moment mal.« Die Frau hob das Bild und betrachtete es eingehend. Ihr Sohn hatte inzwischen die Seite gewechselt und nuckelte noch immer zufrieden vor sich hin. »Ja, den kenne ich. Joachim Balling. Er war mit uns im Deutsch-Leistungskurs. Er war damals schon sehr krank. Das dürfte eines der letzten Fotos von ihm gewesen sein. Er starb im März darauf an Leukämie. Tragische Geschichte.«

»Ja, jetzt erinnere ich mich auch«, nahm Simon plötzlich den Faden wieder auf, »ich hätte ihn auf diesem Foto nur nicht erkannt.«

Der Junge war also tot. Und die bedrohliche Leere seines Blicks galt nicht Valerie, sondern höchstens ihrer Lebendigkeit, ihrer Lebensfreude, dachte Malina und sah noch einmal auf das Foto. Ihre Ahnung, daß dieser Clown etwas mit Valeries Verschwinden zu tun haben könnte, war falsch gewesen. Sie wandte ihre Aufmerksamkeit dem dunkelhaarigen Jungen auf dem Bild zu. »Wir wissen, daß dieser Junge Robert Heimann ist. Und so wie er Valerie anschaut, hatte ich den Eindruck, als hätten sie sich damals ziemlich nah gestanden.«

»Da hat Sie Ihr Eindruck nicht getrogen. Er und Valerie gingen miteinander, wie man damals so sagte. Nichts wirklich Ernstes. Ein paar Küsse, Händchenhalten und so.«

Malina vermied es, Simon triumphierend anzusehen. »Kannten sie sich schon lange?«

»Ich würde sagen, ein paar Monate.«

»Wie war dieser Robert so?«

»Bobby, wir nannten ihn Bobby. Wie er so war? Mein Gott, wie alle Jungs damals so waren. Hübsch, nett, flitzte immer auf einem Mofa durch die Gegend. Er war ein oder zwei Jahre älter als wir. Ich fand, daß es gar nicht zu ihm paßte, daß er sonntags in der Kirche ministrierte. Und er war äußerst pflichtbewußt dabei.«

Sie sind alle auf diesem Foto, dachte Malina, nachdem Astrid Fenn verstummt war. Valerie, Bobby, Astrid, Carina und dieser Clown. Zwei von ihnen gibt es jetzt nicht mehr. Wieder fiel es ihr auf, daß sie das Wort »tot« im Zusammenhang mit Valerie nicht gebrauchte. Plötzlich schoß ihr ein Gedanke durch den Kopf. »Wer hat eigentlich das Foto gemacht? Hatten Sie an diesem Abend noch einen Freund oder eine Freundin dabei?«

»Gott, Sie können aber auch Fragen stellen. Das ist fast zwanzig Jahre her, aber warten Sie mal. Ich glaube, jetzt fällt mir doch etwas ein. Der Typ, der das Foto gemacht hat, das war so einer, dem Valerie und Carina den ganzen Abend schon hinterhergekichert hatten. Er war auf jeden Fall älter als wir. Das gab natürlich noch einige Attraktivitätspunkte mehr. Sie kannten ihn schon aus dem Schwimmbad und hatten sich einen komischen Namen für ihn ausgedacht. Seinen wirklichen Namen kannten sie gar nicht. Ich glaube, sie hatten vor diesem Abend auch noch nie mit ihm gesprochen, nur immer über ihn ...« Die Frau hielt inne und gab ihrem Sohn einen kleinen Stups. Der Junge war offensichtlich satt und setzte sich auf den Boden, wo er mit derselben Hingabe, mit der er eben noch an der Brust seiner Mutter gehangen hatte, mit seiner Eisenbahn spielte.

»Knight Rider, jetzt fällt's mir wieder ein«, rief Astrid plötzlich. »Sie haben immer von ›Knight Rider‹ gesprochen, und nachdem er an diesem Abend das Foto gemacht hatte, waren Valerie und Carina ziemlich aufgeregt und Bobby sauer gewesen.«

»Knight Rider? Warum Knight Rider?« fragte Malina, während in Simons Kopf etwas klickte, was er nicht zu fassen bekam.

»Keine Ahnung. Und ehrlich gesagt, das hat mich damals überhaupt nicht interessiert.«

Malina schwieg. Es fiel ihr nichts mehr ein, was sie noch hätte fragen können. Was sie gehört hatte, vervollständigte zwar das Bild von Valerie, aber sie hatte das Gefühl, als wären sie kein Stückchen weiter. Während sie nach ihrem Glas griff und es in großen Schlucken leer trank, fragte Simon plötzlich: »Hat Valerie mal von jemandem gesprochen, der ihr seltsam vorkam? Von jemandem, der sie irgendwann einmal bedroht hat oder ähnliches?«

»Nein.« Das kam wie aus der Pistole geschossen. »Zu keiner Zeit. Deshalb war es für uns ja auch so schrecklich, nachdem ...« Sie schien ihre Worte abzuwägen »... alles passiert war. Es gab andere Mädchen, bei denen ich so etwas für möglich gehalten hätte, aber nicht bei Valerie. Sicher, sie kicherte gern und war albern, aber sie war nicht im geringsten aufreizend. Ihre Schwärmereien, das war immer nur intern. Wenn sie einem Jungen, der ihr gefiel, direkt gegenüberstand, war sie eher schüchtern. Im Grunde hatte Valerie nur einen Fehler: ihre Vertrauensseligkeit. Sie sah in keinem Menschen etwas Böses.«

Gegen halb vier fuhren Malina und Simon nach München zurück. Die Welt war noch immer grün, die Trollblumen wiegten noch immer ihre prallen Blüten im Wind. Es war dieselbe Landschaft, dasselbe Bild, und dennoch hatte sich etwas geändert.

Jemand schien die Uhr um zwanzig Jahre zurückgedreht zu haben. Durch Astrid Fenns Erzählungen war das Vergangene plötzlich so lebendig, daß Malina glaubte, hineintauchen zu können.

Diese Wiesen, diese Blumen, diese Straßen – das waren die Wiesen, die Blumen, die Straßen von zwei Jahrzehnten zuvor. Dieser Mann neben ihr – das war Simon mit neunzehn. Es war völlig irritierend und unwirklich. Immer wieder verspürte Malina den Impuls, jeden Moment aufzuwachen.

Simon schwieg. Genau wie sie.

Sie waren beide irgendwo.

Abgedriftet.

Was Astrid Fenn am Schluß gesagt hatte, ließ Malina nicht in Ruhe: »Im Grunde hatte Valerie nur einen Fehler: ihre Vertrauensseligkeit. Sie sah in keinem Menschen etwas Böses.«

Sie kaute darauf herum wie auf einem zähen Stück Fleisch und hatte gleichzeitig das Gefühl, daß dieser Satz einer der Schlüssel war, nach denen sie suchten. Malina glaubte nicht an einen *einzigen* Schlüssel. Sie mußten viele Türen aufschließen, um am Ende in den richtigen Raum zu gelangen. Und einer dieser Schlüssel war dieser Satz.

Valerie hatte ihren Entführer gekannt.

Sie war mit ihm mitgegangen, weil er ihr vertraut gewesen war. Er mußte ihr harmlos erschienen sein.

Vielleicht sogar freundlich und nett. Vielleicht hatte er ihr geschmeichelt. Valerie war anfällig dafür gewesen.

Wenn es so war, wie sie vermutete, war es doch anzunehmen, daß Simon diese Person ebenfalls kannte.

Oder etwa nicht?

Malina schwieg weiter, und in ihr Schweigen hinein sagte Simon plötzlich:

»Der kleine Junge, der Sohn von Astrid Fenn, der war doch schon fast drei, oder?«

»Wie?« Malina schreckte hoch. Dann fing sie sich. »Ja, ich schätze ihn auch so um die drei Jahre. Weshalb fragst du?«

»Seine Mutter hat ihn immer noch gestillt.«

»Ja.«

»Kann ich dich mal was fragen? Stillst du Victor auch noch?«

Malina mußte lachen. »Nein, tue ich nicht. Dich hat das ziemlich irritiert, was?«

Simon nickte.

»Na ja, ich habe überlegt ...« Er schien nicht recht zu wissen, wie er es sagen sollte. »... wie das dann wohl beim ... ähm ... Sex ist? Kriegt ihr Mann dann auch etwas von der Babynahrung ab?«

»Ich nehme an, daß es so ist.«

Simon schwieg eine ganze Weile. Dann sagte er: »Ich finde das ekelhaft.«

»Ich glaube, das würde Astrid Fenn herzlich wenig interessieren. Und ihr Michael wird da nicht viel mitzureden haben.«

»Vermutlich hast du recht.« Simon verstummte wieder. Er wußte selbst nicht, warum ihm ausgerechnet dieses Bild der stillenden Astrid nicht aus dem Schädel ging. Viel wichtiger war das, was sie gesagt hatte.

Knight Rider.

Dieser Name rief irgend etwas in ihm wach.

Einen Gedanken, der durch seinen Kopf irrlichterte, es aber nicht bis hinter die Stirn schaffte, wo er ihn hätte aufgreifen könnte.

Aber er war da.

Gegen fünf erreichten sie München. Malina war unter ihrer Sonnenbräune wieder ziemlich blaß. Sie merkte, wie erschöpft sie war, packte ihre Einkäufe vom Vormittag zusammen und ging nach Hause.

Simon blieb bis halb sieben im Büro, erledigte einigen liegengebliebenen Schriftkram und machte sich dann auf den Weg.

Kurz vor seiner Wohnung fiel ihm auf, daß er den ganzen Tag nichts gegessen und gewaltigen Hunger hatte. Er kehrte um und ging zurück in Richtung Leopoldstraße. Sein Lieblingspizzaservice lag an der Ecke Giselastraße, und er würde einen kleinen Spaziergang dahin machen.

Der Abend war lau und die Straßencafes voll. Die Stadt strotzte vor Leben. Plötzlich meinte er, einen Freund in einem der Cafes sitzen zu sehen. Erfreut hob er den Arm, um ihm zuzuwinken, doch dann hielt er inne. Der Mann war nicht allein, eine Frau saß ihm gegenüber und hing ihm an den Lippen. Sie lächelte und hielt ihren Kopf zur Seite geneigt.

Der alte Schwerenöter, dachte er und fühlte sich gleichzeitig leer. Nein, er wollte die beiden nicht stören und sich selbst als fünftes Rad empfinden. Statt dessen würde er nach Hause gehen, Anna Netrebko hören und Pizza essen.

Er war müde, und der Tag steckte ihm in den Knochen.

Plötzlich dachte er an Göbel, und das Unbehagen kehrte zurück.

☽

»Komm doch rein! Warum bleibst du so lange an der Tür stehen? Traust du dich jetzt nicht mehr?« Angelika Baier kicherte und schleuderte gleichzeitig in gespielt mädchenhaftem Übermut ihre Pantoletten von den Füßen. Nach zwei Tequila Sunrise war sie in optimistischer Stimmung: sie war wieder jung. Jung und attraktiv, dachte sie mit einem Blick in den Spiegel.

Der Mann stand im Flur und sah sich um.

Er blickte auf seine Uhr.

Mittwoch, der 15. September, 22.10 Uhr.

Er setzte einen Fuß vor den anderen und erreichte das Wohnzimmer, wo die Frau bereits mit angezogenen Beinen auf der Couch saß. Sie hatte eine CD eingelegt und auf »repeat« gestellt. Neil Diamond sang »September Morning«.

»Und? Was trinken wir zwei Schönen jetzt noch?« fragte sie und pustete ihren Pony aus der Stirn.

»Kommt darauf an, was du hast.« Der Mann blickte sich um. Putzig, dachte er angesichts der Plüschtiere in einem Schaukelstuhl und der Kerzenhalter, die mit Schleifen und Stoffblumenkränzen verziert waren. Er setzte sich neben die Frau.

»Kommt es öfter vor, daß du dir einen Kerl mit nach Hause nimmst? So wie du aussiehst, Süße, laufen sie dir doch bestimmt in Scharen hinterher.«

Angelika kicherte wieder und strich ihr hellblondes Haar in den Nacken. »Das kommt nur vor, wenn mir so ein Exemplar wie du über den Weg läuft. Und das ist ziemlich selten. Sekt? Wie wär's mit Sekt? Ich hab noch eine Flasche im Kühlschrank.«

»Warum nicht?« antwortete der Mann und blickte sie auf eine ganz besondere Weise an, so daß ihr Herz wieder höher schlug. Sie erhob sich und strich mit einer wiegenden Bewegung den Rock über den Hüften glatt.

Draußen in der Küche blieb sie einen Moment am Fenster stehen und sah hinaus. Sie atmete tief durch.

Sie freute sich.

Wer sagt denn, daß es mit vierzig schon vorbei sein muß, dachte sie in einem Anflug von Triumph, während sie den Korken knallen ließ. Sicher, sie begegnete nicht mehr so häufig wie früher einem Mann, der ihr gefiel. Aber der da draußen, der gefiel ihr wirklich gut. Was für witzige Sachen er sagte. Und wie er sie angesehen hatte. Meine Güte. So schnell würde sie ihn nicht wieder loslassen.

Vorsicht, Angelika, ermahnte sie sich selbst, du weißt, wie Männer sind. Zeig ihm bloß nicht, daß er dir allzu gut gefällt, sonst bist du ihn ganz schnell wieder los. Sei ein bißchen geheimnisvoll und interessant, das mögen sie. Zumindest stand das in vielen Frauenzeitschriften. Es mußte also etwas daran sein.

Aber was, wenn er mit ihr ins Bett wollte?

Sollte sie es tun?

Ihre alte Unsicherheit kehrte zurück.

Tat sie es zu schnell, kam er vielleicht nie wieder.

Tat sie es nicht, ging sie dasselbe Risiko ein.

Egal, wie sie sich bisher verhalten hatte, es war immer irgendwie falsch gewesen.

Ach was, dachte sie und warf den Kopf in den Nakken, sehen wir mal, was passiert. Es war sehr lange her, daß sie diese Art von Hoffnung verspürt hatte, und sie wollte sie sich nicht selbst zerstören: diese Hoffnung, jemanden getroffen zu haben, der länger bleiben würde als nur diesen einen Abend.

Sie stellte den Sekt und zwei Gläser auf ein Tablett. Bevor sie zu dem Mann im Wohnzimmer zurückging, kontrollierte sie im Bad noch einmal ihr Make-up und den Sitz ihres BHs.

Es war alles so, wie es sein sollte.

Er küßte sie mit weit geöffnetem Mund, und seine Zunge glitt so tief in ihren Hals, daß es sie fast würgte.

Der Mann kam ihr wie ausgehungert vor.

Angelika schob ihn unauffällig ein Stück von sich. Es war ihr ein bißchen zuviel. Sie mochte Männer, die zärtlich und rücksichtsvoll waren.

Natürlich verfehlten diese Küsse nicht ihre Wirkung, denn sie fühlte, wie sie feucht zwischen den Beinen wurde – aber irgend etwas sagte ihr, daß es so nicht richtig war.

Nicht beim ersten Mal.

Er packte sie an ihren Haaren und zog ihren Kopf in den Nacken. Mit der anderen Hand knöpfte er ihr die Bluse auf und schob ihren BH zur Seite. Obwohl es wehtat, stöhnte sie, als er in ihre Brustwarze biß. Er stemmte sein Knie zwischen ihre Beine und preßte seinen Unterleib gegen ihren. Er war sehr hart da unten.

Verdammt, dachte sie, es gibt kein Zurück mehr.

Ihre Hüften hatten automatisch zu kreisen begonnen, und als sie den Mann laut keuchen hörte, wollte sie mehr. Weil *ihm* es mit ihr gefiel. Weil *er* mehr wollte.

Und weil *sie* es satt hatte, allein zu sein.

»Ich habe ein großes Bett. Laß uns ins Schlafzimmer gehen«, wisperte sie.

Statt einer Antwort zog er sie hoch und trug sie hinüber. Während sie dalag, mit hochgerutschtem Rock, blieb er vor dem Bett stehen und sah auf sie hinab.

Zuerst öffnete er die Schnalle seines Gürtels. Dann war da das Geräusch des Reißverschlusses, den er schnell herunterzog. Seine Erektion ragte weit aus der Hose, die er sich nur ein Stück über den Hintern schob. Dann beugte er sich zu ihr hinunter und drückte ihre Schenkel auseinander.

Er machte sich nicht einmal die Mühe, sie auszuziehen. Ihre schöne Unterwäsche würdigte er mit keinem Blick. Er legte sich auf sie, prüfte mit dem Finger, ob sie feucht genug war, riß ihren Slip beiseite und drang in sie ein.

»Hey, wir haben die ganze Nacht, warum läßt du dir nicht ein wenig Zeit«, wagte sie es, ihn zu unterbrechen.

»Halt einfach den Mund.« Sein Atem war ebenso schwer wie sein Körper, der sie tief in die Matratze drückte. Er nahm ihre Hände und hielt sie über ihrem Kopf zusammen, während er langsam und ruckartig in sie hineinstieß.

Immer wieder. Und im selben Rhythmus.

Seine Augen waren die ganze Zeit geschlossen. Der Mann suchte ihren Blick kein einziges Mal. Kein Verschmelzen, kein Gefühl.

Sein Kopf war weit nach oben gereckt und kam nicht einmal in die Nähe ihres Gesichts. Es war so, als wäre sie überhaupt nicht da. Es war so, als penetrierte er irgendeinen Gegenstand und nicht sie.

Irgend etwas lief völlig schief. Mit jedem Klatschen ihrer aufeinandertreffenden Körper wurde ihr das klarer.

Das war nicht so, wie sie es sich erträumt hatte. Es war weit davon entfernt. Am liebsten hätte sie geweint oder zumindest »hör auf« geschrieen.

Warum traute sie sich nicht?

Wer zwang sie denn dazu durchzuhalten?

Ihm war es doch auch scheißegal, ob es ihr gefiel, aber sie hatte nie gelernt, nein zu sagen und jemanden zu enttäuschen.

Sie krallte ihre Hände in seinen Hintern und heuchelte Lust. Er wurde schneller, drang so tief in sie, daß es schmerzte. Sie warf die Beine um seine Hüften und zog ihn fester an sich heran. Es wirkte. Sie hörte ihn anhaltend stöhnen, es kam von tief unten aus seinem Zwerchfell und klang wie bei einem Tier. Seine Hände umklammerten ihren Schädel und hielten ihn wie in einem Schraubstock.

Dann endlich bäumte er sich auf, sein Gesicht war schweißbedeckt, und sie fühlte, wie er in ihr zu zucken begann. Er stöhnte noch einmal, lauter als zuvor, und sein Stöhnen wurde zu einem langgezogenen gutturalen Laut.

Als es vorbei war, ließ er sich schwer atmend auf sie fallen und sagte kein Wort.

Sie fühlte sich besudelt und entehrt.

Dieser Mann, der noch immer auf ihr lag, hatte ihre Hoffnungen einfach totgefickt. Ihr fiel kein anderes Wort dafür ein.

Sie gab ihm einen kleinen Schubs, worauf er von ihr heruntergleitt und teilnahmslos neben ihr liegenblieb.

Angelika blickte an sich hinab und schämte sich. Ihr Rock war über ihre Hüften gerutscht und wellte sich um ihren Bauch. Die Bluse war zerknittert und hing aus dem Rock, ihre rechte Brust lag frei und hatte häßliche rote Flecken. Ihr ganzer Körper bot einen vollkommen zerstörten Anblick.

Eine glückliche Frau sieht anders aus, dachte sie.

Sie schämte sich so sehr, daß sie das Gefühl hatte, sich jeden Moment übergeben zu müssen. Sie wollte nur noch, daß dieser Mann endlich verschwand.

So wie sie jetzt war, wollte sie von niemandem gesehen werden.

In diesem Moment stützte er sich auf und sah sie an. Noch bevor sie ihren Blick abwenden konnte, packte er eine ihrer Hände. »Komm mit«, sagte er. Es klang kalt.

»Warum? Nein.«

»Komm mit«, sagte er noch einmal. Er zerrte sie ins Badezimmer und hielt ihr Gesicht vor den Spiegel. »Sieh dich an. Findest du das schön? Glaubst du, das gefällt einem Mann? Wer will morgens schon so etwas neben sich sehen?«

Noch bevor sie dazu kam, etwas zu antworten, oder ihr vom Make-up verschmiertes Gesicht zu betrachten, nahm er ihren Kopf und knallte ihn mit voller Wucht gegen die Kacheln. Sie sah, wie das Blut spritzte, und schrie.

Aber das machte ihm nichts, wie von Sinnen drosch er auf sie ein. Seine Fäuste trafen ihr Gesicht, und sie hörte, wie ein Knochen knackte. Er schlug sie in die Brust, in den Magen, der Schmerz war unvorstellbar.

Dann plötzlich seine Stimme zwischen ihren Schreien und seinen Schlägen: »Das ist alles deine Schuld, du verdammte Hure. Du hast es nicht anders verdient. Es sind immer Weiber wie du, die Männer dazu bringen, Schlechtes zu tun. Du solltest auf deinen Knien um Buße betteln. Los sag es: Ich bereue.« Er riß ihren Kopf an den Haaren zurück und fixierte ihr Gesicht. In seinen Augen loderte der Zorn.

Er kannte keine Gnade.

Dann riß er ihr alle Kleider herunter und stieß sie zur Badewanne.

Das Wasser traf sie in einem harten Strahl und war so kalt, daß sie das Gefühl hatte, es prasselte in Würfeln auf sie ein. Scharfe Spitzen unzähliger Messer schienen gleichzeitig in ihre Haut zu stechen.

Ich sterbe, dachte sie. Ich sterbe.

Dann wurden ihre Nerven taub, und sie fühlte überhaupt nichts mehr. Das Wasser hörte und hörte nicht auf. Und irgendwann schrie sie auch nicht mehr.

Als sie die Augen aufmachte, war sie allein. Der Mann war weg.

Noch immer strömte das Wasser aus dem Duschkopf. Mit letzter Kraft stellte sie es ab und blieb röchelnd in der Wanne liegen. Dann endlich erbrach sie sich.

Es war hell draußen, als sie wieder zu sich kam. Wie lange sie dort gelegen hatte, konnte sie später nicht mehr sagen.

»September morning«, sang Neil Diamond noch immer, »we danced until the night became a brandnew day ...«

Der Morgen begann im Chaos.

Während Mephisto im Vorgarten wieder einmal von der fetten Nachbarskatze gejagt wurde, bis sie ihm schließlich fauchend ihre Pfote in die Schnauze hieb, brüllte Victor wie am Spieß und wollte seine Mutter nicht gehen lassen. Aus seinen Augen strömten Tränen, und er umklammerte Malinas Bein.

»Mami muß jetzt zur Arbeit, aber bald kommt sie wieder nach Hause, und dann spielt sie mit dir. Und bis dahin ist doch Tante Hiltrud da«, versuchte sie ihn zu trösten. Manchmal wußte sie nicht, für wen solche Szenen schlimmer waren: für ihr Kind oder für sie selbst? Ihr schlechtes Gewissen würde sie wieder den ganzen Tag quälen. Sie haßte den Zwiespalt, in dem sie steckte. Jedesmal fragte sie sich, ob es das bißchen Selbstverwirklichung tatsächlich wert war, ihren Sohn so weinen zu sehen. Bevor sie sich weiterhin mit Fragen dieser Art malträtieren konnte, griff Hiltrud ein und nahm den Jungen auf den Arm.

»Komm, Victor«, sagte sie, »wir spielen mit Emma und Molly. Die sind schon ganz wild darauf, mit dir Lummerland unsicher zu machen. Und Jim Knopf wartet auch.«

»Kann die Molly auch schwimmen, oder geht die unter?« fragte Victor ebenso unvermittelt, wie seine Tränen versiegten. Seine Mutter hatte er schon vergessen.

Was ist eine Mutter auch gegen eine alte Lok, dachte Malina und schlich davon.

Im Auto blickte sie auf die Digitalanzeige des Radios. Es war kurz nach neun. Wieder lag ein langer Tag vor ihr, und sie war sich nicht sicher, so frühzeitig nach Hause zu kommen, wie sie es Victor versprochen hatte.

Zuerst wollte sie mit Simon besprechen, wie sie jetzt am besten weiter vorgingen. Sie hatte die halbe Nacht darüber nachgedacht, in der anderen Hälfte war Göbel durch ihren Kopf gespukt. Ihrer Meinung nach lag es näher, zuerst mit Tatis Leuten zu sprechen. Der Fall war gegenwärtig, und wenn es tatsächlich so war, wie Simon vermutete, daß es einen Zusammenhang zwischen dem Verschwinden von Tati und Valerie gab, dann wäre es wesentlich effektiver, die Spur von Tati ausgehend aufzunehmen. Sie war frisch und noch nicht von der Zeit verwischt.

Malina warf einen Blick in den Außenspiegel und startete den Motor.

Als sie ins Büro kam, war Simon noch nicht da. Sie kochte sich einen Kaffee und setzte sich an ihren Schreibtisch. Vor ihr lag das Faschingsfoto von Valerie und ihren Freunden. Auf der Rückseite entdeckte Malina einen verblaßten Stempel vom 29. Januar 1986. Wenige Monate später war Valerie verschwunden.

Noch immer hatte Malina das Gefühl, als übersähe sie etwas auf dem Bild. Angestrengt runzelte sie die Stirn. Was war es? Mit einem Mal kam ihr ein Gedanke: Es war das Verhältnis der vier Personen zueinander, an dem etwas nicht stimmte. Astrid Fenn blickte in irgendeine Ecke, als würde sie nicht richtig dazugehören. Carina Steding lächelte mit Schmollmund, die dunklen Augen mit den künstlichen Wimpern nach oben gerichtet. Robert Heimanns Blick hing an Valerie.

Und Valerie war die einzige, die direkt in die Kamera strahlte. Ein Strahlen, das über ihr ganzes Gesicht ging.

Das Ausschlaggebende daran war allerdings nicht, *daß* sie es tat, sondern *wie* sie es tat. Je länger Malina das Foto betrachtete, um so sicherer war sie sich: Dieses Strahlen galt nicht der Freude über einen schönen Abend, dieses Strahlen galt ausschließlich der Person hinter der Kamera.

Knight Rider hatte Astrid Fenn die Person genannt.

Knight Rider, murmelte Malina vor sich hin. Was sagte ihr das? Und warum hatten Valerie und Carina ihn so genannt? Der Name löste etwas in ihrem Gehirn aus, aber sie konnte nicht sagen, was.

In diesem Moment klappte die Bürotür. Malina schreckte aus ihren Gedanken hoch, und einen Augenblick lang glaubte sie, Göbel sei zurückgekommen. Sie lauschte. Doch anstelle von Zigarettenmief und ungewaschenen Kleidern stieg ihr der Duft von warmen Croissants in die Nase. »Morgen! Kaffee schon fertig?«

»Schon längst. Du mußt dich nur noch setzen.«

Simon kam herein, und bereits an seinem Gesicht sah Malina, daß er in der letzten Nacht geschlafen hatte. Die Schatten unter seinen Augen ließen nach, und das Hohlwangige verschwand aus seinem Gesicht. Er war frisch rasiert und roch nach Aftershave.

»There's a new man in town«, sagte sie, als er sich setzte.

»So? Wer denn?«

Sie lachten, und ohne daß es einer von ihnen aussprach, spürten beide, daß sich die Situation wieder normalisierte und sie zu ihrem alten Ton zurückfanden. Sie schnappten sich jeder ein Croissant und begannen mit der Arbeit.

Zuerst legten sie die Reihenfolge fest, in der sie mit Tatis Angehörigen sprechen würden. Sie waren sich darüber einig, daß es zuerst ihre Eltern sein sollten, nicht zuletzt, weil sie von Tatis Freundin Feli nicht den vollen Namen kannten. Die Frage, wie sie sich ihnen vorstellen sollten, war schwieriger. Aus Erfahrung wußten sie, daß es die meisten Menschen nicht schätzten, mit Detektiven zu sprechen. Es erschien ihnen unseriös.

Schließlich entschieden Malina und Simon, die Wahrheit zu sagen, wobei sie Simons eigene Geschichte nicht aussparen konnten. Außerdem mußten sie um Erlaubnis bitten, David Lytton mitzubringen, um Tatis Computer zu checken. Sie erhofften sich viele Informationen über ihre E-Mails.

Danach wollten sie Tatis Schwester aufsuchen und schließlich ihre Mitschüler. Das würde Malina gleich am nächsten Morgen erledigen, noch bevor der Unterricht begann. Für Feli reservierten sie den nächsten Montag.

»Wer ruft denn nun Tatis Vater an?« fragte Malina, die auf einem Bleistift kaute. »Du hast die Nummer doch noch irgendwo, oder?«

Simon wühlte auf seinem Schreibtisch herum und fand schließlich den Zettel, den Tati ihm damals dagelassen hatte.

»Ruf du ihn an«, sagte er, »Männer reagieren auf Frauenstimmen empfänglicher. Sie fühlen sich dann eher verstanden. Ich übernehme die Mutter.«

Malina blickte auf die Uhr. Es war halb elf. »Gut, ich versuch's. Aber ich fürchte, der Mann ist jetzt gar nicht zu Hause.« Sie wählte die Nummer von Simons Zettel und ließ es klingeln.

Schon nach dem dritten Mal wurde abgehoben. Eine belegte Männerstimme meldete sich: »Kurbjuhn.«

Malina stellte sich kurz vor und versuchte, dem Mann ihr Anliegen zu erklären. Es dauerte eine ganze Weile, bis er schließlich antwortete.

»Sie sagen also, meine Tochter hat bei Ihnen um Hilfe gebeten, bevor sie verschwand?«

»Genau.«

»Wissen Sie, ich möchte Ihnen ja gern glauben, aber nach allem, was geschehen ist, ist mein Mißtrauen natürlich groß.«

»Das verstehe ich, Herr Kurbjuhn. Es ginge mir nicht anders. Und trotzdem bleibt mir keine andere Möglichkeit, als Sie zu bitten, mir zu glauben.«

»Sie haben ja keine Ahnung, wer bei mir schon alles angerufen hat, seitdem das mit meiner Tochter passiert ist. Wie die Hyänen stürzen die sich auf einen. Das Mitgefühl ist natürlich nur geheuchelt. Denen geht's um eine möglichst reißerische Geschichte.«

»Ich kann es mir gut vorstellen. Wir allerdings möchten tatsächlich helfen. Bitte lassen Sie uns vorbeikommen. Es spricht sich auch viel leichter, wenn man sich gegenübersitzt.« Malina wartete gespannt auf seine Antwort. Er gab ihr seine Adresse, und sie vereinbarten einen Termin um dreizehn Uhr.

Kaum hatte Malina das Gespräch beendet, klingelte das Telefon. Aus dem Hörer kam eine Frauenstimme. Sie klang wie von weit her und sehr hell, fast wie bei einem kleinen Mädchen. Malina verstand zunächst nicht, worum es ging. Die Frau erschien ihr aufgeregt, und erst nach mehrmaligem Nachfragen wurde ihr klar, daß es sich bei der Anruferin um Carina Steding handelte.

»Haben Sie etwas dagegen, wenn ich den Lautsprecher einschalte? Ich glaube, Simon würde gerne mithören, was Sie uns zu sagen haben«, unterbrach sie für einen Moment den Redefluß von Valeries früherer Freundin.

»Nein, nein gar nicht. Grüß dich, Simon. Astrid hat mich gestern noch angerufen und mir gesagt, daß Sie bei ihr waren.« Plötzlich stockte sie, und ihre Stimme wurde noch ein wenig heller und leiser. »Sie haben mit ihr über Valerie gesprochen und daß Sie ... daß Sie neue Hinweise haben. Ich habe deswegen die halbe Nacht nicht geschlafen. Ich weiß nicht, wie ich es sagen soll, aber ich habe Valerie all die Jahre nicht vergessen. Wenn ich irgendwie helfen kann, dann würde ich das sehr gern tun. Es ist mir wichtig.«

»Wir hätten uns ohnehin bei Ihnen gemeldet, Frau Steding. Aber daß Sie es von sich aus tun, erleichtert uns die Sache wesentlich. Selbstverständlich würden wir gern mit Ihnen sprechen. Heute ist es allerdings schlecht. Hätten Sie denn morgen vormittag Zeit?«

»Wäre es Ihnen gegen zehn Uhr recht?« Carina Steding hielt offensichtlich nichts von unnötigen Verzögerungen.

»Das paßt prima. Unsere Adresse haben Sie?«

»Arabellastraße 33, oder? Ich habe bereits nachgesehen.«

Die beiden Frauen verabschiedeten sich voneinander, und Malina griff gleich noch einmal zum Telefon. Als Simon sie fragend anblickte, sagte sie:

»Ich rufe noch mal bei Tatis Vater an. Ich will David mitnehmen und habe völlig vergessen, ihn zu fragen, ob ihm das recht wäre.«

Zuerst schien es, als wäre Bernd Kurbjuhn nicht allzu begeistert von ihrem Vorschlag. Er murmelte etwas von der Privatsphäre seiner Tochter. Aber als Malina ihm entgegenhielt, daß Tati wahrscheinlich über das Internet Kontakt mit ihrem Entführer hatte und sie ihm nur schwer auf die Spur kommen würden, wenn sie dies außer acht ließen, willigte er zögernd ein. Danach rief sie David an. Sie hatte Glück. Er hatte sich für ein paar Tage frei genommen und würde gegen vierzehn Uhr nachkommen.

In der Zwischenzeit hatte Simon mit Christa Kurbjuhn, Tatis Mutter, gesprochen. Im Gegensatz zu ihrem Mann, der zumindest am Telefon einigermaßen ruhig geklungen hatte, war sie am Rande der Hysterie.

»Ich weiß, daß meiner Tochter etwas Schreckliches zugestoßen ist, das fühle ich doch«, hatte sie eins ums andere Mal ausgestoßen, und Simon hatte ihr kaum begreiflich machen können, daß er helfen wollte. Nachdem es ihm gelungen war, sie ein wenig zu beruhigen, hatte sie schließlich einem Treffen zugestimmt. Drei Uhr am Nachmittag war ihr recht. Sie mußte erst gegen halb sieben in der Klinik sein.

Eine Weile beratschlagten sie darüber, ob sie Tatis Eltern gemeinsam aufsuchen sollten oder ob es genügen würde, wenn einer von ihnen mit dem Vater und der andere mit der Mutter sprach. Sie entschieden sich für die zweite Lösung. Außerdem wußte Malina, daß sich Menschen viel mehr öffneten, wenn sie nur mit einer Person sprachen.

Nach einem schnellen Mittagessen im Café Wiener brach sie auf. Der Diesterweg in Laim war auf der anderen Seite der Stadt. Für die Fahrt würde sie mindestens eine halbe Stunde brauchen, und sie wollte pünktlich sein.

Sie parkte ihr Auto und stellte fest, daß sie fünf Minuten zu früh war. Nun gut, das würde Bernd Kurbjuhn kaum stören, dachte sie und betrachtete das Haus.

Alles in allem war es ein hübsches Anwesen – viele junge Familien in München hätten es mit Kußhand genommen –, aber wer genau hinsah, dem entging nicht, daß es ihm an Pflege mangelte. An einer liebevollen Hand. Der große Garten mit den vielen alten Bäumen wirkte vernachlässigt, und die Fenster sahen aus, als sei es lange her, daß sie zum letzten Mal geputzt worden waren.

Malina dachte an Tatis E-Mail und an das, was darin über ihre Eltern gestanden hatte, und wunderte sich nicht.

Sie drückte auf die Klingel und wartete.

Bernd Kurbjuhn öffnete die Tür. Das erste, was sie an ihm wahrnahm, waren seine Augen. Sie waren groß und dunkelbraun und von dichten Wimpern umgeben. Es waren schöne Augen.

»Herr Kurbjuhn? Ich bin Malina Maltzan. Wir haben heute morgen miteinander telefoniert.«

»Ah, ja. Sie sind pünktlich.« Er musterte sie rasch. »Bitte kommen Sie doch herein.«.

Auf dem Tisch in der Küche standen zwei Tassen, und die Kaffeemaschine gab röchelnde Laute von sich. Müßte mal wieder entkalkt werden, dachte Malina automatisch, während Kurbjuhn die Kanne herausnahm und auf den Tisch stellte.

»Sie trinken doch eine Tasse mit?« fragte er und schenkte gleich ein, ohne ihre Antwort abzuwarten.

Malina nahm einen Schluck und verbrannte sich fast die Zunge. Schnell setzte sie die Tasse wieder ab. Sie zog einen Notizblock aus ihrer Tasche und suchte nach einem passenden Einstieg.

Zuerst erzählte sie von Tatis Besuch bei Simon. Sie sprach von der E-Mail, die sie ihm geschrieben hatte, ohne jedoch alle Details zu erwähnen. Dabei ließ sie ihr Gegenüber nie aus den Augen. Jede seiner Reaktionen interessierte sie.

»Wie war das Verhältnis zu Ihrer Tochter? Finden Sie es nicht ungewöhnlich, daß sie Fremde um Hilfe bat?«

»Es ist mir natürlich peinlich, daß sie nicht zu uns gekommen ist, als sie Angst hatte. Sie haben recht, in solchen Sachen sollten zuerst die Eltern für ihre Kinder dasein. Daß sie es nicht getan hat, sagt ja schon einiges über unser Verhältnis. Wenn ich ehrlich bin, habe ich mir nie große Gedanken gemacht. Sie ist halt schwierig, immer aufmüpfig. Keine gute Tochter. Macht nichts so, wie sie es soll. Es gibt immer Ärger mit ihr. Sie weiß einfach nicht, wo ihre Grenzen sind. Aber sind nicht alle Kinder in ihrem Alter so?« Er sah Malina hilflos an, und ihr kam es vor, als erwarte er eine zustimmende Antwort. Daß er von einer Siebzehnjährigen als Kind gesprochen hatte, entging ihr nicht.

»Wenn ich ehrlich bin«, fuhr er fort, »haben wir nur wenig miteinander gesprochen. Das war schon immer so, meine Frau war für die Kinder da, und als sie hier ausgezogen ist, wurde alles anders. Ich glaube, Tatjana hat mir die Schuld an unserer Trennung gegeben. Sie war immer so feindselig.«

»Weshalb haben Sie denn nie mit ihr darüber gesprochen? Vielleicht hätten Sie ihr etwas erklären können?«

»Ich hatte nicht das Gefühl, mich vor meiner Tochter rechtfertigen zu müssen. Was weiß ein Mädchen in dem Alter schon über solche Sachen?«

Vielleicht mehr, als du denkst, dachte Malina, verkniff sich aber einen Kommentar. »Aus der E-Mail, die ihre Tochter kurz vor ihrem Verschwinden an uns geschickt hat, geht hervor, daß sie zwei Jahre im Internat verbracht und sich dort sehr wohlgefühlt hat. Sie hat eine Freundin, die ihr wohl viel bedeutet, und es muß schlimm für sie gewesen sein, als sie das Internat wieder verlassen mußte.«

In diesem Moment nahm das Gesicht von Bernd Kurbjuhn einen feindseligen Ausdruck an. »Ich weiß. Es verging kein Tag, seit sie wieder hier war, an dem sie es mir nicht vorgehalten hat. Ich war von Anfang an gegen den engen Kontakt zu dieser Felicitas. Das sind Leute, die aus einer ganz anderen Welt kommen. Haben Tatjana nur Flöhe in den Kopf gesetzt. Ich wollte auch nicht, daß sie mit ihnen die Ferien verbringt. Haben ein eigenes Haus am Gardasee. Wie sollte ich dagegen ankommen? Geld verdirbt den Charakter, sage ich immer, und für Tatjana war es nicht gut, mit so viel Luxus in Berührung zu kommen. Plötzlich begann sie Forderungen zu stellen, die ich gar nicht erfüllen konnte. Und wenn ich nein sagen mußte, hat sie nur herumgeschrieen und mit dem Fuß aufgestampft. Ich will, ich will – mehr ist ihr nicht mehr eingefallen.«

Malina versuchte es noch einmal mit dem Kaffee. Inzwischen war er abgekühlt. Er schmeckte bitter, aber Zucker und Milch waren weit und breit nicht zu sehen.

»Wie gehen Sie jetzt damit um, daß Ihre Tochter verschwunden ist?« brach es plötzlich aus ihr heraus, und sie hoffte inständig, daß Kurbjuhn die Frage nicht als taktlos betrachten würde.

»Ich mache mir Vorwürfe, was denn sonst?« Der Mann starrte auf seine Tasse und begann mit einem Löffel darin herumzurühren. »Kann nicht mehr schlafen. Kann nichts essen. Ich mußte mir Urlaub nehmen. Zuerst dachte ich noch, die Arbeit würde mich ablenken, aber dann merkte ich, daß ich mich nicht mehr konzentrieren konnte. Mir sind Fehler passiert. Ich arbeite in einer Bank, da geht das nicht. Und in der heutigen Zeit ohnehin nicht. Ein Mann im meinem Alter ist seinen Job schneller los, als er gucken kann. Da warten tausend Junge vor der Tür, die schlauer sind und weniger kosten.«

»Haben Sie jemanden, der Ihnen hilft? Der für Sie da ist?« fragte Malina unwillkürlich und hatte fast Mitleid mit ihm. »Wie ist das mit Ihrer Frau?«

»Sie gibt mir natürlich an allem die Schuld. Tatjana war schließlich in meiner Obhut. Das alles wäre vielleicht nicht passiert, wenn sie nicht auf die verrückte Idee gekommen wäre, hier auszuziehen. Meine ältere Tochter kümmert sich ab und zu um mich, obwohl sie nicht viel Zeit hat. Sie hat ja bereits eine eigene Familie. Draußen in Farchach.«

Malina dachte daran, was Tati in ihrer E-Mail geschrieben hatte. An den Selbstmordversuch von Christa Kurbjuhn, daran, wie Bernd Kurbjuhn seine Familie beschimpft und traktiert hatte, an die beschmutzte Keksdose ...

Sie wunderte sich nicht, daß die Frau das Weite gesucht hatte, sie wunderte sich nur, daß sie ihre Tochter hier gelassen hatte. Sie hätte das niemals getan, und ihre eigene Mutter auch nicht.

Sie blickte Bernd Kurbjuhn in die Augen. Er war nicht unsympathisch. Eher verunsichert, hilflos im Umgang mit Worten und Gefühlen. Sie schätzte ihn auf Anfang fünfzig. Er war noch immer schlank, und auch wenn ihm die Haare ausgingen, sah er gut aus. Früher hatte er sicherlich zu den Attraktiven gehört. Im Grunde auch jetzt noch.

Plötzlich durchfuhr sie ein völlig anderer Gedanke: »Haben Sie schon einmal daran gedacht, daß Tati dies alles inszeniert haben könnte?« Sie selbst war bislang nicht auf diese Idee gekommen, aber lag die Vermutung nicht nahe? Das Mädchen war mit allem unzufrieden gewesen, unglücklich. Vielleicht hatte sie keinen anderen Weg gesehen, ihre Eltern auf ihre Misere aufmerksam zu machen, als diesen. Doch dann erinnerte Malina sich daran, daß Tati von Simons Schwester gewußt hatte. Weshalb hätte Tati Simon in ihre Geschichte hineinziehen sollen? Etwas an ihrem Denkansatz war falsch, aber plötzlich hatte sie wieder Simon im Ohr, wie er davon sprach, das Gefühl nicht loswerden zu können, daß etwas faul an der Geschichte sei ...

»Natürlich haben wir daran gedacht«, wurde sie von Bernd Kurbjuhn aus ihren Überlegungen gerissen. »Die Polizei geht dieser Spur auch nach. Bislang allerdings ohne Ergebnisse. Ich weiß nicht, was ich denken soll. Ich will nicht daran glauben, daß Tatjana tot sein könnte. Aber ich habe große Angst.«

Malina dachte an das Gespräch mit Simons Eltern, und ihr fiel auf, wie anders es gewesen war. In Tatis Fall schob einer dem anderen die Schuld zu. Sie konnte förmlich hören, wie ihre Eltern sich bekriegten. Ein weiteres Mal. Niemand dachte an das Mädchen. Sie war nur der Anlaß. Der Gedanke machte sie traurig.

»Ist Ihnen in letzter Zeit etwas Ungewöhnliches aufgefallen?« fragte sie, um ihr Gefühl zu überspielen, im Verhörstonfall. »Hat Tatjana sich verändert? Hatte sie neue Freunde? Blieb sie häufiger weg? Oder haben Sie jemanden in der Nähe des Hauses gesehen, den Sie nicht kannten? Alles kann wichtig sein.«

Kurbjuhn überlegte angestrengt. »Das sind natürlich alles Sachen, die die Polizei mich auch schon gefragt hat. Ich zermartere mir ständig den Kopf, aber es fällt mir nichts ein. Mir ist nur aufgefallen, daß die Telefonrechnung in letzter Zeit wieder niedriger geworden ist. Ich nehme an, es liegt daran, daß Tatjana nicht mehr so oft am Computer hing, um im Internet herumzusurfen. Eine Zeitlang hockte sie jeden Tag stundenlang davor.«

In diesem Moment klingelte es an der Tür. Malina blickte auf ihre Uhr. Es war zwei. Das mußte David sein. Bernd Kurbjuhn stand auf.

Malina hörte, wie er mit David sprach. Es klang freundlich. Ein paar Sekunden später erschienen die beiden Männer in der Küche.

»Für Sie auch einen Kaffee?« fragte Kurbjuhn.

»Danke, aber ich hätte lieber ein Glas Wasser. Wenn ich jetzt Kaffee trinke, stehe ich heute nacht senkrecht im Bett.« Er wandte sich Malina zu und begrüßte sie mit einem Kuß auf die Wange.

Bernd Kurbjuhn reichte David das Wasser. »Ich kann mir vorstellen, daß Sie gleich anfangen wollen. Kommen Sie mit, ich zeige Ihnen Tatis Zimmer.« Er ging ihnen voran die Treppe hinauf. Es roch muffig. Als Kurbjuhn die Tür von Tatis Zimmer öffnete, wurde der Geruch noch stärker. Direkt unter dem Fenster stand ein großer Käfig, in dem eine weiße Ratte im Sägemehl raschelte. Offensichtlich war er schon lange nicht mehr sauber gemacht worden – es roch stark nach Urin und Tierhaaren, die Futternäpfe allerdings waren gefüllt.

Malina sah, wie David die Nase rümpfte und seine rechte Augenbraue indigniert nach oben sprang.

»Entschuldigen Sie den Gestank«, sagte Bernd Kurbjuhn. »Das Vieh gehört Tatjana. Ich mag's nicht, aber es bleibt mir jetzt natürlich nichts anderes übrig, als mich darum zu kümmern. Nur zum Saubermachen bin ich noch nicht gekommen. Aber warten Sie, ich laß Ihnen gleich frische Luft herein.« Er ging zum Fenster und öffnete es, worauf die Ratte wie verrückt in ihrem Käfig hin und her zu laufen begann.

»Wie heißt sie denn?« fragte Malina.

»Ich glaube, sie hat keinen Namen. Tatjana hat sie immer nur Ratte genannt. Das fand ich schon merkwürdig. Erst legt sie sich das Tier zu, und dann gibt sie ihm nicht einmal einen Namen.« Kurbjuhn seufzte. »Na ja, was soll man machen? Wenn Sie noch was brauchen, rufen Sie mich einfach.« Bevor der Mann hinausging, warf er noch einen Blick durch das Zimmer. Er war schwer zu deuten.

Während David den Computer einschaltete, dessen Tastatur und Bildschirm im Gegensatz zum Rattenkäfig blitzblank geputzt waren, ließ Malina den Raum auf sich wirken. Er war kühl. Nicht so, wie sie es bei einem jungen Mädchen erwartete. Der graue Metallschreibtisch, der Futon mit der schwarzen Matratze und die kahlen weißen Wände hinterließen einen unpersönlichen Eindruck. Es gab keine Fotos oder irgendwelchen Krimskrams, mit dem sich Mädchen in Tatis Alter gewöhnlich umgaben. Nur ein paar Bücher und Ordner standen im Regal, und auf einem Sessel lag ein riesiger Kleiderhaufen. Das Persönlichste war die Ratte in ihrem Käfig.

»Nach was suchen wir hier eigentlich?« David hatte den Rechner inzwischen hochgefahren. Eine geflügelte Frauenfigur, die aussah wie eines der Plastilin-Exponate aus der »Körperwelten«-Ausstellung, war auf dem Desktop zu sehen. Darunter stand:

ALL IN ALL IS ALL WE ARE

»Was ist das denn?« fragte Malina und tippte mit dem Zeigefinger gegen den Bildschirm.

»›In Utero‹ von Nirvana«, gab David zurück und erstaunte Malina mit seinem Wissen über Grunge. »Es ist eines der berühmtesten Zitate von Kurt Cobain.«

»Ach du lieber Gott. Und was soll es bedeuten?«

»Ehrlich gesagt, mir sagt das überhaupt nichts. Aber so ist das mit Nirvana. Entweder du verstehst es oder eben nicht. Erklären kann man's nicht. Okay, what are we looking for?«

»Wir suchen nach einer Single-Website. Tati ist mit ihrem Entführer durch das Internet in Berührung gekommen. Sie schrieb Simon etwas von einer Single-Website. Es muß irgendwelche E-Mails geben, und die müssen wir jetzt finden.«

David brummte zustimmend. »Das müßte sich machen lassen. Sehen wir erst mal in ihrem privaten Postfach nach.«

In der providereigenen Ablage fanden sie nichts, was auf eine Korrespondenz mit diesem Mann hinwies. Weder im Posteingang noch im Postausgang. Das einzige von Bedeutung war Tatis E-Mail an Simon. Malina klickte darauf und druckte sie aus.

Während David anfing, mit dem Computer zu kommunizieren, Tastenkombinationen drückte, Pfeile und geheimnisvolle Zeichen auf ein Stück Papier neben sich kritzelte, blickte Malina ihm über die Schulter. Nachdem sie ihm eine Weile zugesehen und nichts verstanden hatte, fragte sie:

»Was machst du da eigentlich?«

»Du hast doch etwas von einer Single-Website gesagt. Die war nicht schwer zu finden. Tati war Mitglied bei singles.allnet.de. Die Seite steht unter ihren Favoriten. Aber es muß ein Login geben und ein Passwort. Das dauert schon ein Weilchen. Laß mich mal in Ruhe machen.«

Malina verstand den Wink. Sie räumte den Kleiderhaufen von Tatis Sessel und begann noch einmal die E-Mail an Simon zu lesen. Vielleicht stand darin etwas zwischen den Zeilen, was sie bisher nicht wahrgenommen und übersehen hatte.

Als sie zu der Stelle kam, wo Tati ihren Vater beschrieb, stutzte sie. Tatis Worte klangen echt und aufrichtig in ihrer Wut, und trotzdem schaffte Malina es nicht, das Gelesene auf den Mann, mit dem sie vor einer halben Stunde in der Küche gesessen hatte, zu übertragen. Es paßte nicht.

Menschen sind viel mehr als das, was sie zu sein scheinen, dachte sie dann. Ihr Inneres ist ihnen ja nicht auf die Stirn tätowiert. Sie erinnerte sich plötzlich an Alexander de Vries, den Mann, den Dorothee vor einem Jahr heiraten wollte. Sie hatte ihn sehr gemocht, aber welche Abgründe hatten sich hinter seiner charismatischen Fassade aufgetan? Sie schauderte bei dem Gedanken.

Dann las sie weiter. Das Mädchen schrieb einen sehr klaren, flüssigen Stil. Keiner der Sätze holperte. Alles klang erwachsen, fast zu reif für ihr Alter. Aber das konnte daran liegen, daß sie bereits mit Dingen konfrontiert worden war, die andere vielleicht in ihrem ganzen Leben nie erfahren würden. Trotzdem war da etwas Befremdliches. Sie sah es nur nicht.

Statt dessen starrte sie auf die Ratte, die wieder wild in ihrem Käfig herumlief. Nur das Klappern von Davids Tastatur drang zu ihr durch.

Menschen geben das weiter, was ihnen selbst angetan wird, was sie selbst erleben, überlegte sie. Tati hatte ihr Eingesperrtsein auf diese Ratte übertragen. Beide – das Mädchen und das Tier – rannten gegen Wände, waren gefangen in einer Welt, in der sie nicht sein wollten.

Nirgendwo in der E-Mail stand etwas von dieser Ratte. Tati hatte sie vielleicht nur als Ventil benutzt, als Symbol für ihr eigenes Leben. Sie hat ihr ja nicht einmal einen Namen gegeben, fuhr es Malina durch den Kopf, und sie erinnerte sich daran, daß Tatis Eltern einen Namen für sie ausgesucht hatten, der keinerlei Bedeutung hatte.

Eine weitere Doppelung.

Die Beziehung zu dem Tier bestand aus der Spiegelung von Tatis eigenem Leben: Wenn sie die Ratte beobachtete, beobachtete sie sich selbst. In keiner Zeile der siebzehnseitigen E-Mail war von dem namenlosen Vieh die Rede gewesen. Das Mädchen hatte ausführlich von seinem Verhältnis zu Eltern und Geschwistern gesprochen, von seiner tiefen Freundschaft zu Feli. Ganze Seiten waren dafür draufgegangen. Ebenso für diesen Mann aus dem Internet. Und das war der Punkt, an dem es für Malina ein zweites Mal hakte.

Tati hatte über diesen Mann und auch über all die anderen Männer, mit denen sie auf diesem Weg Kontakt gesucht hatte, nicht wie ein normales siebzehnjähriges Mädchen geschrieben. Ihr Ton war verachtungsvoll gewesen, sie hatte sich über sie lustig gemacht. Es gab keinen Ansatz zur Schwärmerei oder zumindest von Neugier und

Spannung. Lediglich in den Passagen über den Unbekannten war so etwas wie Zuneigung herauszulesen, aber auch sie klangen nicht verliebt und sehnsuchtsvoll, sondern eher nach einer geistigen Verbindung. Die einzigen Stellen, in denen Tati sich schwärmerisch gezeigt hatte, waren die über ihre Freundin Feli gewesen. Malina las sie noch einmal, doch ihr Gefühl änderte sich nicht.

»Er heißt Aktäon«, sagte David plötzlich in die Stille hinein. »Und es gibt unzählige E-Mails.«

»Wie?« Malina schreckte hoch.

»Der Typ, nach dem wir suchen, nennt sich Aktäon. Whatever Aktäon means. Komm her, sieh es dir selbst an.«

Malina fühlte, wie ihr Herz plötzlich schneller schlug. Endlich gab es eine Spur und zumindest so etwas wie einen Namen. Sie waren dem Typen in seinem Dunkel ein kleines Stück näher gekommen. Sie holte den leeren Papierkorb unter dem Schreibtisch hervor, drehte ihn um und setzte sich neben David. Wie er gesagt hatte, gab es Unmengen dieser E-Mails. Die erste stammte vom siebten Juli. Malina verglich den Text mit dem aus Tatis E-Mail. Er war identisch:

Weißt Du, Dein Porträt stimmt mich traurig. Wenn ich an eine Neunzehnjährige denke, dann träume ich eigentlich von einem Mädchen, das blumenbekränzt und barfuß über eine Wiese schreitet. Wie schade, daß Du Dich hier so zeigst – ich würde Dich gerne in einem langen weißen Kleid sehen. Unschuldig. So sitze ich hier und stelle mir das vor und frage mich, was Dir wohl passiert sein mag. Ich will Dich schön, so wie Dein Schöpfer Dich geschaffen hat.

»Klingt irgendwie abgedreht«, sagte David, und Malina gab ihm recht. Ich hätte ihm nicht geantwortet, dachte sie. Mir hätte das viel zu verrückt geklungen, irgendwie fanatisch. Was hatte Tati dazu bewogen, sich ausgerechnet darauf einzulassen?

Drei Stunden später hatte sie sämtliche E-Mails gelesen. Ihre Augen brannten, und sie war müde.

Am Anfang hatten alle E-Mails diesen seltsamen, fast schon predigenden Ton gehabt, doch mit einem Mal hatten sie eine andere Farbe bekommen. Leicht und witzig, unterhaltsam. Es fiel ihr nicht schwer, sich vorzustellen, warum Tati *davon* angezogen gewesen war.

Was aber noch viel wichtiger war: Es gab eine weitere Spur. Farchach.

In einem der Briefe hatte die Person mit dem Namen Aktäon davon gesprochen, ihre Kindheit zum Teil in diesem Ort verbracht zu haben. Von einer Großmutter war darin die Rede und von einem Mädchen namens Marie.

Malina hörte zum zweiten Mal an diesem Tag von diesem Ort. Tatis Vater hatte erwähnt, daß seine älteste Tochter dort wohne. Sie öffnete die Tür und rief nach ihm.

Ein paar Minuten später stand Bernd Kurbjuhn in der Tür. Seine Kleider waren staubig, und er trug Arbeitshandschuhe. »Ich räume gerade die Garage auf, das lenkt mich ab«, entschuldigte er sein Äußeres. »Haben Sie etwas gefunden?«

»Dieser Ort, wo Ihre älteste Tochter jetzt wohnt, Farchach – wo liegt der?«

»In der Nähe von Berg am Starnberger See. Farchach liegt allerdings im Hinterland. Kennen Sie vielleicht den Biergarten in Mahnthal? Der ist nur einen Katzensprung entfernt.«

Malina kannte den Gasthof. Sie war früher oft mit Dorothee dort gewesen, nachdem sie am See gebadet hatten. »Würden Sie mir bitte den vollen Namen Ihrer Tochter geben? Und ihre Adresse? Es sieht so aus, als gäbe es zwischen dem Entführer Ihrer Tochter und Farchach eine Verbindung.«

Bernd Kurbjuhn reagierte fast teilnahmslos. »Meine Tochter heißt Alexandra Prechtl. Sie wohnt im Talweg 5.«

»Haben Sie eine Ahnung, was der Name Aktäon bedeuten könnte?« fragte Malina spontan und bemerkte, daß er für einen Moment stutzte. Sie notierte es sich im Geist. Dann schüttelte der Mann den Kopf. »Nein, nie gehört.«

»David«, wandte Malina sich wieder an ihren Freund am Computer, »gib das Wort doch mal bei Google ein.«

Ein paar Minuten später hatte David sie gefunden und las aus dem Internet vor:

Eifersüchtig wacht Diana über ihre keusche Schönheit und bestraft jeden, der sie belauscht. Eines der wiederkehrenden Motive ist die Verwandlung des Jägers Aktäon in einen Hirsch, den seine eigenen Hunde zerreißen. Dies geschieht zur Strafe dafür, daß Aktäon Diana und ihre Nymphen im Bade belauschte.

»Aktäon ist also eine Gestalt aus der römischen Mythologie.« Malina überlegte. Sich so etwas als Nickname zu geben war nichts Besonderes. Viele Leute benutzten Namen aus Filmen, Theaterstücken oder Büchern. Doch etwas anderes ließ ihre geistigen Zahnräder einrasten. Etwas, das ihr wieder wie eine Gleichung vorkam und das sie nicht zu fassen bekam. Es hatte etwas mit Tati zu tun.

»Kannst Du mir das mal ausdrucken?« bat sie David.

»Ich brenne das alles auf CD-ROM, dann hast du die E-Mails und diesen Text immer greifbar. Wenn wir das alles ausdrucken, sitzen wir morgen früh noch hier.«

»Gute Idee«, antwortete Malina. Dann fiel ihr noch etwas ein. »Ich brauche auch den Namen von Tatjanas Freundin Feli und die genaue Anschrift von diesem Internat. Würden Sie mir bitte alles aufschreiben?« wandte sie sich wieder an Bernd Kurbjuhn, der noch immer wie ein Stock an der Tür stand.

»Wenn Sie meinen ... Ich muß aber erst in meinem Arbeitszimmer nachsehen. Ich bringe Ihnen die Sachen dann herauf.« Er ging und ließ die Tür offen stehen. Fünf

Minuten später überreichte er ihr einen Zettel mit den Adressen.

Als Malina und David das Haus im Diesterweg verließen, war es kurz vor sieben. Sie rief Simon im Büro an. Er war noch da. »Geh nicht weg«, sagte Malina. »Ich habe einiges herausgefunden, was dich interessieren wird.«

»Dito.«

Malina versprach, in einer Stunde dazusein. Unterwegs hielt sie bei Saturn Hansa, um sich mit allen CDs einzudecken, die sie von Mikis Theodorakis und Manos Hadjidakis auftreiben konnte.

»Athina«, sang sie laut mit, als sie wieder im Wagen saß. Sie brauchte das jetzt.

Ein Stück Samos.

Ihre Jacke hing noch nicht über dem Stuhl, da hatte sie schon die CD-ROM in den Computer gelegt.

»Was sagst du dazu?« fragte sie Simon, nachdem sie ihn auf Aktäon hingewiesen und ihm die E-Mail gezeigt hatte, deren Spur nach Farchach führte.

»Gute Arbeit. Aber wenn ihr Tatis Login und Passwort knacken konntet, wäre dasselbe dann nicht mit diesem Aktäon gegangen? Ihr hattet doch schon seinen User-Namen. Über das Login müßte man auch an seine persönlichen Daten, Adresse und so weiter kommen.«

Malina blickte ihn verwundert an und fragte sich, woher er diese Kenntnisse nahm. Dann kam ihr ein Gedanke: »Sag mal, besorgst du dir deine Dates neuerdings aus dem Internet, oder woher weißt du so genau über Single-Websites Bescheid?«

»Ich bin ja kein ewig Gestriger, der sich neuen Trends verschließt«, gab er lakonisch zurück. »Aber laß uns mein Liebesleben ein anderes Mal diskutieren. Was ist jetzt mit diesem Aktäon?«

»Natürlich hat David versucht, ihn zu knacken. Und er ist auch auf seine persönlichen Angaben gestoßen.

Leider erschöpften die sich in Hans Mustermann und einer Lalastraße in Dummsdorf. Der Typ hat überall vorgesorgt, und ich hätte ihn auch nicht anders eingeschätzt.«

»Wäre auch zu schön, wenn wir jetzt an seiner Haustür klingeln könnten«, brummte Simon. »Aber Farchach scheint eine echte Spur zu sein. Es kann kein Zufall sein, daß die Schwester von Tati dort wohnt und dieser Kerl gleichzeitig selbst irgendwelche Bindungen dahin hat.«

»Das denke ich auch. Ich bin gespannt, was uns Alexandra Prechtl morgen erzählen kann. Ich werde sie gleich anrufen und fragen, wann wir vorbeikommen dürfen.«

Tatis Schwester nahm den Hörer nach dreimaligem Klingeln ab. Sie war viel entgegenkommender als ihr Vater, und sie verabredeten einen Termin um halb drei am nächsten Tag.

»Was hast du eigentlich von Tatis Mutter erfahren?« fragte Malina, nachdem sie eine Kanne Kaffee gekocht hatte. Sie war todmüde und hatte das Gefühl, auf der Stelle umfallen und einschlafen zu können. Dann dachte sie an Victor, dem sie versprochen hatte, früh zu Hause zu sein. Sie blickte auf ihre Uhr. Es war bereits nach acht. Ihr schlechtes Gewissen meldete sich zurück. Sie rief Edward an und sagte ihm, daß es spät werden würde. Er klang brummig und legte schnell wieder auf. Malina seufzte und sah Simon einen Augenblick lang hilflos an.

»Also, was war jetzt mit Tatis Mutter?« fragte sie noch einmal.

Er fing ihren Blick auf und lächelte sie verständnisvoll an. »Wir können das auch auf morgen verschieben, wenn du jetzt lieber nach Hause gehen möchtest.«

»Nein, nein. Ich will es jetzt wissen. Morgen früh muß ich zuerst mit Tatis Lehrer sprechen, und danach kommt schon Carina Steding. Unser Kalender ist voll bis obenhin. Áspri méra ke ya mas.«

»Und was heißt das, meine schöne Helena?«

»Es werden wieder bessere Tage kommen, auch für uns. Also laß hören.«

Christa Kurbjuhn hatte fast die ganze Zeit geweint. Und als sie dann nicht mehr weiterkonnte, hatte sie schließlich ihrem Mann vorgeworfen, schuld an allem zu sein.

Es war für Simon nicht leicht gewesen, mit der Frau zu sprechen. Sie hatte sich gebetsmühlenartig wiederholt, und das Gesagte war dennoch unklar geblieben. Simon hatte nicht gewußt, ob er es dem Gemütszustand der Frau zuschreiben sollte oder den Beruhigungstabletten, die sie offenbar schluckte. Auf dem Wohnzimmertisch hatten mehrere Packungen davon gelegen.

»Ich hätte meine Tochter nicht allein lassen dürfen, ich hätte nicht weggehen dürfen«, hatte sie ein ums andere Mal gesagt. Und als Simon fragte, warum sie ihre Familie denn verlassen hätte, war sie wieder weinend in sich zusammengesunken und hatte nur den Kopf geschüttelt. Sie hatte ihm leid getan. Er hatte an Tatis E-Mail gedacht, an das Elend, das die Frau jahrelang ertragen hatte, und an ihren Selbstmordversuch.

Einmal in ihrem Leben, ein einziges Mal nur war sie konsequent gewesen. Sie hatte den Mann verlassen und damit auch ihre Familie, und jetzt wurde sie dafür bestraft. So mußte es in ihren Augen aussehen.

Simon hatte sie eine Zeitlang weinen lassen und sich dann behutsam zu ihr vorgetastet. Sein Trost hatte ihr schließlich Auftrieb gegeben, und sie hatte sich zusammengerissen und sich die Nase geschneuzt. Dann war es nur so aus ihr hervorgebrochen. Sie sprach über ihr Leben, und all das, was er ohnehin schon von Tati wußte, bestätigte sie ihm.

Irgendwann hatte sie ihre wundeste Stelle erreicht: Sie hatte Tati eine Woche vor ihrem Verschwinden zum letzten Mal gesehen. Und sie hatten sich gestritten. Wie immer, wenn sie sich im vergangenen Jahr einmal gesehen hatten. Das hatte ihr am meisten zu schaffen gemacht.

»Ich habe meiner Tochter schon lange nicht mehr gesagt, daß ich sie lieb habe, und jetzt ist sie vielleicht schon tot, und das letzte, was sie von mir zu hören bekommen hat, war, daß sie ein undankbares Stück sei und sich schämen sollte.«

Warum Tati sich schämen sollte, wußte sie schon nicht mehr. Nur diese Worte, und daß es die letzten an ihr Kind gewesen waren, würde sie nie vergessen.

Am meisten bestürzte Simon, daß die Mutter genau wie der Vater offenbar so gut wie nichts über ihre Tochter wußten: keine Namen von Freunden, welche Interessen sie hatte oder wie sie sich ihre Zukunft vorstellte. Einfach nichts.

Daß Tati im Internet Kontakte geknüpft hatte, war Christa Kurbjuhn zum ersten Mal zu Ohren gekommen. Simon mußte daran denken, wie Tati zu ihm gesagt hatte, ihre Eltern würden sich einen Scheißdreck für sie interessieren. Im nachhinein mußte er dem Mädchen recht geben. Dennoch empfand er Mitleid für Christa Kurbjuhn. Die Frau war ihm vorgekommen, als wäre sie schon vor Tatis Verschwinden aus den Fugen gerissen worden. Ein Mensch, der sich verlaufen hatte und in einem Niemandsland herumirrte.

»Ihre Ehe muß furchtbar gewesen sein«, sagte Simon zu Malina. »Noch viel furchtbarer, als Tati es geschildert hat. Stell dir vor, wie es sein muß, mit jemandem zusammenzuleben, der dir nie etwas Liebevolles sagt, sondern dich statt dessen bei jeder Gelegenheit als Hure beschimpft. Sie brauchte nur einmal zu lachen, und schon war es geschehen. Es war ein permanentes Sich-Erniedrigen. Mit den Kindern war es dasselbe. Ich frage mich, warum der Mann überhaupt welche bekommen hat. Nach den Worten seiner Frau hat er sie eher gehaßt als geliebt. Sie konnten es ihm nie recht machen.«

Er beugte sich ein Stück zu Malina vor. »Überleg mal, dein Vater verbringt seine Sonntage mutterseelenallein im Wald, anstatt mit der Familie zusammenzusein. Er erklärt nicht mal, warum er das macht. Er tut es einfach. Bernd Kurbjuhn hat das getan. Wochenende für Wochenende. Kein Mensch weiß, ob er Pilze gesammelt, Liebespaare beobachtet oder sonst was getrieben hat. Er hat nie ein Wort darüber verloren. Und wenn er dann nach Hause kam, hat er sich in sein Arbeitszimmer zurückgezogen und stundenlang gelesen. Niemand durfte zu ihm hinein. Klingt doch sehr nach einer gestörten Persönlichkeit.«

»Ziemlich. Und ich glaube jedes Wort. Nur, als ich mit ihm gesprochen habe, schien er freundlich. Und irgendwie hilflos. Eher wie ein Mensch, der sich bemüht, mit Worten und Gefühlen umzugehen, es aber nicht kann.«

»Na ja, wenn man Tatis Worten und denen seiner Frau glaubt, dann war das sein äußeres Gesicht. Er war in der Öffentlichkeit durchaus freundlich und zuvorkommend. Er war in seinem Beruf ja auch sehr erfolgreich. Dazu gehört eine gewisse Gewandtheit. Aber das alles wußten wir bereits.« Simon machte eine Pause und sah Malina ernst an. »Etwas anderes wußten wir allerdings noch nicht. Bernd Kurbjuhn war in seiner Eigenschaft als Prokurist einer Bank lange Jahre für das Arbeitsamt in berufsberatender Funktion tätig. Das heißt, er hat in Schulen Praktika vermittelt, Vorträge gehalten und Schüler über die Ausbildungsmöglichkeiten in einer Bank informiert. Er hat das auch schon vor zwanzig Jahren getan. Unter anderem in Ottobrunn. In Valeries Schule.«

Ein leiser Verdacht keimte auf und ließ sich nicht vertreiben. Er war da und schlug in ihren Köpfen Wurzeln.

Valerie und Tati.

Zwischen ihnen lagen zwanzig Jahre. Doch es gab etwas, das sie verband: Bernd Kurbjuhn.

Der Mann war ein Eigenbrötler und von übersteigerten, fast krankhaften Moralvorstellungen besessen. Immer wieder tauchte das Wort »Hure« auf. Er hatte seine Töchter und auch seine Frau so beschimpft. Und nun war seine Jüngste verschwunden.

Konnte es tatsächlich sein, daß dieser Mann sich per Internet an seine Tochter herangemacht und ihr etwas angetan hatte? Konnte es sein, daß sein Haß auf junge Mädchen grenzenlos war?

Aber was war es, was er an jungen Mädchen so sehr haßte? Und wenn es dieses Etwas gab, hatte er es dann auch schon vor zwanzig Jahren so gehaßt? Als Valerie vielleicht seinen Weg gekreuzt hatte?

Etwas anderes beunruhigte Malina zusätzlich: die Ähnlichkeit zwischen den beiden Mädchen. Sie war auffallend. Das hatte Simon selbst gesagt.

Als sie gegen zehn nach Hause fuhr, dachte sie wieder an jenen Faschingsabend, an Astrid Fenns Äußerungen über den Mann hinter der Kamera und daß sie ihn Knight Rider genannt hatten. Auch daran, daß er attraktiv gewesen sei. Als sie Bernd Kurbjuhn gegenüber- gesessen hatte, war ihr dasselbe durch den Kopf gegangen: daß er früher einmal gut ausgesehen haben mußte. Und sie erinnerte sich auch daran, daß er gestutzt hatte, als sie ihn nach »Aktäon« gefragt hatte. Sie schüttelte den Kopf. Sie wollte es einfach nicht glauben. Es erschien ihr zu leicht. Und dennoch ...

Wir sind auf zwei Namen gestoßen, dachte sie, als sie den Wagen vor ihrem Haus abstellte. Zwei Namen, die ihren Träger im Dunkeln lassen: Knight Rider und Aktäon. Dazwischen liegen zwanzig Jahre.

Simon schloß die Tür zu seinem Häuschen auf. Mit dem Fuß trat er gegen die Tür, und sie fiel hinter ihm ins Schloß. Das Gefühl, jegliche Energie wiche aus seinem Körper wie die Luft aus einem alten Fahrradreifen, war grenzenlos. Seit Tagen schon riß er sich zusammen, agierte wie ein Sportler auf Dope. Rannte immer weiter, ohne einen Gedanken, ohne ein Gefühl an sich herankommen zu lassen, und machte sich selbst und allen anderen vor, wieder ganz der alte zu sein.

Der alte, dachte er und hätte fast gelacht.

Wer sollte das sein?

Es hatte nie einen »alten« Simon gegeben. Er war schon immer innerlich verletzt gewesen, er hatte es nur gut verborgen. Und jetzt war die Wunde ein paar Momente lang sichtbar gewesen. Auch für ihn.

Er wollte nicht in Selbstmitleid versinken, und solange er nicht alleine war, solange er etwas tat, war er sicher, alles im Griff zu haben. Aber es fiel ihm zunehmend schwerer und gelang ihm nur, wenn er Valerie und Tati mit der Nüchternheit eines Wissenschaftlers wie zwei Fälle unter vielen betrachtete. Eine einzige Sekunde, in der er den Gedanken »seine Schwester« zuließ, würde ihn wieder in sich zusammenklappen lassen wie eine Marionette, der man die Fäden durchtrennt hatte.

Seine Gier nach Alkohol war verzweifelt groß in diesem Moment, aber er hatte sich selbst überlistet und alles, was schon danach roch, aus seiner Wohnung entfernt.

Unschlüssig stand er in seinem Wohnzimmer und hatte keine Ahnung, was er mit sich selbst anfangen sollte. Die Unruhe in ihm war stark, schoß wie Strom durch seine Adern und hielt seinen dröhnenden Schädel gegen seinen Willen auf Trab.

Er wollte nur schlafen, endlich schlafen, aber er fürchtete schon den Moment, in dem er seine Augen schließen und wieder keine Ruhe finden würde. Mit beiden Händen fuhr er sich durchs Gesicht und ließ sich auf die Couch fallen. Er war unendlich müde und hatte sich noch nicht einmal die Jacke ausgezogen.

Als er wieder aufsah und zur Fernbedienung greifen wollte, hielt er mitten in der Bewegung inne.

Mit einem Mal war er sich sicher, daß jemand hier gewesen war. Hier in seiner Wohnung.

Es war vollkommen absurd. Es gab keinen Hinweis, und dennoch spürte er die Anwesenheit dieser Person so deutlich, als stünde sie jetzt noch im Raum. Er setzte sich ruckartig auf und lauschte in die Wohnung hinein. Alles war still.

Zu still, dachte Simon.

Es war ein Geräusch, das fehlte.

Er drehte sich um, und plötzlich fiel sein Blick auf die kleine Kommode unter einem der beiden Sprossenfenster. Sie war leer. In diesem Moment wußte er, welches Geräusch er vermißte.

Es war das Ticken der Kaminuhr aus der Biedermeierzeit, die seine Großmutter ihm vererbt hatte und die seither auf dieser Kommode gestanden hatte.

Jetzt lag die Uhr zerbrochen davor.

Simon stand auf. Zuerst kontrolliert er die Fenster und die Eingangstür. Sie waren unbeschädigt.

Der Fremde mußte entweder einen Dietrich benutzt haben oder einen eigenen Schlüssel. Es gab keine anderen Möglichkeiten, ins Haus zu kommen.

Danach sah er sich in allen Zimmern um, und noch einmal bestätigte sich sein Eindruck, daß keine Diebe am Werk gewesen waren. Es fehlte nichts. Weder die Bang & Olufsen-Anlage noch der Fernseher oder das Bargeld, das er in einem Briefumschlag in seinem Schreibtisch aufbewahrte. Simon hob die zerbrochenen Löwenfüße auf, betrachtete das bemalte Zifferblatt und fragte sich, was dieser Fremde hier gewollt hatte.

Bevor er zwei Stunden später zu Bett ging, schloß er die Wohnungstür sogfältig von innen ab. Den Schlüssel ließ er stecken. Trotzdem blieb er stundenlang wach.

Als er gegen vier Uhr morgens endlich einschlief, hatte er noch immer das Gefühl, als würde ihn jemand aus dem Dunkel heraus beobachten.

Gegen halb acht wachte er wieder auf, zerschlagener denn je.

Später, als er sich einigermaßen auf dem Damm fühlte, suchte er im Telefonbuch die Nummer eines Schlüsseldienstes heraus. Er wollte sich schnellstens ein Sicherheitsschloß einrichten lassen. Nachdem er zehn Minuten lang immer wieder eine elektronisch verunstaltete Variante von Beethovens »Für Elise« anhören mußte, legte er genervt auf.

Er durchwühlte sämtliche Schubladen und fand unter einem Fensterleder das alte Vorhängeschloß, das er irgendwann einmal für den Fahrradkeller gekauft und nie benutzt hatte.

Mit einer Bohrmaschine, Dübeln und ein paar Metallleisten bastelte er eine Art Verriegelung an der Außentür, in die er das Schloß schließlich einhängte. Jetzt war das eigentliche Türschloß durch das Vorhängeschloß geschützt. Mit verschränkten Armen und im Abstand von zwei Metern betrachtete Simon seine Konstruktion. Hoffentlich verliere ich den Schlüssel nicht, dachte er und ging zu seinem Wagen.

Auf dem Weg ins Archiv der Münchner Morgenzeitung sah er vor seinem inneren Auge immer wieder einen schwarz vermummten Mann, der in seine Wohnung eindrang. Eine Art Fantomas.

☽

Zur gleichen Zeit stellte Malina ihr Auto auf dem Lehrerparkplatz des Erasmus-Grasser-Gymnasiums in der Fürstenrieder Straße ab. Sie erinnerte sich, wie ehrfurchtsvoll sie als Schülerin die Lehrer beim Einsteigen in ihre Autos beobachtet hatte. Sie waren ihr dabei wie von einem anderen Planeten vorgekommen, unantastbar.

Die Schule war ein moderner Quaderbau mit großen Fensterfronten. Eine gelbe Treppe erhob sich im Foyer frei zwischen roten Säulen und führte hinauf zu den Unterrichtsräumen und zum Lehrerzimmer.

Malina hatte Glück: Im Sekretariat nannte man ihr problemlos den Namen eines von Tatis Kursleitern. Volker Hausmann unterrichtete Deutsch, und sie fand ihn an einem Tisch Klausuren korrigierend. Er war noch jung. Irgendwie süß, fand sie, mit seinen halblangen Haaren, und vor allem naiv. Ohne nachzufragen, hielt er sie offensichtlich genau wie die Schulsekretärin für eine Zivilbeamtin der Kripo und beantwortete all ihre Fragen ohne langes Zaudern.

Selten war jemand so offen gewesen wie Volker Hausmann, und selten hatte Malina so wenig erfahren. Es war, als hätte Tati kein öffentliches Leben geführt.

Sie war eine gute Schülerin, bestätigte der Lehrer. Vor allem in Deutsch. Sie hatte ein großes Verständnis für Texte, eine gute Formulierungsgabe und verfügte über assoziatives Denken. Und auch in allen anderen Fächern gab es keinen Grund zur Klage.

Womit es hingegen haperte, war ihr Verhältnis zu ihren Mitschülern. Laut Hausmann gab es das überhaupt nicht. Tati war eine Einzelgängerin und hielt sich von allen fern. Als sie nach dem Tag ihres Verschwindens nicht im Unterricht aufgetaucht war, war es ihren Klassenkameraden nicht einmal aufgefallen.

»Und das Schlimmste«, sagte Hausmann und legte seine Stirn in Dackelfalten. »Es schien niemanden zu rühren, als uns durch Ihre Kollegen von der Polizei mitgeteilt wurde, daß Tatjana verschwunden war. Es klingt hart, aber es war allen ziemlich egal.«

»Und Ihnen? War es Ihnen egal?« fragte Malina.

Hausmann zuckte die Schultern: »Nein, es ist mir nicht egal. Aber ich denke auch nicht ununterbrochen darüber nach. Wissen Sie, es ist seltsam mit Tatjana. Sie mag sympathisch sein, aber sie kommt einem nicht nahe und weckt Empfindungen. Es ist okay, wenn sie da ist, aber wenn sie weg ist, fehlt einem nichts. Es ist wie mit Champagner: Es ist schön, ihn zu trinken, aber wenn man ihn nicht hat, trinkt man eben Wasser.«

Der Besuch in Tatis Schule hatte nicht viel gebracht. Nur eine Bemerkung von Volker Hausmann hatte Malina zu denken gegeben: Tati war nach der letzten Unterrichtsstunde an jenem Montag gegen zwei Uhr in ein Taxi gestiegen. Hausmann hatte es selbst gesehen, und es war ihm aufgefallen, weil er wußte, daß sie sonst nach Hause radelte.

Wie war das Taxi zur Schule gekommen? Malina bog rechts auf den Mittleren Ring ab und grübelte. Normalerweise hielten Taxen nicht vor Schulen. Also mußte dieses entweder geschickt worden sein, oder Tati hatte es selbst gerufen.

Sie griff nach ihrem Handy auf dem Beifahrersitz und rief die Nummer von Bernd Kurbjuhn auf. Er war sofort am Apparat.

»Besitzt Ihre Tochter ein Handy?«

Ihre unvermittelte Frage überraschte ihn, und es schien, als müßte er sich erst einen Moment sammeln. »Ja. Nein. Sie hatte mal eins. Aber das hat sie schon vor längerer Zeit verloren. Meine Frau hat es ihr zu Weihnachten geschenkt. Aber das war wieder typisch Tatjana. Sie verliert immer alles. Kann auf nichts achtgeben. Es war immer vergebene Liebesmüh, ihr etwas Teures zu kaufen.«

Malina dankte für die Auskunft und drückte ihn weg.

Es gab jetzt nur zwei Möglichkeiten: Jemand hatte dieses Taxi geschickt, oder Tati hatte das Handy einer Mitschülerin benutzt. Fest stand, daß sie freiwillig eingestiegen war.

Wohin war sie also gefahren? Und wer hatte sie an ihrem Ziel erwartet?

Es kam Simon vor, als seien es Hunderte von Artikeln. Auf Mikrofilmen archiviert, lagen sie vor ihm. Einige davon kannte er bereits. Er hatte sie vor zwanzig Jahren in einen Ordner abgeheftet, den er noch immer besaß und in den er nie hineinsah.

Nun schien ihm die Anzahl von Berichten, die im Lauf der Zeit über seine Schwester erschienen waren, fast beängstigend groß. Er hatte in den letzten zwei Stunden fast alle gelesen, einige nur überflogen. Im Grunde enthielten sie dasselbe: daß es im Fall der verschwundenen Valerie Graf keine neuen Spuren gab.

Simons Pupillen rasten noch einmal suchend über den Papierstapel. Doch die unbekannte Größe gab es nicht. Nur einen Namen, der immer wieder auftauchte: Rutger Klingszot. Der Mann hatte wie ein Weltmeister über Valeries Verschwinden geschrieben und in jede Richtung recherchiert. Seine Kontakte zur Sonderkommission, die damals im Einsatz gewesen war, mußten weit über das gewöhnliche Maß hinausgegangen sein, so oft und so voller Insider-Wissen hatte er darüber berichtet. Mehr als jeder andere Journalist war er dem Thema auf der Spur geblieben. Er hatte mit Valeries Lehrern gesprochen, mit ihren Mitschülern und mit weiteren Jugendlichen aus Ottobrunn. Dann waren Nachbarn und andere Einwohner an die Reihe gekommen.

Er hatte auch mit Simons Eltern gesprochen und sogar mit Simon selbst. Er erinnerte sich schwach. Rutger Klingszot war ein kleiner Mann gewesen, mit schlauen, wißbegierigen Äuglein. Seine Fragen waren präzise und klug, und die Art seines Auftretens war erstaunlich sachlich, wenn nicht sogar kalt gewesen. Ganz im Gegensatz zu seinen Artikeln, die Simon zwar als informationsgespickt, aber auch reißerisch empfunden hatte. Er wurde das Gefühl nicht los, als wüßte dieser Rutger Klingszot mehr als irgend jemand sonst. Er war in die Tiefen der Geschichte eingedrungen und besaß ein Füllhorn an Informationen.

Simon druckte weitere Artikel aus und brachte die Mikrofilme wieder zurück an ihren Platz.

Dann ging er in die Redaktionsräume hinauf. Rutger Klingszot arbeitete schon lange nicht mehr fest für die Morgenzeitung, erfuhr er vom Redaktionsleiter Hans Diehl, den er noch aus alten Kripo-Zeiten kannte. Diehl trug noch immer dieselbe braune Strickjacke und sah ihn wie früher über den Rand seiner Brille an.

»Verdammt schade, daß der Klingszot nicht mehr regelmäßig für uns arbeitet. Aber er ist jetzt Anfang Sechzig und hat sich zurückgezogen. Macht nur noch, wozu er Lust hat. Sind nicht leicht zu finden, diese Journalisten vom alten Schlag. Der Klingszot bohrte sich förmlich in die Geschichten rein und ließ nicht locker. Mich hat er ewig an einen Pitbull erinnert. Wenn der sich mal festgebissen hatte, ließ er nicht los, bis er ein Stück Wahrheit herausgerissen hatte. Ist eben von altem Schrot und Korn.«

Simon grinste vielsagend. »Du hast doch sicherlich seine Adresse. Ich brauche sie dringend.«

Wieder blickte Diehl prüfend über seine Brille hinweg. »Zigarre?« fragte er, und als Simon den Kopf schüttelte, zündete er sich in aller Gemütsruhe selbst eine an. Als die Spitze glühte und er ein paar Rauchkringel ausgestoßen hatte, fragte er: »Was willst du von ihm? Du bist doch schon lange nicht mehr bei den Bullen. Ich bin eigentlich nicht neugierig, aber das interessiert mich jetzt schon.«

»Alte Geschichte«, antwortete Simon in einem Ton, der jede weitere Frage untersagte. Hans Diehl zuckte die Achseln und schnarrte in die Sprechanlage auf seinem Schreibtisch: »Edda, bring mir mal die Adresse vom Klingszot.«

Ein paar Minuten später hatte Simon die Anschrift des Journalisten.

»Hier, nimm das auch noch mit. Geht aufs Haus«, sagte Diehl und drückte ihm die aktuelle Ausgabe der Zeitung in die Hand.

Er saß noch nicht in seinem Wagen, als er das Handy im Handschuhfach klingeln hörte. Malina klang aufgebracht.

»Sag mal, wo steckst du eigentlich?«

»Am Oberanger im Archiv der Morgenzeitung. Das heißt, ich bin gerade raus.«

»Was um aller Welt machst du denn da?«

»Erkläre ich dir später. Das dauert jetzt zu lange.«

Es knisterte in der Leitung, und Simon fragte sich, ob es an der schlechten Verbindung oder an Malinas Laune lag.

Als er ihre Stimme wieder hörte, klang sie sehr beherrscht.

»Es ist inzwischen halb zwölf, mein Lieber. Um zehn waren wir im Büro verabredetet. Ich sitze seit geschlagenen anderthalb Stunden zusammen mit Frau Steding herum und warte auf dich. Du hättest zumindest anrufen können.«

»Malina, ich finde, jetzt wirst du schwierig. Ich habe es einfach vergessen.«

»Nenn mich nicht schwierig, wenn ich im Recht bin und du alles vermasselst.«

»Gut. Du bist nicht schwierig. Darf ich zukünftig kompliziert sagen, wenn ich wieder mal stöhnen muß?«

»Natürlich nicht.« Plötzlich hörte er sie lachen. »Na gut. Frieden. Aber vergiß nicht, daß wir um halb drei bei Tatis Schwester angemeldet sind. Na, ist wohl besser, ich rufe dort gleich mal an und frage, ob wir uns verspäten dürfen. Schaffst du es, gegen halb vier hierzusein?«

»Es spricht bis jetzt nichts dagegen.«

»Okay, aber dafür gibt es nachher ein Schächtelchen Dallmayr-Pralinen. Komm mir bloß nicht ohne zurück.«

»Ist geritzt.« Er grinste. Das konnte Malina gut: ihn zum Grinsen bringen.

Das Haus in der Otkerstraße, in dem Rutger Klingszot wohnte, hatte er schnell gefunden. Schlechter hingegen sah es mit Parkplätzen aus. Jedes noch so kleine Fleckchen

Asphalt war von einem Auto besetzt. Kurzentschlossen fuhr Simon auf einen der breiten Gehwege und tat etwas, wofür er sich in Gedanken selbst einen Strafzettel gab: Er öffnete das Handschuhfach, zog das Schild »Arzt im Einsatz« hervor, das er Dorothee irgendwann einmal abgeluchst hatte, und legte es hinter die Windschutzscheibe. Fehlt nur das braune Lederköfferchen, dachte er, während er verstohlen um sich blickte und schließlich ausstieg.

Der Klingelanlage entnahm er, daß der Journalist im dritten Stock wohnte. Die Haustür stand offen, und Simon stieg die Treppen hinauf.

Er läutete. Als er schon glaubte, niemand sei zu Hause, hörte er mißmutig klingende Schritte. Zuerst strömte ihm eine Wolke von Bratfett entgegen, dann erblickte er einen blau-weiß-gestreiften Bademantelärmel, und ein rauhes Husten, gefolgt von einem Räuspern, drang an sein Ohr. Zum Schluß erschien in der Tür ein von Pergamentfältchen durchfurchtes Gesicht, und schließlich stand ihm der ganze Mann gegenüber.

»Sie wünschen?«

»Mein Name ist Simon Graf. Störe ich?«

»Sehen Sie das denn nicht? Simon Graf. So, so ... Ich weiß natürlich, wer Sie sind. Also, was wollen Sie?«

»Ich muß mit Ihnen sprechen.«

»Wer nicht? Aber da könnte ja jeder kommen.«

»Die Angelegenheit ist dringend. Ich wäre sonst nicht hier.« Simon klang ebenso gallig wie Klingszot.

Der Mann machte eine unwirsche Geste. »Also kommen sie schon herein.«

Die Tür hinter Simon schloß sich, worauf der Geruch von Bratfett noch stärker wurde. Auf beiden Seiten des Flurs ragten dunkle Regale bis an die Decke. In ihnen lagerten alte Bücher, Zeitungen, Elektrokabel, Diakästen und -Projektoren, Kerzenstummel, Werkzeug, Schallplatten und unzählige Kartons mit Krimskrams. Simon zog instinktiv die Schultern zusammen und folgte Klingszot. Welcome in Messie-Park, fuhr es ihm dabei durch den Kopf. Am Ende des Ganges stieß der Reporter eine Tür auf. »Hier ist das Wohnzimmer. Nehmen Sie schon mal Platz. Ich bin gleich bei Ihnen.«

Simon ging hinein und setzte sich zwischen zwei Stapel Zeitungen, die auf einem braunen Cordsofa lagen. Auf dem Fensterbrett gegenüber standen ein paar Pflanzen, die lange kein Wasser gesehen hatten. Es gab einen riesigen, mit Papier übersäten Tisch, einen Fernseher und einen alten Plattenspieler. Ansonsten bestand auch hier die Einrichtung aus Kartons, in denen sich Fotos und Zeitungsartikel türmten. Überall lagen Kugelschreiber.

In diesem Moment kam Klingszot wieder herein. Er trug noch immer den Bademantel, und in der Hand hielt er einen Teller, auf dem etwas lag, was Simon entfernt an ein Fleischpflanzerl erinnerte.

»Hab ich mir heut nacht um drei noch gebraten. Aber dann hatte ich keinen Hunger mehr. Es wird Sie ja nicht stören, wenn ich jetzt eins esse.« Er tunkte den Klops in eine Lache aus Senf und biß hinein. Dann blickte er wieder zu Simon. »Auch eins?«

»Sehr freundlich, aber ich habe keinen Hunger.«

»Nun mal nicht so etepetete. Ich hol Ihnen eins. Esse nur ungern allein.«

Ein paar Minuten später war er zurück und drückte Simon einen Teller in die Hand. Unter den Arm hatte er sich zwei Flaschen Bier geklemmt, die er gleich öffnete. Zögernd tat Simon den ersten Biß. Der Klops schmeckte erstaunlich gut. Schweigend aßen die beiden Männer zu Ende.

»So, und nun mal raus mit der Sprache. Wo drückt's? Nehme mal an, der Schuh heißt Valerie Graf.«

Simon ärgerte sich etwas über Klingszots unverblümte Bemerkung, zeigte es aber nicht, sondern nickte nur.

»Ich sag Ihnen jetzt mal was. Hab so was nie selber erlebt. Gott sei Dank. Kann mir aber vorstellen, daß man es nicht vergißt. Läßt einen nicht schlafen, was? Aber Junge, das ist jetzt zwanzig Jahre her. Ich hab mir damals die Finger wundgeschrieben, meine Nase in alles gesteckt. Trüffelschwein haben sie mich bei der Polizei genannt, und die Jungs haben auch alles getan, was sie konnten. Nix ist dabei herausgekommen. Irgendwann muß man seine Geister begraben. Vor allem hier oben.« Er tippte sich an die Schläfe.

»Es gibt neue Hinweise.«

Klingszot trank einen Schluck Bier und warf Simon einen scharfen Blick zu. »Neue Hinweise. Welche?«

»Darüber möchte ich im Augenblick noch nicht sprechen. Ich kann Ihnen nur sagen, daß es so ist.«

Der Journalist schwieg minutenlang und sah dabei Simon abschätzend in die Augen.

»Ah ja. Das kann er nicht verraten. Aber zu einem Journalisten kommen und um einen Gefallen bitten, das schon. Mal ehrlich: Halten Sie mich für einen Deppen?«

»Herr Klingszot, mir ist klar, daß Ihnen das komisch und dreist vorkommen muß. Aber Sie haben Unmengen über meine Schwester geschrieben, unzählige Fotos gemacht. Sie müssen den Fall besser als jeder andere kennen. Ich will von Ihnen nicht mehr, als noch einmal Ihr Material durchsehen zu dürfen.« Er schickte einen bedeutungsvollen Blick durch den Raum. »Ich bin sicher, Sie haben alles aufgehoben. Und bitte, auch wenn Sie das wenig rühren mag, bedenken Sie: Es handelt sich um meine Schwester.« Jetzt griff er ebenfalls nach seinem Bier.

»Ja, sicher. Es handelt sich um Ihre Schwester. Aber was juckt mich das? Mich interessiert doch vielmehr, was für mich dabei herausspringt. Quid pro quo, Herr Graf, quid pro quo.«

Simon musterte ihn lange und wurde sich nicht klar darüber, ob er den Mann mochte oder nicht. Seine Art, völlig unsentimental mit den Dingen umzugehen, war für ihn nach all der gedämpften Rücksichtnahme und den mitleidsvoll gesenkten Blicken fast erleichternd. Die ganze Betroffenheitsmixtur fiel hier flach, und jegliche Emotion wurde versachlicht. Wieder hatte er die Möglichkeit, wie ein nüchterner Forscher zu agieren. Gleichzeitig stieß ihn diese zur Schau gestellte Gefühllosigkeit ab.

Quid pro quo, hatte er gesagt. Klingszot wollte ein Angebot, und er, Simon, konnte ihm nur eines machen:

»Ich nehme mal an, es geht Ihnen nicht um Geld in dieser Sache. Was Sie wollen, ist eine Geschichte, stimmt's? Das kann ich verstehen. Es gibt aber noch keine. Sollte es allerdings eine geben, Herr Klingszot, dann verspreche ich Ihnen, daß Sie der erste sein werden, der davon erfährt.«

»Hängen die Bullen mit drin?«

»Nein.«

»Gut. Das heißt also, meine sogenannten Kollegen haben noch nichts darüber erfahren.«

»Nicht, daß ich wüßte.«

»Graf, Sie handeln mit Eiern, die noch nicht mal gelegt sind, ist Ihnen das klar.«

»Ist es. Aber im Moment habe ich nicht mehr.«

Klingszot seufzte und ging hinaus. Als er zurückkam, trug er einen großen Karton vor sich her. »Valerie Graf« stand in schwarzer Edding-Schrift darauf. Der Reporter nahm den Deckel ab.

»Hier, bedienen Sie sich. Aber erzählen Sie niemandem, der alte Klingszot hätte plötzlich sein gutes Herz entdeckt. Ich hab nämlich gar keins.«

Die Schachtel enthielt mehrere akkurat beschriftete Ordner, deren Inhalte chronologisch sotiert waren. In den einen gab es nur Zeitungsartikel, in den anderen sorgfältig in Klarsichtfolie abgeheftete Fotos, deren Rückseiten mit dem jeweiligen Aufnahmedatum und den Namen der Personen versehen waren. Dazwischen lagerten unzählige Gesprächsnotizen und abgetippte Interviews.

»Gibt nichts, das ich nicht irgendwie ausgewertet

habe. Steckt alles hier drin.« Klingszot deutete auf seine Berichte. »Wonach suchen Sie denn?«

»Das kann ich nicht sagen. Ich weiß es erst, wenn ich es gefunden habe. Sofern etwas da ist, natürlich. Wäre wie ein Sechser im Lotto.«

»Ich lasse Sie jetzt mal allein mit dem Kram. Hab noch ein paar Telefonate zu führen. Wenn Sie mich brauchen, rufen Sie einfach.« Der Journalist warf noch einen Blick auf seine Materialien und ging hinaus. Simon hörte, wie er sacht die Tür hinter sich schloß. Er war allein.

Die Artikel waren dieselben, die Simon schon im Archiv der Morgenzeitung gefunden hatte. Er durchforstete die Interviewprotokolle und Klingszots handschriftliche Gesprächsnotizen. Doch es war so, wie der Mann gesagt hatte: Das Wichtigste steckte bereits in seinen Artikeln. So unordentlich die Wohnung war, in seiner Arbeit war er akribisch und genau. Er hatte keinen Aspekt übersehen, es gab keine einzige Frage, die er nicht gestellt hatte.

Simon fühlte sich entmutigt, wieder saß ihm die Angst im Genick, niemals zu einer Lösung zu kommen. Vielleicht sollte er Klingszots Rat folgen und seine alten Geister begraben. Genau wie Malina überkam ihn das Gefühl, viele Teilchen wie Sand in einem Aquarium aufgewirbelt zu haben, ohne daß sie sich am Ende zusammenfügten.

Er legte die Artikel zurück in ihre Ordner und machte sich an die Fotos. Klingszot hatte alles abgelichtet, was ihm vor die Linse gekommen war. Das Kino, aus dem Valerie verschwunden war, die Eisdiele, die sie an jenem Abend noch hatte besuchen wollen, ganze Ottobrunner Straßenzüge, die Schule und das Elternhaus. Dann tauchten Fotos auf, auf denen alle Personen, mit denen der Journalist gesprochen hatte, zu sehen waren. Lehrer, Valeries Schulkameraden und Freunde, Dorfbewohner und Geschäftsleute. Er hatte keinen ausgelassen und sie für die Bilder zu Gruppen arrangiert. Manche Gesichter kamen Simon bekannt vor – als er ihre Namen auf der

Rückseite las, wurden Menschen, die er längst vergessen hatte, wieder gegenwärtig. Die Vergangenheit lag in Schwarz-Weiß vor ihm.

Plötzlich fühlte er wieder den Schweiß auf seiner Stirn, seine Hand, die eines der Fotos hielt, begann zu zittern, sein Herz geriet aus dem Takt. Nur mit Mühe unterdrückte Simon den Impuls, aufzuspringen und davonzurennen. Er holte Luft und trank gierig einen Schluck Bier. Dann sah er sich die Fotos erneut an:

Es *war* etwas auf den Fotos. Etwas, das sich wiederholte. Wie bei einem Memory-Spiel. Warum, zum Teufel, sah er es nur nicht?

Dann breitete er die Fotos zu einem Fächer um sich herum aus und nahm eines nach dem anderen noch einmal in die Hand. Er studierte sie gründlich, und mit einem Mal fühlte er einen Ruck in der Herzgegend, der sich zu einem Stich auswuchs und bis in den Magen zog. Ihm wurde schlecht.

Er hatte die Gleichung erkannt.

Sie bestand aus einer einzigen Person.

Einer Person, die er kannte und die er auf mehreren Fotos entdeckte. Einmal war sie mit anderen Gesichtern im Vordergrund auf einem der Bilder zu sehen. Auf fünf anderen hielt sie sich im Hintergrund. Nur ihre Haltung ließ erkennen, daß sie an dem, was gerade passierte, starkes Interesse hegte.

Diesmal zitterten Simons Hände noch stärker als zuvor. Es war ein furchtbarer Gedanke, der durch seinen Schädel schoß. Simon schüttelte den Kopf. Es konnte nicht sein. Er mußte sich täuschen.

»Klingszot«, rief er und richtete sich auf. »Können Sie mal kommen?«

Wenige Sekunden später stand der Mann in der Tür und blickte in Simons kreidebleiches Gesicht. »Was ist denn mit Ihnen, Mensch? Sind Sie einem Geist begegnet?«

»So ungefähr. Haben Sie mal eine Lupe?«

»Was für eine Frage. Warten Sie, ich bringe Sie Ihnen gleich.«

Einen Augenblick später war er wieder da. »Was gefunden?« Er hielt Simon das Vergrößerungsglas vor die Nase.

»Weiß noch nicht.« Im Fokus der Linse trat das Gesicht auf den Fotos deutlicher zutage, wurden die Züge darin um ein Vielfaches klarer. Dann fiel sein Blick auf das Bild seines Elternhauses. Im ersten Moment entdeckte er nichts von Bedeutung. Das Haus in seinem großen Garten, die Bäume davor. Doch es war ein Schemen darauf, der Simon irritierte. Durch die Lupe erkannte er, daß es sich um eine Person auf einem Fahrrad handelte. Sie hatte dem Fotografen den Rücken zugewandt und, als er abdrückte, noch einmal kurz über die Schulter geblickt.

Es war dieselbe Person, die sich auf den anderen fünf Bildern im Hintergrund gehalten hatte und deren Name als einziger auf der Rückseite unerwähnt geblieben war.

Es kann nicht mehr als ein Zufall sein, grübelte Simon. Aber was sagte Freud?

Den Zufall gab es nicht?

Er legte die Lupe aus der Hand. Sein Blick richtete sich stumpf auf eine der verdorrten Pflanzen auf der Fensterbank.

Knight Rider?

Die Frage hämmerte schmerzhaft in seinem Kopf wie der Klöppel eines Uhrwerks.

Ein paar Minuten später hatte er sich wieder gefangen. Rutger Klingszot stand vor ihm und musterte ihn eingehend. »Könnte was werden mit der Geschichte, oder?«

»Vielleicht«, murmelte Simon. Dann stand er auf. »Würde es Ihnen etwas ausmachen, wenn ich die Fotos mitnehme, um ein paar Abzüge davon zu machen? Ich schmeiße Ihnen die Originale spätestens morgen abend wieder in den Briefkasten.«

»Ungern. Warten Sie einen Moment. Ich habe ein eigenes kleines Labor. Mache Ihnen die Abzüge schnell selber. Ist meine gute Tat für diesen Monat.«

Gegen halb drei war er auf dem Weg nach Bogenhausen. In seiner Jackentasche steckte ein Umschlag mit den Fotos. Die Pralinen von Dallmayr für Malina hatte er vergessen.

Er kam gar nicht mehr bis ins Büro. Als er in der Arabellastraße aus seinem Wagen stieg, sah er Malina schon in ihrem Wagen sitzen. Ihr Blick sagte ihm, daß er viel zu spät war. Nach den Pralinen fragte sie nicht. Er setzte sich neben sie, und sie fuhren los.

»Hier, ich hab was für dich«, sagte sie, als sie an einer Ampel hielten, und öffnete ihre Handtasche. Sie zog ein paar Blätter in Klarsichtfolie heraus. Simon war müde und hätte am liebsten für ein paar Minuten die Augen zugemacht, aber an ihrem Ton erkannte er, daß sie das, was sie da in der Hand hielt, für wichtig erachtete. Er nahm es ihr ab und las:

Protokoll
Gespräch mit Carina Steding,
geführt und aufgenommen am
Freitag, den 17. September 2004
Beginn: 10.15 Uhr

Detektei Argus: Vielen Dank, daß Sie gekommen sind, um mit uns über Valerie zu sprechen.
Carina Steding: Ich konnte gar nicht anders, als mich bei Ihnen zu melden. Als Astrid angerufen hat und mir erzählte, daß es jetzt nach so langer Zeit neue Hinweise zu Valerie geben soll, konnte ich die ganze Nacht nicht schlafen. Ich hatte gleich das Gefühl, selbst etwas tun zu müssen, obwohl ich noch immer nicht weiß, was das sein könnte. Aber ich fühle mich so verpflichtet, verstehen Sie?

D. A.: Ja. Erzählen Sie mir einfach von Ihrer Freundschaft zu Valerie, alles, was Ihnen einfällt und was Ihnen wichtig erscheint. Haben Sie sie an dem Tag, als sie verschwunden ist, also am 9. April 1986, selbst noch gesehen?
C. S.: Natürlich. Wir gingen ja gemeinsam zur Schule. Ich habe sie morgens wie immer abgeholt. Ich erinnere mich noch ganz genau an alles. Es war ihr Geburtstag, und sie hatte von Simon eine grüne Swatch-Uhr bekommen. Sie hat sie mir gleich unter die Nase gehalten und war furchtbar stolz darauf. Nach Unterrichtsschluß gingen wir gemeinsam nach Hause. Nachmittags feierte sie mit ihrer Familie, und abends wollten sie und Simon gegen zehn noch in die Eisdiele kommen, um sich mit mir und ihren anderen Freunden zu treffen ...
D. A.: Ist Ihnen an diesem Tag etwas Besonderes aufgefallen, gab es jemanden, der irgendwie in Ihrer und Valeries Nähe herumlungerte?
C. S.: Ich habe mir wieder und wieder den Kopf darüber zerbrochen, aber ich habe nichts Auffälliges bemerkt. Valerie war sehr beliebt, es waren immer viele Leute um sie herum, vor Unterrichtsbeginn und in den Pausen. Das war auch an diesem Tag so, aber es waren genau dieselben Leute wie immer.
D. A.: Was war mit Robert Heimann?
C. S.: Bobby? Was soll mit Bobby gewesen sein?
D. A.: Valerie und er waren ein Paar.
C. S.: Na ja, was man in diesem Alter darunter versteht. Es stimmt schon, Valerie war total in ihn verknallt. Die beiden hielten Händchen und haben heimlich herumgeknutscht. Ich glaube nicht, daß da mehr lief. Das hätte Valerie mir erzählt. Was die meisten anderen Leute anging, war sie eher verschwiegen. Aber mir hätte sie es erzählt. Wir erzählten uns alles.

D. A.: War er ebenso in sie verliebt?
C. S.: Bobby ... Er war ein total niedlicher Typ damals. Viele Mädchen mochten ihn. Er sah süß aus, und daß er ein Mofa hatte, machte ihn natürlich zum Helden (lächelt). Jungs in dem Alter halten sich - glaube ich - mit lauten Zuneigungsbekundungen ziemlich zurück, alles andere wäre ja auch uncool, aber ich denke, Valerie hat ihm wirklich etwas bedeutet. Er war ständig um sie herum, und er war lieb zu ihr.
D. A.: Sie sagen, Valerie sei immer von vielen Leuten umgeben gewesen. Also war sie ziemlich beliebt. Könnte es sein, daß er da eifersüchtig war?
C. S.: So gut kannte ich ihn nicht. Aber ich glaube, nein. Ich glaube eher, daß es ihm gut gefiel, eine Freundin zu haben, die alle mochten und die so gescheit war. Das hat ihm geschmeichelt. Er war ein lockerer Typ. So jemand, der die Sonne aufgehen läßt, sobald er zur Tür hereinkommt.
D. A.: Wie hat er es damals verkraftet, als Valerie verschwunden ist?
C. S.: (schweigt lange) Das war merkwürdig. Er ließ sich überhaupt nichts anmerken. Man hätte annehmen können, daß es ihm furchtbar zusetzen würde. Daß er sich zurückziehen würde, Trost suchen oder so etwas in der Art. Aber das war nicht so. Er veränderte sich überhaupt nicht. War wie immer. Vielleicht hat er nach außen hin den Starken markiert und alles mit sich selbst ausgemacht - daheim in seinem stillen Kämmerchen. Aber er ließ sich nichts anmerken. Ich habe einmal versucht, mit ihm über Valerie zu reden, aber da wurde er mürrisch und abweisend. Wie gesagt, es war sehr merkwürdig.
D. A.: (legt das Faschingsfoto vor) Ja, in der Tat. Warum, glauben Sie, hat Valerie ihn weggeknickt, bevor sie dieses Bild in einen Bilderrahmen getan hat?

C. S.: (reagiert sehr überrascht) Ich weiß es nicht. Ich verstehe es auch nicht. Wo haben Sie das Bild denn her?
D. A.: Es stand in ihrem Zimmer.
C. S.: Es ist ein schönes Foto. Wir sind alle drauf. Gott, waren wir da jung ... und völlig ahnungslos ... Und Astrid sah vielleicht aus ... (lacht) Der einzige Grund, den ich mir vorstellen kann, warum Valerie Bobby weggeknickt hat, ist, daß zu Hause keiner etwas davon merken sollte. Und das hätten sie wohl, so wie Bobby sie da angesehen hat.
D. A.: War Valerie eine Heimlichtuerin?
C. S.: Auf den ersten Blick überhaupt nicht. Kein Mensch konnte so offen auf Leute zugehen wie sie. Sie hat auch gern geredet. Aber es gab Dinge, da war sie eigen. Und ich glaube, die Sache mit Bobby war ihr irgendwie heilig. Ich kann mir vorstellen, daß sie es für sich behalten wollte, weil sie befürchtete, sie könnte deswegen aufgezogen werden oder man würde ihr dumme Fragen stellen. Ich glaube, sie wollte verhindern, daß ihre Gefühle durch irgend jemanden abgewertet werden würden.
D. A.: Können Sie sich daran erinnern, wer dieses Foto gemacht hat?
C. S.: (überlegt lange) Gott, das ist so lange her. Zwanzig Jahre. Aber ich glaube, es war ein Typ, hinter dem Valerie und ich immer so ein bißchen nachgekichert haben, wenn wir ihn mal sahen.
D. A.: Wo haben Sie ihn denn gesehen? Ging er in dieselbe Schule?
C. S.: Nein, ganz sicher nicht. Dann könnte ich mich besser erinnern. Wir sahen ihn ab und zu mal im Schwimmbad, auf dem Marktplatz oder so. Wo man Leute eben trifft, wenn man jung ist. Er war älter als wir. Hat auch nie mit uns geredet oder uns beachtet.
D. A.: Wer hat ihn an dem Abend dazu aufgefordert, das Foto zu machen? Sie oder Valerie?

C. S.: Keine von uns. Das hätten wir uns nie getraut. Wenn ich mich recht erinnere, haben wir Astrid vorgeschickt. Die machte so was, ohne mit der Wimper zu zucken. Nicht weil sie besonders versiert in so was gewesen wäre, sondern weil sie völlig asexuell war. Die hätte im Traum nicht daran gedacht, ein Kerl könnte sonst was vermuten.
D. A.: Mochten Sie Astrid?
C. S.: Was heißt mögen? Ich habe sie akzeptiert, weil Valerie sie immer mit anschleppte. Wissen Sie, Valerie hatte ein kleines Helfersyndrom. Sie konnte es einfach nicht ertragen, wenn jemand allein war. Und Astrid war eine Außenseiterin, die bei niemandem so richtig gut ankam. Das konnte Valerie nicht mit ansehen. Und was hätte ich dagegen tun sollen? War ja auch nicht nötig. Astrid störte im Grund nicht. Sie war eben ein bißchen langweilig. Aber Valerie und ich hatten ohnehin unsere Geheimstunden.
D. A.: Sagt Ihnen der Name »Knight Rider« etwas?
C. S.: Natürlich. Wie konnte ich's nur vergessen? Es ist furchtbar: Namen kann ich mir überhaupt nicht merken. Aber jetzt, wo Sie es sagen: Knight Rider war der Typ, der das Foto gemacht hat. Ging alles ganz schnell, wenn ich mich richtig erinnere. Er hat die Kamera genommen, abgedrückt, und weg war er. Valerie fand das irgendwie toll. Aber sie hat kein Sterbenswörtchen mit ihm gesprochen. Hinterher hat sie dauernd deswegen gekichert. Bobby war sauer, weil sie so aufgeregt war.
D. A.: Wissen Sie denn seinen richtigen Namen? Ich meine, den von Knight Rider?
C. S.: Nein. Den kenne ich nicht. Ich weiß nicht mal, ob ich den überhaupt je wußte. Wie gesagt, wir kannten ihn nur vom Sehen.
D. A.: Weshalb nannten Sie ihn überhaupt Knight Rider?

C. S: Keine Ahnung. Ich glaube, er sah irgendeinem Schauspieler ähnlich. Darf ich Sie jetzt einmal etwas fragen?
D. A.: Natürlich.
C. S.: Welche neuen Hinweise gibt es zu Valerie?
D. A.: Es wurden Fotos anonym und per E-Mail an uns geschickt, die Valerie nach der Entführung zeigen.
C. S.: Mein Gott, das ist ja furchtbar. Hätten Sie etwas dagegen, Sie mir zu zeigen?
D. A.: Nein.

Unterbrechung des Gesprächs um 11.38 Uhr. Wiederaufnahme um 12.11 Uhr

D. A.: Sie haben die E-Mails jetzt gesehen. Auch die, die Simon Graf von Tatjana Kurbjuhn erhalten hat. Ich möchte Sie fragen, was Ihnen spontan dazu einfällt. Gibt es jemanden aus Ihrer gemeinsamen Vergangenheit mit Valerie, den Sie dahinter vermuten?
C. S.: Nein.
Langes Schweigen.
C. S.: Ich bin vollkommen verstört, das Ganze ist so krank. Ich kann mir nicht vorstellen, daß dahinter jemand stecken könnte, den ich kenne.
Aber ich möchte Ihnen so gern helfen. Ich bin es Valerie schuldig. Es vergeht kaum ein Tag, an dem ich nicht an sie denke. Im Lauf meines Lebens habe ich gelernt, daß die alten Freundschaften, die man ganz früh in seinem Leben geknüpft hat, am meisten zählen. Es können Jahre dazwischen liegen, bis man sich wiedersieht, und trotzdem bleibt alles beim alten. Wenn Valerie noch bei uns wäre, dann wären wir noch immer Freundinnen. Ich habe keine Vermutung, wer dahinterstecken könnte. Da ist nur eine Sache in diesen E-Mails, die mich an irgend etwas erinnert. Es hat etwas mit dieser

Sichel zu tun, die am Ende der Filme in diesem Flimmerregen zurückbleibt. Sie hat eine Bedeutung. Ich weiß nur nicht, welche. Und es gibt etwas in der E-Mail von dieser Tati, was ebenfalls mit dieser Sichel zu tun hat. Ich könnte mich ohrfeigen, aber ich komme nicht darauf.

D. A.: Bitte versuchen Sie sich zu erinnern. Es könnte wichtig sein.

C. S.: Ich mache Ihnen einen Vorschlag. Geben Sie mir eine Kopie dieser E-Mail von Tati mit. Vielleicht komme ich darauf, wenn ich sie noch einmal in aller Ruhe lesen kann. Sobald ich etwas weiß, melde ich mich bei Ihnen.

D. A.: Bitte tun Sie das. Sie können mich auch jederzeit privat anrufen oder bei mir vorbeikommen. Ich gebe Ihnen meine Telefonnummer und meine Adresse mit.

C. S.: Das ist sehr freundlich. Und bitte glauben Sie mir, ich will alles tun, um Ihnen zu helfen.

Ende des Gesprächs um 12.41 Uhr

»Du hast das Gespräch aufgenommen?« Simon sah Malina verwundert an.

»Du warst ja nicht da. Und ich wollte, daß du alles eins zu eins mitkriegst. Es hätte ja sein können, daß Carina Steding Dinge erzählt, die du besser beurteilen kannst, aus dem einfachen Grund, weil du die Situation und die Leute von damals kennst.« Sie machte eine Pause, in der sie einen Kaugummi auswickelte und ihn sich in den Mund schob. »Außerdem wollte ich endlich einmal das neue Aufnahmegerät ausprobieren.«

»Alles klar, Agentin Starling.«

Malina gab ihm einen Knuff in die Seite. »Du hast doch nichts dagegen, daß ich ihr die E-Mails gezeigt habe, oder?«

Simon schwieg und nahm sich ebenfalls einen Kaugummi. »Nein«, sagte er endlich. »Die ganze Geschichte, Valerie, alles war viel zu lange im dunkeln. Wenn wir weiterkommen wollen, dann muß es jetzt ans Licht. Es war richtig, was du getan hast.«

»Apropos getan. Was hast du eigentlich den ganzen Tag getrieben? Offensichtlich war es wichtiger als Dallmayr.«

Ich dachte, ich würde im Archiv der Morgenzeitung etwas erfahren, was uns weiterhelfen könnte. War danach noch bei dem Journalisten, der damals hauptsächlich über den Fall berichtet hat. Aber außer einem riesigen Fleischklops hatte der nicht viel zu bieten.« Simon betrachtete Malina aus den Augenwinkeln. Er fragte sich, ob sie ihm das abnahm. Sie wirkte völlig arglos, und er war froh darüber. Er konnte nicht über seinen Verdacht sprechen. Zu groß war seine Angst, er könnte sich irren und einen Unschuldigen denunzieren. Was er brauchte, waren mehr Beweise.

Farchach war Niemandsland. Verlassen und abweisend lag es da, umdrängt von dichten Laub- und Nadelwäldern, die noch über den Horizont hinauszureichen schienen. Nur wenige Kilometer von Starnberg entfernt, verströmte es nichts von der Heiterkeit der umliegenden Orte und auch nichts von deren elegantem Großbürgertum. Es war, als trotze es jeglicher Moderne und beharre statt dessen auf seiner alten Tradition.

Kein Ort, in den man gerne fährt, dachte Malina, als sie das Dorf endlich erreichten und es plötzlich zu regnen begann. Unerwartet waren tiefhängende Wolken aufgezogen, die die Welt binnen einiger Minuten verdüsterten. Der Scheibenwischer gab sein Bestes, aber bald waren die Umrisse von Häusern und Straßen nur noch verschwommen zu sehen. Malina schaltete in den zweiten Gang und kroch die Hauptstraße entlang. Glücklicherweise waren die Möglichkeiten, sich zu verfahren, nicht groß, und nach einigem Suchen hatten sie das Haus von Tatis Schwester gefunden.

Alexandra Prechtl kam ihnen auf dem Gartenweg mit einem Schirm entgegen. Sie war sehr blaß. »Kommen Sie schnell rein«, rief sie, doch ihre Fröhlichkeit schien aufgesetzt. »So was aber auch, den ganzen Tag war es schön, und Sie geraten mitten in einen Wolkenbruch.«

Es war nicht viel Neues, was sie Malina und Simon erzählte. Tati, sagte sie, sei schon immer verschlossen gewesen. Vielleicht hätte sie sich ganz anders entwickelt, wenn sie nicht die Ehehölle ihrer Eltern so hautnah miterlebt hätte.

»Wir anderen waren damals, als es so richtig schlimm wurde, schon viel größer und gingen unserer eigenen Wege. Aber Tati war ein kleines Kind, das Nacht für Nacht von dem Geschrei geweckt wurde. Ich glaube, irgendwann hat sie abgeschaltet und sich in sich selbst verkrochen. Wahrscheinlich gab es keinen anderen Weg für sie, das zu ertragen. Und so ist sie dann geblieben.«

Sie setzte einen Kaffee auf und sprach dabei über die Vergangenheit, als wäre sie selbst nicht Teil davon. Es schien ihr nicht in den Sinn zu kommen, sich für ihre Eltern zu genieren und den Mantel des Schweigens über sie zu breiten.

So war es gewesen, und sie stand dazu.

Es war ja nicht ihre Schuld.

Auch als sie über den Selbstmordversuch ihrer Mutter sprach, war ihr Ton so nüchtern, als erwähne sie nur ein weiteres Faktum, ohne eine Reaktion zu erwarten. Nur ihre Hände, die unentwegt ein Geschirrtuch kneteten, verrieten, daß sie innerlich keineswegs unbeteiligt war.

Im Gegensatz zu Tati schilderte sie Malina und Simon genau, was damals vorgefallen war: Die Mutter hatte oft davon gesprochen, nicht mehr leben zu wollen. So wie andere über Urlaubspläne sprachen oder die Teilnahme an einem Volkshochschulkurs ankündigten, hatte sie über ihren zukünftigen Freitod gesprochen. Und eines Tages war sie tatsächlich verschwunden. Ihre Jacke war weg, aber ihre Tasche mit dem Geldbeutel darin war zu Hause geblieben. Alle hatten gewußt, daß etwas passiert sein mußte. Tati hatte vor Angst geschrieen wie am Spieß, und schließlich war ihr Bruder mit ihr losgezogen, um die Mutter zu suchen.

Sie hatten sie schließlich in den Isarauen gefunden. Sie lag im Gras, nahe am Wasser, und ihr Puls war schon ganz schwach. Ein leeres Röhrchen Schlaftabletten daneben. Nachdem man ihr im Krankenhaus den Magen ausgepumpt hatte, war sie ein paar Tage später blaß und verstört wieder nach Hause gekommen. Der Vater hatte sie auf eigene Verantwortung herausgeholt. Tati war damals acht Jahre alt gewesen. Ein kleines Mädchen, das seine Mutter noch monatelang danach angefleht hatte, nicht zu sterben.

Malina blickte Alexandra Prechtl an und fragte sich, woher sie die Kraft nahm, so gelassen über alles zu sprechen. Wo war das Lindenblatt in ihrer Hornhaut?

Malina fiel es schwer, nach allem, was sie gehört hatte, weiterzufragen. Simon schien es nicht anders zu gehen. Er saß da und rührte mit gesenktem Kopf in seiner Kaffeetasse.

Schließlich überwand sie sich doch. Erzählte in vorsichtigen Worten, daß sie in Tatis E-Mails Hinweise gefunden hatten, daß sie ihren Entführer im Internet kennengelernt hatte und daß er Verbindungen nach Farchach gehabt haben mußte. Dann fragte sie, wie häufig Tati ihre Schwester besucht habe. Ob sie in letzter Zeit jemanden aus dem Ort kennengelernt und sich mit ihm getroffen habe. Womit sie in Farchach ihre Zeit verbracht habe.

Die Bestürzung in Alexandra Prechtls Gesicht war

echt, aber dann schob sie verneinend die Unterlippe vor und schüttelte den Kopf.

»Sie kam vielleicht ein- oder zweimal im Monat am Wochenende zu uns heraus. Ich habe sie dann immer in Starnberg an der S-Bahn abgeholt. Meistens hat sie mir ein bißchen im Haushalt geholfen und mit meinen Kindern gespielt. Ich habe zwei. Einen Jungen und ein Mädchen. Moritz, Sophie! Kommt mal!«

Simon zuckte zusammen und hoffte inständig, daß die beiden Kinder schon aus dem Stillalter heraus waren.

Während sie auf die beiden warteten, sprach die junge Frau weiter. »Sie dürfen nicht glauben, daß ich gefühllos bin. Die Geschichte mit Tati macht mich fix und fertig, ich schlafe keine Nacht, zerbreche mir den Kopf. Aber es fällt mir nichts ein, was weiterhelfen könnte. Sie hat so gut wie nie über das gesprochen, was sie gerade machte. Geschweige denn davon, daß sie hier jemanden kannte. Eigentlich war sie immer nur mit uns zusammen. Manchmal ging sie am Abend oder am Nachmittag mit unserem Hund raus, meistens zu einem kleinen Weiher ganz hier in der Nähe. Aber ich weiß wirklich nicht, ob sie da jemanden getroffen hat. Sie hat nichts gesagt, und ich bin ihr nicht nachgegangen. Ich konnte ja nicht ahnen, was passieren würde.«

Plötzlich sah sie erschöpft aus, ihre Augen wirkten leer. Als ihre beiden Kinder hereinkamen, nahm sie die beiden in den Arm und drückte sie so fest an sich, als könnten sie ihr jeden Moment entrissen werden.

»Laß mich los«, maulte der Junge, den Malina auf zehn Jahre schätzte, während das Mädchen seinen blonden Kopf an der Schulter der Mutter versteckte.

»Ich bin eine alte Glucke«, sagte Alexandra Prechtl an ihre Gäste gewandt, »und ich wollte immer alles dafür tun, daß es in meiner eigenen Familie nicht so abläuft wie früher bei uns zu Hause. Ich hatte mir fest vorgenommen, glücklich zu werden.«

Malina hatte Mitleid mit der Frau, die ungefähr in ihrem Alter sein mußte, und ein Lächeln wärmte ihr Gesicht. »Ich glaube, das ist Ihnen gelungen. Und wir werden alles tun, um Ihre Schwester zu finden.«

Wenig später verabschiedeten sie sich voneinander. Es hatte inzwischen aufgehört zu regnen, und die Kinder stürmten an den Erwachsenen vorbei in den Garten. »Dürfen wir wieder draußen spielen, Mami?« fragte das Mädchen.

»Ja, aber zieht zuerst eure Jacken und die Gummistiefel an. Und ihr dürft nicht in den Wald gehen. Versprecht mir das. Ihr wißt ja, was ich euch erzählt habe.« Während die Kleinen wieder im Haus verschwanden, wandte sie sich an Malina. »Manchmal ist es ganz schön anstrengend. Unglaublich, was man sich so alles einfallen lassen muß, nur damit den Rangen nichts passiert.«

»Wem sagen Sie das? Ich habe einen Dreijährigen, und ich kann Ihnen sagen, der hat auch schon seinen eigenen Kopf. Was haben Sie Ihren Kindern denn erzählt, damit sie nicht allein im Dickicht herumstiefeln? Vielleicht merke ich es mir ja für später.«

»Natürlich eine Schauergeschichte. Vor Jahren ist in einer alten Kapelle im Wald ein Liebespärchen von einem Fremdenlegionär ermordet worden. Erschossen. Das haben mein Mann und ich noch ein bißchen ausgeschmückt und den Kindern erzählt. Vielleicht klingt das in Ihren Ohren brutal, aber bei dem, was heutzutage alles passiert, kann man den Kindern gar nicht genug Vorsicht und Furcht einschärfen. Na ja, im Moment hilft's noch, aber Gott weiß, wie lange. Ich wünschte, meine Schwester wäre auch vorsichtiger gewesen.«

Jetzt sah sie wieder traurig aus. Und blasser als zuvor. Malina schüttelte ihr die Hand zum Abschied und wünschte sich, ihr wirklich helfen zu können.

Der Himmel schimmerte in hellem Rosa, das, je näher es dem Horizont kam, in ein dunkles Orange verlief. Die Sonne war nur noch halb über dem Starnberger See zu sehen und verbreitete dennoch Wärme und Licht. Überall war es trocken, kein einziger Tropfen lag auf den Wiesen und Bäumen – sie waren nur ein paar Kilometer von Farchach entfernt, und hier hatte es nicht geregnet.

Malina und Simon schwiegen. Im Radio lief der Verkehrsfunk. Die Autobahn nach München lag frei vor ihnen. Die Hoffnung, der Lösung einen Schritt näher zu kommen, war verpufft. Sie wußten nicht mehr als zuvor. Ein ums andere Mal erzählte man ihnen dasselbe über Tati. Daß sie schwierig war, verschlossen und einsam. Wie merkwürdig, dachte Malina, so viele Menschen, die dieses Mädchen kennen, und keiner weiß, wie sie ist. Wir könnten noch hundert Leute mehr befragen, und alle würden wahrscheinlich dasselbe sagen.

Es war ein ewiger Kreislauf, und immer, wenn sie glaubten, sie hätten die Spur gewechselt, bemerkten sie wenig später, daß es doch nur dieselbe Linie war, der sie folgten.

»Herrgott noch mal«, entfuhr es Malina so plötzlich, daß Simon zusammenzuckte, »es muß doch irgend etwas geben, was uns weiterbringt. Tati ist verschwunden. Und es gibt jemanden, der dafür gesorgt hat. Und was ist mit Farchach? Es liegt doch auf der Hand, daß der Typ Verbindungen hierher hat. Warum weiß keiner etwas? Jeder hinterläßt Spuren. Da macht auch dieser Mistkerl keine Ausnahme. Wir müssen sie nur endlich sehen.«

Simon blickte sie von der Seite an und blieb stumm. Er hatte ein schlechtes Gewissen. Es drängte ihn danach, ihr von dem zu erzählen, was er herausgefunden hatte. Sie rieb sich für ihn auf, war voller Sorge, vernachlässigte ihre Familie, um ihm zu helfen – und er gab ihr nichts. Andererseits konnte er es auch nicht mit seinem Gewissen vereinbaren, jetzt schon etwas zu sagen. Es war zu früh. Er würde dann etwas sagen, wenn der richtige Augenblick gekommen war.

Er legte den Kopf zurück und schloß die Augen. Das Brummen des Motors machte ihn schläfrig.

Und er war so müde.

☽

Es war Samstag, sieben Uhr morgens. Sven Matthäus schickte einen weiteren prüfenden Blick zum Himmel, doch das Blau blieb unverändert. Kein Wölkchen weit und breit. Es schien, als sollte der Wetterbericht recht behalten. Es war ein leuchtender Spätsommertag, die Temperaturen lagen bei sechzehn Grad. Wenn auch alle andere darüber stöhnen würden, ihn freute es. Je kälter es war, desto klarer würde die Sicht unter Wasser sein.

Er packte seine und Melanies Taucherausrüstung in den Jeep und fühlte, wie es in seinen Gliedern und in seinem Magen schon zu kribbeln begann.

Er wollte endlich losfahren. Am liebsten wäre er vor lauter Unruhe auf und ab gehüpft.

Statt dessen drückte er auf die Hupe. In der morgendlichen Stille von Landsberg am Lech erklang der hohle Ton wie ein Fanal.

»Ich komme ja gleich«, rief es aus der Tür zu seiner Wohnung. Warum rannten Frauen jedes Mal, bevor sie irgendwohin aufbrachen, mindestens dreimal ins Bad? Was machten sie da?

Er setzte sich in sein Auto, schaltete das Radio an und schlug mit dem Fuß ungeduldig im Takt gegen das Gaspedal. Fünf Minuten später saß Melanie endlich neben ihm.

Normalerweise tauchte Sven Matthäus im Ammersee, manchmal auch im Starnberger See oder in den kleineren Weihern in der Umgebung. Das tat er, um nicht aus der Übung zu kommen, denn seinen Jahresurlaub verbrachte er immer an Orten, die in der Sprache eines Reiseprospekts als Taucherparadies galten. Letztes Jahr war er auf den Malediven gewesen, und im kommenden November wollte er nach Australien ans Great Barrier Reef.

So spektakulär würde es an diesem Samstag nicht sein. Aber immerhin lag ihr Ziel in einer der malerischsten Gegenden Deutschlands: der Lindensee im Allgäuer Königswinkel.

Anderthalb Stunden später waren sie fast startklar.

Sven zog sich die Mütze seines Neoprenanzugs über den Kopf, während Melanie ihre Sauerstofflasche schulterte und sich die Taucherbrille überzog. Dann stapften sie los durch die seichten Stellen des Sees. In der Ferne ragte ein schneebedecktes Bergmassiv in den gleißend blauen Himmel.

Bevor sie abtauchten, blickten sie sich noch einmal in die Augen, überprüften ihre Instrumente und bestätigten sich wie gewohnt, daß keiner von ihnen sich weit vom anderen entfernen würde. Nur so weit, wie der jeweilige Lichtkegel ihrer Tauchlampen reichte.

Schließlich glitten ihre Körper unter Wasser, die Füße begannen sich automatisch in einem paddelnden Rhythmus zu bewegen, und Wasser drang in ihre Anzüge. Gerade so viel, daß es durch die eigene Körpertemperatur erwärmt werden konnte, um in den Anzügen zu zirkulieren. Sie hatten Luft für einen Tauchgang von zweieinhalb Stunden.

Dann war es mit einem Mal ganz still. Die Oberfläche schloß sich über Sven, und er wurde eins mit dem Wasser. Die Außenwelt schien wie abgeschnitten, nur die Blasen, die durch die Atemgeräte entstanden, verursachten ein dumpfes Rauschen. Diese Ruhe war einzigartig.

Sie hatten Glück gehabt und einen besonders guten Tag erwischt. Sie waren noch nicht sehr tief. Der Tiefenmesser stand auf sieben, und die Sicht lag bei ungefähr dreißig Metern. Das Wasser war von graublauer klarer Farbe. Sven fühlte, wie er sich entspannte und wie ihn die Welt um ihn herum gefangennahm.

Stetig tauchte er tiefer. Sie waren seit zwanzig Minuten unterwegs. Sein Atmen ging entspannt und gleichmäßig, er sah Fische, die an ihm vorüberzogen, und hielt nach Flußkrebsen Ausschau, doch sie ließen sich an diesem Tag nicht blicken. Flußkrebse waren Glückssache. Dafür sah er Aale, Forellen und Barsche.

In ein paar Metern Entfernung schwamm Melanie hinter ihm. Er beobachtete, wie ihr Kopf sich von links nach rechts und wieder zurückbewegte. Sie streckte den Arm aus und versuchte, einen Barsch zu berühren. Der Fisch blieb stehen, und sie sahen sich an. Sekundenlang. Dann verschwand er mit einem blitzschnellen Flossenschlag hinter einem der Büsche, die vereinzelt aus dem sandigen Boden ragten.

Sven lächelte hinter seinem Mundstück hervor.

Inzwischen stand sein Tiefenmesser auf 42 Meter Tiefe. Der Kompaß zeigte nach Osten. Noch weitere fünfzehn Meter, und sie würden an die Steilwand gelangen, die er Melanie zeigen wollte. Es war eine der bizarrsten Felswände der bayerischen Seen. Die Form ließ bei einer Länge von einhundertfünfzig Metern an den gezackten Rücken eines Dinosauriers denken. Je tiefer man an ihr hinabtauchte, desto abenteuerlicher wurden die Formationen der Wand. Es gab kleine Vorsprünge, die wie gotische Säulen in die Höhe ragten, und dazwischen lauerten algenbewachsene Spalten.

In ruhigen Zügen umschwammen sie die gesamte Felswand, deren Ursprung so weit in die Tiefe reichte, daß er nur mit einem Echolot auszumachen war. An seiner tiefsten Stelle maß der See 192 Meter.

192 Meter. Und was kam danach? Was lag darunter?

Es war diese Unergründlichkeit, die Sven Matthäus so faszinierte, dieses Gefühl, an den Ursprung, den Kern der

Erde vorzudringen, Dinge zu sehen, die es im Vorstellungsvermögen überhaupt nicht gab.

Er wandte sich nach Melanie um, und ihrem erhobenen Daumen entnahm er, daß ihr gefiel, was er ihr hatte zeigen wollen. Sein Finimeter war noch im blauen Bereich. Im Geist überschlug er, wieviel Luft sie noch für den Rückweg hatten, und beschloß, allmählich aufzubrechen. Er gab Melanie ein Signal mit der Lampe und machte eine Geste, ihm zu folgen.

Sie umrundeten den Fels noch einmal, entfernten sich gen Westen und stiegen langsam und stetig auf: acht Meter pro Minute, mit einer jeweiligen Dekompressionspause von drei Minuten. Sie würden ungefähr vierzig Minuten brauchen, bis sie die Wasseroberfläche wieder erreicht hatten. Sven achtete stets darauf, den gleichen Weg zu nehmen wie auf dem Hinweg, was allerdings nicht bedeutete, sich keinen kleinen Schlenker zu gönnen. Er war schließlich kein Prinzipienreiter, und das hier war unentdecktes Terrain.

Allmählich stiegen sie immer höher. Sie waren jetzt auf knapp fünfzehn Meter Tiefe. Das Finimeter stand kurz vor rot. Alles perfekt. Sie würden es gut schaffen. Der Boden wurde steiniger, die sandigen Abschnitte immer kürzer. Ihre Füße bewegten sich weiter gleichmäßig durchs Wasser, um sie herum rauschten die Luftblasen. Svens Taucherlampe war noch immer eingeschaltet, und wieder erschienen in ihrem Lichtkegel kleine Fischschwärme, die in ihrer Formation blieben, aber blitzartig die Richtung änderten, wenn man ihnen zu nahe kam. Auf dem Boden wuchsen merkwürdige Pflanzen, Algen trieben umher. Zwischen einem Gesteinsbrocken und einem stacheligen Unterwassergewächs hing ein zottiges Algengeschwader, das wie ein Arm im Wasser winkte. Sven schwamm näher und ärgerte sich. Hinter den Algen entdeckte er einen grellblauen Müllsack.

Wieder einmal hatte einer seinen Abfall direkt in den See geworfen. Die Algen schienen ihm noch immer zuzuwinken. Irgendwas daran erschien ihm seltsam. Svens Reaktion war rein instinktiv.

Er zog das Tauchermesser aus seinem Gürtel, stach mit der Spitze in die Wasserpflanzen und stieß auf Widerstand. Der blaue Sack begann sachte auf und ab zu schaukeln. An seiner Vorderseite entdeckte Sven einen Riß. Der Algenarm ragte direkt da heraus. Einem plötzlichen Impuls nachgebend durchtrennte Sven die blaue Plastikhülle komplett.

Zuerst brauchte er eine Weile, um zu verstehen, was er vor sich sah. Es war an verschiedenen Stellen mit Algen bewachsen, und im ersten Moment war es nicht mehr als eine undefinierbare Masse. Dann erkannte er, daß sich unter den Algen Knochen versteckten. Knochen, die zu einem ganzen Gerippe gehörten und mit einer grauen, seifenähnlichen Schicht umgeben waren. Zum Teil waren Gewebefetzen zu erkennen.

Noch immer reagierte Sven nicht. Er war ganz starr. Betrachtete dieses Etwas und fragte sich, was es wohl war.

Mensch oder Tier?

Das Ding schien mit dem Rücken nach oben zu treiben. Svens Atmung wurde schneller, aber er ignorierte es. Wieder nahm er sein Messer und stupste damit so gegen den Körper, daß er sich drehen mußte.

Es ging ganz schnell, und Sven erlebte diesen Moment, als würde ein Dia auf einer Leinwand ständig auf- und wieder abgeblendet werden. Und jedesmal, wenn es aufgeblendet wurde, sah er in ein skelettiertes Gesicht, das einmal einem Menschen gehört haben mußte und jetzt nur noch aus leeren Augen- und Nasenhöhlen bestand. Durch die Brechung des Lichts in der Scheibe seiner Tauchermaske erschien ihm alles um ein Vielfaches vergrößert.

Sven Matthäus stieß etwas aus, was an Land ein Schrei gewesen wäre. Unter Wasser war es nicht mehr als ein ersticktes Gurgeln. Er fuhr herum und suchte nach Melanie. Sie war nirgendwo zu sehen. Der Lichtkegel seiner Lampe irrlichterte umher wie die Glühwürmchen nachts in seinem Garten.

Dann fing er an, wie ein Wahnsinniger Sauerstoff einzuatmen, Stickstoff wieder aus und dann wegen der schnellen Atemzüge beides wieder ein. Das Finimeter war jetzt im roten Bereich. Er hatte nicht mehr viel Luft. Sein Tiefenmesser sagte ihm, daß er noch etwa sieben Meter von der Wasseroberfläche entfernt war. Schwindel erfaßte ihn, sein Gehirn schien davonzufliegen, er kam mit dem Atmen nicht mehr hinterher und begann zu hyperventilieren. Kurz bevor er sich das Mundstück herausreißen konnte, war Melanie da. Sie sah ihn trudeln, erkannte nicht die Ursache, wohl aber die Gefahr. Sie riß ihn hoch und starrte ihm eisern in die Augen. Wieder zerrte er an seinem Mundstück, die Blasen um ihn wirbelten umher. Sie schüttelte den Kopf, hielt den Blickkontakt und zog ihn Stück für Stück an den Oberarmen nach oben, hörte ihr eigenes Herz trommeln und sah seinen panisch pumpenden Brustkorb. Nur noch zwei Meter.

Einatmen.

Nur noch ein paar Sekunden.

Ausatmen.

Sie waren gleich oben.

Luft. Luft. Luft.

☽

Er hielt den Atem an, und das Licht verschwand. Lautlos schlug das Wasser über ihm zusammen und hinterließ eine glatte geschlossene Decke. Es war warm, ruhig, und es roch angenehm. Die Welt und all der Schmerz, der darin war, versanken.

Er hielt noch immer den Atem an, in seinem Kopf begann es sich zu drehen, seinen ganzen Körper empfand er mit einem Mal so leicht, als würde er aus Luft bestehen. So stellte er sich Schwerelosigkeit vor.

Ob es sich so anfühlt, wenn man stirbt? Genau in diesem Augenblick?

Aus seinem Mund entwich jetzt doch ein bißchen Atem, und ein paar Blasen sprangen gurgelnd nach oben. Lange würde er es nicht mehr aushalten. Wasser drang bereits in seine Ohren – er haßte das Gefühl.

Mit einem Prusten tauchte Simon auf und schüttelte seinen Kopf. In diesem Augenblick hörte er es an der Tür läuten. Einmal, zweimal. Dann war es wieder still. Gott sei Dank. Er wollte in Ruhe gelassen werden. Lesen. In seiner Badewanne liegen, an nichts denken und niemanden sehen. Nicht vor zwanzig Uhr. Da war er bei Malina eingeladen.

Er trocknete sich die Hände ab, und in dem Moment, als er nach seinem Buch greifen wollte, klingelte es wieder. Diesmal noch energischer. Simon fluchte, nahm sich ein Handtuch und stieg aus der Wanne.

Jens Grothe stand vor der Tür. Lachend und mit einer Flasche Rotwein unter dem Arm.

»Ich hätte wohl lieber anrufen sollen.«

»Wäre keine schlechte Idee gewesen. Aber wenn du schon mal da bist: Komm rein. Mach's dir bequem. Ich zieh mir nur eben was an.«

Ein paar Minuten später kam er zurück. Trug dunkelblaue, gut gebügelte Jeans und ein weißes Hemd. Jens hatte den Wein inzwischen schon entkorkt.

»Sag mal«, sagte er, während er einschenkte, »was ist denn draußen an deiner Tür los? Man kommt sich bei dieser Spezial-Verriegelung ja vor wie in Fort Knox.«

»Hatte einen ungebetenen Gast letzte Woche. Soll heißen, jemand ist bei mir eingebrochen, und ich bin noch immer nicht dazugekommen, den Schlüsseldienst mit einem zusätzlichen Sicherheitsschloß zu beauftragen.«

»Und? Ist was verschwunden?« Jens Grothe blickte sich eingehend um.

»Das ist ja das Merkwürdige. Es wurde nichts gestohlen. Nur die Kaminuhr von meiner Großmutter lag zerbrochen am Boden.«

»Hat die Polizei schon was herausbekommen?«

»Nein. Hab die Polizei erst gar nicht informiert. Was hätte ich denen auch erzählen sollen? Wie gesagt: Es fehlt ja nichts.«

»Du bist manchmal schon ein komischer Vogel. Kümmer dich jetzt aber wenigstens um ein neues Schloß.«

Die beiden Männer tranken einen Schluck aus ihren Gläsern.

»Gutes Tröpfchen.« Simon sah auf das Etikett. Ein Sangiovese aus der Casa Moretti.

»Hab ich aus Italien mitgebracht. Ist so etwas wie meine Hausmarke.«

»Apropos Italien. Warst du kürzlich verreist, oder warum habe ich dich so lange nicht mehr gesehen?«

»Ja, ich war einige Tage im Trentino, um ein paar Sachen aus meinem Haus dort zu holen. Aber ich habe dich einige Male angerufen, und es ging nie einer hin. Viel Arbeit?«

Simon schwieg einen Moment und entschied, über das, was in den letzten Wochen passiert war, nicht zu sprechen. Er fühlte sich nicht in der Lage dazu.

»Ja. Ziemlich viel Arbeit«, antwortete er deshalb knapp und trank noch einen Schluck.

»Dann mußt du mal raus hier. Ich dachte, wir trinken jetzt das Fläschchen aus und ziehen mal wieder um die Häuser. In der Maximilianstraße hat eine neue Bar aufgemacht. Laß uns doch da mal hingehen.«

»Normalerweise gern. Aber heute abend ist es schlecht. Ich habe bereits von meiner Agenturpartnerin eine Einladung zum Essen. Kann ich schlecht absagen.« Als er sah, daß Jens enttäuscht aussah, fügte er hinzu: »Aber weißt du was? Malina kocht nicht nur wie eine Drei-Sterne-Köchin, sondern immer gleich für eine ganze Armee. Ich rufe sie mal an und frage, ob ich dich mitbringen kann. Hast du Lust?«

Als Jens nickte, ging er zum Telefon.

Wenig später war der Abend geklärt. Malina hatte gegen einen weiteren Gast nichts einzuwenden.

Als sie zweieinhalb Stunden später den Hauptgang hereintrug, lief allen das Wasser im Munde zusammen.

Was für ein Duft! Ein Hauch von Salbei schwebte in der Luft, vermischt mit der leichten Meersalzwürze des Parmaschinkens und gekrönt vom Aroma der Portweinsauce. Sie stellte die ersten beiden Teller mit den römischen Rouladen vor Simon und Dorothee ab, dann holte sie die übrigen aus der Küche. Als sie die Tür zum Eßzimmer ein zweites Mal öffnete, waren ihr die Gesichter der Freunde zugewandt, und in allen fand sie warme Vertrautheit. Auch wenn sie fast den ganzen Tag für das Essen geschuftet hatte, freute sie sich. Es war unübersehbar: Der Abend tat ihnen allen gut.

Heute würde das Dunkle einmal draußen bleiben.

Sie begannen zu essen, und es wurde still. Überall im Raum schimmerten Kerzen und ließen die mandarinenfarbenen Wände fast golden aufleuchten. Im CD-Player lag Raphaël Marionneaus »Le classique abstrait« und spielte »Le onde« von Ludovico Einaudi. Dunkel und sanft wie Herzschläge ertönten die Klavierklänge, dann wie kleine perlende Silberkugeln, die sich in rascher Tonfolge steigerten, bis sie dem Zuhörer schließlich fast entgegensprudelten. Es klang, als würde sich ein Mensch einem anderen offenbaren und sagen: Komm zu mir, halt mich fest – dann wird alles gut.

Malina liebte diese Melodie. Genauso wie sie es liebte,

ihre Freunde um sich zu haben, bis spät in die Nacht hinein zu reden, unzählige Zigaretten zu rauchen und zu lachen. Sich einfach in dieser alten, durch die Jahre gewachsenen Verbundenheit geborgen zu fühlen. Man müßte Dichter sein, um dies zu beschreiben, überlegte sie. Aber dann dachte sie, daß selbst Dichter strauchelten, wenn es um die elementaren Dinge des Lebens ging: Fürs Schlimmste und fürs Schönste fanden auch sie oft nur Platitüden.

Simon schien es gut zu gehen. Zumindest äußerlich wirkte er nicht gehetzt oder angespannt. Aber sie kannte ihn und wußte, daß er häufig versuchte, seine Empfindungen hinter flapsigem Auftreten zu verbergen.

Sie glaubte nicht, daß seine Wunden so bald verheilt sein würden, aber sie hoffte, daß Abende wie dieser ihm wieder bewußt machten, daß es Menschen gab, die zu ihm hielten und ihn mochten. Die ihm zeigten, daß es am Ende dieses Tunnels wieder licht werden konnte. Sie beobachtete, wie Dorothee etwas zu ihm sagte und er daraufhin lachte. »Bel Canto?« hörte sie Dorothee sagen. »Nein, das habe ich nicht gelesen. Von wem ist es denn?«

»Ann Patchett. Es ist ein toll geschriebenes Buch. Sätze, in denen du ertrinken könntest, und eine große Begabung, Musik zu beschreiben. Du solltest es dir nicht entgehen lassen.« Fast triumphierend bemerkte Simon, wie gut es ihm gelang, über das hinwegzutäuschen, was er tatsächlich fühlte. Er wußte, daß er auf alle so wirken mußte, als würde er ihre Gesellschaft genießen und sich an dem Essen freuen. Vor einigen Wochen wäre das auch so gewesen. Doch an diesem Abend überschritt er fast seine Grenzen, so sehr biß er innerlich die Zähne zusammen. Alles, was er wollte, war, allein zu sein. Weg von diesen Menschen hier. Ihre Anwesenheit erstickte ihn fast. Das Bild seiner Schwester war immer und überall gegenwärtig, und es erschien ihm nicht nur trivial, sondern fast wie ein Verrat an ihr, hier zu sitzen, zu lachen und über Dinge wie Bücher und Musik zu plaudern. Aber er spielte seine Rolle gut und zeigte ein erfreutes Lächeln, als Dorothee ihr Notizbuch zückte und sich den Titel des Buches und den Namen der Autorin aufschrieb.

Seit seinem Absturz war ihr Verhältnis für ihn ein anderes geworden. Es war ihm peinlich, daß Dorothee ihn so schwach und bloß gesehen hatte. Er verdankte ihr sein Leben, doch bislang hatte er darauf nur mit einem Blumenstrauß und einer Karte reagiert. Schon bei dem Gedanken an eine Begegnung mit ihr hatte er innerlich den Kopf eingezogen.

Sie hatte sich sehr fein verhalten, als sie sich an diesem Abend in der Diele gegenübergestanden hatten. Sie schien gewußt zu haben, was in ihm vorging, und hatte ihn im Begrüßungstrubel schnell in die Küche gezogen:

»Du brauchst dir keine Gedanken zu machen. Du hast dich nicht blamiert. Ich kann gut verstehen, was du empfunden haben mußt, und ich habe nicht vergessen, wie großartig du im letzten Jahr zu mir warst. Keine Angst, das alles bleibt unter uns.« Dann hatte sie gelächelt, war vor ihm her ins Eßzimmer spaziert, und er hatte sie wieder einmal bewundert.

Zu später Stunde saßen sie um dem offenen Kamin, in dem Edward trotz der spätsommerlichen Temperaturen ein kleines Feuer gemacht hatte. Plötzlich klingelte es an der Haustür. Malina fuhr ebenso erschreckt hoch wie Mephisto, der bis dahin auf einem der dicken Teppiche schläfrig in die Runde geblinzelt hatte.

»Scheint der Abend der Überraschungsgäste zu sein«, sagte sie mit einem Blick auf Jens, dem ihre selbstgemachte Tortella di Nonna gut zu schmecken schien. Sie schob sich selbst das letzte Stückchen des Mascarponekuchens in den Mund, um dann zur Tür zu gehen, aber

Edward war schneller als sie. Kurz darauf hörte sie entgeistertes Begrüßungsgelächter von draußen, und gleich darauf stand ihr Mann grinsend vor ihr.

»Das errätst du nie, wer gerade hereingeschneit ist.« Er trat ein Stück zur Seite. Hinter ihm stand mit einem strahlenden Lachen im Gesicht Anja Niehaus.

Malina stieß einen Freudenschrei aus und fiel ihr um den Hals.

»Das gibt es ja nicht! Wo kommst du denn her?« Sie war völlig fassungslos. Anja war eine uralte Freundin, die inzwischen in Berlin lebte. Sie waren schon zusammen zur Schule gegangen und hatten sich vor einem Jahr zuletzt gesehen. Daß sie ohne Vorankündigung an einem Samstagabend hereinplatzte, paßte zu ihr.

»Direkt aus Berlin«, antwortete Anja. »Bin heute mittag losgefahren, und hier bin ich. Ich wollte dich noch anrufen, aber es ging alles so schnell, und unterwegs war dann mein Akku leer. Kurz vor zwölf haben sie mich aus der Redaktion angerufen und mir gesagt, daß ich für einen erkrankten Kollegen einspringen muß. Es geht um eine Geschichte in Italien. Schöne Sache. Soll eine Reportage über Hotels und Weingüter machen. Am Montag geht es gleich weiter. Du hast bis dahin doch ein Bett für mich, oder?«

»Naturalmente. L'albergo è piccolo ma comodo«, grinste Malina. Es war das einzige, was sie aus dem Intensiv-Italienischkurs vor Jahren behalten hatte. »Und jetzt hol ich dir erst einmal was zu essen.«

Der Abend zog sich bis spät in die Nacht hinein. Edward öffnete noch ein paar Flaschen eines gefährlich süffigen Roten, und sie lachten viel. Simon fotografierte. Das hatte er lange nicht getan. Über Valerie und Tati verloren sie kein Wort.

Anja fügte sich in die Runde ein, als kenne sie alle seit Jahren. Sie erzählte und machte vor allem keinen Hehl daraus, daß Jens ihr gefiel. Als er irgendwann erwähnte, daß er lange in Italien gelebt habe, ergriff sie die Gelegenheit beim Schopf und meinte: »Dann sind Sie mein Mann.« Wie beiläufig drehte sie ihr blondes Haar zu einem Zopf und sah ihn dabei unverwandt an. »Wollen Sie nicht morgen abend mit mir essen gehen und mir alles erzählen, was Sie wissen? Eine bessere Vorbereitung auf meine Reportage könnte ich mir doch gar nicht wünschen.«

»Wenn Sie meinen. Ich sage jedenfalls nicht nein.« Sein Lächeln signalisierte, daß sie auf Gegeninteresse gestoßen war.

Ach Anja, du hast dich gar nicht verändert, dachte Malina und fühlte bei dem Gedanken, daß ihre Freundin so frei war, um noch immer nach allem picken zu können, was ihr gefiel, einen Anflug von Neid.

Gegen halb drei hatten sie sich müdegeredet. Dorothee stand als erste auf, Simon tat es ihr gleich.

Nachdem sie sich alle mit vielen Das-müssen-wir-bald-wieder-machen und Bei-euch-ist-es-immer-so-schön voneinander verabschiedet hatten, zeigte Malina Anja das Gästezimmer.

»Ein schönes Haus hast du. Und einen tollen Mann. Du hast wirklich Glück gehabt mit allem. Morgen will ich den ganzen Tag mit deinem Sohn spielen. Weißt du, daß ich fast ein wenig neidisch bin.« Ihr Lächeln erreichte ihre Augen nicht.

Malina setzte sich neben sie auf die Bettkante und sah auf ihre Hände hinab.

»Dafür hast du morgen ein flottes Date. So mir nichts, dir nichts – du wolltest es, und du hast es gekriegt. Dafür habe ich dich vorhin beneidet.«

»Dir gefällt dieser Jens auch?«

»Nein, es geht nicht um Jens. Es geht darum, daß du einfach tun kannst, was du willst. Der Weg vor dir ist immer noch frei. Du bist nicht festgelegt, und du mußt auf niemanden Rücksicht nehmen.«

»Das würde ich manchmal gern – auf jemanden Rücksicht nehmen. Jemanden anrufen zum Beispiel und fragen, ob es in Ordnung ist, wenn ich ein, zwei Stündchen später nach Hause käme. Und dann *einmal* jemanden maulen hören. Ob ich zu Hause bin oder nicht – wen juckt das schon? Nicht einmal meine Putzfrau will das wissen.«

Sie saß mit niedergeschlagenen Augen da und drehte ein Zopfband zwischen ihren Fingern. Dann lächelte sie wieder. »Jetzt sitze ich da und jammere, dabei war es so ein schöner Abend. Wahrscheinlich gerade deshalb. Schönes bringt oft das Traurige zum Vorschein. Es weicht einen auf. Dabei freue ich mich wirklich auf morgen abend. Ich überlege nur die ganze Zeit, an wen mich dieser Jens erinnert.«

»Ging dir das auch so? Ich hab selbst den ganzen Abend das Gefühl gehabt, ich hätte ihn schon mal gesehen. Na ja, sei's drum. Vielleicht mault er demnächst herum, wenn du nicht pünktlich nach Hause kommst.« Sie legte ihrer Freundin noch ein paar frische Handtücher auf die Decke, wünschte gute Nacht und küßte sie nachdenklich auf die Wange.

Wenig später lag sie neben Edward im Bett und ließ sich von ihm den Rücken kraulen. Sie seufzte schläfrig und dachte an den nächsten Tag. Die ganze Woche hatte sie Victor nur beim Frühstück und abends schlafend in seinem Bett gesehen. Sie sehnte sich danach, ihn in ihren Armen zu spüren, ihre Nase in seinen Haaren zu vergraben und ihn lachen zu hören, ohne daß ihr Blick verstohlen zur Uhr ging. Morgen wollte sie nichts anderes sein als Victors Mama und ihm, Emma, Molly und der Drachenstadt endlich zeigen, was eine echte Maltzan war.

Worum hatte sie Anja vor ein paar Minuten noch beneidet?

Sie rollte sich zusammen, daß ihr Hintern in der Kuhle zwischen Edwards Bauch und seinen Oberschenkeln lag. Es war schön warm da. Draußen wehte der Wind, und es fing gerade an zu regnen.

Regen. Simon schaltete die Scheibenwischer ein. Bald würde es Herbst werden. Ein weiterer Sommer war vergangen. In der Luft lag bereits dieser klare Geruch, und über die Straße vor ihm wirbelten rotgelb verfärbte Blätter. Er dachte daran, wie er als Junge um diese Zeit die ersten Kastanien nach Hause geschleppt hatte. Er und Valerie hatten Figuren daraus gebastelt und dabei Kakao getrunken. Er erinnerte sich gut an die unförmigen Rehe, Schweine und Männchen, die nachher das Fensterbrett im Wohnzimmer bevölkert hatten. Nur an den Jungen von damals erinnerte er sich kaum. Manchmal fragte er sich, wo er jetzt war. Neben ihm saß Dorothee. Auch ihr Blick war auf die Straße gerichtet. Er hatte keine Ahnung, in welcher Zeit ihres Lebens sie sich gerade befand.

»Das war ein schöner Abend«, sagte sie unvermittelt.

»Ja.«

»Aber es sind immer die anderen, die all das haben: das Licht hinter den Fenstern, das warme Haus und das Leben darin. Aber ich bin immer nur der Gast. Warum ist das so? Warum kriegen die einen alles und die anderen nichts?«

»Mit den anderen meinst du dich selbst?«

»Ja.«

»Du vergißt mich dabei.« Er bremste und hielt an einer Ampel. Sie blickte stumm zu ihm hinüber. Sein Gesicht war wieder eine Maske. Was sollte sie darauf sagen? Er hatte recht.

»Ich weiß nicht, wie müde du bist, aber wir könnten bei mir noch etwas trinken. Zu zweit ist man nicht ganz so allein.« Unsicher sah er sie an. Er hatte bei ihr immer das Gefühl, schon ein falsches Wort könnte sie verscheuchen.

»Warum nicht?« Dorothee blickte wieder geradeaus und zog ihren Mantel fester um sich.

In Simons Häuschen war es warm. Dennoch war ihr kalt.

Sie zog sich die Schuhe aus und setzte sich mit angezogenen Beinen auf die Couch.

»Hier.« Simon reichte ihr eine weiche Wolldecke. »Danke.« Sie zog sie sich bis über die Schultern und sah ihm nach, wie er in die Küche ging. Anschließend hörte sie ihn hantieren, und als er zurückkam, trug er ein Tablett mit zwei dampfenden Tassen Kakao. »Keine Angst. Der ist für Erwachsene. Ich habe Rum hineingetan«, sagte er.

Eine Weile nippten sie schweigend an dem heißen Getränk.

Es wärmte von innen, und doch hatte Simon das Gefühl, mehr und mehr zu vereisen. Er sah Dorothee an und dachte, daß er sich darüber freuen sollte, ihr nah zu sein. So nah, daß er nur die Hand auszustrecken brauchte. Was hielt ihn davon ab, es zu tun?

Ihm war, als wäre er in zwei Hälften gespalten. Der eine Teil in ihm schaffte es nicht, den Gedanken an den vorangegangenen Abend zu entkommen. Es hatte ihn alle Kraft gekostet, ihn zu überstehen. Der andere wollte die Frau neben sich. Es schien ihm unmöglich, beides zu vereinen. Er trank noch einen Schluck und bemerkte, daß seine Hände zitterten.

»Wir sind schon zwei Gestrandete«, ergriff Dorothee plötzlich das Wort. »Jetzt sitzen wir hier, randvoll mit unseren Geschichten, und keiner weiß so recht, was er sagen soll. Wenn du mich fragst, ist es eine merkwürdige Situation.«

»Merkwürdig, ja. Aber nicht unangenehm.«

»Nein, das nicht.« Sie trank noch einen Schluck. »Wie geht es dir eigentlich? Ich meine wirklich.«

Simon zuckte die Schultern. »Ich weiß nicht. Ich versuche meistens, einfach nichts zu fühlen. Renne wie ein Bekloppter durch diese Geschichte und suche das Ziel. Aber manchmal frage ich mich: Was ist, wenn ich es erreicht habe? Wird sich tatsächlich etwas ändern? Werde ich dann ein anderer sein? Kannst du dir vorstellen, wie das ist? Dich schuldig zu fühlen, weil du lebst und sie nicht?«

»Du bist doch nicht wirklich schuldig, Simon. Das ist nur ein Teil deiner Vorstellung. Schuldig ist nur der, der dir und Valerie das angetan hat. Er ist der Zerstörer. Nicht du. Dein einziger Anteil daran ist, daß du dabei warst, im richtigen Augenblick aber nicht *da*gewesen bist. Ihr wart im Kino, deine Schwester mußte noch mal zur Toilette. Hättest du es ihr verbieten sollen?«

Sie hielt inne, denn sein Gesicht verschloß sich bei ihren Worten. Trotzdem sprach sie weiter: »Ich will damit doch nur sagen, daß du an einem völlig normalen Abend völlig normal gehandelt hast. Niemand hätte das voraussehen können.«

Es verging eine Weile, bis er etwas sagte. Und als er den Mund öffnete, klang seine Stimme brüchig wie bei einem alten Mann: »Und was ist mit dir? Hast du dir nie die Frage nach deiner Schuld gestellt? Ist dir nie in den Sinn gekommen, daß Alexander noch leben könnte, wenn du an jenem Nachmittag früher in seine Wohnung gekommen wärst?«

»Doch, das habe ich. Viele Male. Aber es gibt keine Antwort darauf. Es war so, wie es war. Und es hatte nichts mit mir zu tun. Das Schicksal einer völlig anderen Person oder deren bloße Existenz kann ausreichend sein, um unser Leben zu verändern, ihm eine völlig neue Richtung zu geben. Wir haben keine Macht, irgendwo einzugreifen oder irgendein Rädchen anzuhalten. Die Dinge geraten ins Laufen, und irgendwann treffen sie dich, weil du gerade im Weg stehst. Verstehst du, was ich meine? Alles ist miteinander verzahnt und geschieht doch unabhängig davon, wer wir sind und was wir tun. Es ist wie mit dem einzelnen Dominostein, der irgendwo umfällt und plötzlich alles zum Einsturz bringt. Unaufhaltsam.« Sie sahen sich an, und ihre Blicke ließen sich nicht los.

»Du bist eine sehr tapfere Frau, weißt du das?«

»Ich bin nicht tapfer, nur logisch. Das ist die einzige Möglichkeit zu überleben. Für mich ...«

»Nur manchmal wird dir ein wenig kalt dabei.«

»Ich erfriere schon nicht. So lange mir ab und zu jemand eine Decke gibt.« Jetzt lächelte sie wieder.

»Willst du heute nacht hierbleiben?« Er hatte es ausgesprochen, bevor er darüber nachdenken konnte. Es kam ihm vor wie eine Flucht nach vorn. Stolpernd und ungeschickt. Sein Herz begann laut zu schlagen, und er wußte nicht, wohin mit seinem Blick.

»Das würde ich gern«, hörte er sie sagen. Sie tranken ihre Tassen leer und löschten das Licht.

»Möchtest du vielleicht ein Hemd oder ein T-Shirt?« fragte er, als sie oben in seinem Schlafzimmer waren. »Ein Hemd wäre gut.«

Er kramte in seinem Schrank, bis er ein gebügeltes gefunden hatte. Sie nahm es und ging damit ins Bad.

Als sie zurückkam, hatte er das Bett aufgeschüttelt und ein zweites Kopfkissen bezogen. Verstohlen blickte er sie an. Sie gefiel ihm in seinem Hemd. Es war weiß, und ihr dunkles Haar hob sich schön dagegen ab. Sie hatte die drei oberen Knöpfe offen gelassen, so daß der Kragen fast über ihre Schultern fiel und ihr Hals wie eine weiße Säule daraus emporstieg. Schnell blickte er weg und fühlte sich so unbeholfen.

»Ich verschwinde eben mal ins Bad«, murmelte er und ging hinaus.

Sie blieb zurück und wußte nicht, was sie tun sollte. Sich allein in dieses fremde Bett zu legen wäre ihr merkwürdig vorgekommen. Fast wie etwas Verbotenes. Wie ein Schulmädchen trippelnd im Zimmer herumzustehen erschien ihr unwürdig. Sie ging ans Fenster, sah hinaus. Als sie sich umdrehte, entdeckte sie Valeries Foto auf dem Empiresekretär und nahm es in die Hand. Ein schönes Mädchen, dachte sie. Schön und freundlich. Sie stellte den Rahmen wieder hin. Dann ging sie zum Bett, legte sich jetzt doch hinein und löschte das Licht. Ihr Herz klopfte in der Dunkelheit zum Zerspringen. Was tat sie da eigentlich? Und dann lag er mit einem Mal neben ihr.

»Komm her«, hörte sie sich flüstern. Simon streckte zögernd den Arm nach ihr aus, und sie rollte sich hinein. Sie war weich und anschmiegsam. Es fiel ihm ein, wie oft er sich schon vorgestellt hatte, sie so zu halten. Jetzt war es Wirklichkeit, und er lag da wie aus Stein. Kaum ein Atmen, das er von sich gab. Es entging ihr nicht, wie angespannt er war. Seine erstarrten Muskeln umschlossen ihn wie eine Mauer. Undurchdringlich. Nicht ein Fünkchen Regung. Seltsam, daß es sie nicht irritierte. Statt dessen drückte sie sich noch enger an ihn. Atmete ihn ein. Er roch ein bißchen nach dem Waschpulver in seinem T-Shirt und nach sich selbst. Es war ein frischer Geruch, der sie an Regenwasser erinnerte, und sie mochte ihn. Ihr Gesicht lag in seiner Halsbeuge, seine Wange kratzte ein wenig. Ihre Hand auf seinem Bauch. Sie fühlte seinen Herzschlag auch dort. Er war hart und laut. Ebenso wie ihrer. Sie schob ihre Hand ein Stück weiter nach unten und lauschte seinem tiefen Atmen. Es war fast ein Seufzen, und sie hörte nicht auf, ihn zu berühren.

Dann war er überall. Ganz plötzlich. Sein Mund auf ihren Lippen, seine Hände an ihrem Körper, sein Atem auf ihrer Haut, die Beine verschlungen mit ihren. Irgendwann war er in ihr. Sie bewegten sich miteinander in der Dunkelheit. Die Welt draußen war weit fort.

Endlich, dachte er. Endlich.

Ich lebe.

Als sie erwachte, hatte sich der Regen verzogen. Simon schlief noch. Er lag auf dem Bauch, und sie konnte sein Gesicht nicht sehen. Leise stand sie auf und zog sich an.

Bevor sie ging, legte sie ihm einen Zettel auf den Küchentisch. Ein einziges Wort stand darauf: Danke. Und ihr Name. Dann sammelte sie die Teile der zerbrochenen Kaminuhr ein und ging.

Zwei Stunden später erwachte auch Simon. Mit geschlossenen Augen tastete er auf die andere Seite des Bettes. Sie war kalt, und er griff ins Leere. Er begriff sofort: Dorothee war schon seit einer ganzen Weile fort. Ausnahmsweise mußte er einmal fest geschlafen haben, denn er hatte nichts gemerkt. Er zog sich sein Kissen über den Kopf und stöhnte. Er war noch immer müde und konnte keinen klaren Gedanken fassen. Im Bettzeug roch er ihr Parfum, als wäre sie noch da. Es irritierte ihn, daß sie einfach so gegangen war. Vielleicht war das Licht hinter seinem Fenster nicht hell genug gewesen.

Schließlich beschloß er aufzustehen. Er mußte pinkeln, und er hatte Durst. Mit einem Ruck zog er das Kopfkissen weg, und ein merkwürdig beißender Geruch fuhr ihm in die Nase.

Er ging hinaus auf die Treppe, und Rauch quoll ihm entgegen, der sofort in seine Lungen drang und ihm den Atem raubte. Instinktiv schlug er sich die Hand vor den Mund und kämpfte mit einem Hustenanfall. Zwischendurch rang er wie verrückt nach Luft. Er drehte sich auf dem Absatz um und stürzte ins Bad, ließ Wasser über ein Handtuch laufen und preßte es sich vors Gesicht.

Dann rannte er die Treppen hinab. Die Vorhänge am Fenster neben der Eingangstür standen in Flammen. Glas zerbarst, aber die Scheiben waren klein, und der Holzrahmen blieb ganz. Hinter der kleinen Kommode stieg dunkler Qualm hervor.

Zuerst war Simon wie erstarrt. Dann warf er das Handtuch über das Schränkchen, packte die Decke, die Dorothee am Abend zuvor noch gewärmt hatte, und schlug wie ein Wahnsinniger gegen die brennenden Vorhänge. Das Feuer sprühte rote und goldene Funken, züngelte nach ihm und verbrannte ihm die Hand.

Blind gegen den Schmerz schlug er weiter – stundenlang, wie ihm schien –, bis nur noch schwarzglühende Fetzen übrig waren, die wie dürre Blätter zu Boden schwebten. Er ließ nicht nach, rannte in die Küche und ließ alle Töpfe und den Putzeimer mit Wasser vollaufen. Dann schnappte er sich einen nach dem andern und löschte die noch immer schwelende Glut.

Nach Luft ringend riß er schließlich die Haustür auf und sog seine schmerzenden Lungen voll, bis es genug war. Dann knickten ihm die Beine weg, und er sank auf den Boden, wo er besinnungslos auf die rauchgeschwärzte Wand starrte und sich nicht mehr rühren konnte. Dann sah er auf seine verbrannte Hand und bemerkte, daß sie zitterte. Erst da fühlte er den Schmerz.

Irgendwann rief er den Notarzt und die Polizei.

Während er noch immer auf dem Boden saß und wartete, hatte er wieder diesen schwarz vermummten Mann, diesen Fantomas vor Augen, wie er in seine Wohnung eindrang. Jetzt wußte er, was er gewollt hatte. Dieser Brand war kein Zufall.

☽

Das Feuer legte alles lahm. Die Polizei, ein Brandsachverständiger und ein Typ von der Versicherung beschäftigten Simon den ganzen Montag und Dienstag. Er bestellte Handwerker. Das Fenster mußte ersetzt und das Wohnzimmer neu gestrichen werden. Trotz ständiger Frischluftzufuhr dauerte es mehrere Tage, bis der Gestank aus den Zimmern verschwunden war, aber glücklicherweise war das obere Stockwerk davon verschont geblieben, und er mußte nicht in ein Hotel ziehen, bis das Gröbste überstanden war.

An der Hand – es war Gott sei Dank die linke – hatte er eine Verbrennung zweiten Grades und mußte jeden Tag zum Arzt, um den Verband wechseln zu lassen. Er hatte kurz daran gedacht, zu Dorothee zu gehen, den Gedanken dann aber wieder verworfen. Es verunsicherte ihn noch immer, daß sie sich einfach so davongeschlichen hatte. Ihren Zettel mit dem »Danke« darauf hatte er zwar gefunden, aber nicht gewußt, wie er ihn deuten sollte. War es ein endgültiges »Danke« oder eines, das sich ausschließlich auf den einen Moment bezog und gleichzeitig ein »Ich möchte dich wiedersehen« mit einschloß?

Er hatte keine Ahnung. Bin zu lange aus dem Geschäft, dachte er und verbannte den Gedanken an Dorothee in einen hinteren Winkel seines Gedächtnisses.

Dienstag abend ertappte er sich dabei, wie er auf dem Bett lag und James Taylor hörte. Ein Relikt seiner Jugend. Niemand hörte heutzutage noch James Taylor. Es war ihm selbst ein Rätsel, weshalb er nach Jahren diese CD wieder hervorgekramt hatte. Aber als er dalag und die hellen Gitarrenklänge von »Something in the way she moves« das Zimmer erfüllten und anschließend die ersten Zeilen zu hören waren, überkam ihn eine leise Ahnung, warum.

There's something in the way she moves
Or looks my way, or calls my name
That seems to leave this troubled world behind.
If I'm feeling down and blue
Or troubled by some foolish game
She always seems to make me change my mind.

War es das?

Er lag auf seinem Bett, ein Buch aufgeklappt auf seiner Brust, und die CD lief und lief. Es kam ihm albern vor, das machten Jungs mit siebzehn: auf dem Bett liegen, Musik hören und an ein Mädchen denken. Es war kindisch, so etwas mit knapp vierzig zu tun.

Yes, and I feel fine, sang James Taylor noch einmal, und Simon fielen die Augen zu.

Ab Mittwoch war er wieder im Büro. Montag und Dienstag war Malina allein dort gewesen, hatte sich um ihre Kunden gekümmert, Schriftkram aufgearbeitet und zwei Männer, die sich als Kaufhausdetektive bewarben, empfangen. Sie hatte sich noch nicht entschieden, aber ihr war wieder das eingefallen, was ihr schon auf Samos durch den Kopf gegangen war: Im Grunde wollte sie solche Geschichten nicht. Mehr denn je erschien es ihr klein und belanglos.

Dann war Victor krank geworden, und Malina blieb bei ihm zu Hause. Er hatte die Windpocken und quengelte, weil die Pusteln juckten und er sich nicht kratzen durfte. Malina war die ganze Zeit damit beschäftigt, ihm ein weißes Gel auf die Stellen aufzutragen, aus Bilderbüchern vorzulesen, Knetmännchen zu basteln, die auch die Windpocken hatten, und Griesnockerlsuppe zu kochen. Wenn er müde wurde und schlafen wollte, legte sie sich mit ihm in ihr großes Bett und hielt ihn im Arm, bis seine Augen zugefallen waren. Seine Wangen, die er gegen ihr Gesicht preßte, waren rot und heiß, und seine Hand hielt die ganze Zeit die ihre fest.

Es tat ihr leid, ihr Kind krank zu sehen. Dennoch trauerte sie jetzt schon darum, daß die Zeit, in der ihr Sohn sie so brauchte, eines Tages unwiderruflich vergangen sein würde. Vielleicht war es ein egoistischer Gedanke, aber so fühlte sie.

Simon hielt sie die ganze Zeit auf dem laufenden, was

in der Agentur vor sich ging, oder er kam abends vorbei. Er redete nicht viel, aber sie hatte das Gefühl, daß diese zwangsläufige Distanz zu Tati und Valerie ihnen die Gelegenheit gab, einen Schritt zurückzutreten, um das Ganze aus einer anderen Perspektive zu betrachten.

Immer häufiger dachte sie über Tatis Vater, Bernd Kurbjuhn, nach. Tatis E-Mail an Simon kannte sie inzwischen fast auswendig, so oft hatte sie sie gelesen, und sie wurde das Gefühl nicht los, daß der Mann mehr mit dem Verschwinden der Mädchen zu tun hatte, als es auf den ersten Blick schien.

Als Victor am Nachmittag eingeschlafen war, suchte sie die Nummer des Ottobrunner Gymnasiums heraus und rief dort an. Sie gab sich als Journalistin aus, die an einem Artikel über Jugendarbeitslosigkeit arbeitete, und auf Umwegen gelang es ihr, Bernd Kurbjuhn in das Gespräch einzuflechten. Es ging viel leichter, als sie gedacht hatte. Nach dem Gespräch hatte sie endlich Gewißheit. Aus den Unterlagen der Schulsekretärin war hervorgegangen, daß Bernd Kurbjuhn auch in Valeries Klasse Berufspraktika betreut hatte. Er mußte ihr begegnet sein. Aktäon und Knight Rider – was verband diese beiden Namen? Der eine hinter der Kamera, der andere getarnt durch das Internet. Sie waren beide kein einziges Mal ins Licht getreten.

Es war Brandstiftung. Das teilte der Sachverständige Simon schon am Dienstagabend mit. Die Untersuchungen waren abgeschlossen, und sie hatten herausgefunden, daß eine Steckdose hinter der kleinen Kommode mittels einer Art Zeitschaltuhr so manipuliert worden war, daß ein Kurzschluß entstehen mußte. Die Funken hatten dann eine Art Ofenanzünder, der in einem Nest aus Papier deponiert worden war, entflammt. Es waren sowohl Rückstände des Papiers als auch der weißen Zündwürfel gefunden worden. Simon kannte sie noch aus seiner Kindheit. Seine Großmutter hatte damit immer den Holzofen im Badezimmer geschürt. Sie brannten wie Zunder.

Inzwischen hatte sich ein Sicherheitsdienst um das Türschloß gekümmert und ein zweites eingebaut. Trotzdem verließ Simon das Haus morgens mit einem unguten Gefühl, und abends, wenn er zurückkehrte, glaubte er jedes Mal, es müßte etwas Schreckliches passieren, sobald er die Wohnung betrat. Aber es geschah nichts mehr.

Es gab auch keine Spuren, wer hinter dem Anschlag steckte. Niemand hatte etwas Ungewöhnliches bemerkt. Nur Simon hatte einen Verdacht, entschied sich allerdings, sich erst dazu zu äußern, wenn sich etwas Konkreteres ergeben würde.

Sein Gehirn war restlos überfüllt.

Die Tatsache, daß jemand ihm ernsthaft ans Leder wollte.

Valerie und Tati und das Gefühl, die Zeit renne ihm davon.

Dorothee und das Gefühl, nichts zu wissen.

Es war, als liefen seine Gedanken Amok.

Dann ergab sich etwas, womit er nicht gerechnet hatte. Eine neue Spur fügte sich neben die erste.

Er konnte jetzt doppelgleisig fahren.

Am Mittwoch abend rief Anja gegen halb elf aus Italien an. Malina hatte schon die ganze Zeit auf ihren Anruf gewartet. Sie hatten den letzten Sonntag zusammen verbracht, aber abends hatte Anja sich mit Jens Grothe getroffen und war so spät nach Hause gekommen, daß sie sich in der Nacht nicht mehr gesehen hatten. Montag morgen war sie schon in aller Frühe losgefahren. »Stell dir vor, ich bin hier im Savoy untergebracht. Mitten in Florenz, direkt an der Piazza della Repubblica. Hier ist immer noch Sommer, und unten im Restaurant sitzen lauter Ölscheichs und stinken nur so vor Geld.« Anja lachte. Daß sie vor ein paar Tagen sehnsüchtig von einem Heim und einem Mann gesprochen hatte, schien sie bereits vergessen zu haben.

»Und du bist natürlich ganz in deinem Element«, sagte Malina und verspürte wieder einen leisen Stich. »Apropos Scheich, wie war eigentlich dein Abendessen mit Jens Grothe?«

»Ausgesprochen nett.«

»Nur nett? Mehr Adjektive hast du nicht parat?«

»Mein Gott, es war nur ein Abendessen. Was erwartest du? Es war ein schönes Restaurant, und wir haben uns gut unterhalten.«

»Das klingt aber gar nicht nach dir. Ich dachte, er hätte dir ziemlich gut gefallen. Kein Flirt?«

»Natürlich haben wir geflirtet. Du kennst mich doch: Ich kann gar nicht anders. Ich bin wie Sam aus Sex and the City. Aber das muß ja nicht heißen, daß man gleich am ersten Abend miteinander ins Bett springt.«

»Für Sam schon. Die hätte nicht einmal bis zum Nachtisch gewartet.«

Anja lachte wieder. »Wenn es dich beruhigt und ich meine Ehre damit wiederherstelle: Wir haben beschlossen, uns wieder zu treffen, wenn ich zurück bin. Das wäre nächste Woche am Samstag. Kann ich dann noch einmal bei dir übernachten?«

»Das klingt schon besser. Sicher kannst du bei uns übernachten. Wenn sich bis dahin nichts anderes ergibt ...«, fügte Malina vielsagend hinzu.

»Nein, nein, keine Sorge. Ich werde brav und artig in deinem Gästezimmer schlafen. Übrigens weiß ich jetzt wieder, an wen Jens mich erinnert. An Andreas Mockmann, der mit uns zur Schule gegangen ist. Weißt du noch?«

Malina wußte noch, teilte Anjas Meinung allerdings nicht. Sie plauderten noch ein bißchen, bis Anja schließlich gähnte.

»Ich muß jetzt auflegen«, sagte sie. »Morgen vormittag geht's schon ganz früh weiter auf ein Weingut bei San Gimignano. Ich sehe jetzt noch ein bißchen fern, hier läuft gerade eine komische Serie aus den Achtzigern mit diesem Sunnyboy und seinem sprechenden Auto. Ist ein ziemlicher Scheiß. Vielleicht läuft woanders etwas Besseres.«

Sie verabschiedeten sich voneinander und beschlossen, sich so bald wie möglich wiederzusehen. Es sollte nicht wieder ein Jahr dauern.

Als Malina später im Bett lag, dachte sie die ganze Zeit, daß Anja etwas gesagt hatte, was sie nicht zur Ruhe kommen ließ. Immer wieder ging sie das Gespräch in Gedanken durch, aber sie fand die Stelle nicht. Irgendwann schlief sie darüber ein und träumte von einem Mann, mit dem sie sich fürs Kino verabredet hatte. Als sie ihn vor dem Gebäude traf, war er vollkommen schwarz gekleidet, und sie sah, daß er eine kleine Katze in den Händen hielt. Dann tat er etwas Schreckliches. Er zog ein Messer hervor und schnitt dem Tier die Zunge heraus. Als er sah, daß Malina sich auf ihn stürzen wollte, stürmte er davon, die blutende Katze noch immer auf dem Arm. Sie lief ihm hinterher, sie rannte wie noch nie in ihrem Leben, immer dem herzzerreißenden Schreien hinterher, aber er blieb ihr die ganze Zeit ein Stück voraus. Dann sah sie, wie er eine hohe Treppe emporhetzte, und als ihr Fuß die unterste Stufe berührte, flammte vor ihr plötzlich eine Wand aus Feuer auf. Sie taumelte zurück, konnte nicht weiter, doch das Schreien gellte weiter in ihren Ohren. Es hörte und hörte nicht auf, bis sie schließlich mit rasendem Herzen erwachte.

Das Schreien war nicht verklungen. Es kam aus Victors Zimmer. Sie warf einen Blick auf Edward, der tief und fest schlief, und sprang aus dem Bett. Ihr Sohn saß auf seinem Kopfkissen, Katinka, die Plüschkatze, fest an sich gepreßt, und weinte mit weit geöffnetem Mund. Rasch hob sie ihn hoch und fühlte seine Stirn. Sie war glühend heiß.

Victor weinte die ganze Nacht, und ihr Herz klopfte vor Angst und Erschöpfung. Schließlich gab sie ihm ein Fieberzäpfchen und wickelte immer wieder kalte Umschläge um seine Beine. Gegen Morgen schlief er endlich ein. Malina selbst hatte kein Auge zugetan.

Als er gegen neun erwachte, war Victor quietschfidel. Er plapperte, als hätte es die Nacht nicht gegeben: »Mami, bin krank ... und hungrig.« Dann aß er ein weichgekochtes Ei und zwei Toastbrote zum Frühstück, das Fieber war völlig verschwunden. Hätte er nicht überall am Körper und im Gesicht die roten Pusteln gehabt, wäre er ihr völlig gesund erschienen. Trotzdem war Malina immer noch besorgt und rief in der Praxis ihres Kinderarztes an. Zuerst hieß es, an diesem Tag wäre kein Termin mehr frei, aber als Malina noch einmal auf Victors nächtlichen Fieberanfall hinwies, wurde die Stimme am anderen Ende etwas gnädiger und offerierte einen Termin um drei. Malina nahm an und hoffte, bis dahin wenigstens noch eine Stunde schlafen zu können. Ihr ganzer Körper fühlte sich an wie Brei, und sie konnte kaum die Augen offen halten.

Sie hatte Glück. Auch Victor mußte Schlaf nachholen. Er gähnte und quengelte, bis sie wenig später die Jalousien herunterließ und sich mit ihm ins Bett legte. Erschöpft schliefen sie beide bis kurz nach dreizehn Uhr, wobei Victor wie ein Rentner schnarchte.

Im Gegensatz zu seiner Sprechstundenhilfe war Doktor Mallwitz lustig und freundlich. Victor liebte ihn, was wahrscheinlich auch daran lag, daß er sich jedes Mal, wenn er fertig war, aus dem Maul eines lachenden Delphins ein Tütchen Gummibärchen ziehen durfte, das er später im Auto solidarisch mit seiner Mutter teilte.

»Es ist soweit alles in Ordnung mit ihm. Lassen Sie sich von solchen Fieberattacken keine Angst machen. Kinder haben immer sehr schnell hohe Temperatur. Das ist völlig normal. Sie sehen mir allerdings so aus, als könnte Ihnen ein Eisenpräparat nicht schaden«, meinte der Arzt und musterte ihr blasses Gesicht. »Ist alles in Ordnung mit Ihnen?«

»Ist nur Müdigkeit und Streß. Ich hoffe, das wird sich bald wieder ändern. Ich arbeite daran.«

»Na, dann ist es ja gut. Aber nicht übertreiben, ja?«

Er reichte ihr ein Rezept für Victor und drückte ihr ein Probepäckchen Eisentabletten in die Hand. »Ziehen Sie ihn warm an, und gehen Sie ruhig ein bißchen mit ihm an die frische Luft. Das wird Ihnen beiden guttun.«

Als sie draußen vor der Praxis in der Theatinerstraße stand, kam ihr plötzlich eine Idee. Sie wußte genau, daß sie sich die Adresse von Christa Kurbjuhn notiert hatte. Sie fand sie in ihrem Filofax, unter der Rubrik »Aktivitäten«: Tulbeckstraße 5 hatte sie schlampig hingekritzelt. Dahinter die Telefonnummer. Sie tippte sie in ihr Handy und wartete. Christa Kurbjuhn war zu Hause.

Ihre Stimme klang belegt, aber sie hatte nichts gegen einen Besuch.

Malina nahm Victor an die Hand, ging zu ihrem Auto und fuhr Richtung Westend.

Es war aufgeräumt in Christa Kurbjuhns Wohnung, nur sie selbst wirkte vernachlässigt. Ihr Haar hätte einer Wäsche bedurft, und am Ansatz wuchsen sichtbar graue Haare nach. Sie trug eine Art Hausanzug und ging auf Socken. Sie sah einsam aus.

»Wir wollen Sie nicht lange stören. Ich habe nur noch ein paar kleine Fragen, und dann lasse ich Sie in Frieden. Mein Sohn muß auch wieder ins Bett. Er hat die Windpocken.« Malina setzte sich auf die Couch und nahm Victor auf den Schoß. Neben ihr lag ein Stapel Tageszeitungen. Als Christa Kurbjuhn noch einmal in die Küche ging, sah sie ihn unauffällig durch.

Jede Zeitung war auf der Seite aufgeschlagen, wo über

Tati berichtet wurde. Sie fragte sich, wie die Frau das aushielt. In diesem Moment kam sie zurück und stellte zwei Tassen Tee auf den Tisch.

»Oh, wie nett von Ihnen, den kann ich gut gebrauchen.« Malina trank einen Schluck. Er war sehr heiß und schon gesüßt. »Wie steht es mit den Ermittlungen der Polizei? Werden Sie gut betreut? Haben Sie etwas Neues gehört?«

»Nein. Nichts. Ich verlasse kaum noch das Haus, weil ich Angst habe, ich könnte das Klingeln des Telefons verpassen. Aber es läutet sowieso fast nie. Und wenn, dann ist es höchstens jemand von meiner Station im Krankenhaus, um mir mitzuteilen, daß sich der Dienstplan ändert. Nein, es gibt nichts Neues von Tati. Gar nichts. Es ist völlig hoffnungslos.« Ihre Augen blickten Malina glasig an. Auf dem niedrigen Wohnzimmertisch lag eine Packung Persumbran. Die Frau tat ihr leid, und sie hätte gern etwas für sie getan. Aber sie wußte nicht, was.

»Ich würde gerne noch einmal mit Ihnen über Ihren Mann sprechen. Nein, nein, bitte erschrecken Sie nicht. Ich möchte mir einfach nur noch klarer über sein Verhältnis zu seiner Familie und zu seiner Tochter werden. Es ist oft so, daß die wichtigen Informationen im Detail stecken. Ich wollte nur von Ihnen wissen, wie Sie Ihren Mann gesehen haben.«

»Ich meinen Mann gesehen? Ich war offengestanden froh, wenn ich ihn nicht gesehen habe. Dann war wenigstens Frieden im Haus. Können Sie sich vorstellen, was es heißt, vor einem anderen zu zittern? Seine bloße Anwesenheit macht Ihnen angst. Sie befürchten ständig, er könne ausrasten. Dann schlägt er Sie mit Worten, die tiefere Verletzungen hinterlassen als jedes Messer. So, Frau Maltzan, so habe ich meinen Mann gesehen.«

Fast hätte Malina gefragt, warum sie ihn überhaupt geheiratet hatte. Aber das ging sie wohl nichts an. Sie holte tief Luft.

»Ich weiß nicht, was ich Sie konkret fragen soll. Es gibt keine bestimmte Richtung, die ich einschlagen könnte. Aber was tat Ihr Mann, wenn er nicht zu Hause war? Welche Interessen hatte er? Freunde? Ging er aus?«

»Er las.«

»Er las?«

»Ja. Stundenlang. Schloß sich in sein Arbeitszimmer ein und las.«

»Was hat er denn gelesen?«

»Bücher über Bäume und Pilze. Haufenweise. Über Tiere. Ihn hat alles interessiert, was nicht sprechen konnte. Er verbrachte seine Wochenenden ja auch immer im Wald.«

»In welchem Wald denn?«

»Hinter Straßlach gibt es einen Wald, da fuhr er manchmal hin und sammelte Pilze. Pfifferlinge. Die brachte er dann nach Hause mit. Das war dann schon ein echtes Highlight. Offen gestanden wünschte ich mir oft, ein giftiger wäre darunter und er würde ihn selbst essen.« Sie lachte bitter. »Manchmal fuhr er auch an den Ammersee und stapfte dort durch die Gegend. Immer ohne uns. Und dann kam er nach Hause und las wieder oder machte uns die Hölle heiß.«

Malina schwieg. Was sollte ihr das sagen? Ein Mann fuhr in den Wald, sammelte Pilze und las Bücher darüber. Das war weder verboten noch ungewöhnlich. Sie selbst hatte es in ihrer Kindheit geliebt, mit ihrer Großmutter im Wald nach Pilzen zu suchen.

»Sind Sie eigentlich geschieden, oder leben Sie nur getrennt?«

»Ich wollte die Scheidung. Er aber nicht. Niemals, hat er geschrieen, als ich ihn darum bat, das ginge gegen seinen Glauben. Das war ja die Krux bei ihm. Ständig sprach er von Gott und nannte alle anderen Heiden. Andererseits tyrannisierte er seine Familie. Schon komisch, daß ausgerechnet er sich dann von einem

Tag auf den anderen mit römischer und griechischer Mythologie befaßt hat. Die Bibel wäre passender gewesen.«

Etwas klickte in Malinas Kopf.

»Eines Tages fing er an, dicke Bücher über römische und griechische Götter zu lesen. Er war ganz besessen davon. Manchmal erzählte er uns sogar davon. Einmal, als ich in seinem Arbeitszimmer aufgeräumt habe, fand ich auf seinem Schreibtisch eine Art Stammbaum, den er gezeichnet hatte. Welcher Gott von wem abstammte und so weiter. Ich war ja froh darüber. So lange ihn das beschäftigte, ließ er uns in Ruhe. Es ist schon komisch, was aus Menschen wird. Als ich meinen Mann heiratete, war er ein gutaussehender und netter Mensch. Es gab viele Frauen, die ihn gern gewollt hätten. Alles wurde anders, nachdem unser ältester Sohn geboren war. Ich weiß bis heute nicht, warum. Haben Sie eine Ahnung?«

»Ich kenne Ihren Mann viel zuwenig, um mir da eine Meinung zu bilden. Vielleicht war es eine Art Eifersucht. Manchmal verändern sich Menschen aber auch, ohne daß es einen sichtbaren Grund dafür gibt. Etwas in ihrem Innern entzündet sich und läßt sie zu anderen werden. Vielleicht sehnte er sich nach etwas, ohne daß es zu sehr nach Laienpsychologie klingt – vielleicht sehnte er sich nach etwas Höherem und daher sein Interesse an der Antike? Da war er wohl ein echter Kenner, oder?«

»Das kann man wohl sagen. Er würde bei ›Wer wird Millionär‹ damit abräumen wie kein anderer.«

Glücklicherweise fing Victor kurz danach zu quengeln an, und Malina hatte einen triftigen Grund, sich zu verabschieden, ohne daß ihre plötzliche Eile auffällig gewesen wäre. Sie mußte dringend noch im Büro vorbeifahren. Auf ihrem Schreibtisch lag ein Ausdruck von der CD-ROM, die David ihr gebrannt hatte, als sie Tatis Computer gecheckt hatten. Den brauchte sie.

Eine Stunde später saß sie am Küchentisch und las den Computerausdruck:

Eifersüchtig wacht Diana über ihre keusche Schönheit und bestraft jeden, der sie belauscht. Eines der wiederkehrenden Motive ist die Verwandlung des Jägers Aktäon in einen Hirsch, den seine eigenen Hunde zerreißen. Dies geschieht zur Strafe dafür, daß Aktäon Diana und ihre Nymphen im Bade belauschte.

Da war er wieder: Aktäon. Malina erinnerte sich genau, wie sie Bernd Kurbjuhn gefragt hatte, ob er die Bedeutung des Namen kenne, und ihr fiel auch sein kurzes Zögern wieder ein, bevor er die Frage verneint hatte. Wenn er tatsächlich ein so großer Kenner der griechischen Mythologie war, hätte er es wissen müssen, dachte sie. Hinzu kam noch, daß die meisten Menschen jede Gelegenheit nutzten, ihr Wissen an den Mann zu bringen. Warum hatte Kurbjuhn das nicht gewollt? Hatte er wirklich etwas mit dem Verschwinden seiner Tochter zu tun und wollte es verbergen? Oder hatte er vielleicht geschwiegen, um überhaupt keinen Verdacht entstehen zu lassen? Oder hatte er es tatsächlich nicht gewußt?

Den ganzen Abend grübelte sie darüber nach.

Sie mußte mit Simon darüber sprechen. Er war am Nachmittag nicht im Büro gewesen. Wahrscheinlich hatte er sich beim Arzt den Verband wechseln lassen. Das Feuer in seiner Wohnung kam ihr wieder in den Sinn, und die alte Angst, die sie am ersten Abend nach ihrer Rückkehr von Samos zum ersten Mal verspürt hatte, kam zurück. Wir müssen uns beeilen, dachte sie, bevor etwas noch Schlimmeres geschieht.

Dreiundzwanzig. Vierundzwanzig.

Noch immer keine Verbindung.

»Verdammt.« Simon schmiß sein Handy auf den Beifahrersitz und fädelte sich wieder in den Verkehr ein. Er konnte schon nicht mehr zählen, wie oft er versucht hatte, Bobby Heimann zu erreichen. Es war kein Problem gewesen, herauszufinden, wo er jetzt wohnte und wo er arbeitete. Das hatte ihm die Sprechstundenhilfe aus der Praxis seines Vaters verraten. Ihn zu erwischen war das weitaus größere Problem.

Zuerst hatte er es im Unternehmen versucht, für das er arbeitete. Er war jetzt fünfunddreißig Jahre alt – zwei Jahre älter, als Valerie es jetzt wäre – und verdiente sein Geld als Unternehmensberater. In seiner Firma hatte man ihm erklärt, daß Herr Heimann im Urlaub sei. Aber er könne es ja über die Mobilnummer probieren. Das tat er jetzt seit zwei Tagen fast ununterbrochen, ohne daß jemand abnahm. Es meldete sich entweder gleich die Mailbox, oder es war besetzt, und wenn er später wieder anrief, ging niemand mehr hin.

Allmählich kam es Simon so vor, als wollte Bobby Heimann nicht erreichbar sein. Zweimal hatte er sich vergeblich darum bemüht, den Mann in seiner Wohnung in der Neherstraße in Bogenhausen aufzuspüren. Aber er würde nicht aufgeben. Es gab eine wichtige Frage, die er Valeries altem Freund stellen wollte. Er brauchte eine Antwort.

☽

Der Weg vom Wohnzimmer bis zur Tür erschien ihr endlos und bereitete ihr Schmerzen. »Ich komme gleich«, rief Angelika Baier. Es war erst zwei Tage her, daß sie das Krankenhaus wieder verlassen hatte, und ihre Wunden waren keineswegs verheilt. Die gebrochene Rippe stach gegen die Lunge. Jeder Schritt, jeder Atemzug waren die Hölle. In den Spiegel sah sie nicht mehr. Sie putzte sich die Zähne mit abgewandtem Gesicht, vermied es, auf glänzende Flächen zu blicken.

Diese Frau, die sie darin erblicken würde – diese Frau, das war sie nicht.

Ihr linkes Auge war zugeschwollen, nur noch ein nässender Schlitz unterhalb der Braue. Darunter verlief ein blau-gelber Bluterguß. Das Nasenbein war gebrochen, aber das sah man wenigstens nicht. Sie hatte sich ihr Gesicht seit Tagen nur mit einem feuchten Wattebausch abgetupft. Mehr ertrug sie nicht. Es tat sogar weh, wenn sie sich die Haare kämmte.

Doch dies alles konnte sie ertragen. Den Schmerz in ihrem Innern dagegen, den Verlust ihres Glaubens und ihrer Hoffnung, den ertrug sie nicht. Er hielt sie wach in der Dunkelheit und quälte sie im Tageslicht.

Sie war jetzt ein anderer Mensch, und niemals würde sie die Todesangst jener Nacht vergessen. Das Leben und das, was sie darin gesehen hatte, erschien ihr nicht plötzlich wertvoller, sondern willkürlicher.

Sie kam nicht dagegen an.

Trotzdem hatte sie einer weiteren Befragung zugestimmt. Der Polizist aus der Klinik hatte am Morgen angerufen und ihr mitgeteilt, daß er ihr einen Kollegen vorbeischicken würde. Sie wollten alles dafür tun, den Kerl zu kriegen, der ihr das angetan hatte. Und sie selbst wollte es auch. Vielleicht würde ihr Leben dann wieder erträglich werden. Wenn *er* seine Strafe hatte.

Und sie Gerechtigkeit.

Sie öffnete die Tür.

Der Mann war groß und sah vertrauenerweckend aus.

Genau wie der andere.

Sie versuchte ihr Mißtrauen zu verbergen und bat ihn herein. Er schien einfühlsam zu sein, denn er ging keinen Schritt schneller als sie und ließ ihr an der Tür zum Wohnzimmer den Vortritt. Über ihre Verletzungen sagte er kein Wort. Er sah sie freundlich an, als sei sie eine vollkommen normale Frau.

Sie erzählte ihm alles. Wie sie den Mann getroffen hatte – an einem Abend in einer Bar, wo sie ihm ihr Kärtchen gegeben hatte. Wie er sie nur wenige Tage später angerufen und sie einem Treffen begeistert zugestimmt hatte.

»Es ist alles meine Schuld. Ich hätte ihn nicht gleich mit nach Hause nehmen dürfen«, sagte sie eins ums andere Mal.

»Dann hätte er Ihnen dasselbe später angetan«, antwortete der Mann nur. »Es ist keine Frage des Zeitpunkts, es ist nur eine Frage seiner Veranlagung. Sie wären ihm nicht entkommen.«

Darauf schwieg sie. Vielleicht hatte er recht. Trotzdem war es auch ihre Schuld, dachte sie wieder. Meine Leichtgläubigkeit und meine verdammte Angst vor der Einsamkeit und dem Versagen. Von klein auf war ihr eingetrichtert worden, eine Frau brauche zu ihrer Erfüllung einen Mann. Wie hätte sie da eine jener Frauen werden können, die frei waren und selbstsicher ihren Weg gingen? Im Geiste sah sie das Mädchen am Küchentisch und die Mutter daneben, die der Tochter ihren Begriff vom Leben einbläute. In diesem Augenblick haßte sie sie dafür.

»Wir wissen inzwischen, daß er Ihnen einen falschen Namen genannt hat. Manfred Widera. Wir haben nur eine Person mit diesem Namen gefunden. Einen verwitweten Rentner von dreiundsiebzig Jahren. Er dürfte kaum in Frage kommen.«

Mutlos blickte sie auf ihre Hände. Sie fühlte sich so dumm.

»Hat er Ihnen eine Adresse genannt, oder haben Sie ihn danach gefragt?«

Diesmal schüttelte sie nur den Kopf. Er befürchtete, sie würde gleich weinen. Die Frau tat ihm leid. Er wollte ihr helfen. Alles, was ihm einfiel, war, seine Hand auszustrecken und ihr über den Arm zu streichen. Dann holte er tief Luft und griff in die Innentasche seiner Jacke. Er zog ein Foto hervor und legte es vor ihr auf den Tisch.

»Ist das der Mann?« Ihr Entsetzen war vollkommen. Sie rang nach Luft. Dann nickte sie fast unmerklich.

»Ja, das ist der Mann.« Ihre Antwort war kaum mehr als ein Flüstern. Dann kamen die Tränen, strömten aus dem gesunden und dem zerschlagenen Auge. Er sah, wie sie zitterte und schließlich den Kopf abwandte. Sie wollte ihre Hände vors Gesicht schlagen, zuckte aber zurück, als ihr einfiel, daß der Schmerz nur noch größer werden würde.

»Wissen Sie, wer er ist?« fragte sie schließlich, und ihre Stimme brach am Ende des Satzes.

»Ja, ich weiß es.« Mühevoll versuchte er sein eigenes Zittern zu verbergen.

»Dann können Sie ihn ja jetzt festnehmen lassen.« Mehr brachte sie nicht mehr hervor.

Der Mann blieb noch bei ihr sitzen, bis sie sich wieder beruhigt hatte. Brachte ihr ein Glas mit Wasser und teilte die Stille mit ihr.

»Sie werden bald wieder von mir hören. Ich verspreche es Ihnen«, sagte er irgendwann. Wir müssen ihn jetzt nur noch kriegen.« Danach ging er.

Angelika Baier blieb noch lange so sitzen, wie er sie verlassen hatte. Sie saß da und starrte in die Dunkelheit. Die ganze Zeit überlegte sie, woher sie den Mann kannte.

☽

»Wie geht es deiner Hand?« fragte Malina, als sie Simon gegen acht Uhr zu Hause erreichte.

»Wird schon. Ist halt lästig, vor dem Duschen immer eine Plastiktüte überzustülpen.«

»Bei welchem Arzt bist du denn? Warum gehst du eigentlich nicht zu Dorothee?«

Simon lauschte, ob hinter der Sorge in ihrer Stimme noch etwas anderes zu spüren war, aber er hörte nichts. Nein, dachte er, sie weiß es nicht.

»Ja«, sagte er leichthin. »Daran habe ich auch schon gedacht, aber ihre Praxis ist in Nymphenburg, und das ist mir zu weit, um jeden zweiten Tag dorthin zu fahren.«

»Na ja, stimmt auch wieder. Jetzt mal was anderes: Ich war heute bei Christa Kurbjuhn. Wir haben noch ein bißchen geredet – Sie war wieder völlig am Ende, und irgendwann hat sie mir erzählt, daß ihr Mann wie verrückt Bücher verschlungen hat.«

»Und was ist daran ungewöhnlich?«

»Warte doch mal ab. Jetzt kommt's nämlich: Es waren Bücher über Bäume, Pilze und was weiß ich. Aber es waren auch ganze Wälzer über römische und griechische Mythologie darunter. Verstehst du? Der Name des Mannes aus dem Internet lautet Aktäon, und der griechischen Sage nach war er ein Jäger, der zur Strafe in einen Hirsch verwandelt wurde, weil er irgendwelche Göttinnen beim Baden belauscht hatte. Also ein Voyeur der Antike.« Sie lachte kurz. »Aktäon ist ein ungewöhnlicher Name. Niemand, der sich nicht mit dem Thema befaßt hat, käme einfach so darauf. Man braucht einen Bezug dazu, und Bernd Kurbjuhn hat ihn.«

Simon schwieg lange. »Es gibt sicherlich viele Menschen, die sich mit der Antike befassen. Es gäbe sonst nicht so viele Bücher darüber.«

»Aber nicht in Tatis Umfeld. Ich weiß, er ist ihr Vater, aber er hat auch Valerie getroffen. Damals in der Schule. Sind das nicht ein paar Zufälle zuviel?«

»Und was schlägst du vor?«

»Ich weiß nicht, man müßte ihn irgendwie aus der Reserve locken. Wir sollten endlich Tatis Freundin treffen. Wie war ihr Name noch? Ah ja, Felicitas Atzorn. Laß uns Samstag in dieses Internat nach Heinrichsthal fahren. Vielleicht kommt dabei noch etwas heraus, was den Knoten platzen läßt.«

»Gut«, antwortete Simon und knibbelte weiter an seinen Fingernägeln. »Vielleicht hast du recht. Laß uns hinfahren. Wie geht es übrigens Victor? Ist er denn schon wieder auf dem Damm?«

»Er sitzt gerade mit seinem Vater in der Badewanne, und sie überprüfen sämtliche Dinos der Frühjura auf ihre Schwimmfähigkeit.«

»Klingt lustig. Ich bin übrigens morgen nur zeitweise im Büro. Du kannst mich aber über Handy erreichen. Ich habe ein paar Außentermine.«

»Alles klar. Am Samstag gegen zehn?«

»Geht in Ordnung.«

Sie legten auf, und Malina streckte sich. Sie hatte das Gefühl, jeder einzelne Muskel ihres Körpers habe sich zu einer steifen Kugel zusammengeballt. Es tat ziemlich weh. Sie beschloß, später ein Entspannungsbad zu nehmen. Vielleicht würde sie auch Kerzen anzünden, Musik hören, die Augen schließen und an gar nichts denken. Sie stand auf und stellte die Teller vom Abendessen in die Spülmaschine. Mit ein paar Handgriffen räumte sie die Küche auf. Dann rief sie Hiltrud an und bat sie, am Samstag Victor zu nehmen, denn Edward würde am Wochenende auf einem Kongreß in Wien sein.

Nachdem sie Victor eine Stunde später zu Bett gebracht und ihm noch eine Geschichte vorgelesen hatte, ging sie ins Bad. Edward war im Wohnzimmer. Ein Freund von ihm war gegen halb neun überraschend vorbeigekommen. In der Hand ein Sixpack und zwei Tüten Chips. Jetzt feuerten die beiden Männer gemeinsam irgendeine Fußballmannschaft an. Mit ihrer Gesellschaft brauchte Malina an diesem Abend nicht zu rechnen.

Sie drehte gerade den Wasserhahn auf und legte ein frisches Handtuch und einen Schlafanzug bereit, als sie es an der Haustür läuten hörte. Sie vermutete noch einen weiteren von Edwards Freunden. Plötzlich hörte sie ihn rufen: »Kommst du mal runter? Besuch für dich.«

»Scheiße«, sagte sie laut und stellte das Wasser ab. »Ich komm schon.«

In der Diele stand Carina Steding in palmolivegrünen Wildlederstiefeln, Rock und Lederjacke. »Tut mir leid, daß ich so spät hereinplatze. Aber ich habe da etwas gefunden, was ich Ihnen unbedingt zeigen möchte. Haben Sie Zeit?«

»Sicher«, antwortete Malina müde. »Was ist es denn?«

»Sie müßten mit zu mir in meine Wohnung kommen. Das Taxi steht schon draußen. Es bringt Sie nachher auch wieder nach Hause.«

Malina dachte kurz an das Bad, an das weiche Handtuch und den frischen Schlafanzug, den sie schon bereitgelegt hatte.

»Na, da bin ich aber neugierig. Also los, lassen Sie uns gehen.« Sie schnappte sich ihren Mantel und gab Edward Bescheid. »Bin gegen halb zwölf spätestens wieder da.«

Er brummte nur irgend etwas und schrie dann: »Lauf doch, Mensch, siehst du den Ball denn nicht!«

Auf einem Tisch im Arbeitszimmer von Carina Stedings Wohnung türmten sich haufenweise Kunstbände.

»Wo haben Sie denn diese Bibliothek her?« fragte Malina erstaunt und deutete auf die Bücher.

»Ich habe Kunstgeschichte studiert. Wußten Sie das nicht?«

»Nein, das wußte ich nicht. Weshalb fahren Sie dann Taxi?«

»Weil ich frei sein muß. Vor allem hier oben.« Carina tippte sich an die Stirn. »Ich liebe es, eine offene Straße vor mir zu sehen und fahren zu können. On the road again, verstehen Sie. Ich passe nicht in ein festes Gefüge. Da würde ich ersticken. Und ich finde es schön, Leute hinzubringen, wo sie hinwollen. Sie kommen und gehen, niemand vereinnahmt mich und stopft mir den Kopf voll. Wenn ich zu Hause bin, beschäftige ich mich mit dem, was mir wichtig ist. Aber nur für mich. Es bedeutet mir nichts, meine Gedanken zu teilen. Sie gehen ohnehin nur mich etwas an. Ich lasse mir nicht gern in die Karten sehen.« Sie lachte und zeigte auf einen Stuhl. »Setzen Sie sich doch. Heute mache ich eine Ausnahme. Ich glaube, ich habe etwas herausgefunden, was Ihnen weiterhelfen kann.«

Malina sah sie skeptisch von der Seite an. Die Frau war ihr sympathisch, aber sie hoffte sehr, daß sie sich nicht als Spinnerin entpuppen würde.

»Also lassen Sie hören«, sagte sie und trank einen Schluck von dem Rotwein, den Carina ihr hingestellt hatte. »Haben Sie auch eine Zigarette?«

»Wenn es eine selbstgedrehte tut?«

»Klar. Her damit.«

Noch während Carina Steding mit flinken Fingern Tabak in ein Papierblättchen rollte, begann sie zu sprechen. »Schon damals, als ich die anonymen E-Mails mit den Fotos von Valerie gesehen und die von Tati gelesen hatte, sagte ich Ihnen, daß es eine Übereinstimmung darin gäbe. Aber ich kam nicht darauf, was es war. Ich habe eine Art fotografisches Gedächtnis. Die Bilder von Valerie hat es mir hier oben eingescannt. Wahrscheinlich werden sie nie wieder verschwinden, aber ich kann mich so an jedes Detail erinnern. Die Sichel hat mir besonders zu denken gegeben. Sie wissen schon, diese Sichel, die sich jedesmal am Ende der Filme aus dem Flimmerregen herauskristallisierte. Auf einem der Bilder wurde damit ein Schleier über Valeries Kopf zusammengehalten. Ich wußte, daß diese Sichel eine symbolische

Bedeutung hat, und als ich dann Tatis E-Mail an Simon noch mal gelesen hatte, bin ich dahintergekommen. Tati erwähnt das Gemälde Diana im Bade von Adriaen de Backer, einem holländischen Maler. Und das ist die Übereinstimmung. Sehen Sie hier.«

Sie zog einen der schweren Kunstbände heran und zeigte auf ein opulentes Bild. Soweit Malina es beurteilen konnte, stammte es aus dem Barock und zeigte eine Szene im Wald. Eine Frau, die eine silberne Sichel im Haar trug, lagerte in entspannter Haltung auf dem Boden. Um sie herum waren drei weitere Frauengestalten gruppiert. Eine davon badete in einem Teich, eine war nur im Hintergrund zu sehen, und die dritte deutete mit ausgestrecktem Finger und erschrockenem Gesicht auf einen bewachsenen Felsvorsprung, hinter dem eine männliche Figur hervorlugte, der Hörner aus dem Kopf zu wachsen schienen.

»Das«, sagte Carina Steding und deutete auf die Frau mit der Sichel. »Das ist Diana, die Göttin der Jagd und der Keuschheit. Sie spielt in der römischen und griechischen Mythologie eine bedeutende Rolle.« Ihr Finger wanderte weiter zu dem Mann. »Das hier ist Aktäon, der Jäger. Er war in Diana verliebt, und als er sie heimlich beim Baden beobachtete, verwandelte sie ihn daraufhin zur Strafe in einen Hirsch. Hier sieht man schon die Ansätze des Geweihs.«

Carina Steding schwieg eine Weile. Dann griff sie wieder zu ihrem Tabak und den Papierblättchen, drehte eine weitere Zigarette. Als sie zweimal tief inhaliert hatte, setzte sie wieder an. »Die Sichel von Diana ist eine Mondsichel, später nannte man sie auch die Mondgöttin. Der Mond symbolisiert die Keuschheit, und Diana galt damit als Hüterin der Keuschheit. Der Sage nach nahm sie ihre Aufgabe so ernst, daß sie später ihre Lieblingsnymphe Kallisto in eine Bärin verwandelte und sie dann von Hunden zu Tode hetzen lassen wollte, weil sie entdeckt hatte, daß Kallisto schwanger war. Gott sei Dank ging Zeus dazwischen, was allerdings kein Wunder war. Er war ja auch der Vater des Kindes. Wie dem auch sei, auf dem Bild in dieser E-Mail wurde Valerie diese Mondsichel auf den Kopf montiert. Ich weiß, es klingt verrückt, aber wenn Sie mich fragen, dann sieht der, den Sie suchen, Valerie als die Göttin der Keuschheit.«

Carina zeigte auf die jungen Mädchen auf dem Gemälde. »All diese Mädchen auf dem Bild sind üppig. Sehen Sie die runden, weichen Formen? Fast engelhaft. Genau wie Valerie und Tati. Beide waren noch Jungfrau. Von Valerie weiß ich es selbst, und Tati sagt es in ihrem Brief an Simon. Sehen Sie die Parallelen? Dieser Typ aus dem Internet hat sich den Namen Aktäon gegeben, und Aktäon war wie gesagt in Diana verliebt. Der Mann muß ähnliches für Valerie und Tati empfinden. Und ich glaube, er tötet sie, bevor sie ihre Keuschheit verlieren. Das ist sein Thema: die Keuschheit. Und er sieht sie in diesem Bild manifestiert.« Sie schien vollkommen überzeugt von dem, was sie sagte, und Malina begann allmählich, ihr zu glauben. Langsam bekam das Ganze auch in ihren Augen einen Sinn. Wieder sah sie auf das Gemälde des niederländischen Malers. Plötzlich lief es ihr kalt den Rücken hinunter.

»Auf dem Gemälde sind aber vier Frauen zu sehen ...«

»Das bedeutet meiner Einschätzung nach, daß er sich noch zwei weitere Mädchen suchen wird«, sagte Carina und drückte ihre Zigarette aus. »Ich glaube, er ist von diesem Bild besessen. Alles deutet für mich darauf hin. Hier«, sie drückte Malina einen Stapel Papier in die Hand, »ich habe von allem Kopien gemacht, damit Sie es Simon zeigen können.«

Wenig später fuhr sie Malina nach Hause. Beide ahnten nicht, daß Aktäon sein drittes Opfer längst gefunden hatte.

☽

Marie starb nur wenige Wochen, nachdem der Pfarrer ihn und sie in dem Baumhäuschen gesehen hatte.

Es war ganz plötzlich gekommen. Niemand hätte damit rechnen können. Er am allerwenigsten. Er wollte sie doch immer beschützen. Nur einmal war er nicht in ihrer Nähe gewesen, hatte nicht auf sie aufgepaßt, und da war es passiert. Wegen eines dummen Fußballspiels. Hätte er nicht mit Stefan Toreschießen geübt, hätte er sich früher losgerissen und hätte er nicht noch in dem kleinen Dorfladen Puffreis gekauft, wäre er noch rechtzeitig gekommen. Er hatte doch gewußt, daß sie ein kleiner neugieriger Fratz war, der sich vor nichts ängstigte.

Der Brunnen hinter dem Hof seiner Großmutter hatte sie von jeher fasziniert. Und nichts konnte sie davon abhalten, dorthin zu gehen. Weder die Geschichten von den Schlangen und Drachen, die angeblich dort hausten, noch angedrohte Strafen. Sie hatte fest daran geglaubt, daß der Froschkönig dort wohnte, und wollte endlich seine Krone sehen.

Kein Mensch konnte später sagen, wie es passiert war.

Sie mußte sich zu weit über den Brunnenrand gebeugt haben und hinabgestürzt sein. Hinabgestürzt in einen metertiefen Abgrund. Sie konnte nicht schwimmen und war ertrunken.

Als er sie gefunden hatte, war sie schon tot. Aber das hatte er nicht gewußt. Er hatte nicht begriffen, was es bedeutete, daß ihr kleiner Körper kopfüber in dem dunklen Wasser trieb, und hatte das Seil von der Winde gelöst. Daran war er hinuntergeklettert und hatte sie herausgeholt. Alle hatten später davon gesprochen, wie heldenhaft die Tat dieses siebenjährigen Jungen gewesen sei, aber er hatte sich gar nicht mehr daran erinnert. Er hatte es einfach getan und nicht darüber nachgedacht.

Im Fernsehen hatte er gesehen, wie man jemanden wiederbelebte, und eins ums andere Mal versucht, ihr wieder Leben einzupusten. Fast fühlte er wieder den

Schweiß auf seiner Stirn und seine verzweifelten Atemstöße. Aber da waren ihre Lippen schon kalt gewesen und ihre Wangen blaß. Er hatte nichts mehr für sie tun können. Für Marie, das Mädchen mit dem Namen eines hellen Glockentons.

Als sie ihn fanden, hatte er sie im Arm. Sie war kalt und naß, und er wiegte sie wie ein Baby hin und her. Ganz fest hatte er sie gehalten und hatte sie nicht hergeben wollen. Und dann hatten sie sie ihm doch weggenommen.

Er hatte geschrieen wie noch nie in seinem Leben.

Irgendwann sagten sie ihm, sie sei jetzt ein Engel im Himmel, der auf ihn aufpassen würde.

Und er glaubte daran.

Er glaubte an einen Engel mit dem Haar in der Farbe einer goldenen Butterblume.

Doch dann begann er, etwas anderes zu glauben. Es kam über Nacht. Es war, als hätte eine Stimme es ihm eingeflüstert.

Maries Tod war seine Strafe.

Die Strafe dafür, daß er sie so berührt hatte. Er sah wieder die zornigen Augen des Pfarrers vor sich. Gottes Augen mußten noch viel zorniger geblickt haben.

Er war nicht keusch gewesen.

Und Gott hatte Marie dafür sterben lassen.

Er war am Leben geblieben.

Dafür mußte es einen Grund geben.

Und je länger er darüber nachdachte, desto offensichtlicher stand er ihm vor Augen. Es war seine Aufgabe, andere Mädchen, die ebenso engelhaft wie Marie waren, vor dem Unkeuschen zu schützen. Er sollte ihre Reinheit bewahren, bevor ein anderer sie nehmen konnte.

Diese Reinheit war ihm bei Valerie zum ersten Mal wieder begegnet. Ihre runden Wangen, in denen ein Grübchen blitzte, wenn sie lächelte, die klaren blauen Augen und die blonden Locken. Dieselbe Butterblumen-Farbe. Er hatte immer gehofft, sie würde seine Blicke nicht bemerken, aber er hatte sie angesehen, so oft er nur konnte. Was er gesehen hatte, gefiel ihm eines Tages nicht mehr. Sie war nahe daran, sich billig herzugeben. Er fühlte es, hatte es in ihren Augen und in ihrem Lachen gesehen.

Unten in der Gruft lag wieder ein Mädchen mit langen, goldenen Haaren. Er hatte Wort gehalten und Diana eine weitere Nymphe gebracht. Sogar durch die dicke Sandsteinplatte hindurch konnte er sie schluchzen hören.

Er verstand dieses Gegreine nicht. Warum nur begriffen sie nicht, daß sie zu Höherem ausersehen waren und dankten ihm dafür? Statt dessen peinigten sie sein Gehör mit feigem Schluchzen.

Angewidert griff er in seine Jackentasche und holte ein Päckchen Oropax hervor. Endlich war es still.

Er brauchte die Stille, um sich konzentrieren zu können. Ein wenig wollte er sich noch ausruhen, bevor er mit der Arbeit fortfuhr. Er seufzte laut und streckte die Beine von sich. Auf dem alten Steinaltar brannten zwei Kerzen. Das Flackern ihrer Flammen beruhigte ihn. Noch eine Weile wollte er sie betrachten, dann würde er wieder in die Gruft hinabsteigen.

Er hatte noch ein paar Tage zu tun, aber wenn er fertig war, würde er etwas geschaffen haben – ein Monument, wie die Welt es noch nicht gesehen hatte.

Um ihn herum lag der Wald und schützte ihn. Sein Wald, tief und dunkel, den niemand so gut kannte wie er selbst. Niemand hatte ihn in dieser Nacht gesehen, als er das Mädchen und die Dinge hierher gebracht hatte, die alles vollkommen machen würden.

Draußen in seinem Wagen bellten die Hunde.

☽

Jetzt nicht, dachte sie, als es klingelte. Es war Freitag, der 24. September, vier Uhr nachmittags. Um zwei war sie von der Klinik nach Hause gekommen. Sie war zum Umfallen müde gewesen und hatte ein Bad genommen. Dann hatte sie sich die Haare gewaschen und sich ins Bett gelegt. Das tat sie oft in letzter Zeit. Ihr Schlafzimmer war ihr Zufluchtsort geworden. Ein Ort der Stille, mit zarten Farben und gedämpftem Licht, ein Ort, der im Nirgendwo zu schweben schien. Nichts verband sie hier mit dem Rest der Welt.

Sie lag auf dem Bett und hatte angefangen, sich selbst zu streicheln. Sie drehte ihren Kopf seitlich ins Kissen, das nach frischer Wäsche roch, und fühlte, wie sich ihre Stirn zu glätten begann. Endlich drifteten die Gedanken ins Nichts und ließen sie in Ruhe. Sie war so entspannt, daß sie fast einschlief. Gerade als sie fast die Grenze zwischen Wachsein und Schlaf überschritt, klingelte es.

Zuerst erwog sie, ob sie überhaupt öffnen sollte. Aber dann klingelte es erneut und energischer als vorher. Sie stand auf und zog sich ihren Bademantel über.

Als sie durch den Spion der Wohnungstür blickte, sah sie zwei Männer draußen stehen. Einer davon war jung und blond. Svenja Pascal erkannte ihn sofort. Mit wild klopfendem Herzen öffnete sie die Tür.

Ben war tot.

So schonend der junge Beamte auch versucht hatte, ihr diese Nachricht zu überbringen – nichts änderte etwas an ihrem Inhalt. Sie saß ganz still vor den beiden Männern, zog mit beiden Händen den Bademantel enger um sich, hörte, was sie sagten, und begriff doch nichts.

Ein Taucher hatte die Leiche ihres Neffen auf dem Grund des Lindensees gefunden. Er war also die ganze Zeit in ihrer Nähe gewesen. Der See lag nur ein paar Kilometer von ihrer Wohnung entfernt.

Es gebe im Grunde keinen Zweifel mehr, daß es Ben sei, sagte der junge blonde Kommissar und sah sie vorsichtig an. Sie hätten ihn anhand des zahnärztlichen Befunds identifiziert. Allerdings solle zusätzlich noch eine Genanalyse vorgenommen werden.

Danach schwieg er eine ganze Weile. Svenja kam es so vor, als hätte er noch etwas auf dem Herzen, während sie selbst sich weigerte, etwas zu verstehen. Sie sah ihm direkt in die Augen, ohne etwas wahrzunehmen. Sie weinte nicht einmal.

»Ihr Neffe, Frau Pascal«, hörte sie den Kommissar plötzlich wieder sprechen, »Ihr Neffe wurde wahrscheinlich ermordet. Ich muß Ihnen das sagen.« Er hielt inne, suchte nach den richtigen Worten, die es nicht gab. »Jemand hat ihn im See versenkt. In einer Art Sack«, bewußt vermied er das Wort »Müll«, »der mit Steinen beschwert war. Wir wissen nicht, ob er zu diesem Zeitpunkt schon tot war. Die gerichtsmedizinischen Untersuchungen sind noch nicht abgeschlossen.«

»War das jetzt alles?« hörte Svenja sich plötzlich selbst fragen. Ihre Stimme klang in ihren eigenen Ohren so gespenstisch, als käme sie aus dem Mund einer Toten. Sie wollte jetzt allein sein und erhob sich. Die beiden Männer folgten ihr und gingen.

Sie hörte das Schloß einrasten und blieb stehen. Minutenlang verharrte sie auf derselben Stelle im Flur, ihren Blick noch immer sinnlos auf die Tür gerichtet. In ihrem Kopf war es dumpf und dunkel. Jeglicher Selbsterhaltungstrieb, der in ihr war, wehrte sich gegen das, was sie eben gehört hatte. Sie versuchte, die Worte aus ihrer Erinnerung zu verdrängen, und rückte eine Vase mit Blumen gerade.

Im Wohnzimmer fuhr sie mit einem feuchten Lappen über den Tisch und betrachtete eine Weile das Cover eines Magazins, das dort lag, fand ein Flöckchen Staub auf der Kommode dahinter und wischte es weg. Schließlich nahm sie ein Buch und ging wieder hinüber in ihr Schlafzimmer, wo sie die Fenster öffnete und frische

Luft hereinließ. Die Gardinen blähten sich wie Segel im Wind.

Segeln. Ben liebte es. Schon als kleiner Junge hatte er eine Segelschule besucht. Sie sah ihn noch vor sich, wie er in diesem kleinen Boot gesessen hatte, das einer Nußschale geglichen hatte, und stolz die Ruderpinne bediente. Als er größer war, hatte er auch an Regatten teilgenommen. Die Enttäuschung, wenn er nicht zu den Siegern gehörte, war immer groß gewesen. Ben war gern Erster. Sie hatten schon oft davon gesprochen, einen Segelurlaub in der Bretagne zu machen. Der Atlantik war rauh und der Wind entsprechend. Vor ein paar Wochen noch war sie in einem Reisebüro gewesen und hatte sich Prospekte besorgt. Aber dann hatte sie sie wieder beiseitegelegt und gedacht, Ben sollte entscheiden, wo sie hinfahren würden, wenn er wieder zu Hause war.

In ihrem Kopf begann plötzlich ein großer Hammer zu schlagen. Nein, nicht einer, zehn, hundert waren es. Bens Foto, das sie in der Hand gehalten hatte, glitt ihr aus der Hand. Dann wurden ihr die Knie weich, sie suchte nach Halt, fiel auf das Bett, griff nach einem Kissen und grub ihre Zähne hinein. Und dann hörte sie stöhnende Laute und begriff erst nach einer Weile, daß sie aus ihrer eigenen Kehle kamen und in ihrer Wucht ihren Brustkorb zu zerreißen drohten.

Sie dachte an nichts. Der Raum um sie herum bestand nur aus diesem wilden Schmerz, der über sie hereingebrochen war. Dann versuchte sie sich an alles zu erinnern, was der Kommissar ihr gesagt hatte. Ben war tot. Ermordet. Dann kamen die Fragen. Wer hatte ihm das angetan? Ihm, einem siebzehnjährigen Jungen? Und weshalb?

Sie blieb den ganzen Nachmittag auf ihrem Bett liegen. Weinte und hatte immer wieder Ben vor Augen. Wie sie ihn das erste Mal auf dem Arm gehalten hatte, wie er das erste Mal ihren Namen gerufen und seine ersten Schritte gemacht hatte. Sie dachte an die Zeiten, als sie später richtige Gespräche miteinander geführt und wie sie dabei gelacht hatten. Ben, ihr süßer Ben, mit den blonden Haaren und den drei Sommersprossen auf der Nase und der Lücke zwischen den Vorderzähnen.

Ben war tot. Und sie wollte nicht begreifen, daß er nicht wiederkommen würde.

Nie wieder.

Wie gab es das? Daß sie noch lebte und er nicht?

Sie blieb liegen, bis es dunkel wurde und das Telefon klingelte. Mechanisch nahm sie den Hörer ab und sagte ihren Namen. Es war ihre Schwester.

»Du hast schon davon gehört, oder? Der Kommissar sagte mir, daß er bei dir war.« Sie klang, als würde sie sich bemühen, nicht die Fassung zu verlieren.

»Ja, ich weiß es.«

»Willst du nicht zu uns kommen? Du solltest jetzt nicht allein sein.«

Das war der Moment, als Svenja sich fragte, wer jetzt nicht allein sein wollte. Sie klang ganz kalt, als sie antwortete.

»Ich will euch nicht sehen. Laßt mich in Ruhe.« Dann legte sie einfach den Hörer auf und starrte hinaus in die Nacht. Sie war allein und würde ewig allein bleiben.

Da waren nur sie und der Schmerz.

☽

Es klingelte dreimal, dann wurde abgehoben.

»Hier ist Simon Graf. Störe ich? Ich glaube, ich habe etwas für Sie.«

Er lauschte nach dem anderen Ende der Leitung.

»In Ordnung«, sagte er dann. »Ich könnte jetzt gleich losfahren. Dann wäre ich in einer halben Stunde bei Ihnen. Paßt Ihnen das?«

Wieder schwieg er eine Weile.

»Ich verstehe. Nein, nein, springen Sie jetzt bitte nicht ab. Ich brauche Ihre Hilfe. Ohne Sie wird es nicht funktionieren.« Er hielt einen Moment inne. »Ja, ich denke, ich habe genügend Beweise, um die Aktion starten zu können. Also dann, in einer halben Stunde.«

Simon sprang auf, steckte einen Umschlag in die Innentasche seiner Jacke und hastete zu seinem Wagen. Sein Herz klopfte zum Zerspringen. Er wußte, daß er alles auf eine Karte setzte. An das Danach wollte er gar nicht denken.

☽

Malina räumte gerade Victors Spielsachen im Wohnzimmer weg, als es an der Tür klingelte. Sie sah auf die Uhr. Es war gegen vier, und sie erwartete niemanden. Es klingelte noch einmal, und Mephisto rannte bellend in der Diele auf und ab. Sie legte eines der Bauklötzchen, die sie eben unter den Möbeln zusammengesucht hatte, auf den Tisch und ging nachsehen. Victor rannte hinter ihr her und umklammerte dabei ihr Bein. Fast wäre sie gestolpert. Sie öffnete. Draußen stand Hiltrud.

»Entschuldige, daß ich dich rausklingle, aber ich habe meinen Schlüssel vergessen. Hier, ich hab Marmelade eingekocht und wollte dir ein paar Gläser vorbeibringen. Rum-Pflaume. Ist lecker.« Sie drückte ihr einen Karton in die Hand, in dem sechs Marmeladengläser standen.

»Ach, Hiltrud, du bist süß, komm rein. Willst du einen Kaffee?«

»Ja, warum nicht.«

Sie setzten sich in die Küche und plauderten. Aber Malina war nicht richtig bei der Sache. Valerie ging ihr ebensowenig aus dem Kopf wie Tati und all das Mysteriöse, das Carina Steding im Zusammenhang mit diesem Gemälde erzählt hatte.

Schon den ganzen Tag hatte sie immer wieder zu den Kopien gegriffen, die Carina für sie gemacht hatte, und je öfter sie darin gelesen hatte, desto mehr sah sie einen Sinn in allem. Dann hatte sie Simon angerufen und ihn gebeten vorbeizukommen. Später, hatte er nur gesagt und sich dann nicht mehr gerührt. Ein Gedanke schoß ihr durch den Kopf, und sie fiel Hiltrud, die gerade etwas von Wolf-Hinrich und seinem Faible für Tukane erzählte, ins Wort.

»Sag mal, könntest du eine Stunde bei Victor bleiben? Ich muß dringend noch mal ins Büro.«

»Natürlich, geh nur. Ich muß aber spätestens um sieben Uhr zu Hause sein. Wir bekommen Besuch, und ich wollte Königsberger Klopse machen.«

»Kein Problem«, rief Malina und war schon auf dem Weg nach draußen.

Sie fand das Büro verlassen vor. Der Computer war abgeschaltet, nirgendwo brannte Licht, eine benutzte Tasse stand in der Teeküche. Von Simon weit und breit keine Spur. Sie sah in seinem Terminkalender nach und entdeckte nirgends eine Notiz.

Wo steckte er nur? Allmählich kam ihr sein Verhalten seltsam vor, und sie begann fast zu glauben, er ginge ihr absichtlich aus dem Weg. Dann versuchte sie, ihn über sein Handy anzurufen. Wieder Fehlanzeige. Nur die Mailbox meldete sich.

Verdammter Mist, knurrte sie zwischen zusammengebissenen Zähnen hervor, während sie wütend auf das rote Knöpfchen des Telefons hämmerte. Warum zum Teufel gab es keine Gabel mehr, auf den sie den Hörer hätte knallen können?

Gerade steckte sie die Kopien aus Carinas Kunstbänden wieder in ihre Tasche, als ihr eine Idee kam. Sie fuhr den Rechner hoch und ging ins Internet.

In die Suchmaschine gab sie die Begriffe »Diana« und »Göttin« ein und erhielt 14400 Treffer. Es war unglaublich, was zu diesem Thema veröffentlicht worden war.

Dann fand sie eine Seite, auf der die Rede von Artemis war – Dianas Entsprechung in der griechischen Mythologie.

Als Tochter von Zeus und Leto zählte sie zu den Hauptgöttinnen der Antike und war die Zwillingsschwester von Apoll. Ursprünglich, so erfuhr Malina, galt sie als Göttin der Jagd und wurde in dieser Eigenschaft stets von edlen Hunden und einer Schar von Mädchen begleitet. Jeden engeren Kontakt zu Männern mied sie. Später wurde sie auch zur Göttin der Reinheit. Ihre Lieblingsplätze waren klare und saubere Quellen, in denen sie bevorzugt badete.

Malina klickte weiter und gelangte auf eine Seite mit unzähligen Kunstwerken, die den Dianamythos thematisierten. Neben dem Holländer Adriaen de Backer hatten sich auch andere Maler wie Boucher, Tizian, Gainsborough, Rubens und Rembrandt vom Motiv der badenden Diana inspirieren lassen. Auf fast allen Gemälden war Diana im Kreis ihrer Nymphen zu sehen, und immer trug sie die silberne Mondsichel im Haar.

Ein weiterer Text besagte, daß ihrem Bedürfnis nach totaler Reinheit auch ihr Verlangen, ewig Jungfrau zu bleiben, entsprungen war. Ebenso die Unerbittlichkeit, mit der sie von allen Mädchen ihres Gefolges dieselbe Keuschheit verlangte.

Konzentriert las Malina weiter. Sie, die sich nie für die Sagen der Antike interessiert hatte, war jetzt vollständig fasziniert von dem Kult um dieses Götterwesen, der sich bis in die Gegenwart hielt. Lesben verehrten Diana als Schutzgöttin der Frauen, in Italien feierte man alljährlich am dreizehnten August den Diana-Tag. Dort war sie seit der Christianisierung mit der Figur der Heiligen Maria verschmolzen. An vielen von Dianas früheren Kultstätten huldigte man jetzt der Mutter Gottes.

Der Dianamythos war ein Faß ohne Boden. Es gab zig verschiedene Quellen, die alle voneinander abwichen. Jede gab eine neue Variante der Göttin und ihrer Geschichte preis. In Malinas Kopf begann es zu schwirren. Die Informationen drehten sich darin wie die Teile eines Puzzles. Auch wenn es ihr gelungen war, einige davon zusammenzusetzen, das entscheidende Puzzlestück hatte sie noch nicht gefunden.

Sie schaltete den Computer ab und fuhr nach Hause.

Morgen würde sie mit Simon über alles sprechen. Sie hoffte, daß er pünktlich um zehn erscheinen würde.

Simon erschien nicht. Schon im Mantel stand sie am Fenster und wartete auf ihn. Nichts geschah.

Um halb elf vibrierte das Handy in ihrer Tasche.

»Zieh den Mantel ruhig wieder aus«, sagte Simon. »Wir fahren nicht.«

»Wir fahren *nicht*?« Sie klang gereizt.

»Ich hatte vor einer halben Stunde einen Anruf von Robert Hammerl, meinem früheren Kollegen bei der Kripo. Heute morgen haben sich die Kollegen aus Füssen bei ihm gemeldet. Felicitas Atzorn, Tatis Freundin, ist aus dem Internat verschwunden. Schon seit zwei Tagen. Niemand weiß, wo sie sein könnte.«

»Oh, mein Gott«, sagte sie. Das Handy rutschte ihr fast aus der Hand.

Wir haben versagt, dachte sie. Wir haben alles getan, und es hat nichts genutzt. Dieser Kerl ist uns immer einen Schritt voraus, und wir wissen nicht, wohin er geht.

Sie fühlte sich leer und erschöpft.

»Was sollen wir denn jetzt tun?« Es war mehr eine rhetorische Frage, denn im Grunde glaubte sie in diesem Augenblick nicht mehr an eine Antwort darauf.

»Ich weiß es nicht«, Simon klang erstaunlich ruhig. »Ruh dich über das Wochenende aus, und laß uns am Montag weitersehen. Im Moment gibt es nichts, was wir tun können.«

»Vielleicht doch«, fiel sie ihm ins Wort. »Ich muß dir etwas zeigen, es ist wichtig ...«

Aus dem Hörer erklang plötzlich nur noch ein Tuten.

Simon hatte aufgelegt. Am liebsten hätte sie ihr Handy gegen die Wand geschleudert, so wütend war sie.

Felicitas

Oft denk' ich, sie sind nur ausgegangen!
Bald werden sie wieder nach Hause gelangen!
Der Tag ist schön! O sei nicht bang!
Sie machen nur einen weiten Gang!

Jawohl, sie sind nur ausgegangen
Und werden jetzt nach Hause gelangen!
O, sei nicht bang, der Tag ist schön!
Sie machen nur den Gang zu jenen Höh'n!

Sie sind uns nur vorausgegangen
Und werden nicht wieder nach Hause gelangen!
Wir holen sie ein auf jenen Höh'n
Im Sonnenschein!
Der Tag ist schön auf jenen Höh'n!

FRIEDRICH RÜCKERT, KINDERTOTENLIEDER

Mein Name ist Felicitas Atzorn.

Ich bin siebzehn Jahre alt.

Ich wurde am 2. Juli 1987 in Wasserburg am Inn geboren.

Ich habe keine Geschwister.

Mein Vater ist zweiundvierzig Jahre alt. Sein Name ist Roman Atzorn. Er ist im Vorstand eines pharmazeutischen Unternehmens tätig. Meine Mutter ist neununddreißig. Für mich ist sie Mami, alle anderen nennen sie Amelie. Mein Vater und sie heirateten am 24. Mai 1985. Sie heirateten, weil sie verliebt ineinander waren. Das haben sie mir gesagt, und ich habe es immer geglaubt. Mein Vater sieht meine Mutter oft an, und wenn er besonders lieb zu ihr ist, nennt er sie Apanataschi, weil sie dunkle Haare und große braune Augen hat. Mein Vater ist ganz blond, so wie ich. Alter Schwede, sagt meine Mutter manchmal zu ihm.

Bevor sie meinen Vater heiratete, war sie Kindergärtnerin. Meine Eltern führen eine glückliche Ehe. Ich war ein glückliches Kind. Sie nannten mich oft »ihren Sonnenschein«.

Mein Name ist Felicitas Atzorn.

Ich bin siebzehn Jahre alt ...

Wie ein Mantra sage ich diese Sätze immer wieder auf.

Ich will mich in dieser Dunkelheit nicht verlieren. Ich will nicht vergessen, wer ich bin. Solange ich mir dies immer wieder aufsage, so lange kommen auch dieser Mann und sein Tun nicht an mich heran.

Nicht an mein Inneres.

Nicht an mein Inneres.

Ich muß es immer wieder sagen. Ich sage es, damit mir nichts passiert: Mein Name ist Felicitas Atzorn. Ich bin siebzehn Jahre alt ...

... und ich weiß nicht, was geschehen ist, wer dieser Mann ist und was er von mir will. Von mir!

Warum ausgerechnet ich?

Es ist völlig unlogisch, daß ich hier bin. Ich bin die Stille, die immer nur lächelt, niemals laut lacht. Am glücklichsten bin ich, wenn alle mich mögen. Ich bin noch immer das Sonnenscheinkind. Ich war immer behütet und beschützt, ich mußte nie um etwas kämpfen.

Was mache ich jetzt? Hier an diesem Ort, wo es naß und modrig ist und so merkwürdig süßlich nach schimmelndem Obst riecht? Es muß so etwas wie eine Matratze sein, auf der ich liege, und um es höflich auszudrükken, auch sie riecht nicht nach Veilchen. Ich sehe nicht mal die Hand vor Augen, so dunkel ist es. Es gibt keine Fenster, nichts, durch das ein Fünkchen Licht gelangen könnte. Hier ist auch keiner, der mich beschützt und behütet.

Ich friere so sehr, daß meine Zähne klappern. Der Mann ist fort, aber ich kann nichts tun. Selbst wenn ich kämpfen könnte, er hat mir alle Möglichkeiten genommen. Meine Hände und Füße sind noch immer gefesselt, in meinem Mund steckt so tief ein Lappen, daß ich beim Einatmen ständigen Würgereiz verspüre. Ich darf auch nicht mehr weinen. Weinen und ausschließlich durch die Nase atmen funktioniert nicht. Es ist grauenhaft. Fast wie ersticken.

Ich bin so müde, so erschöpft und habe großen Durst. Er hat mir nur einmal zu trinken gegeben. Ich weiß nicht, wann es war. In der Dunkelheit erkenne ich nicht, ob Tag oder Nacht ist. Meine Uhr hat er mir abgenommen. Ich habe das Gefühl, verrückt zu werden. Wünschte, ich könnte meine Hände und Füße reiben, damit ich mich zumindest erinnern kann, wie sie sich anfühlen. Und ich muß so dringend aufs Klo. Ich will nicht in die Hose machen. Ich habe solche Angst, meine Würde zu verlieren. Die Würde des Menschen ist unantastbar. So heißt es in Artikel 1 des Grundgesetzes. Wir haben vor kurzem in der Schule darüber gesprochen. Und so muß sie auch bleiben, meine Würde. Unantast-

bar. Gerade jetzt. Ich kneife meine Beine noch ein bißchen fester zusammen.

Plötzlich schrecke ich hoch. Ich muß eingeschlafen sein. Wenn ich nur wüßte, wieviel Zeit vergangen ist. Es ist komisch, man glaubt immer, wenn genügend Zeit vergangen ist, wenn man lange genug gewartet hat, dann müßte auch etwas geschehen. Etwas Großes, etwas, das die Dinge ändert – die Rettung vielleicht. Aber was, wenn nichts geschieht? Was, wenn ich warte und warte, und am Ende kommt nur er? Und dann?

Bringt er mich dann um?

Weshalb lebe ich eigentlich noch?

Weshalb hat er mich nicht schon längst umgebracht?

Auf was wartet er noch?

Auf besseres Wetter? Auf Vollmond? Das Ende der Tagesschau?

Was denke ich da eigentlich? Das klingt zynisch.

Das kann nicht ich sein. Wo kommt das her?

Aber es ist gut, so zu denken. Es stärkt. Wut stärkt.

Ich frage mich dauernd, warum ich hier bin. Es muß eine Art Keller oder Verlies sein. Wenn ich nur etwas sehen könnte.

Vergangenen Donnerstagmorgen war ich noch ein normales Mädchen. Eine Schülerin des Internats in Heinrichsthal. Vor drei Wochen war ich mit meinen Eltern in unserem Haus am Gardasee. Wir haben Ausflüge gemacht, sind mit unserem Boot rausgefahren. Meine Mutter und ich waren dauernd einkaufen, sie hat mir so süße Kleider gekauft, und abends haben wir alle zusammen gekocht. Ob ihnen schon jemand gesagt hat, was passiert ist?

Mami. Mami.

Ich würde alles dafür geben, wenn ich bei dir sein könnte. Neue Kleider sind überhaupt nicht wichtig. Nur das Leben und die, die zu einem gehören.

Wieso denkt man nie so etwas, solange man es hat?

Weil es das Normale ist. Das hier ist krank.

Ich muß immer wieder daran denken. An Donnerstag nachmittag. Ich war beim Joggen. Das mache ich jeden zweiten Tag und immer auf demselben Weg. Es ist der Weg durch den Wald, der hinter dem Internat verläuft.

Aber woher wußte er das?

Ich kenne diesen Mann nicht.

Ich habe ihn nie gesehen, und dennoch glaube ich, daß er es genau auf mich abgesehen hat.

Vielleicht ist es wegen ...

Nein, ich will nicht daran denken, ich will es nicht.

O Gott, wo bin ich da bloß hineingeraten.

Wann hat das eigentlich alles begonnen?

Als ich nach Heinrichsthal kam?

Nein, schon lange davor.

Nach Heinrichsthal bin ich gekommen, weil mein Vater geschäftlich für drei Jahre nach Toulon in Frankreich muß. Irgendeiner seiner Oberbosse in der Firma hat das entschieden. Und zwar weil ein anderer Mann Mist gebaut hatte. Und vielleicht hatte er Mist gebaut, weil seine Frau krank geworden war oder weil er auf falsche Berater gehört hat oder weil er einfach ein Versager ist. Kann es sein, daß meine Geschichte von den Genen oder dem Schicksal eines Mannes in Toulon abhängt?

Die berühmte Kettenreaktion?

Ein Steinchen trifft das andere, und dann komme ich des Weges, und es trifft mich?

Weil ich wiederum auf ein Steinchen gestoßen bin, hinter dem eine weitere Kette steht, stoßen wir aufeinander, und plötzlich, einfach so, sind unsere Leben miteinander verstrickt und lassen sich nicht mehr trennen.

Das andere Steinchen, von dem ich spreche, heißt Tati.

Ich muß wieder eingeschlafen sein. Allmählich kann ich in dieser ewigen Dunkelheit schon nicht mehr unter-

scheiden, ob ich wach bin oder ob ich schlafe. Sind es Halluzinationen, die ich habe, oder war das eben ein Traum? Mein Herz klopft noch immer ganz laut, und ich glaube, wenn nicht dieser Knebel wäre, dann hätte ich eben, in diesem Traum, geschrieen.

Ich habe eine Ballonfahrt gemacht. Ein schöner Ballon, er hatte die Farben des Regenbogens, und ich bin darin weit, weit geflogen, bis ich auf einer Insel landete. Sie lag inmitten eines türkisfarbenen Ozeans, und es war wunderschön dort. Alles ringsumher – die Bäume, das Gras, die Blumen und die Vögel – war von solch leuchtenden Farben, daß man seinen Augen kaum traute. Ich aß das saftigste und süßeste Obst meines Lebens. Ich wollte nie mehr von dort weg.

Eines Tages machte ich einen Spaziergang. Ich ging über felsiges Gelände, immer höher hinauf. Ich war schon fast ganz oben, als plötzlich ein uralter Mann, der einen riesigen Stock in der Hand hielt, meinen Weg kreuzte. Ich beachtete ihn nicht und wollte weitergehen. Doch als ich an ihm vorbei wollte, hob er seinen Stock und begann auf mich einzuprügeln. Er schlug mich überall hin, wo er mich treffen konnte, und immer mit derselben Kraft. Kreuz und quer über die ganze Insel jagte er mich, und ich schrie, bis ich schließlich im Meer versank. Einen Augenblick lang versuchte ich noch zu schwimmen, aber ich hatte keine Kraft. Zum Schluß sah ich mich selbst auf dem Grund des Meeresbodens treiben.

Ich weiß, was dieser Traum bedeutet. Ich weiß es. Aber ich will nicht daran denken. Es macht meine Angst nur noch größer. Ich weiß es, ich weiß es, das hier ist die Strafe für alles.

Mein Name ist Felicitas Atzorn, ich bin siebzehn Jahre alt, und ich bin kein schlechter Mensch.

Doch, doch, das bin ich. Das bin ich.

Wenn ich gut wäre, hätte ich mich nicht von Tatis Gedanken anstecken lassen. Es war doch gar nicht so schlimm, was Ben getan hat. Es hat mich geärgert. Na und? Das wäre auch wieder vergangen. Bin ja nicht das einzige Mädchen, das zum ersten Mal mit einem Jungen geschlafen hat und dann verlassen wurde. Gut, er hätte nicht bei seinen Freunden damit herumprotzen müssen. Das hat am meisten wehgetan. Vielleicht noch mehr als seine Worte. Da lag er noch neben mir, daheim bei ihm auf seinem Bett. Und da hat er mich angesehen und gesagt: »Das wird nichts mit uns. Du bist mir viel zu unerfahren und kalt wie ein Fisch. Sei mir nicht böse, Kleines, und laß uns einfach Freunde bleiben.«

Es war wie ein Schlag ins Gesicht. Ich war so in ihn verliebt. Ich wollte etwas Liebes von ihm hören. Ich wollte, daß er mich streichelte, nicht, daß er mich so ansah und mich nach Hause schickte wie einen alten Lappen.

Ich weinte auf dem ganzen Weg. Meine Würde, er hatte meine Würde verletzt. Aber ich wollte nicht, daß jemand davon erfuhr, und schloß mich in mein Zimmer ein. Aber vor Tati konnte ich nichts verbergen. Sie sah es mir sofort an, und sie redete so lange auf mich ein, bis ich ihr alles erzählte.

Erst wurde sie ganz still. Und dann wurde sie wütend.

»Dieses verdammte Schwein«, zischte sie damals und rannte wie eine Blöde im Zimmer auf und ab. Man hätte fast meinen können, es ginge um sie und nicht um mich.

Ich glaube, sie mochte Ben sowieso nicht. Sie guckte immer so aggressiv. Ich hatte früher mal einen kleinen Hund, und der benahm sich genauso, wenn ich die Katze der Nachbarn streichelte. Er knurrte.

Was dann passierte, war viel mehr ihre Idee als meine. Aber ich kann mich nicht so einfach herausreden, ich habe mitgemacht.

Die ganze Zeit sagte sie mir, ich könne das nicht auf mir sitzen lassen. Sie hätte gehört, wie Ben mit seinen Freunden über mich herzog, und was er brauche, sei ein Denkzettel. Aber einen, den er so leicht nicht vergesse und der ihn immer daran erinnern würde, daß man ein Mädchen nicht wie ein Stück Scheiße behandele. Genau das hat sie gesagt: wie ein Stück Scheiße.

Und dann war sie zur Tat geschritten.

Und ich machte mit.

Es fiel ihr nicht schwer, sich an Ben heranzumachen. Wahrscheinlich hat es ihm sogar noch geschmeichelt, daß er jetzt meine beste Freundin haben konnte. Tati ist sehr hübsch, und wenn sie will, kann sie witzig und anziehend sein. Er hielt sie für eine leichte Beute, dabei war er es.

Sie verabredete sich mit ihm bei einer alten Hütte am Lindensee. Ein Steg führt von dort direkt ins Wasser. Es ist ein sehr romantischer Ort. Ben war pünktlich, und Tati hatte zwei Flaschen Wein mitgebracht. Was er nicht wußte, war, daß sie in sein Glas vier Schlaftabletten gegeben hatte. Ich hielt mich im Wald versteckt, bis sie mich rief. Er freute sich, als er mich sah, dachte, wir wollten zu zweit etwas mit ihm machen, und sagte: »Na, Kleines, da hast du aber schnell dazugelernt. So gefällst du mir schon besser.«

Dann lachte er und wollte mir an die Brust fassen. Plötzlich verdrehte er die Augen ganz komisch und hielt sich den Kopf. »Mir ist ganz übel«, sagte er, und das war das letzte, was ich von ihm gehört habe. Er fiel mit einem Schlag um und schlief wie ein Stein.

In diesem Augenblick zog Tati das Messer hervor. Wir zogen ihm gemeinsam die Hose aus. Es war ganz schön schwer, Ben zu drehen und zu wenden, aber dann hatten wir es geschafft.

Ich sagte noch: »Komm, laß es sein. Wir können das nicht tun.« Aber sie hörte nicht auf mich. Ihr Blick sagte, daß nichts und niemand sie davon abbringen konnte. Sie trank noch einen großen Schluck direkt aus der Flasche, und dann nahm sie das Messer …

»Wirst mal sehen, wie schön der nachher singt«, sagte sie, noch bevor sie das Messer an seinen Penis ansetzte.

So viel Blut hatte ich noch nie auf einmal gesehen, und als ich sah, wie Ben im Schlaf zuckte, wurde mir schlecht.

»Tati, hör auf«, schrie ich. »Hör auf, das können wir nicht tun. Was ist, wenn ihm etwas zustößt und er uns verpfeift?«

»Der verpfeift uns schon nicht«, sagte sie, aber sie war mit einem Mal selbst ganz blaß und warf das Messer plötzlich im hohen Bogen in den See. Das Blut hörte nicht auf zu fließen. Es quoll wie Himbeersirup aus einem Tetrapack, bis Bens Kleidung und das Gras um ihn her ganz rot waren. Ich konnte nicht länger hinsehen und rannte einfach weg. Plötzlich merkte ich, daß Tati hinter mir war. Sie schwitzte und zitterte. Ich weiß nicht mehr, wie wir zurück in unser Zimmer gekommen sind. Aber ich schlief die ganze Nacht nicht und hatte immer wieder Ben vor Augen.

Am nächsten Tag erkundigte sich Tati und erfuhr, daß er nicht zur Schule gekommen war. Ich rief bei ihm zu Hause an, aber da war er auch nicht. Es gab nur eine Möglichkeit.

Er war noch immer im Wald.

Er lag noch immer an derselben Stelle.

Er hatte sich nicht mehr bewegt.

Ben war tot.

Verblutet.

Nein, nein. Ich will nicht mehr daran denken. Ich halte es nicht aus, ihn vor mir zu sehen. Mit diesem blutleeren Gesicht und den lasch gewordenen Gliedern. Ich will nicht mehr daran denken, wie wir ihn in den Müllsack steckten, den wir mit Steinen beschwerten und auf ein

Ruderboot hievten. Ich höre noch immer dieses entsetzliche Plumpsen, als wir ihn über Bord warfen. Er ging sofort unter. Trudelte einfach fort. Als hätte es ihn nie gegeben.

Kurz danach verließ Tati das Internat.

Zuerst war ich froh, daß ich sie nicht mehr sehen mußte, weil ihr Anblick mich immer an diese Nacht erinnerte.

Aber dann war niemand mehr da, mit dem ich darüber reden konnte. Ich hatte so furchtbare Alpträume, ich konnte nichts mehr essen, und jeden Tag wurde die Angst, entdeckt zu werden, größer.

Ich schrieb Tati viele Briefe, die sie auch alle beantwortete. Aber dann meldete sie sich nicht mehr so oft, als hätte sie mich vergessen. Ich weiß, es war falsch, aber eines Tages schrieb ich ihr, sie müsse wieder zurückkommen nach Heinrichsthal, sie müsse ihren Vater irgendwie herumkriegen.

»Ich halte es hier nicht mehr alleine aus, du mußt zurückkommen. Sonst gehe ich zur Polizei und sage alles.«

Genau das habe ich geschrieben, und sie schrieb zurück und beruhigte mich, daß sie ihr Möglichstes tun und bald wiederkommen werde.

Und dann hörte ich plötzlich nichts mehr von ihr.

Bis jemand von der Polizei auftauchte und mir sagte, daß sie verschwunden sei.

Und jetzt bin ich hier.

O mein Gott, irgend jemand weiß alles und will sich jetzt rächen.

Was ist das?

Es klingt wie ein Knirschen. Als ob jemand eine Grabplatte verschieben würde. Es wird immer lauter. Und ich kann mir meine Ohren nicht zuhalten. Schritte. Sie sind noch entfernt. Aber sie kommen näher. Knirschende Schritte. Nein, nein, nein.

Mami! Papi! Helft mir! Helft mir doch!

Ihr könnt mich doch nicht so alleinlassen.

Ihr müßt doch fühlen, wo ich bin. Ich bin doch euer Kind!

Holt mich hier raus!

Ich versuche zu schreien, aber es geht nicht. Der Knebel. Und wieder dieser Würgereiz.

Nicht übergeben, Feli, nicht übergeben. Dann erstickst du!

Er ist jetzt da, ich höre, wie er atmet. Er atmet ganz ruhig. Es ist immer noch ganz dunkel. Von irgendwoher höre ich Hundebellen.

Dieser Mann muß sich gut auskennen hier. Er geht mit zielsicheren Schritten. Immer mehr in meine Richtung. Ich fühle ihn.

Und dann plötzlich Licht. Er hält mir eine Taschenlampe direkt vors Gesicht.

Der Schmerz in meinen Augen ist fast unerträglich. Ich will meinen Kopf wegdrehen, aber er hält mich am Kinn fest, zwingt mich, in den Lichtkegel zu blicken. Meine Augen beginnen zu tränen, und ich weiß nicht, ob es von dem schmerzenden Licht kommt oder ob ich weine.

»So, Kallisto«, sagt er. »Du warst jetzt lange genug im Dunkeln. Willst du sehen, was auf dich wartet?«

Und dann steht er wieder auf. Plötzlich bricht gleißend helles Licht über mich herein. Ich kneife die Augen fest zusammen. Minutenlang, wie mir scheint. Er steht da und sagt nichts. Wartet ab. Und als ich die Augen öffne und endlich begreife, was ich sehe, beginne ich zu schreien.

Ich werde nie wieder aufhören zu schreien.

Malina war noch immer wütend. Sie hatte den Sonntag damit verbracht, liegengebliebene Wäsche zu bügeln, Blumen umzutopfen und alte Zeitschriften auszumisten.

Und die ganze Zeit hatte sie an Simon gedacht. Voller Ärger.

»Idiot«, sagte sie jetzt wieder laut zu sich selbst, als sie mit Victor an der Hand zu ihrem Wagen ging. »Mach deinen Scheiß in Zukunft doch alleine.« Sie fühlte sich von ihm verarscht. Sie fand kein Wort, das es besser ausdrückte. Sie war für ihn dagewesen, hatte sich um ihn gekümmert und sich die Nächte um die Ohren geschlagen, um ihm zu helfen. Es war nicht in Ordnung, daß er sie jetzt einfach so rauskickte aus seinem komischen Spiel. Sie wußte nicht einmal, weshalb.

Sie schnallte Victor in seinem Kindersitz fest und fuhr auf den Föhringer Ring Richtung Flughafen. Es war 17 Uhr 45. Sie konnte sich Zeit lassen. Edwards Maschine aus Wien landete kurz vor sieben.

Die Straßen waren fast leer, und sie schaltete das Radio an. Die Nachrichten liefen. Das Wetter würde weiter herbstlich bleiben, der Sprecher sagte Temperaturen unter sechzehn Grad voraus.

Danach lief irgendeine Oldie-Wunschsendung. Lauter Songs, die sie noch aus ihrer Jugend kannte, und sie sang laut mit.

I've been looking for freedom, since I left my hometown, I've been looking for freedom, still it can't be found.

Plötzlich hielt sie inne, mitten im Lied. Endlich wußte sie, wonach sie die ganze Zeit gesucht hatte. David Hasselhoff hatte das Stück gesungen. Knight Rider.

So hatten Valerie und ihre Freundinnen den Mann hinter der Kamera genannt. Und mit einem Mal wußte sie auch, wer sie an den Schauspieler erinnerte. Sie sah ihn deutlich vor sich, wie er ihr am Tisch gegenübergesessen hatte.

All ihr Ärger über Simon war mit einem Mal vergessen.

Sie fuhr auf einen Rastplatz und kramte ihr Handy aus der Tasche. Es war dasselbe Spielchen wie die Tage zuvor. Er meldete sich nicht. Weder an seinem Festnetz- noch an seinem Mobiltelefon.

Was war da los? Sie konnte sich keinen Reim darauf machen, aber ihr Ärger kehrte zurück.

»Papa, Papa«, sagte Victor plötzlich, und im Rückspiegel sah sie, wie er auf ein Flugzeug zeigte, das über der Autobahn im Landeanflug war.

»Genau«, sagte sie, »wir holen jetzt Papa ab und machen uns einen schönen Abend. Wollen wir Hamburger essen? Und den Onkel Simon kann der Teufel holen.«

Edwards Maschine hatte eine Stunde Verspätung. Mit Victor an der Hand ging Malina in eines der Cafés in der Ankunftshalle. Sie bestellte sich ein Glas Prosecco und für Victor ein Eis. Die Zeit verging langsam. Ein Zeitungsverkäufer kam herein und hielt die Ausgabe der Morgenzeitung für den nächsten Tag in der Hand. Sie hob die Hand und winkte ihn zu sich. Als sie das Blatt aufschlug, knallte ihr eine Schlagzeile entgegen:

Rätsel um Valerie Graf gelöst?

Heiße Spur nach zwanzig Jahren

Der Artikel stammte von Rutger Klingszot und war erstaunlich kurz. Es stand lediglich darin, daß es im Fall der vor zwanzig Jahren spurlos verschwundenen Schülerin Valerie Graf aus Ottobrunn neue Hinweise gäbe. Keine der damaligen Suchaktionen habe zu einem Ergebnis geführt. Jetzt jedoch habe sich plötzlich ein Zeuge aus dem Ausland gemeldet, der etwas über den Verbleib des Mädchens wisse. Mehr wolle die Kripo München nicht enthüllen, um die laufenden Ermittlungen nicht zu behindern. Keinerlei Auskunft gebe es auch darüber, wer dieser geheimnisvolle Zeuge sei. Allerdings, so hatte man anklingen lassen, erhoffe man sich durch ihn einen weiteren Ansatz zur Lösung des Falls. Angehörige des Mädchens seien zu einer Stellungnahme nicht bereit gewesen.

Simon, dachte Malina. Simon. Was wußte er davon? Sie griff wieder zu ihrem Handy, tippte in rasender Schnelle seine Nummer ein, und wieder geschah nichts. Sie blickte auf die Uhr. Edwards Maschine würde gleich landen. Sie schmiß einen Zehn-Euro-Schein auf den Tisch, nahm Victor an der Hand und rannte mit ihm quer durch die Ankunftshalle. Ihr Herz schlug ihr bis zum Hals.

Aus dem schönen Abend, den sie Victor versprochen hatte, wurde nichts. Sobald Edward durch die Absperrung gekommen war, drückte sie ihm die Zeitung in die Hand. »Lies«, sagte sie.

»Was bedeutet das?« fragte er ein paar Sekunden später.

»Das frage ich mich auch. Ich fahre dich und Victor jetzt nach Hause. Und dann muß ich noch mal los. Zu Simon.« Daß sie keine Ahnung hatte, wo er steckte, verschwieg sie ihm. Sie hatte nur ihren Instinkt und David Hasselhoff. Und sie hoffte, daß ihre Ahnung sie nicht trog.

Sie fand Simon da, wo sie ihn vermutet hatte. Er saß in einem Auto, das ihm nicht gehörte, trug eine Baseballkappe, die sie bisher noch nie an ihm gesehen hatte, und verschanzte sich hinter einer Zeitung. Fast hätte sie ihn selbst nicht erkannt.

Als sie die Autotür aufriß und sich neben ihn setzte, sah er sie erschrocken und gleichzeitig böse an.

»Was machst du hier?«

»Was soll *das* hier?« fauchte sie statt einer Antwort und schmiß ihm die Zeitung in den Schoß.

Er schwieg. Nur das Radio spielte leise.

»Woher hast du gewußt, daß ich hier bin?«

»Ich habe es nicht gewußt, nur geahnt. Und als ich den Artikel gelesen habe, bin ich auf dem schnellsten Weg hergekommen. Herrgott noch mal, weißt du eigentlich, wie oft ich in den letzten Tagen versucht habe, dich zu erreichen?«

Dann erzählte sie ihm alles. Von Carina Steding und was sie über das Gemälde und Diana gesagt hatte. Von dem Song, den sie an diesem Abend im Auto gehört hatte. Und von ihrem Gespräch mit Anja.

»Woher wußtest *du* es?« fragte sie ihn schließlich, nachdem sie begriffen hatte, daß der Artikel in der Morgenzeitung nicht mehr als eine Art Lockvogel war. Der Mann sollte aus der Reserve geholt werden.

Simon zögerte zuerst. Er mußte weit ausholen, um ihr alles zu erklären. Er berichtete von den Fotos, die er bei Rutger Klingszot gefunden, und der Entdeckung, die er dabei gemacht hatte.

»Da wurde mir bereits vieles klar. Eigentlich wußte ich es zu diesem Zeitpunkt schon. Instinktiv. Ich hatte nur keinen einzigen Beweis.« Dann erzählte er von einem Zeitungsartikel, in dem es um eine Frau gegangen war, die von einem Mann in ihrer Wohnung brutal zusammengeschlagen worden war, nachdem sie Sex miteinander gehabt hatten.

»Es war purer Zufall, daß ich ihn mit ihr an jenem Abend, als es passierte, gesehen habe. Als ich dann darüber in der Zeitung las, habe ich die Frau auf dem Foto wiedererkannt. Schließlich habe ich mich an Robert Hammerl gewandt, der mich bei ihr als Kollegen ankündigte. Ich habe sie besucht, und als ich ihr ein Foto von ihm zeigte, hat sie ihn sofort identifiziert.«

»Und du bist dir ganz sicher, daß er hinter allem steckt? Hinter Valerie, Tati und dem anderen Mädchen?«

»Ich bin mir nicht sicher. Ich *weiß* es. Ich weiß es, Malina.« Seine Hände umklammerten plötzlich das Lenkrad, und seine Knöchel traten weiß hervor.

»Siehst du die Autos dort drüben? Das blaue, das graue und das weiße? Das sind alles ehemalige Kollegen von mir. Wir sitzen schon seit sechs Uhr hier. Um halb sieben erscheint die Neuausgabe der Zeitung. Seitdem warten wir auf ihn. In einem der Wagen sitzen auch Felicitas Atzorns Eltern. Ich hoffe, wir kommen nicht zu spät. Beten wir, daß er die Zeitung liest und den Köder frißt.«

»Du glaubst also, er wird sie lesen, herauskommen und euch zu der Stelle führen, wo er die Mädchen versteckt hält?«

»Ja, das ist unsere einzige Chance. Im Augenblick ist er nicht zu Hause. Wir haben inzwischen alles bei ihm durchsucht, aber keinen Hinweis gefunden.«

»Hoffen wir, daß er bald kommt«, sagte Malina und merkte, wie sie zitterte.

»Ich, Malina. Nicht wir. Du gehst jetzt nach Hause zu deinem Mann und deinem Sohn, wohin du gehörst. Ich habe dir nichts von allem gesagt, um dich nicht in Gefahr zu bringen. Dieser Mann ist ein Psychopath. Niemand weiß, wie er reagieren wird. Du kannst nicht hierbleiben.«

»Ich bleibe, Simon.« Ihre Stimme klang fest. »Laß uns jetzt die Plätze tauschen. Du kannst mit deiner verletzten Hand doch gar nicht ordentlich fahren.«

Sie hatte entschieden, und dabei blieb es.

Er kam gegen halb elf. Sie sahen, wie er die Tür aufschloß und ins Haus ging. Ein paar Minuten später leuchteten hinter einigen Fenstern Lichter auf.

Sie sahen die Silhouette eines Mannes, der dahinter umherlief. Gegen elf Uhr fünfzehn löschte er das Licht.

Sie saßen im Auto und teilten sich den Kaffee, den Simon in einer Thermoskanne mitgebracht hatte. Über ein Funkgerät hatte er seinen früheren Kollegen inzwischen Bescheid gegeben, daß Malina hier war. Sie selbst hatte Edward angerufen und ihm gesagt, daß sie wahrscheinlich die ganze Nacht wegbleiben würde. Er hatte nichts weiter gesagt, aber an der Art, wie er sich verabschiedete, hörte sie, daß er wütend war.

Von eins bis halb vier schlief sie. Als sie erwachte, saß Simon starr wie eine Statue neben ihr. Er selbst hatte in dieser Nacht kein Auge zugetan.

Gegen sieben wurde es hell. Draußen zwitscherten die Vögel. Die Bäckerei im Haus gegenüber öffnete, die Verkäuferin löste die Zeitungen aus ihrer Verschnürung und legte sie aus.

Malina hatte sich inzwischen die roten Haare hochgesteckt, sich ein Tuch um den Kopf gebunden und ihre Sonnenbrille aufgesetzt. Niemand würde sie jetzt noch erkennen.

Um fünf vor zehn kam er aus dem Haus. In dem Moment, als er auf die Straße trat, riß Simon Malina in seinen Arm.

»Tu so, als seien wir ein Liebespaar.« Er preßte seinen Mund auf ihren. Es tat weh, und sein Bart kratzte. Sie sah, wie er aus den Augenwinkeln jede Bewegung des Mannes verfolgte. Als klar wurde, daß er nur in die Bäkkerei ging, ließ er sie wieder los. Ihr Herz klopfte, und sie ärgerte sich darüber.

»Falls wir das noch mal machen müssen, solltest du dich lieber vorher rasieren.« Sie brachte ein unsicheres Lächeln zustande.

»Tut mir leid«, brummte er nur und ließ den Mann keine Sekunde aus den Augen. Simon sah, wie er der Verkäuferin Geld über den Tresen reichte.

»Guten Appetit, du Schwein«, stieß er zwischen zusammengebissenen Zähnen hervor, als der Mann mit einer Tüte Semmeln unterm Arm wieder herauskam. Noch im Gehen klappte er die Zeitung auf.

Simon und Malina umarmten sich wieder, beide starrten sie aus den Augenwinkeln auf den Mann, der jetzt die Schlagzeile las und vor ihrem Auto die Straße überquerte. Plötzlich blieb er wie angewurzelt stehen, ein Auto hupte ihn an, aber er reagierte nicht. Er stand einfach da und stierte auf die Buchstaben vor ihm. Dann rannte er los und verschwand Sekunden später wieder im Haus.

»Mach dich bereit, es geht gleich los«, sagte Simon knapp. Er schnappte sich das Funkgerät. Es knackte aus dem Lautsprecher, während er hineinsprach. Im selben Moment hörte Malina, wie die Motoren der anderen Autos ansprangen. Sie drehte den Zündschlüssel um.

Gleich darauf trat der Mann wieder aus dem Haus. Während er die Straße hinunterhetzte, fuhr sie den Wagen aus der Parklücke und sah, wie die anderen ihr folgten.

Sie fuhren auf die Autobahn gen Starnberg. Unterwegs wechselten sich die Autos mit der Verfolgung ab. Damit er nicht merkte, daß er verfolgt wurde, blieb keiner der Wagen länger als ein paar Minuten hinter ihm. Sie fuhren mit hoher Geschwindigkeit. Der Mann hatte es eilig.

An der Ausfahrt Starnberg bogen sie ab. Dann ging es weiter Richtung Percha und von da nach Inning.

»Er fährt nach Farchach, ich wußte es«, zischte Simon hervor, und im selben Moment tauchte über ihnen ein Hubschrauber auf.

»Hat der was mit uns zu tun?« fragte Malina.

»Ja. Fahr weiter.«

»Wieso ein Hubschrauber?«

»Weil wir ihn im Unterholz schlecht mit den Wagen verfolgen können.«

In diesem Moment bog der Mann etwa dreihundert Meter vor ihnen in einen der Waldwege ab.

»Halt an«, sagte Simon, und kurz nachdem Malina

gestoppt hatte, hielten auch die anderen Autos hinter ihnen.

Wieder knackte das Funkgerät. Es war der Pilot des Hubschraubers, der ihnen angab, wo die Zielperson sich gerade befand.

»Okay. Wir warten, bis er irgendwo hält.« In Simon erwachte der frühere Kripomann. »Sollte er tatsächlich zu Fuß weitergehen, fahren wir in die Nähe seines Wagens. Von dort aus laufen wir weiter. Der Kollege im Hubschrauber gibt uns dann die Richtung durch.«

Es dauerte nicht lange, bis die Nachricht kam.

Sie fuhren kilometerweit in den Wald hinein, immer der Anweisung des Hubschraubers nach. Das Rotorgeräusch erstreckte sich über die ganze Gegend. Schließlich hatten sie den Wagen gefunden. Er war leer.

Sie warteten. Dann nach endlosen Minuten wieder das Funkgerät. Präzise gab ihnen der Pilot die Wegbeschreibung durch.

»Halte du dich an die Eltern von Felicitas«, sagte Simon. »Sie können Unterstützung gebrauchen.« Inzwischen waren sie auf einem wildbewachsenen Pfad, und Malina war froh, daß sie sich gestern abend für die bequemen Sneakers entschieden hatte.

Äste schlugen ihr ins Gesicht, sie stolperte ein paar mal über Wurzeln, die von Gestrüpp überdeckt waren. Hinter sich hörte sie Amelie Atzorn keuchen. Als sie sich umdrehte, sah sie, wie der Frau die Tränen übers Gesicht liefen. Das Gesicht ihres Mannes war eine versteinerte Maske.

»Bitte beruhigen Sie sich«, sagte sie, während sie weiterliefen. »Es wird alles gut. Ich weiß es.«

Zu diesem Zeitpunkt waren Simon und die Kripomänner ihnen schon ein Stück voraus.

Plötzlich lichtete sich der Wald. Vor ihnen auf einer Anhöhe lag eine Kapelle. Und mit einem Mal fiel Malina ein, was Tatis Schwester ihren Kindern erzählt hatte. Sie sollten nicht in den Wald gehen, weil sich dort in einer kleinen Kirche vor vielen Jahren ein Mord ereignet hatte. Instinktiv wußte sie, daß Alexandra Prechtl diese Kapelle gemeint hatte. Ein Schauer lief über ihren Rücken. Der Mann hatte sich diese Kapelle als Versteck ausgesucht, weil er wußte, daß wegen dieser Geschichte kein Mensch mehr dorthin kam.

Simon und die anderen Männer hatten sich hinter Büschen verschanzt. Der Hubschrauber war verschwunden. Alles war still. Von dem Mann, den sie verfolgt hatten, war nichts zu sehen. Malina schlich zu Simon hinüber.

»Und nun?« fragte sie.

»Wir gehen hinein. Du bleibst hier. Zusammen mit den Eltern von Felicitas.«

Malina nickte stumm.

Sekunden später öffneten Simon und zwei der Polizeibeamten das Holzportal der Kapelle. Sie konnte hören, wie die Scharniere quietschten. Die beiden anderen Polizisten blieben mit gezogenen Waffen hinter zwei Büschen stehen. Dann hörte Malina noch ein Geräusch. Es klang wie das ferne Bellen von Hunden.

Sie fragte sich, woher es so plötzlich kam.

Die Kapelle war leer, bis auf den Altar, der in einem Relief die Grablegung Christi zeigte, die abgebrannten Kerzen darauf und ein paar morsche Holzbänke.

Nur die bunten Glasfenster zu beiden Seiten des Raums spiegelten etwas von ihrer vergangenen Schönheit. Der Boden unter Simons Füßen war schorfig, und ein merkwürdig süßlicher Geruch erfüllte die Luft.

Auch er hörte die Hunde bellen. Ein Blick auf Robert Hammerl, der abseits von ihm stand, sagte ihm, daß der Freund begriffen hatte, woher das Geräusch kam.

Er legte den Finger auf den Mund, mit der anderen Hand deutete er in eine Nische. Vorsichtig näherten sie sich. Zu ihren Füßen lag eine zwei Quadratmeter große

Sandsteinplatte, die mit einer Brechstange aus ihrer Verankerung gehoben worden war. Das Gebell wurde lauter.

Die Männer sahen sich an, dann nickten sie sich stumm zu.

Robert Hammerl ging als erster. Die Taschenlampe in seiner Hand blitzte auf, und zu ihren Füßen wurden ausgetretene Stufen sichtbar. Leise gingen sie hinab. Von unten schimmerte Licht empor. Das Kläffen der Hunde kam immer näher.

Das erste, was sie sahen, war der Katafalk mit den Oranten. Er stand in der Mitte des Raums, in dem unzählige Kerzen brannten.

Dann sahen sie das Mädchen. Er hatte es an die Wand gekettet. Ihre Augen waren vor Angst weit aufgerissen, und sie versuchte den Kopf seitwärts abzuwenden. In ihrem Mund steckte ein Knebel. Der Mann stand nur einen halben Meter vor ihr und hielt zwei Dobermänner an der Leine. Sie hatten die Lefzen hochgezogen, Speichel rann aus ihren Mäulern. Sie rissen an der Leine, und Simon konnte sehen, wie sich unter ihrem kurzen schwarzen Fell die Muskeln spannten. Sie waren bereit, jede Sekunde auf das Mädchen loszugehen.

Dann hörte er den Mann sprechen: »Ich kann nichts dagegen tun, Kallisto. Diana ist streng, aber gerecht. Und du weißt, was sie mit den Mädchen macht, die sich ihr widersetzen und unkeusch sind. So wie du unkeusch gewesen bist. Es sind ihre Hunde, die sich gleich auf dich stürzen werden. Ich kann nichts dafür. Ich bin nur ihr Werkzeug. Es ist eine Gnade, die sie dir jetzt erweist.«

Er griff hinunter zum Halsband der Hunde.

»Jens!« schrie Simon, stieß Robert Hammerl zur Seite und zielte auf den Mann, der wie vom Donner gerührt herumschnellte. »Jens! Laß das Mädchen! Du hast keine Chance!«

In diesem Moment rissen sich die Hunde los. Schüsse fielen. Der eine kam aus seiner eigenen Waffe, der andere aus der von Robert Hammerl. Die Tiere, die schon zum Sprung angesetzt hatten, fielen leblos zu Boden. Der größere von beiden zuckte noch einen Moment lang und starb dann.

Simon fühlte nichts mehr außer Haß. Er lähmte ihn in seinem Gehirn, vor seinen Augen schwirrte es, und sein Atem drang stoßweise aus dem Mund. Ohne sich bewußt zu sein, was er tat, hob er wieder den Arm und zielte auf den Mann. Plötzlich war er ganz ruhig. Er mußte es tun. Er hatte keine andere Wahl. Der Raum um ihn herum löste sich auf. Es gab nur noch Jens und ihn.

»Du miese, verlogene Kreatur.« Er sprach die Worte fast teilnahmslos aus, den Zeigefinger am Abzug.

»Nein, Simon! Nein! Nicht!« Plötzlich war Malina neben ihm. In ihrem totenblassen Gesicht loderten die Augen. Das Mädchen an der Wand keuchte. Jens Grothe starrte ihn an. Noch einmal umklammerte sein Finger den Abzug. Er wollte es klicken hören.

Und dann noch einmal Malinas Stimme: »Tu's nicht, Simon! Das ist das Schwein nicht wert. Wenn du's tust, hat er dich auch besiegt. Laß ihn nicht gewinnen.«

Vorsichtig legte sie ihre Hand auf seinen Arm, der die Waffe hielt, und atmete leise auf, als sie spürte, wie er ihn sinken ließ. Niemals würde sie den Blick vergessen, mit dem er sie in diesem Augenblick ansah. Seine Augen waren dunkel wie nie zuvor. Und es lag ein ungläubiges Entsetzen über sich selbst darin.

Dann ging alles rasend schnell. Einer der Polizisten legte Jens Grothe, der sich nicht einmal wehrte, Handschellen an und führte ihn hinaus. Robert Hammerl kümmerte sich um Felicitas. Nachdem er ihre Hände und Füße befreit hatte, zog er ihr den Knebel aus dem Mund. Das Mädchen begann zu schreien und zeigte mit ausgestreckten Armen in den hinteren Bereich des Raumes.

Da sahen sie es: Jens Grothe hatte das Bildnis der badenden Diana neu erschaffen.

Alle im Raum hatten das Gefühl, in eine Welt des Grauens zu versinken. Die Farben waren so seltsam, daß Worte kaum beschreiben konnten, welch beklemmendes Gefühl sie hervorriefen. Im Schein der flackernden Kerzen befanden sich die Skulpturen von Büschen und Bäumen in tiefen Gelb- und Grüntönen, dazwischen schimmerte ein künstlicher Teich. An seinem Ufer lagerte eine Figur, die die Göttin Diana darstellte. Sie trug ein weißes Kleid, und in ihrem Haar glitzerte eine Mondsichel. Ihre feinen Gesichtszüge waren wie gemeißelt und zugleich so menschlich, als hätte ihr Schöpfer ihre Seele nicht nur erkannt, sondern in dieses Antlitz gebannt. Eine Nymphe badete, ihre gereckten Arme deuteten in eine Ecke der Gruft. Auch von ihr ging eine unnatürliche Lebendigkeit aus, und es schien, als würde sie jeden Moment ihren Arm sinken lassen und sich ihren Betrachtern zuwenden. Sie waren grausig anzusehen und gleichzeitig von ungeheurer Faszination. Instinktiv wußte Malina, was sich unter der durchsichtig glänzenden Oberfläche der Skulpturen verbarg und daß Felicitas Atzorn dazu auserkoren gewesen war, das Bild einer gepeinigten Phantasie zu vollenden.

Sie alle fühlten Angst und Abscheu, wie Menschen sie fühlen, wenn sie etwas unbegreiflich Grausamem gegenüberstehen. Es war das Werk eines Mannes, der in die tiefsten Tiefen seiner kranken Seele vorgedrungen war. In seiner obszönen Widerwärtigkeit sprengte es jeden Rahmen des Vorstellbaren. Es war nicht mehr menschlich.

Aus Simons Kehle drang ein furchtbarer Laut. Es war wie ein Röcheln, das in ein Wimmern überging. Dann begann er wild um sich zu schlagen. Er war kaum mehr zu bändigen. Er schlug jeden, der in seine Nähe kam. Die Laute aus seiner Kehle wurden heftiger, bis sie sich anhörten wie die Schreie eines Wahnsinnigen.

Es war Robert Hammerl, der sich ein Herz faßte und ihn mit einem Schlag ins Gesicht zur Besinnung rief. Malina sah, wie die Hände des Mannes zitterten. Sie selbst bebte am ganzen Körper, aber sie riß sich zusammen. Weinen konnte sie später zu Hause.

Felicitas Atzorn hielt ihre Tränen nicht zurück. Sie lag im Arm ihrer Mutter, die ihre Tochter an sich drückte, als wollte sie sie nie mehr loslassen. Zwischen ihren lauten Schluchzern stieß das Mädchen immer wieder denselben Satz hervor:

»Ich werde jetzt alles sagen, Mami, ich werde jetzt alles sagen. Egal, was dann mit mir passiert.«

Malina warf einen letzten Blick auf sie. Dann legte sie Simon den Arm um die Schultern.

»Komm«, sagte sie. »Komm jetzt. Es ist vorbei.« Sie nahm ihn an der Hand und führte ihn die Stufen hinauf ans Licht.

Epilog

Drei Wochen später kehrte Alexandra Prechtl zum letzten Mal in das Haus ihrer Eltern zurück. Seit ihrer Heirat vor einigen Jahren hatte sie es nur wenige Male betreten. Es war ihr fremd geworden. Ebenso fremd wie das Leben, das sie darin geführt hatte.

Tati war tot. Ermordet von irgendeinem Psychopathen.

Und sie hatte nichts tun können. Bei ihrer Beerdigung stand sie an ihrem Grab und weinte. Sie fühlte sich schuldig. Alle waren sie ihrer Wege gegangen und hatten Tatjana einfach allein gelassen.

Ihren Vater hatte sie kaum angesehen. Seine Tränen am Grab seiner jüngsten Tochter waren ihr unerträglich. Du bist auch ihr Mörder, hatte sie innerlich geschrieen und dann dasselbe von sich selbst gedacht.

Es war Alexandra Prechtl schwergefallen, das Elternhaus wieder zu betreten. All dem hatte sie damals den Rücken gekehrt – für immer, wie sie dachte –, aber sie wollte noch einmal Tatjanas Zimmer sehen, bevor sie ging.

Sie stieg die Treppen hinauf, und alles war altvertraut. Tatis Zimmer war so, wie er es in Erinnerung hatte: entsetzlich kalt für ein Mädchen ihres Alters.

Nur den großen Käfig darin kannte sie nicht. Sie ging darauf zu und erschrak. Eine Ratte lag darin. Ihre Augen starrten gebrochen zur Decke.

Sie war tot.

In diesem Haus stirbt alles, dachte sie. Nicht einmal eine Ratte hält es hier aus.

Sie holte sich ein paar Gummihandschuhe und vergrub das Tier im Garten.

Sie tat es für ihre kleine Schwester.

Dann ging sie wieder hinauf in Tatis Zimmer, um den Käfig zu holen. Sie wollte ihn säubern und dann in die Garage bringen. Als sie ihn hochhob und durch den Raum trug, fiel plötzlich etwas herunter. Eine Papierhülle, in der eine CD-ROM steckte. Sie war mit Klebeband an der Unterseite des Bodens befestigt gewesen.

Unschlüssig stand Alexandra da. Sie hatte das Gefühl, etwas Verbotenes zu tun, wenn sie es abspielte. Tati hatte die CD versteckt und sicher nicht gewollt, daß jemand sie sich ansah.

Doch schließlich siegte die Neugier, und Alexandra schob sie in den Rechner. Als sie den Ordner »Feli« öffnete, begriff sie zunächst nicht, was sie vor sich auf dem Bildschirm hatte. Es waren fast ausschließlich Fotos, und sie zeigten das Internat von Heinrichsthal. Das große Gebäude war von allen Seiten abgelichtet. Dann sah sie einen Lageplan, der alle Räume der Schule zeigte. Was, um Himmels willen, hat meine Schwester damit gewollt? dachte sie und klickte weiter. Es folgten Bilder von einem Waldweg aus verschiedenen Perspektiven. Schließlich stieß sie auf ein Foto, das in eine Textdatei integriert war. Es zeigte die Abzweigung zu dem Waldweg, mit einem Wegweiser: »Wanderweg Nr. 4, Steinhütte 3 km«. Unter dem Foto befand sich eine Art Zeitplan:

Joggen Felicitas: Dienstag, Donnerstag, Samstag 15–16 Uhr. Sie hält sich exakt an die Zeit.

Alexandra hatte keine Ahnung, was sie davon halten sollte.

Dann öffnete sie den nächsten Ordner. Wieder war er mit einem Mädchennamen versehen: Valerie Graf. Zuerst fand sie Klassenfotos, die einen altmodischen Eindruck machten. Immer war der Kopf desselben blonden Mädchens mit Schwarzstift umrandet. Was sollte das alles?

Sie erhielt auch keine Antwort auf diese Frage, als sich vor ihren Augen eine Art Videofilm abspielte, in dem wieder dieses Mädchen zu sehen war. Sie verwandelte sich, trug plötzlich einen Schleier, und am Ende zerfielen die Bilder in eine Art Flimmerregen, aus dem sich dann eine silberne Sichel herauskristallisierte. Die Kinderstimme, die dazu »Brüderlein, komm tanz mit mir« sang, jagte ihr einen Schauer über den Rücken.

Dann stieß sie auf eingescannte Zeitungsartikel, die über das Verschwinden des Mädchens auf den Fotos vor zwanzig Jahren berichteten. Und Alexandra begriff: Das war die Schwester jenes Mannes, der sie zusammen mit der Detektivin aus München besucht hatte, um sie nach Tatjanas Verschwinden zu befragen.

Am Ende öffnete sie eine E-Mail, die sich an einen gewissen Aktäon richtete.

Ich war in Farchach und bin Dir gefolgt.
Ich kenne Dein Geheimnis.
Wir sollten dringend miteinander sprechen. Ich möchte Dir einen Handel vorschlagen. Können wir uns nächsten Samstag treffen? Ich warte auf Dich im Café Reitschule. Sei bitte um drei Uhr da.

Tati

Alexandra Prechtl verstand kein Wort. Aber für ihre Schwester mußte all dies eine Bedeutung gehabt haben. Welche, konnte sie ihr nicht mehr sagen. Aber es schien ihr, als wäre diese CD-ROM ihr Vermächtnis an sie. Alexandra steckte sie in die Jackentasche und verließ das Zimmer.

Ihr Vater stand am unteren Treppenabsatz. Schweigend ging sie an ihm vorbei und verließ das Haus. Sie würde nicht mehr zurückkommen.

☽

Jens Grothe blieb nur einige Wochen in Untersuchungshaft. Er verbrachte sie in einer Einzelzelle, abgeschirmt von seinen Mithäftlingen. Man befürchtete, sie könnten auf ihn losgehen, sobald sich seine Geschichte herumgesprochen hatte.

Justizvollzugsbeamte sehen und hören viel. Viel zuviel, um es sich leisten zu können, sich jedes Mal in eigene Emotionen zu verstricken. Mit Jens Grothe verhielt es sich anders. Die Grausamkeit seiner Taten erschütterte manchen von ihnen in seinem letzten Glauben an die Menschlichkeit. Noch mehr Entsetzen rief die Gelassenheit hervor, mit der Jens Grothe sein Geständnis ablegte. Nicht ein Fünkchen Reue, nicht die Spur eines Zweifels an sich selbst. Er war ein Monstrum, ohne sich dessen bewußt zu sein.

Tatjana Kurbjuhn hatte er, wie Malina und Simon schon herausgefunden hatten, übers Internet kennengelernt, wie er dem jungen Staatsanwalt berichtete.

Sie hatten sich ein paarmal getroffen, und er hatte sie in dem Glauben gelassen, ihr Komplize zu sein, nachdem sie ihm die Geschichte von Feli und Ben erzählt hatte. »Irgendwann hatte ich ihr erzählt, daß ich einen Teil meiner Kindheit in Farchach verbracht habe. Daraufhin muß sie mir gefolgt sein, und so hat sie die Gruft in der Kapelle entdeckt. Ich hatte von Anfang an die Absicht gehabt, sie zu töten. Schon als ich sie zum erstenmal sah, war mir klar, daß sie das Mädchen war, das ich brauchte, um das Bildnis der badenden Diana zu vervollständigen. Sie selbst glaubte natürlich immer noch, die Fäden in der Hand zu haben. Sie konnte ja nicht ahnen, daß sie mir mit ihrem Plan in die Hände spielte. So bekam ich nicht nur sie, sondern auch noch Felicitas Atzorn.«

Für alle anderen habe sie dann als verschwunden gegolten, in Wirklichkeit aber habe er sie in sein Haus in Italien gebracht, wo sie sich in Sicherheit gewiegt habe – selbst dann noch, als er wieder mit ihr zurückgefahren sei.

Ihr Tod sei sanft gewesen, behauptete Jens Grothe. Genau wie damals bei Valerie.

Zuerst habe er sie betäubt und ihr dann mit einer Kanüle Luft in die Venen gespritzt. Was dann folgte, war kaum zu ertragen.

Vor dem Einsetzen der Leichenstarre hatte er das Mädchen in die Position der Nymphe gebracht. Dafür war das Metallgestänge mit den Seilen an der Decke notwendig gewesen. Wie eine Marionette hatte er sie daran aufgeknüpft und so die endgültige Stellung festgelegt, die dem Bild entsprach. Das Skulpturhafte war durch einen dünnflüssigen und schnelltrocknenden Hartkleber entstanden, den er in großen Mengen über den Körper der Toten gegossen hatte. Das sei die einzige Art, erklärte er, den Verwesungsprozeß zu unterbrechen, denn so werde die Sauerstoffzufuhr für die Fäulnisbakterien gestoppt. Eine Konservierung für die Ewigkeit.

Noch lange nachdem der Mann in seine Zelle gebracht worden war, von wo aus er wenige Tage später in den Hochsicherheitstrakt des Bezirkskrankenhauses München-Haar überstellt werden würde, blieb der Staatsanwalt an dem Tisch sitzen, an dem Jens Grothe ihm gegenübergesessen hatte. Er hatte nicht den Eindruck, als habe es den Mann weiter berührt, gefaßt worden zu sein. Das einzige, was ihn zu erschüttern schien, war die Tatsache, daß ihm die Möglichkeit genommen war, sein Werk, das er Gott geweiht hatte, zu vollenden. Doch zumindest würde nun die Welt davon erfahren.

☽

Die Sache mit dem Brand in Simons Wohnung klärte sich einige Wochen später. Der Zufall kam ihm zu Hilfe, als er eines Abends den Laden von Elena Ortiz betrat, um ein paar Kartoffeln und eine Flasche Wein zu kaufen.

»Wie geht es dir, Don Simon?« fragte sie mit ihrem breiten Lächeln. »Hast du sogar Feuer überlebt.«

»Mich bringt so leicht nichts um, Donna Elena. Das weißt du doch. Ich bin ein großer, starker Mann. Das sagst du ja selbst.«

»Ja, hast du recht wie immer. Aber weil du sprichst von großem starken Mann – da war einer hier vor ein paar Wochen. Der hat gefragt nach dir. Wollte dich besuchen, wußte aber nicht, daß Häuschen von dir ist im Hinterhof. No, hab ich's ihm halt gesagt. War eine komische Type.«

Simon horchte auf. »Was war denn so komisch an ihm, Elena?«

»Na ja, hat er geredet ganz normal. Aber alle paar Minuten leckte er sich über Finger in Mitte. Fand ich sehr merkwürdig.«

»Donna Elena, darf ich dich demnächst zum Essen einladen?« fragte er und überging ihr erstauntes Gesicht.

Daß sie soeben den entscheidenden Hinweis auf den Brandstifter gegeben hatte, verriet er ihr noch nicht.

Ein paar Tage später griff die Polizei Udo Göbel in seiner Stammkneipe auf. Anhand seiner Fingerabdrücke, die man dann auch in Simons Wohnung fand, wurde er überführt. Er mußte mit einer längeren Haftstrafe rechnen.

☽

An einem Samstag im November stand Simon Graf am Grab seiner Schwester. Endlich gab es einen Ort, an dem er sie besuchen konnte.

»Du fehlst mir, Valerie.« Er konnte es sagen, ohne daß es ihm die Kehle zuschnürte.

Jetzt war sie für ihn seine kleine Schwester, die er liebte, und nicht mehr eine quälende Vergangenheit. Sie lag auch nicht in diesem Grab. Nicht für ihn. Sie war da, wo sie hingehörte. Bei ihm und ihrer Familie. Und er nahm sich vor, ihren Namen auszusprechen, sooft er nur konnte. Lange genug hatte er ihn totgeschwiegen.

Er legte einen kleinen Strauß Kornblumen auf die Erde, verharrte noch eine Weile und verließ den Friedhof, als es zu schneien begann. Es war der erste Schnee in diesem Jahr.

Simon fuhr zurück in die Stadt und tat etwas, was er schon lange nicht mehr getan hatte: Er kaufte sich eine neue Jacke, zwei neue Hosen und drei dicke Pullover. Einen davon behielt er gleich an, den alten ließ er im Geschäft zurück. Anschließend ließ er sich die Haare schneiden. Als er den Friseursalon verließ, hatte er Hunger. Er verwarf den Gedanken an Pizza Hawaii sofort und ging statt dessen in die Feinkostabteilung eines großen Kaufhauses. Er lud alles in seinen Wagen, was er für Hühnchen in Rotweinsauce brauchte, und machte sich dann mit zwei vollen Tüten auf den Heimweg.

Er stimmte ihn froh, wieder einmal selbst zu kochen. Einzig der Gedanke, allein zu essen, schmälerte seine Freude.

»Was soll's«, sagte er zu sich selbst, »ein Anfang ist ein Anfang.«

Als er eine halbe Stunde später über den Hof zu seinem Häuschen ging, sah er eine Frau in einem dicken Wintermantel vor der Tür stehen. Sie drehte sich um. Es war Dorothee. Sie lächelte unsicher und streckte ihm stumm ein Päckchen entgegen.

»Was ist das?« fragte er, und sein Herz geriet ein bißchen aus dem Takt.

»Mach es doch auf. Ich wollte es dir schon lange geben.«

Unter dem Geschenkpapier kam die Kaminuhr, die seine Großmutter ihm vererbt hatte, zum Vorschein. Die

Löwenfüße waren wieder an ihrem Platz, das Glas vor dem bemalten Zifferblatt war heil. Kein Sprung war mehr darin zu sehen. Die Uhr tickte genauso laut, wie er es in Erinnerung hatte.

»Damit eine neue Zeit beginnen kann«, sagte Dorothee und ging mit ihm ins Haus.

Danksagung

Danke all jenen, die geholfen haben, daß dieses Buch entstehen konnte:

Alfred Riepertinger, medizinischer Präparator am Institut für Pathologie im Krankenhaus München-Schwabing, Herbert Streit für die wertvollen Informationen zum Thema Kapellen, Daniela Schwan für ihre stetige Freundschaft und Unterstützung, Sascha Simon für den spannenden Einblick in die Irrwege des Internets, Mathieu Orphanides für seine profunden Griechischkenntnisse, Monika Reile für ihr unerschöpfliches Wissen in der Kriminalliteratur und ihre Hilfsbereitschaft und meiner Lektorin Annika Krummacher für Geduld, Verständnis und ein scharfes Auge. Einen dicken Kuß auf Nicolas' gewitzten Kindermund.

Ganz besonders danke ich den Menschen von Kerveli Village auf Samos, die mir gezeigt haben, daß Augen leuchten können, Münder lachen und daß Warmherzigkeit eine der meistgepriesenen Eigenschaften eines Menschen sein kann.

Lieber Thommie Bayer, danke für einfach alles.

Anna Kalman, im November 2004

SERIE PIPER

Anna Kalman

Dornröschenmord

Roman. 300 Seiten. Serie Piper

Bizarre Ritualmorde füllen die Schlagzeilen der Münchner Presse: Ein Serienkiller ermordet drei junge Frauen – als mysteriöse Botschaft hinterläßt er bei den nackten Leichen stets eine Krone aus roten Rosen. Während die Polizei vor einem Rätsel steht, gerät die Detektivin Malina Maltzan bei den Recherchen zu ihrem ersten Fall auf die Spur des Dornröschenmörders. Im Auftrag einer Filmgesellschaft überprüft sie die Lebensgeschichte eines Arztes und entdeckt dabei seine Verbindung zu den Opfern. Auf geheimnisvolle Weise scheinen alle Ereignisse und Personen um Malina untrennbar miteinander verbunden zu sein. Immer tiefer gerät sie in einen Sog aus Lüge und Wahn, und schließlich tauchen auch bei ihr rote Rosen auf … Geschickt versteht es Anna Kalman in ihrem rasanten Debütroman, Spannung mit doppelbödigem Humor zu verbinden.

05/1448/01/L

Anna Kalman

Nichts als dein Schatten

Ein Malina-Maltzan-Roman.
331 Seiten. Serie Piper

Dorothee Kupitz, die schöne und scheue Freundin der Münchner Detektivin Malina Maltzan, hat sich verliebt. Alles scheint vollkommen, bis ein bestialischer Mord die Idylle zerstört. Welche Abgründe verbergen sich hinter der Tat? Malinas Suche nach der Wahrheit führt nach Paris und in die Toskana, und sie entdeckt, daß dunkle Schatten aus der Vergangenheit bis in die Gegenwart reichen. Der Mörder, aber auch sein Opfer sind nicht die, die sie zu sein schienen …

05/1501/01/R